ANDREA SCHACHT

Der dunkle Spiegel

Buch

Köln im Sommer des Jahres 1376. Im Haus des Weinhändlers de Lipa stirbt der erkrankte Jean, Sohn eines befreundeten burgundischen Weingutbesitzers, unter mysteriösen Umständen. Der Verdacht, ihn vergiftet zu haben, fällt auf die junge Begine Almut Bossart, die wenige Tage zuvor eine Arznei vorbeigebracht hatte, von der sich die Apothekerin ihres Konvents Heilung versprach. Almut, die mit dem Makel eines äußerst losen Mundwerks behaftet ist und sich schon mehrfach mit der Geistlichkeit der Stadt angelegt hat, ist somit gezwungen, ihre Unschuld und die ihres Konvents zu beweisen. Ihre ketzerischen Äußerungen erschweren dies jedoch und – rufen sogar den Inquisitor auf den Plan. Als sie sich beherzt daran macht, die wahren Umstände von Jeans Tod aufzudecken, dringt sie immer tiefer in die mysteriösen Vorgänge im Haus des Weinhändlers ein – und gerät schließlich sogar in Lebensgefahr. Doch mit Hilfe der maurischen Hure Aziza, des taubstummen Mädchens Trine und des Benediktinerpaters Ivo gelingt es Almut schließlich, ein Komplott aufzudecken – das aus Habgier, Eifersucht und verbotener Liebe geschmiedet wurde. Aber erst als es fast zu spät ist, begreift Almut, was das Abbild im dunklen Spiegel zu bedeuten hat…

Autorin

Andrea Schacht, Jahrgang 1956, war lange Jahre als Wirtschaftsingenieurin und Unternehmensberaterin tätig, bevor sie dem seit ihrer Jugend gehegten Wunsch nachgegeben hat, Schriftstellerin zu werden. Sie lebt heute mit ihrem Mann und ihren zwei Katzen bei Bad Godesberg.

Von Andrea Schacht bei Blanvalet:

Der Siegelring (35990) · Der Bernsteinring (36033) · Der Lilienring (36034) · Rheines Gold (36262) · Die Lauscherin im Beichtstuhl (36263) · Kreuzblume (geb. Ausgabe, 0220)

Weitere historische Romane um die Begine Almut Bossart:

Das Werk der Teufelin (36466)
Die Sünde aber gebiert den Tod (36628)
Die elfte Jungfrau (36780)

Andrea Schacht

Der dunkle Spiegel

Roman

blanvalet

Zert.-Nr. SGS-COC-1940
www.fsc.org

Verlagsgruppe Random House FSC-DEU-0100
Das für dieses Buch verwendete FSC-zertifizierte Papier
Holmen Book Cream liefert Holmen Paper, Hallstavik, Schweden.

4. Auflage
Taschenbuchausgabe August 2005 bei Blanvalet, einem
Unternehmen der Verlagsgruppe Random House GmbH, München

Umschlaggestaltung: Design Team München
Umschlagmotive: Artothek
SK · Herstellung: Heidrun Nawrot
Satz: Uhl + Massopust, Aalen
Druck und Einband: GGP Media GmbH, Pößneck
Printed in Germany
ISBN 978-3-442-36280-6

www.blanvalet.de

Meinem Vater

Wir sehen jetzt durch einen Spiegel ein dunkles Bild;
dann aber von Angesicht zu Angesicht.
Jetzt erkenne ich stückweise,
dann aber werde ich erkennen,
wie ich erkannt wurde.
(Kor. 13.12)

Dramatis Personae

Almut Bossart – Begine, Baumeisterstochter, jung verheiratet, früh verwitwet, lebt seit vier Jahren im Konvent am Eigelstein. Mit dem Gehorsam und ihrer eigensinnigen Zunge hat sie allerdings einige Schwierigkeiten.

Die Klerikalen:

Ivo vom Spiegel – ein Benediktiner mit einer bewegten Vergangenheit, Beichtvater des jungen Jean de Champol. Er möchte in vielerlei Hinsicht Licht ins Dunkel bringen.

Johannes Deubelbeiß – ein Inquisitor, der ebenfalls Licht ins Dunkel bringen möchte, aber mit anderen Methoden.

Die Weltlichen:

Jean de Champol – ein junger Franke, der zur Ausbildung bei dem Kölner Weinhändler de Lipa weilt und leider sehr früh und unerwartet verstirbt.

Hermann de Lipa – ein Weinhändler mit großen gesellschaftlichen Ambitionen.

Dietke – seine Ehefrau, die gern den Spiegel konsultiert.

Rudger – das Faktotum, ein Krüppel ohne Zunge, vernarbt und hinkend.

Aziza – die maurische Hure mit den guten Beziehungen und dem kleinen Familiengeheimnis.

Tilmann – ein geschäftstüchtiger junger Mann mit nicht nur modischen Ambitionen, der ebenfalls ein kleines, bitteres Familiengeheimnis hütet.

Georg Krudener – ein Apotheker und Alchemist, der das Dunkle auf dem Spiegel erklären kann.

Pitter – ein Päckelchesträger, ein Junge mit einem ewig knurrenden Magen.

Conrad Bertholf – der Vater der Heldin Almut, ein fleißiger, ehrgeiziger Baumeister.

Barbara – die Stiefmutter Almuts, die ihren Gatten Conrad und ihre Stieftochter immer wieder auf den Boden der Tatsachen zurückholt.

Die Beginen:

Magda von Stave – die Meisterin, eine kluge Diplomatin mit Kaufmannsblut in den Adern.

Rigmundis – die Mystikerin, deren Visionen hin und wieder ausgesprochen lustvoll sind und sich auf seltsame Weise bewahrheiten.

Clara – die Gelehrte, die großes Wissen und einen ebenso großen Hang zur Faulheit auf das Köstlichste miteinander zu verbinden weiß.

Elsa – die Apothekerin, die mit neuen Arzneien experimentiert und von bösen Erinnerungen gequält wird.

Trine – die taubstumme Dreizehnjährige, die der Apothekerin zur Hand geht. Sie sieht und riecht mehr als andere und kann sich durchaus verständlich machen.

Thea – das Klageweib, das sich wundervoll aufs Heulen und Zähneklappern versteht.

Gertrud – die Köchin, eine sauertöpfische Person, die aber ihr Handwerk versteht.

Bela und Mettel – die Pförtnerin und die Schweinehirtin.

Judith, Agnes und Irma – drei Schwestern, die das Seidweben beherrschen.

Historische Persönlichkeiten:

Friedrich III. von Saarwerden – ein 28-jähriger, schlecht beratener Erzbischof, der sich schmollend aus Köln zurückgezogen und dummerweise die Schöffen – und damit die Gerichtsbarkeit – mit sich genommen hat.

Meister Michael – der Dombaumeister, der unter anderem den begnadeten Steinmetz **Peter Parler** beschäftigt.

Vorwort

Köln ist eine wunderbare Stadt, das vorab. Köln war auch im angeblich so finsteren Mittelalter eine wunderbare Stadt, in der natürlich große Geschichte gemacht wurde, aber in der vor allem die kleinen Leute durch ihren fröhlichen Pragmatismus Geschichte gemacht haben.

Und das zeichnete das Heilige Köln aus: seine Kirchen, Klöster und Reliquien, in denen sich der mächtige Einfluss der Geistlichkeit zeigte; und die Patrizier, Kaufleute und Handwerker, die die Macht des Geldes darstellten. Nicht immer verfolgten diese beiden Gruppen die gleichen Ziele, und im Jahr 1376 tobte – nicht zum ersten und nicht zum letzten Mal – zwischen dem Erzbischof und der Stadt Köln ein Streit. Dieser ging als der »Schöffenkrieg« in die Annalen ein und zeigt sehr hübsch, wie man mit derartigen Konflikten umging.

Geschäftstüchtig und fromm waren auch die Kölnerinnen, sie hatten regen Anteil am Wirtschaftsleben, und das in fast allen Bereichen. Eine besondere Gruppe stellten die Beginen dar – Frauen, die es vorzogen, in Konventen zu leben, sich jedoch den Regeln eines Ordens nicht unterordnen wollten. Sie lehnten die Prunksucht und die geistliche Bevormundung der Kirche ab, führten deshalb ein Leben in relativer Armut und arbeiteten für ihren Unterhalt. Sie leisteten soziale Dienste, lehrten und übten verschiedene, vor allem textile Berufe aus, machten sich aber auch Gedanken über Gott und die Welt. Dem Klerus waren sie damit ein Dorn im Auge, und andernorts sahen sich die Beginen unnachgiebiger Verfolgung ausgesetzt. Nicht so in Köln – hier hielt der Rat der Stadt schützend die Hand über sie, und der im Text zitierte Verweis an den Inquisitor ist aktenkundig.

Natürlich sind alle handelnden Personen frei erfunden, und ich hoffe, nicht allzu heftig auf die Zehen derjenigen getreten zu haben, die noch heute die Namen der alten Geschlechter tragen, indem ich ihnen einige eigenwillige Vorfahren andichtete.

Friedrich III. von Saarwerden jedoch hat wirklich gelebt. Sie finden ihn lebensgroß im Kölner Dom, gleich rechts beim Eingang. Er hatte in jungen Jahren seine Schwierigkeiten mit der Stadt Köln, doch letztlich regierte er vierundvierzig Jahre lang in stiller Resignation. Und selbstverständlich gab es auch den Dombaumeister Michael.

Im Heiligen Köln des Jahres 1376 der Menschwerdung des Herrn

1. Kapitel

Die Aprilnacht war ungewöhnlich kühl, und feuchter Dunst zog vom Fluss herauf durch die Gassen. Der Mann trug einen langen, schwarzen Umhang, dessen Kapuze sein Gesicht völlig überschattete. Er ging mit eiligen Schritten, doch bemühte er sich, keinerlei Geräusch zu verursachen, um nicht etwa einen rechtschaffenen Bürger aus seinem wohlverdienten Schlaf zu reißen. Auch auf eine Laterne hatte er verzichtet, und dann und wann musste er innehalten, um in den finsteren Gassen seinen Weg zu finden. Endlich erreichte er das Haus, welches das Ziel seines nächtlichen Ausflugs war. Die Wolke, die bisher den Mond verhüllt hatte, war weitergezogen, und das kalte Licht, das nun die graue, steinerne Hauswand erhellte, erleichterte es dem Vermummten, mit dem Schlüssel das Tor zum Hof zu öffnen. Nur ein leises Knarren verriet sein Eindringen. Vorsichtig lehnte er das Tor wieder an, verschloss es aber nicht.

In dem Geviert war es kalt, denn die hohen Mauern legten auch am Tag dunkle Schatten über die Eingänge der Gewölbekeller. Ein Frachtkarren stand an der Wand, Fässer stapelten sich daneben, bereit für die Auslieferung an wohlhabende Kunden. Der Ast eines blühenden Apfelbaums hatte es gewagt, sich vom Nachbargrundstück über die Mauer in den Hof des nüchternen Handelshauses zu neigen, doch konnte selbst sein süßer

Duft nicht den säuerlichen Geruch übertrumpfen, mit dem der verschüttete Wein seit Jahrzehnten den Boden des Hofes tränkte. Über diesen Ast balancierte, vorsichtig Pfote vor Pfote setzend, ein schwarzer Kater und sah sich prüfend um. Obwohl seine Sehkraft in der Nacht um vieles besser war als die der Menschen, konnte er den Mann im Umhang kaum ausmachen. Dieser verschwand beinahe in einer der dunklen Mauernischen, nur hin und wieder hörte der Kater seinen aufgeregten Atem.

Die Zeit verstrich, weitere Wolkenschiffe zogen vor den Mond und verschluckten sein Licht, ließen dann aber wieder zu, dass es sich silbern über die Stadt und den Strom ergoss. Die Nacht erschien dem Wartenden nervenzerreißend still.

Endlich knarrte kaum hörbar die Tür, und eine weitere Gestalt schlüpfte lautlos in den Hof. Auch diese trug einen dunklen Umhang, der ein kurzes, gepolstertes Wams und eng anliegende Beinkleider verhüllte. Die Schuhe des Mannes waren aus weichem Leder gefertigt, die langen Spitzen hatte er hochgebunden, um ungehindert laufen zu können. Suchend blickte er sich um, lauschte und ging dann zielstrebig auf den Winkel zu, in dem sich der andere Mann verbarg. Dieser löste sich aus dem Schatten und trat dem Ankömmling entgegen. Flüsternd unterhielten sich die beiden eine Weile, doch besonders freundschaftlich schien das Gespräch nicht zu verlaufen. Der Vermummte gestikulierte mehrfach in heftiger Abwehr, so dass sein Umhang wie Rabenschwingen flatterte. Doch nach und nach erstarb sein Protest, wie Halt suchend lehnte er sich an die Wand und hob nur noch einmal die Hand, als wolle er den anderen beschwichtigen. Schließlich aber zog er resigniert die breiten Schultern hoch und ließ den Kopf hängen. Der andere lachte leise und flüsterte vernehmlich: »Wenn du mir also diesen kleinen Gefallen tust, wird dir und deinem Herrn nichts geschehen! Und der Erzbischof wird's dir danken.« Dann war er verschwunden, und das Tor fiel hinter ihm ins Schloss.

Der schwarze Kater, der unbeweglich unter dem Ast gesessen hatte, reckte sich und zuckte dann plötzlich zusammen, denn der Mann an der Wand strich mit einer jähen Bewegung die Kapuze vom Kopf, als ob sie ihn unerträglich drückte. Sein junges Gesicht war fahl wie das Mondlicht, und mit vor Entsetzen starrem Blick murmelte er unablässig: »Nom de Dieu, nom de Dieu, nom de Dieu ...«

2. Kapitel

Die kleine Pfarrkirche, die sich an das Kloster von Groß St. Martin schmiegte, war gut besucht. Dicht an dicht drängten sich die Gläubigen, überwiegend Handwerkerfamilien und kleine Gewerbetreibende, in ihrem Sonntagsstaat. Die Frauen trugen meist schlichte Hauben, aufwändigen Putz gab es selten, auch bunte Kleider waren nur einige wenige zu sehen. Viele schienen andächtig der Messe zu lauschen, aber an einigen Stellen gab es auch Getuschel und leises Lachen. Durch das strenge Rautenmuster der schmalen, bleiverglasten Fenster drang das Licht in langen Streifen ins Innere der Kirche. Große Helligkeit erzeugte die Sonne allerdings nicht, und die beiden dicken Wachskerzen rechts und links des Altars mussten dem schwarz gewandeten Mönch helfen, die Schrift zu verlesen.

Die sommerliche Wärme, die Weihrauchschwaden, das gedämpfte Licht und die eintönig vorgetragenen Psalmen lullten Almut Bossart in einen wohligen Halbschlaf. Immer wieder sank ihr grau verhüllter Kopf auf die Brust, und ebenso oft weckte sie ein freundschaftlicher Rippenstoß ihrer Nachbarin wieder auf.

Sie hatte die Nacht weitgehend ohne Schlaf verbracht, denn Elsa, die Apothekerin, litt an einem heftig schmerzenden Zahn, und sie, Almut, hatte einen der geheimnisvollen Prozesse überwachen müssen, in denen Elsa ihre Elixiere und Heilmittel herstellte. Natürlich gab es da noch ihre Helferin Trine, eine fleißige und gelehrige Dreizehnjährige, aber aus gutem Grund konnte man ihr nicht die Aufsicht über Arbeiten anvertrauen, in denen Feuer eine Rolle spielte. Sie hatte nämlich die unausrottbare Neigung, alles auf seine Wirkung als Räuchermittel zu untersuchen, von harmlosen getrockneten Kräutern über wertvolle Gewürze bis hin zu den zipfeligen Enden ihrer eigenen Zöpfe. Kurz und gut, Almut hatte vor dem Alambic gesessen und beobachtet, wie sich Tröpfchen für Tröpfchen der klaren Lösung in dem Auffanggefäß sammelte. Hin und wieder gab sie ein Bündel Kräuter hinein – Lavendel, hatte ihr Elsa gesagt – und ließ den Vorgang sich wiederholen. Es war keine unangenehme oder gar schwere Arbeit, sie verlangte jedoch Aufmerksamkeit.

Die Nacht hatte Elsa keine Erleichterung gebracht, am Morgen war die Wange geschwollen, und sie musste sich stöhnend mit einem feuchten Tuch die Gesichtshälfte kühlen. Almut verließ sie mit dem Versprechen, nach der Messe eine Arznei-Phiole bei dem Weinhändler de Lipa am Mühlenbach abzuliefern.

»Dem scheint wirklich das Hirn in den fetten Bauch gerutscht zu sein!«, murrte ihre Nachbarin unwillig.

»Mh?«

Almut schreckte aus einem verträumten Dämmern auf, in dem blühende Felder und ein reiches Mahl unter schattigen Bäumen eine Rolle gespielt hatten, und lauschte widerstrebend der Predigt. Sie war nicht dazu angetan, erhebende Gefühle in ihr zu wecken. Flüsternd wandte sie sich an ihre Nachbarin: »Stimmt, Clara. Pater Leonhard war zwar der langweiligste Prediger unter Gottes Sonne, aber diese Schmalzkugel fängt an, auch mich zu ärgern!«

»Almut, sei still. Du bringst dich nur wieder in Schwierigkeiten!«, zischte Gertrud vernehmlich in ihre Richtung.

Insgesamt zehn grau gewandete Frauen, die zu einem kleinen Beginen-Konvent am Eigelstein gehörten, knieten in andachtsvoller Haltung in der dritten Reihe der kleinen Pfarrkirche, die nach der Heiligen Brigid hier in Köln St. Brigiden hieß. Als Priester war für sie einer der Mönche des nebenan liegenden Benediktinerklosters zu Groß St. Martin zuständig. Die Messe hätten die Beginen aber normalerweise in einer kleinen Pfarrkirche am Rhein besucht, doch da sich der Erzbischof und die Stadt mal wieder in den Haaren lagen, hatten sich einige der Kleriker, unter ihnen auch Pater Leonhard, zu ihm gesellt und warteten jetzt in Bonn ab, wie sich die Lage weiter entwickelte. Damit sie jedoch weiterhin nicht auf den Kirchgang verzichten mussten und geistlichen Rat finden konnten, hatte die Meisterin der Beginen bestimmt, dass sich der Konvent ab Mai geschlossen in die Obhut der Benediktiner begeben sollte.

Almut hielt das nicht für eine gelungene Entscheidung. Sie betrachtete den Prediger in seiner schwarzen Kutte und versuchte, ihrer aufwallenden Abneigung Herr zu werden.

Der klein gewachsene Notker, der von seinen Mitbrüdern wegen zwei anderer Mönche gleichen Namens ›Notker der Dicke‹ gerufen wurde, neigte zwar den Freuden der Tafel zu, nahm aber sein Keuschheitsgelübde überaus ernst und betrachtete das Weib als die Wurzel allen Übels. Er war schon als Kind ins Kloster gekommen und hatte den Kontakt zu diesen verwerflichen Kreaturen der Schöpfung bisher erfolgreich gemieden. So bezog er denn seine Kenntnis ihrer Natur aus den einschlägigen Bibelstellen und einigen passenden Auszügen aus den Schriften des großen Thomas von Aquin und ähnlicher, den Frauen wenig aufgeschlossen gesonnener Autoren. Er hielt die weibliche Hälfte der Menschheit daher geistig für so minderwertig, dass sie ihre offenkundigen Mängel selbst nicht erkennen konnten und man ihnen ihre Schlechtigkeit und Falschheit beständig mit bunten, drastischen Bildern klarmachen musste.

»Ein störrisches Pferd reite man nicht bei Festen, sondern halte man im Stall und brauche es als Lasttier«, tönte er gerade inbrünstig, und Almut schnaubte.

»Mach nicht solche Geräusche!«, kicherte Clara. »Sonst glaubt er noch, hier stünde eins!«

»Keiner braucht zu hoffen, die Natur des Schweines oder der Katzen zu ändern, und aus Wolle kann man nicht Seide spinnen! Auch ein Weib mit milden oder harten Worten zu ziehen ist vergebliche Mühe.«

»Warum hält er dann nicht die Luft an?«, knurrte Almut, die langsam an die Grenzen ihrer Geduld geriet.

Notker der Dicke sandte einen brennenden Blick in Richtung des Getuschels, erkannte die frommen Beginen und wetterte los: »Das Weib tritt mal schlicht und fromm wie eine Nonne auf, aber wo es ihm passt, lässt es seiner Neigung plötzlich freien Lauf. Das geile Auge des Weibes macht den Mann zu Schanden und dörrt ihn wie Heu!«

Hinter Almut und Clara begann jemand hilflos zu kichern.

»Das Weib ist ein Spiegel des Teufels, wehe auch dem frömmsten Manne, der zu oft hineinblickt. Ein Tor, wer einer Schlange traut, hat doch die Schlange Eva betrogen und ist dafür verdammt, über Steine und Dornen zu kriechen. Kein Mann sollte dem Weibe trauen, seitdem es den Adam betrogen hat. Deswegen lässt man es ja auch Haupt und Stirn bedecken, damit es sich schäme. Scham und Demut stehen dem Weibe an, denn so steht es geschrieben: ›Und Gott der Herr schuf eine Frau aus der Rippe, die er von dem Menschen nahm‹ – ein krummes Geschöpf, entstanden aus schadhaften Samen und feuchten Winden, wie schon unser großer Lehrer Thomas von Aquin wusste!«

»Eure Bibel habt ihr aber nicht besonders gut gelesen, Bruder Notker! Es gibt da eine Stelle, in der es heißt: ›Gott schuf den Menschen zu seinem Bilde, zum Bilde Gottes schuf er ihn; und schuf sie als *Mann und Weib*!‹«

Gertrud, die auf der anderen Seite neben Almut stand, zog sie vergeblich am Ärmel.

»Und vielleicht hilft es Euch auch, wenn Ihr bei Paulus nachlest, der da sagt: ›Doch in dem Herren ist weder die Frau etwas ohne den Mann, noch der Mann etwas ohne die Frau; denn wie die Frau von dem Mann, so kommt auch der Mann durch die Frau, aber alles von Gott.‹ Lest nach, Bruder Notker, wenn Ihr des Lesens mächtig seid!«

Bleischwere Stille lag über dem Kirchenraum. Der dicke Mönch hatte einen puterroten Kopf bekommen und schnappte ein paarmal nach Luft. Dann kam ihm offensichtlich so etwas wie eine Erleuchtung, und er plusterte sich zu seiner ganzen Größe auf, um mit herrischer Stimme zu verkünden: »›In der Gemeinde der Heiligen sollen die Frauen schweigen. Es ist ihnen nicht gestattet, zu reden, sondern sie sollen sich unterordnen!‹ Das ist es, was uns der Apostel Paulus sagt.«

»Tja, Grube gegraben und selbst reingefallen«, flüsterte Clara Almut zu, die jetzt bescheiden das Gesicht hinter dem Schleier verbarg. Weniger aus Demut, sondern weil es ebenfalls sehr rot geworden war.

Die Messe nahm ihren gewohnten Gang.

Bis zu einem weiteren Zwischenfall. Der ereignete sich, als Notker das Abendmahl zelebrierte. Diese heilige Handlung stellte einen der Höhepunkte für den Priester dar, nicht wegen der tiefen Symbolik oder des wundervollen Mysteriums der Wandlung, sondern weil er sich nach dem wirklich ausgezeichneten Messwein sehnte, den sein Kloster so freundlich war, aus Burgund importieren zu lassen. Er hatte darauf geachtet, dass der Kelch großzügig gefüllt wurde. Nun brach er die Hostie darüber, sprach die Worte, die zu sprechen waren, und hob das kostbare Gefäß, um einen tiefen Zug des dunklen, schweren Rotweins zu nehmen.

Saurer Geschmack, bitter und scharf, füllte seinen Mund, und in einer Fontäne versprühte er die rote Flüssigkeit über das weiße goldbestickte Altartuch. Hustend und mit Tränen in den Augen kniete er nieder und stammelte etwas von Wasser.

»›Denn wer so isst und trinkt, dass er den Herrn nicht achtet, der isst und trinkt sich selber zum Gericht!‹«, bemerkte Almut salbungsvoll. Und fügte dann mit nüchterner Stimme hinzu: »Hat Paulus auch gesagt.«

Schadenfrohes Kichern erfüllte die Kirche, doch endlich hatten zwei barmherzige Mitbrüder begriffen, dass der dicke Notker wahrhaftig in Nöten war. Sie halfen ihm auf und führten ihn in die Sakristei. Die Gemeinde begann sich zögerlich aufzulösen. Dieser Gottesdienst bot zumindest für die nächsten Tage ein wunderbares Gesprächsthema.

Die Beginen sammelten sich zu einer geschlossenen Gruppe und verließen gesetzten Schrittes die Kirche. Auf den Stufen warteten die Bettler und Krüppel auf Almosen, und als sie ihre Spenden getan hatten, fragte Almut in die Runde: »Ich muss für Elsa eine Besorgung machen. Wer kann mich begleiten?«

»Ich gewiss nicht, ich habe genug in der Küche zu tun.«

Mürrisch drehte sich Gertrud um.

»Ich würde ja gerne mitgehen, Almut, aber du weißt ja: mein Fuß!«

»Der schmerzt dich bei jedem Weg, den du nicht für dich selbst unternimmst, Clara.«

Bittend sah Almut sich in der kleinen Gruppe um, aber ein freiwilliges Nicken fand sich bei keiner der Frauen. Das Essen wartete. Schließlich seufzte sie: »Trine geht mit mir.«

Sie machte dem schmächtigen Mädchen, das sich unauffällig im Hintergrund gehalten hatte, ein Zeichen. Mit einem Lächeln trat es vor, und Almut nickte ihm freundlich zu. Gewiss, die Kleine war kein Schutz gegen unsittliche Übergriffe, und ganz den Regeln des Konvents entsprach die Lösung auch nicht. Die schrieben nämlich vor, dass junge Beginen sich immer nur in Begleitung einer älteren in der Öffentlichkeit bewegen durften. Und Almut war in der Tat noch jung, obwohl sie selbst das nicht mehr glaubte.

»Komm, dann wollen wir uns sputen, Trine, damit wir rechtzeitig zur Non zurück sind.«

Während sie sprach, machte sie kleine ausdrucksvolle Gesten mit den Händen, und Trine verfolgte diese und auch Almuts Lippenbewegungen aufmerksam. Denn Trine war taubstumm.

Almut und das Mädchen trennten sich von den anderen Beginen und verließen St. Brigiden in entgegengesetzter Richtung. Almut wusste, wo sich das Haus des Weinhändlers de Lipa befand, denn in diesem Teil der Stadt war sie aufgewachsen: Ihr Elternhaus stand ebenfalls oberhalb des Mühlenbachs. Weit war der Weg nicht, den sie zu gehen hatten, aber die ungepflasterten Straßen waren noch schlammig vom letzten Regen und aufgewühlt von den Fuhrwerken und Karren, die die Waren von den Schiffen im Hafen zu den Lagern der Kaufleute oder zu den Märkten brachten. Erst vor zwei Tagen hatte die Sonne den Regen abgelöst, und so mühten sie sich, voranzukommen und nicht ständig in schlammige Karrenspuren zu treten, wichen den in Pfützen wühlenden Schweinen aus und versuchten, nicht auf glitschigen Abfällen auszurutschen. Belästigungen waren sie jedoch nicht ausgesetzt. Derlei kam manchmal vor, denn die Beginen – als unverheiratete, geschäftstüchtige Frauen bekannt – hatten sich einige Neider geschaffen, unter den Seidwebern sogar Feinde. Und ganz übel Wollende unterstellten den nach ihren eigenen Regeln lebenden und keinen Ordensregeln gehorchenden Schwestern gewisse Freizügigkeiten, die sie nur zu gerne in Spottliedern äußerten. Doch die Straßen waren menschenleer, die Gassenjungen mochten wohl den sonnigen Tag in den kühlen Fluten des Rheins verbringen, vielleicht auch die scharfzüngigen Scholaren und die übermütigen Gecken. Die geschäftigen Handwerker und Händler ließen des Sonntags ihre Arbeiten ruhen, die Bettler und Armen hatten sich an den Kirchen versammelt, um Almosen zu erbitten, und die vornehmen Bürger pflegten in ihren Häusern die Sonntagsruhe.

Unbehelligt erreichten die beiden Frauen ihr Ziel. Den Mühlenbach bewohnten die Wohlhabenderen. Es gab nur vereinzelt Fachwerkhäuser; aus grauen Steinen gemauerte Gebäude bestimmten das Bild. Weit geöffnete hölzerne Läden an den Fenstern ließen das Sonnenlicht ein, und vereinzelt konnte man den Duft von fettem Braten riechen. Irgendwo schien sogar ein Fest gefeiert zu werden, denn leise mischten sich die perlenden Töne einer kunstfertig gespielten Laute in das Gurren der Tauben, die auf den Dächern saßen.

Almut und Trine standen nun vor dem herrschaftlichen Haus der de Lipas. Drei Stockwerke hoch war es, massiv aus Stein gebaut, und hatte sogar die ganz luxuriösen Glasfenster, die seit neuestem nicht nur in Kirchen eingebaut wurden. Zur Straßenseite zierte es ein neunstufiger Giebel, und vor dem Eingang wölbten sich vier Rundbögen.

»Na, dann wollen wir mal sehen, ob wir dem armen kranken Mann helfen können«, spöttelte Almut leise, als sie an die Tür klopfte.

Sie öffnete sich ihr sogleich, doch statt der erwarteten Magd stand Almut eine der schönsten Frau gegenüber, der sie je begegnet war. Ihr Gesicht war das erlesene Oval einer Madonna, gekrönt von einer hohen Haube, von der ein zarter Schleier fiel, das feine Gewand war nach der neuesten Mode aus kostbaren Stoffen gefertigt und verriet durch das gewagte Teufelsfenster – die tiefe seitliche Ärmelöffnung des Obergewandes – eine Figur von anmutiger Zartheit. Sie mochte etwa Anfang der Zwanzig sein. Beide Frauen sahen sich verblüfft an.

»Oh, ich erwartete Pater Ivo ...«

»Nun, der bin ich nicht. Aber Ihr scheint die Dame de Lipa zu sein?«

Hoheitsvoll nickte die Schöne.

»Ich bin Almut vom Konvent am Eigelstein. Unsere Apothekerin schickt Euch die Arznei für den kranken Herrn.«

»Den kranken …? Ach ja. Nun, dann tretet ein.«

Almut winkte Trine zu, die mit riesengroßen Augen die prachtvolle Hausherrin angestarrt hatte, und betrat das Haus. Es war angenehm kühl im Inneren. Durch die Butzenscheiben fiel das Sonnenlicht, das sich auf den Bodenfliesen in bunten Mustern brach. Nur ein leichter, aber unangenehm fauliger Geruch störte den gepflegten Eindruck.

»Der Junge liegt oben in seinem Zimmer!«

Bevor die Hausherrin sie die Treppe hoch führen konnte, kam ein stattlicher Mann die Stiege herab. Er mochte etliche Jahre älter als seine Frau sein, schien jedoch sehr vital.

»Ah, die Arznei, um die ich geschickt habe! Ihr seid die Apothekerin?«

»Nein, sie leidet selber. Ich bringe in ihrem Auftrag dieses Fläschchen.«

Aus dem Beutel, den sie am Gürtel trug, holte Almut den kleinen, grünen, sorgfältig verstöpselten Glaskrug hervor.

»Bringen wir es dem Kranken. Folgt mir.«

In einem breiten Bett ruhte in halb aufgerichteter Stellung ein junger Mann, der vor sich hin döste. Einige seiner dunklen Locken klebten wirr an der heißen Stirn, sein Atem ging schwer. Doch war er ein hübscher Junge mit klaren Gesichtszügen und verhältnismäßig dunklem Teint. Von den Schritten und den leisen Worten geweckt, schlug er die Augen auf und schaute ein wenig irritiert um sich.

»Oh, Maître Hermann, Ihr …«

Ein krampfhaftes Husten hinderte ihn am Weitersprechen.

»Das ist Jean de Champol aus Burgund. Er weilt in unserem Haus, um sich im Weinhandel ausbilden zu lassen. Ein schädlicher Wind hat seine Lungen getroffen, und seit beinahe zwei Wochen will sich der Husten nicht bessern, obwohl wir alles getan haben, was wir konnten. Man hat ihn zur Ader gelassen, ihm stärkende Speisen angeboten und heißen Wein zu trinken gegeben, aber nichts hat bisher geholfen. Auch das geweihte Amulett des heiligen Andreas hat keine Wirkung gezeigt, obwohl Jean darauf geschworen hat, dass es ihm in seiner Heimat immer Hilfe gebracht hat.«

De Lipa wies auf das zierlich geschnitzte Holzscheibchen, das Jean an einer dünnen Kordel um den Hals trug. Es war das Kreuz des Andreas darauf zu sehen, umgeben von einem Kranz kleiner Buchstaben.

»Meine Schwester Helgart hat sich an Eure Apothekerin erinnert und sie mir empfohlen.«

»Ein guter Rat. Elsa ist wirklich sehr geschickt und erfahren in der Zubereitung heilender Mittel. Wir sind dankbar, dass sie bei uns ist. Hier ist der Hustensaft, den sie auch uns verabreicht und der sehr wohltuend ist. Nehmt davon einen kleinen Löffel voll, und Ihr werdet merken, wie sich die Krämpfe in der Brust lösen. Nehmt Ihr zwei Löffel voll, werdet Ihr tief und ruhig schlafen. Aber die Apothekerin hat mir ausdrücklich aufgetragen, Euch davor zu warnen, mehr als zwei Löffel von der Arznei zu nehmen, damit keine üblen Folgen auftreten.«

»Ihr bringt uns ein Gift für den Kranken?«

De Lipa fuhr mit einem Ruck herum und musterte das Krüglein misstrauisch.

»Es ist kein Gift, sondern ein starkes Heilmittel. Oder

besser – die Dosierung macht es aus, ob es hilft oder schadet. Lasst den Kranken nicht mehr als zwei Löffel voll auf einmal nehmen, dann wird es ihm bei der Heilung dieses bösen Hustens helfen. Gebt ihm nichts mehr davon, wenn die Besserung eingetreten ist.«

Almut stellte die Phiole auf den Tisch neben dem Bett und nickte dem Kranken mit einem aufmunternden Lächeln zu.

»Ich werde tun, wie Ihr sagt«, flüsterte der junge Mann heiser. »Ich vertraue auf die Wirksamkeit Eures Elixiers, denn morgen will ich wieder meine Aufgaben übernehmen. Dank Euch, ma soeur. Schwester«, verbesserte er sich.

»Ich bin keine Nonne, Jean de Champol, ich bin eine Begine.«

De Lipa schüttelte ungeduldig den Kopf und meinte: »Das zu erklären, führt jetzt zu weit. Ich werde Jean diese Medizin geben. Wir werden sehen, wie gut sie hilft. Mir scheint, es ist besser, wir lassen den Jungen jetzt allein. Dietke, führe unseren Besuch nach unten.«

Als Almut sich zur Hausherrin umsah, steckte diese gerade einen kleinen Silberspiegel, in dem sie ihr Gesicht studiert hatte, in die Tasche ihres Gewandes. Sie schenkte ihrem Mann einen schwer zu deutenden Blick und wies Almut mit einer unmissverständlichen Handbewegung aus dem Zimmer. Sie selbst folgte ihr nach kurzem Zögern.

»Ihr verwendet ein köstliches Parfüm, Frau Begine«, bemerkte sie, als sie unten angekommen waren.

»Ich? O nein, ich verwende keine Duftwasser.«

»Aber dieser Geruch, der Euch umgibt…?«

Almut schnupperte an dem Ärmel, und ein Lächeln flog über ihr Gesicht.

»Ah, ich habe heute Nacht die Herstellung einer Tinktur aus Kräutern überwacht. Sie hilft, äußerlich angewendet, gegen Schwindel und Kopfschmerz, aber auch bei Ohnmachten, bei Gicht und Rheuma.«

»Mag schon sein, aber ihr Duft ist überaus angenehm. Bringt mir doch bei Gelegenheit ein Töpfchen davon vorbei.«

»Ich will unsere Apothekerin fragen, Frau Dietke. Wenn es unschädlich ist, wird sie Euch gerne etwas davon überlassen. Aber nun muss ich mich eilen. Lebt wohl und sendet dem Kranken meine Grüße. Ich werde für seine baldige Genesung beten.«

Trine wartete noch immer an der Tür, bei ihr war eine seltsame Gestalt. Ein Mann, groß, doch mit gebeugten Schultern und wirrem, grauem Haar. Er gab einen unartikulierten Laut von sich, als er Dietke sah, und hinkte eilig davon. Almut aber erhaschte dennoch einen Blick auf sein Gesicht. Es machte sie schaudern, denn tiefe Narben entstellten seine Züge.

»Noch einen schönen Tag wünsche ich Euch«, sagte die Hausherrin und öffnete die Haustür. Es war ihr anzumerken, dass sie ihre Besucher nur zu gerne los sein wollte.

Vor der Tür blinzelte Almut in das helle Sonnenlicht und atmete tief ein. Die Atmosphäre im Haus der de Lipas war ihr beklemmend erschienen. Das lag auch an dem unangenehmen Geruch, der sich in den unteren Räumen breit gemacht hatte.

»Wird wohl Zeit, dass die Goldgräber mal wieder die Kloake reinigen!«, sagte sie zu Trine und begleitete ihre Bemerkung mit einer passenden Handbewegung zur Nase. Trine, die einen sehr feinen Geruchssinn hatte, nickte und schüttelte sich angeekelt. Ungewöhnlich war der Gestank allerdings nicht, vor allem nicht an warmen Tagen. Es gab kein Abwassersystem in Köln. Die Häuser hatten lediglich Sickergruben in den Hinterhöfen, manchmal sogar im Keller, in denen nicht nur Fäkalien gesammelt wurden, sondern auch die Kadaver streunender Hunde, unvorsichtiger Schweine oder Ratten verwesten. Die Kloakenreiniger wurden scherzhaft »Goldgräber« genannt und hatten die Aufgabe, in regelmäßigen Abständen die Gruben zu entleeren. Den Inhalt fuhren sie hinaus auf die Äcker – oder kippten ihn in den Rhein.

»Kein Wunder, dass Frau Dietke hinter einem Duftwasser her ist«, murmelte Almut mehr für sich, was Trine allerdings nicht verstand. Aber sie hatte eine andere Mitteilung zu machen. Energisch zog sie Almut am Ärmel.

»Was ist, Trine?«

Mit einem raschen Kopfheben zur Tür rieb sie den Daumen gegen die Finger der rechten Hand – das unmissverständliche Zeichen des Geldzählens.

»Also, wenn du jetzt meinst, ich klopfe da noch mal an, um mir die paar Münzen geben zu lassen, dann hast du dich aber geirrt, Kleine. Sehen wir zu, dass wir nach Hause kommen. Hoffentlich hat Gertrud noch etwas Brot und Suppe für uns aufgehoben!«

Almut rieb sich vielsagend den Magen, und Trine grinste. Dann machte sie sich daran, neben Almut herzutrotten.

»Gehen wir am Rhein entlang, Trine. Da ist es kühler.«

Almut zeigte zum Filzgrabentor, wo eine Gruppe Kinder unterhalb der Stadtmauer herumtollte. Trine schüttelte den Kopf und gab mit einer Grimasse zu verstehen, dass ihr der Umweg zu weit sei.

»Na gut, dann nicht. Aber der Weg ist so viel weiter auch nicht. Ich vermute, du willst einfach etwas Aufregenderes zu sehen bekommen. Solch schneidige Herrchen wie die dort etwa?«

Drei aufgeputzte Männer schlenderten der Begine und ihrer Begleiterin entgegen. Sie sahen nicht aus, als ob sie den Sonntag in stiller Kontemplation verbringen wollten. Stattdessen lauschten sie der deftigen Geschichte, die einer von ihnen zum Besten gab. Grölendes Gelächter belohnte seine Erzählung. Alle drei waren sie in farbenprächtige kurze Wämser gekleidet, und selbstredend trugen sie unterschiedlich gefärbte Strümpfe an den Beinen. Ihr Schuhwerk zierten beinahe zwei Handbreit lange Spitzen, die der Wortführer der Gruppe wohl auf Grund praktischer Erfahrung mit seidenen Bändchen hochgebunden hatte.

»Aber da seht mal, was uns dieser schöne Tag beschert!«

»Zwei junge Weibsleut!«

»Zwei knusprige, na ja, eine davon …«

»Tilmann, was hast du von den lustigen Nonnen erzählt? Wollen wir nicht mal prüfen, ob diese grauen Schwestern uns genauso viel Spaß bereiten?«

Almut sah sich nach Hilfe um. Außer zwei mageren Ziegen und einer aufflatternden Schar Hennen war kein Lebewesen in der Gasse zu sehen. Und ob sie durch laute Hilferufe mehr als nur eine Anzahl Gaffer herauslocken würde, war auch ungewiss. Trine an ihrer Seite ergriff ihre Hand und drückte sie fest. Dann ließ sie los und versteckte die Hand in ihrem losen Kittel. Die jungen Männer kamen näher, und der, den sie Tilmann genannt hatten, versuchte, Almut den Arm um die Hüfte zu legen und sie an sich zu ziehen. Es gelang ihm noch nicht einmal im Ansatz, denn schon hatte die Begine ausgeholt und ihm eine Ohrfeige verpasst, die davon zeugte, dass sie nicht nur zarte Stickereien anzufertigen verstand. Benommen taumelte er zurück; gleichzeitig ertönte der schrille Schmerzensschrei eines Zweiten, der Bekanntschaft mit einer langen Kupfernadel gemacht hatte, die Trine in ihrer Zeit als herumgestoßenes Gassenkind wirkungsvoll einzusetzen gelernt hatte. Dem dritten, der einen zügigen Schritt auf das Mädchen zu machen wollte, trat Almut mit ganzer Kraft auf den Fuß. Sie verfehlte zwar die Zehen, aber die Schuhspitze hatte sie getroffen. Ihr Besitzer stolperte, sie trat zur Seite, und er fiel lang ausgestreckt in den feuchten Straßenkot.

»Los, Trine, lauf!«

Sie schubste das Mädchen in den Rücken. Beide rafften sie die Röcke und liefen los. Sie konnten ziemlich sicher sein, einen guten Vorsprung herauszuholen, denn das unpraktische Schuhwerk ihrer Widersacher hinderte diese wirkungsvoller als alles andere, die Verfolgung aufzunehmen. Im Gewirr der Gassen und Gässchen um den Heumarkt hielten sie dann auch in ihrem Lauf ein und gingen wie gesittete Damen weiter.

»Gut gemacht, Trine!«, sagte Almut und klopfte ihr anerkennend auf die magere Schulter.

Trine grinste, zeigte auf Almuts Schleier und machte eine streichende Geste. Almut blieb stehen und tastete nach ihrem Gebände. Natürlich, es war verrutscht. Etwas ungeschickt versuchte sie, es wieder zu richten.

»So ein kleiner Silberspiegel, wie der, den die schöne Dietke hatte, der wäre jetzt sehr nützlich«, bemerkte sie seufzend. Trine verstand sie zwar nicht, half ihr aber, den grauen Schleier wieder ordentlich über das steifleinene Stirnband zu ziehen.

Bis zum Alter Markt kamen sie zügig voran, dann aber begann Trine, die nur selten die Gelegenheit hatte, die Abgeschlossenheit des Konventes zu verlassen, ihre Schritte zu verlangsamen und neugierig das Treiben zu beobachten. Almut hatte zwar Hunger, und ihr war auch ziemlich warm geworden, aber sie konnte das Mädchen verstehen. In ihrer stummen und lautlosen Welt war sie vor allem auf das Schauen angewiesen. Und hier auf dem Marktplatz gab es viel zu sehen. Auf dem Kax, dem Schandpfahl, stand ein Wirt, der zum wiederholten Male angeklagt worden war, verdorbenes Essen verkauft zu haben. Ein Haufen matschiger Gemüsereste, stinkender Fischköpfe und verschimmelter Brotkanten zu seinen Füßen zeugte davon, dass sich die Kundschaft ausgiebig an ihm gerächt hatte. Gerade warf eine aufgebrachte Frau mit einem verfaulten Kohlstrunk nach ihm, begleitet von ein paar passenden Schmähworten. Drei Stunden nur hatte der Wirt dort zuzubringen, aber man sah ihm an, dass es die längsten Stunden seines Lebens werden würden. Noch mehr Aufmerksamkeit aber als der arme Mann am Pranger erregte ein Wagen, der in der Mitte des Platzes stand. Almut konnte lesen und entzifferte das, was auf der großen aufgespannten Leinwand bekannt gegeben wurde. Hier zeigte ein hochberühmter Meister öffentlich die Kunst des Zahnreißens. Für diejenigen, die des Lesens nicht kundig waren, boten sprechende Bilder von blutigen Zähnen und dem vielfältigen Werkzeug einen Überblick über das Angebot der medizinischen Dienstleistungen. Das alleine hätte natürlich noch nicht gereicht, den Menschenauflauf zu erklären, der sich gebildet hatte und durch den sich Trine jetzt drängte. Ein Patient hatte sich gefunden! Ein korpulenter Herr mit einer dicken Backe saß auf einem Hocker und wurde von zwei Gehilfen festgehalten, während der Zahnbrecher seiner Arbeit nachging. Trine war ganz Augen, und Almut, die voller Mitleid an Elsa dachte, meinte fast selbst den heftigen Schlag mit dem Stoßeisen und die reißende Zange an ihrem Backenzahn zu spüren. Leise dankte sie der heiligen Apollonia, der Märtyrerin, die man bei Zahnschmerzen anrief, dass sie selbst bis jetzt ausgesprochen gesunde Zähne hatte.

Ein Schmerzensgebrüll ließ die Menge zusammenfahren, und triumphierend hielt der Zahnbrecher den gezogenen Zahn in die Höhe. Der Patient spuckte Blut und Eiter aus und musste sich den Mund unter fürchterlichen Grimassen mit einer scharfen Flüssigkeit ausspülen.

»Genug Aufregung für heute, Trine!«

Energisch nahm Almut das Mädchen am Arm und bugsierte sie aus der Menschentraube.

Die beiden erreichten den Konvent ohne weitere Zwischenfälle. Er lag zwar ein wenig außerhalb der eigentlichen Stadt, aber noch innerhalb der Stadtmauern und nicht weit von einem der wichtigsten Tore, dem Eigelstein-Tor, entfernt. Am Anfang des Jahrhunderts, vor etwa siebzig Jahren, hatte ein reicher Patrizier, einer der Vorfahren der derzeitigen Meisterin Magda von Stave, für sechs ledige Frauen ein großes Haus inmitten der Weingärten gestiftet. Ein Anbau und drei weitere kleine mit Schieferleyen bedeckte Fachwerkhäuschen waren im Laufe der Zeit hinzugekommen und bildeten jetzt auf dem fast quadratischen Grundstück einen abgeschlossenen Hof. Die Häuser verdankten ihr Dasein einer vermögenden Begine, die sie vor Jahren dort für sich und ihre Schwestern hatte errichten lassen. Im Haupthaus befand sich nun das Refektorium, der Raum, in dem sich die Beginen zu den Mahlzeiten, aber auch zu gemeinsamen Arbeiten oder Gesprächen versammelten. In seinem Anbau, vor dem sich auch der Brunnen befand, hatte die Köchin ihr Reich. Umgeben war das Ganze von einer übermannshohen Mauer, die die Bewohnerinnen vor neugierigen Blicken und ungeladenen Gästen schützte. Der Eingang lag direkt neben einem der kleinen Häuser. Eine starke Holztür verschloss ihn gewöhnlich, und wer klopfte, musste sich zunächst dem prüfenden Blick der Pförtnerin stellen, die durch eine Luke nach dem Begehr fragte.

Almut hatte nach ihrem Gang durch die Stadt zunächst ihre Kammer aufgesucht, um sich den Staub von Gesicht und Händen zu waschen und das Gebände zu richten. Kurz sah sie noch einmal aus dem Fenster und ließ den Blick über die Felder streifen. Das Häuschen, in dem sie wohnte, grenzte an das freie Land, nicht an die Straße. Sie freute sich an dem Ausblick, auch wenn ihr damit verwehrt war, das Treiben im Hof zu beobachten. Doch viel Zeit zu derartigem Müßiggang fand sie ohnehin nicht. Auch jetzt hatte sie eine Aufgabe zu erledigen.

»In der Stadt ist ein Zahnbrecher, Elsa!«

Das linke Auge der Apothekerin war wegen der dicken, geröteten Wange inzwischen beinahe zugeschwollen, was sie aber nicht daran hinderte, unwillig zu knurren.

»Aber du solltest wirklich etwas unternehmen. Du weißt doch, so etwas geht nicht von selbst weg.«

Ein bisschen amüsiert betrachtete Almut die rundliche Apothekerin, die gewöhnlich für jedes Wehwehchen ihrer Mitschwestern eine Therapie zur Hand hatte. Vieles von dem, was sie verordnete, war zwar wirkungsvoll, aber in seiner Anwendung oder im Geschmack entsetzlich. Sie selbst unterzog sich daher nur höchst unwillig irgendwelchen Behandlungen und hatte eine geradezu panische Angst vor schmerzhaften Eingriffen.

»Hast du denn nichts bei deinen Mitteln, das dir helfen könnte?«

Nochmaliges Knurren war die Antwort.

»Traust du etwa deinen eigenen Arzneien nicht?«

»Almut, du gehst mir auf die Nerven.«

Almut indessen schaute sich in dem Raum um, in dem die Apothekerin ihre Arbeit verrichtete. Getrocknete Kräuter hingen in Büscheln von den Balken, in fest verschlossenen Töpfen lagerten wunderliche Ingredienzien wie getrocknete Fledermausohren, Alraunwurzeln, Olivenöl, Schwefelblüte, Apolloniakraut oder Spatzenhirn. Ganz geheuer war Almut Elsas Wirken nicht. Sie neigte zu Experimenten, probierte gerne neue Rezepturen aus oder wandelte bewährte nach ihren Vorstellungen ab. Allerdings musste man ihr zugute halten, dass sie die Wirkung immer zuerst an sich selbst ausprobierte, bevor sie die Mittel den Leidenden verabreichte. Doch wegen ihrer nicht unbeträchtlichen Körperfülle konnte die Dosis, die sie sich selbst verabreichte, manchmal unerwartete Wirkung bei weniger üppigen Personen zeigen. So hatte ein die Verdauung anregendes Mittel vor kurzem beinahe sämtliche Mitglieder des Konventes für zwei Tage außer Gefecht gesetzt.

»Was streichst du da herum, Almut. Bring mir nur nichts durcheinander!«

»Ich dachte nur, mir fällt etwas ein, wie ich dir helfen kann. Sag mal, wie kommst du eigentlich an getrocknete Fledermausohren? Fängst du die Fledermäuse selbst?«

»Du musst nicht alles wissen! Komm her, lenk mich von den Schmerzen ab, und erzähl mir von dem Weinhändler. Wer ist krank im Haus?«

»Oh, ein junger Franke aus Burgund, der sich dort aufhält. Er soll das Geschäft kennen lernen. Er hat einen wirklich schlimmen Husten. Ich hoffe, das Zeug, das du ihm gemischt hast, hilft ihm. Er sah aus, als habe er hohes Fieber. Darum habe ich nicht nur ihm, sondern auch dem Hausherren und seiner schönen Dame die Dosierung erklärt, wie du es mir aufgetragen hast. Kennst du die Familie eigentlich?«

»Die Schwester von Hermann de Lipa, Helgart, war ein paar Mal bei mir. Sie ist eine entfernte Verwandte von unserer Meisterin. Mit der Dame des Hauses scheint sie sich nicht gut zu verstehen.«

»Dietke ist sehr schön, aber auch ziemlich eitel, glaube ich.«

»Ist seine zweite!«

»Mh, ja. Sie ist auch noch recht jung. Und der junge Mann ist auch ganz ansehnlich. Sogar wenn er krank ist.«

»Soso.«

Elsa richtete sich etwas auf und blinzelte neugierig. Sie war einer kleinen Skandalgeschichte gegenüber nie abgeneigt, aber Almut ging nicht weiter darauf ein. Ihr war noch etwas eingefallen.

»Sie möchte deine Lavendel-Tinktur!«

»Hat sie schon das Gliederreißen?«

»Nein, der Duft hat ihr gefallen. Er scheint von heute Nacht noch an mir zu haften.«

»Ich kann nichts riechen!«, schniefte Elsa durch ihre ebenfalls von dem entzündeten Zahn in Mitleidenschaft gezogene Nase. »Aber gegen gutes Geld verkaufe ich ihr alles. Übrigens – hat sie die Arznei bezahlt?«

»Ähm ... ich hab's vergessen.«

»Almut! Wir können es uns nicht leisten, die teuren Arzneien zu verschenken. Vor allem nicht an die Reichen! Seit der erzbischöfliche Hof keine Aufträge für feine Handarbeiten mehr erteilt, müssen wir sehen, wie wir zu unserem Geld kommen.«

»Schon gut, schon gut. Ich gehe morgen oder übermorgen wieder zu ihr hin und bringe ihr die Lavendel-Tinktur. Dann lasse ich mir für beides das Geld geben.«

Besänftigt nickte Elsa und stöhnte dann noch einmal schmerzlich auf.

»Übrigens gibt es da noch so ein Monstrum im Haus. Einen Verkrüppelten. Aber gut gekleidet. Er hatte ziemlichen Respekt vor der Herrin des Hauses.«

»Feuchte mir das Tuch noch einmal an.«

Kopfschüttelnd nahm Almut das Tuch, das sich die Apothekerin zum Kühlen an die Wange gehalten hatte, und nässte es mit dem Wasser aus dem Krug.

»Der Zahn muss raus, Elsa.«

Verbissen schüttelte die Leidende den Kopf.

»Ich gehe nicht zu dem Quacksalber!«

Trine hatte die ganze Zeit über ruhig in ihrer Ecke gesessen und langsam den süßen Wecken verspeist, den ihr die mürrische Köchin in einem Anfall von Großzügigkeit zugesteckt hatte. Dabei hatte sie das Gespräch der beiden Älteren mit aufmerksamen Augen verfolgt. Jetzt stand sie auf, kam näher und steckte sich den Zeigefinger in den Mund. Mit einer wackelnden Gebärde zeigte sie, dass sie sehr gut verstanden hatte, worum es ging.

»Er muss raus, Trine sieht das auch so!«

Elsa schüttelte den Kopf, was ihr jedoch weitere Schmerzen verursachte.

»Wirklich, Elsa, du stellst dich an! Du tauschst einen kurzen Schmerz gegen einen langen ein! Das zumindest sagst du deinen Patienten immer!«

Die Apothekerin seufzte ergeben: »Dann zieh du ihn, Almut!«

»Ich? O nein. Das kann ich nicht!«

»Na, wer den sonst?«

»Thea zum Beispiel!«

»Thea kann Tote herrichten. So weit bin ich noch nicht.«

»Rigmundis?«

»Die sieht zwar wundervolle Visionen, aber ansonsten ist sie blind wie ein Huhn.«

»Aber Clara …?«

»Die klappert nur mit den Lidern und jammert: ›Du weißt doch, meine Hand!‹ Nein, nein, Almut. Du hast gute Augen und starke Hände. Darauf kommt es an.«

Almut schaute auf ihre Hände. Sie waren zwar sauber geschrubbt, aber hart und schwielig, und die Fingernägel waren an vielen Stellen eingerissen.

»Wenn du meinst … Weißt du, du könntest etwas von dem Hustenmittel nehmen. Du hast gesagt, es wirkt betäubend.«

»Na ja, das schon. Aber ich habe etwas, das besser geeignet ist.«

Elsa wuchtete sich aus ihrem Stuhl und suchte in den Regalen nach dem, was ihr vorschwebte. Inzwischen hatte Trine eine Schüssel mit Wasser und einen Becher geholt und kramte jetzt in einer Lade herum. Die Zange, die sie dann stolz präsentierte, war schmutzverkrustet und voller Spinnweben.

»Schon lange nicht mehr in Gebrauch gewesen, was? Mach sie sauber, Trine.«

Als Trine zurückkam, kaute Elsa auf einem unangenehm riechenden Pflanzenblatt, das sie schließlich ausspuckte. Angewidert verzog sie den Mund, soweit das noch möglich war.

»Das Kraut der heiligen Apollonia – Bilsenkraut!«

»Ist das nicht gefährlich?«

»Wenn man es ausspuckt, nicht. Es betäubt den Mund innen.«

Trine trat näher und streckte fragend die Hand nach Elsa aus.

»Nur zu, Kind. Was willst du?«

Vorsichtig strich das Mädchen über die geschwollene Wange und ließ dann ihre Hand auf dem Unterkiefer liegen. Ganz still stand sie und hielt die Augen geschlossen. Elsa ließ es sich zunächst ruhig gefallen, doch dann zeigte ihr Gesicht mehr und mehr Erstaunen. Als Trine schließlich die Hand zurückzog, flüsterte sie: »Sie hat Zauberhände, Almut. Es schmerzt fast nicht mehr.«

Mit ein paar Gesten deutete Trine an, dass Almut Elsas Kopf festhalten solle, während sie den Zahn ziehen wollte.

»Sie scheint es sich zuzutrauen, Elsa. Sie hat dem Zahnreißer sehr genau zugesehen. Bist du einverstanden.«

»Macht doch, was ihr wollt. Aber macht schnell!«

So kam es, dass Almut hinter Elsa stand, ihren Hinterkopf an ihre Brust gedrückt hielt, wobei sie Stirn und Unterkiefer mit festem Griff hielt, und Trine sich des morschen Backenzahns annahm. Sie war wirklich geschickt, denn mit einem gezielten Stoß lockerte sie den faulen Zahn und zog ihn dann mit einem schnellen und energischen Ruck heraus. Sofort griff Almut nach dem Becher mit verdünntem Wein und reichte ihn der verdutzten Elsa.

»Gut gemacht, Trine«, sagte sie zu dem Mädchen und strich ihr lobend über die Haare. »Und jetzt bringen wir sie am besten zu Bett.«

Am Abend dieses Sonntags kniete Almut lange in ihrer Kammer vor der kleinen Statue der Mutter Gottes und betete. Wie jedes Mal, wenn sie diese stille Zwiesprache hielt, begann sie mit ihrem von Herzen kommenden Dank dafür, nun schon seit vier Jahren dieses friedvolle Leben in der Gemeinschaft der elf anderen Beginen führen zu können.

Obwohl von unterschiedlichster Herkunft und Bildung, funktionierte das Zusammenleben der zwölf Frauen verhältnismäßig reibungslos. Das mochte daran liegen, dass sie sich alle freiwillig zu diesem Leben entschieden hatten. Sie hatten nicht den strengen Regeln eines Klosters zu gehorchen, dessen Gelübde Armut, Keuschheit und Gehorsam verlangte, sondern hatten sich – in Anlehnung an Klosterregeln – eigene Statuten gegeben. Solange sie dem Konvent angehörten, mussten sie auf den Umgang mit Männern verzichten, doch es stand den Beginen frei, zu heiraten. Sie lebten zwar in Bescheidenheit, trugen einheitliche, schlichte graue Tracht ohne Schmuck und aus einfachen Stoffen, doch auf eine gewisse Bequemlichkeit brauchten sie nicht zu verzichten. Sie besuchten die Gottesdienste, befolgten aber ansonsten keine geregelten Gebetszeiten. Jede besaß ihre eigene, einfach eingerichtete Kammer, das Essen war schmackhaft und gut zubereitet, vier Mägde kamen morgens, um die groben Hausarbeiten zu verrichten, und sofern eine Frau eigenes Geld, Grundbesitz oder sonstiges Vermögen besaß, blieb es in ihrer Verfügungsgewalt.

Auch wenn sie dem Glanz des gesellschaftlichen Lebens entsagt hatte, erschien Almut das disziplinierte, arbeitsame und bescheidene Leben um vieles besser als jenes, das sie zuvor geführt hatte. Nachdem sie ihren Dank dafür abgestattet hatte, betete sie auch für die Kranken, Elsa natürlich, aber auch für den jungen Mann, der jetzt hoffentlich seiner Genesung entgegenschlummerte.

3. Kapitel

Wieder schlich zu nächtlicher Stunde ein Vermummter durch die verlassenen Gassen zum Lagerhaus, schloss vorsichtig das Tor auf und sah sich suchend um. Nichts regte sich, abgrundtief finster lag der Hof da. Ein kleines Öllämpchen wurde entzündet, und in seinem gelblich flackernden Schein untersuchte der Mann die sorgfältig auf einem Karren aufgestapelten Fässer. Er seufzte leise, als er die Markierung fand. Dann wandte er sich ab, um ebenso leise und heimlich die Tür zu den tiefen kühlen Gewölbekellern aufzuschließen. Auch hier unten sah er sich im Flackerschein der Handleuchte um und stellte sie dann vorsichtig auf einem Sims ab. Er kannte sich gut aus in diesen Gewölben und wusste, dass die Fässer vor ihm von gleicher Art waren wie die auf dem Karren im Hof. Sie waren zwar schwer, doch nur so schwer, dass ein kräftiger Mann sie eben noch auf der Schulter tragen konnte. Er beugte sich, nahm das erste Fass auf, suchte langsam den Weg die Stiegen empor und stellte seine Last neben dem Karren ab. Dort schulterte er eines der darauf befindlichen Fässer und trug es hinab. Als er mit dem nächsten Fass zurückkam, ging sein Atem rasselnd, nach dem dritten hatte er alle Vorsicht fahren lassen und keuchte laut. Fünfmal schaffte er den anstrengenden Weg, dann blieb er zitternd und nach Luft ringend an den Karren gelehnt stehen. Schweiß lief ihm über die Stirn und rann in seine Augen, doch er war zu matt, um ihn fortzuwischen. Weitere fünf Fässer hätte er noch umtauschen müssen, doch alle Kraft hatte ihn verlassen. Als sein Atem wieder ruhiger ging, wankte er noch einmal in den Keller zurück, um die Lampe zu holen. Doch sie war erloschen, und so stieß er sich in der Finsternis schmerzhaft den Kopf und das Schienbein an. Mühsam schleppte er sich die Stiegen empor, verließ den Hof und schloss das Tor sorgfältig hinter sich. Erschöpft an die Wand gelehnt, sprach er leise ein flehentliches Gebet, während sich oben, an der Mauer zum Nachbargrundstück, unbemerkt ein flinker, gewandter Schatten löste und lautlos den gefällig sich neigenden Ast einer alten Buche neben dem Apfelbaum erklomm. Plötzlich zerriss der protestierende Schrei einer verärgerten Katze die stille Nacht, und der Erschöpfte zuckte angstvoll zusammen. Dabei riss die dünne Schnur an seinem Hals, und ein zierlich geschnitztes Holzscheibchen fiel zu Boden. Sein Besitzer bemerkte den Verlust nicht, sondern machte sich langsam und mit bleischweren Gliedern auf den Rückweg.

4. Kapitel

»Raus, du dumme Sau! Raus aus der Stube!«

Mit einem Besen schubste Almut das neugierige Borstenvieh aus der Tür. Dann rief sie erbost nach der Schweinehirtin.

»Mettel, Mettel, wo steckst du?«

»Hier oben. Das blöde Huhn hat seine Eier wieder auf das Dach gelegt!«

Almut verdrehte die Augen. Es wurde wirklich Zeit, dass sie einen neuen Stall bekamen. Schon einmal hatte die Sau ihre Stickarbeit aufgefressen. Vier Wochen Arbeit für nichts! Aber bald war es geschafft, die anstrengendste Phase hatte sie hinter sich. Almut war die Tochter eines angesehenen Baumeisters. Sie war auch die Witwe eines Baumeisters, und vom Baugeschäft verstand sie etwas. Darum hatte sie es sich, natürlich mit Billigung der Meisterin, zur Aufgabe gemacht, einen vernünftigen Stall für das Schwein, seine gelegentlichen Nachkommen, eine Schar Hühner und eine mäkelige Ziege zu bauen. Die Tätigkeit verschaffte ihr große Befriedigung, und wann immer ihre Zeit und das Wetter es zuließen, zog sie an der Westseite von Elsas Häuschen nach und nach die Mauer hoch.

Den ganzen Montag hatte sie damit verbracht, doch der Dienstag war anderen Verpflichtungen gewidmet. Elsa war von ihrem kranken Zahn genesen und voller Tatendrang, all die liegen gebliebenen Arbeiten zu erledigen. Dabei hatte sie natürlich auch bemerkt, dass Almut bei der Herstellung der Lavendel-Tinktur einen Fehler gemacht hatte.

»Das war Rosmarin, den du da reingetan hast. Kannst du denn noch nicht einmal die einfachsten Kräuter voneinander unterscheiden?«, fauchte sie, als sie Almut vor der Tür traf.

»Kann ich wohl nicht. Ist das denn so schlimm?«

»Weiß ich noch nicht. Bei Lavendel vielleicht nicht. Werd's ausprobieren müssen.«

»Es riecht aber wirklich gut.«

»Mh.«

»Dietke de Lipa hat's gefallen. Vielleicht kannst du es ja auch anderen als Duftwasser verkaufen.«

»Mh. Mal sehen. Nimm auf jeden Fall ein Fläschchen für die edle Dame mit. Aber vergiss nicht wieder, dir das Geld geben zu lassen. Und erkundige dich auch nach dem Jungen, hörst du!«

Almut nahm der Apothekerin die barschen Worte nicht übel.

»Ich gehe nachmittags zu ihnen, Thea begleitet mich. Sie muss aber heute früh noch den alten Korffmecher für die Beerdigung herrichten.«

Dann wurde es aber doch später Nachmittag, bis Almut sich auf den Weg machen konnte, denn als die Glocken der umliegenden Klöster die Sext verkündeten, wurden die Beginen gebeten, sich im Haupthaus zu versammeln, um ihre Meisterin zu begrüßen. Das große Haus war ein solider, zweistöckiger Steinbau, der früher einem der Pächter des Stifters zur Verfügung gestanden hatte. In ihm befand sich ebenerdig ein großer Raum, den die Beginen, Gepflogenheiten der Klöster entsprechend, Refektorium nannten, der jedoch nicht nur zu den Mahlzeiten genutzt wurde, sondern auch als Aufenthalts- und Versammlungsraum diente. Vor allem im Winter hielten sie sich gerne dort auf, denn in ihm befand sich auch der Kamin. Einen zweiten ebenerdigen Raum benutzten die drei Weberinnen als Werkstatt, in der sie ihre zarten Seidenstoffe herstellten und lagerten. Im oberen Stockwerk gab es ein größeres Zimmer, in dem Magda von Stave, die Meisterin, wohnte und ihren Arbeiten nachging, und fünf kleine Kammern, in denen Thea, Rigmundis und die drei Weberinnen untergebracht waren. Der Keller, der aus soliden Gewölben bestand, nahm die ganze Länge des Hauses ein und diente als Vorratslager. Im Anbau des Hauses befanden sich inzwischen die Küche und die Kammer der Köchin Gertrud.

Tags zuvor war Magda von Stave zurückgekehrt. Die Meisterin des Beginen-Konventes hatte in Begleitung zweier Benediktinerinnen ein Kloster in Aachen besucht, wo eine entfernte Verwandte von ihr lebte. Sie hatte Neuigkeiten mitgebracht, die sie den versammelten Beginen nicht vorenthalten wollte.

»Der Erzbischof hat Wenzel zum römischen König gekrönt«, erzählte sie. »Wir haben indessen nicht viel davon mitbekommen. Aber gleichzeitig hat Kaiser Karl IV auf dem Gerichtstag in Aachen noch einmal bestätigt, dass Köln in der Acht bleibt, weil der Erzbischof Friedrich III die Stadt der Bosheit gegen ihn angeklagt hat. Nun ja, bisher haben wir ja noch nicht viel davon bemerkt. Der Handel ist zwar verboten, aber wie ich gesehen habe, liegen im Hafen genauso viele Schiffe wie immer. Außerdem habe ich gehört, dass Friedrich von Saarwerden selbst in Schwierigkeiten steckt, weil er die 120 000 Florin, die er dem Papst für seine Einsetzung als

Erzbischof versprochen hat, noch nicht gezahlt hat. Er ist schon im vergangenen September exkommuniziert worden, hat aber weiter geistliche Verrichtungen vorgenommen und wird jetzt als irregulär betrachtet.«

»Hat das Konsequenzen für uns?«, fragte Clara, die als Einzige lebhaftes Interesse an den politischen Verwicklungen zeigte.

»Ich glaube nicht. Der Erzbischof will zwar die Kleriker veranlassen, die Stadt zu verlassen, so dass hier keine Messen mehr gehalten werden können, auch keine Beerdigungen, Hochzeiten oder Taufen und so weiter, aber die Stadt Köln hat denjenigen Priestern, Mönchen und Nonnen, die bleiben wollen, ihren Schutz angeboten. Nur die hohe Gerichtsbarkeit ruht, die Schöffen sind mit Friedrich nach Bonn gezogen. Das weltliche Gericht ist jedoch davon nicht betroffen.«

»Also, wozu die ganze Aufregung – die Stadt kümmert sich nicht um die Acht, der Erzbischof nicht um die Exkommunikation, die Kleriker nicht um den Erzbischof und die Schöffen nicht um die Verbrecher. Ist doch alles wie immer!«

Thea hatte die Lage kurz und bündig zusammengefasst, und Magda, normalerweise sehr zurückhaltend in ihren Reaktionen, schüttelte schmunzelnd den Kopf. Doch dann wurde sie wieder ernst.

»Mir ist zu Ohren gekommen, dass es am Sonntag wieder unliebsames Aufsehen während der Messe gegeben hat. Es ist euch doch klar, in welche Schwierigkeiten wir in unserem Stand geraten können! Erinnert euch, dass vor noch nicht einmal sieben Jahren die Inquisition in Erfurt vierhundert Beginen wegen Ketzerei verurteilt hat. Zweihundert von ihnen sind auf dem Scheiterhaufen gelandet. Wir können von Glück sprechen, dass wir hier in Köln von den Bürgern und vom Rat wohlwollend geduldet werden. Der leiseste Hauch von Häresie oder ketzerischen Bemerkungen kann uns den Inquisitor vor die Tür bringen.«

Elsa zuckte wie geschlagen zusammen und sandte Almut einen bösen Blick. Diese schüttelte jedoch nur den Kopf und fragte: »Seit wann ist es Häresie, wenn wir die Bibel zitieren?«

»Almut, die Bibel ist ein weises Buch, und viel steht darin geschrieben, das unseren Geist erhebt und tiefen Einsichten öffnet. Doch wenn man nur einen Satz daraus nimmt und ihn in einen anderen Zusammenhang stellt, dann kann daraus selbstverständlich eine gotteslästerliche Anspielung werden.«

»Genau das hat der dicke Notker ja getan. Und ich habe nur dagegen gehalten, dass es widersprüchliche Aussagen in der Bibel dazu gibt.«

»Almut, es ist mir wirklich egal, wie du im Einzelnen argumentiert hast. Es ist uns schon einmal in aller Deutlichkeit untersagt worden, während der Messe mit dem Priester zu disputieren. Ich möchte, dass wir uns alle daran halten, denn auf den Schutz, den uns die Stadt gibt, können wir uns nicht in jedem Fall berufen. Nicht, wenn es um Häresie geht.«

»Schon gut. Aber der dicke Notker ist wirklich dumm.«

»Mag sein. Dennoch übe dich in Demut und Mitgefühl.«

»Ja, Meisterin.«

Almut setzte eine Miene duldsamer Fügsamkeit auf, die ihr niemand so recht glaubte.

Weitere Ereignisse wurden angesprochen, unter anderem berichtete Almut auch von ihrem Besuch bei dem Weinhändler und dem Zusammenstoß mit den drei Gecken. Elsa lobte Trines Einsatz als Zahnreißerin und tadelte Almuts Verwechslung der Kräuter. Doch sie bat auch um Erlaubnis, das Resultat als Duftwasser verkaufen zu dürfen. Das wurde ihr gewährt. Schließlich kam auch Rigmundis zu Wort, die die meiste Zeit über ihren Gedanken nachgehangen hatte. Sie machte ein düsteres Gesicht, und als Magda sie aufforderte, ihr Anliegen vorzutragen, setzte sie sich mit dramatischer Miene auf.

»Ich hatte eine Traumvision!«

»Ohhh!«, entfuhr es Mettel und den drei Seidenweberinnen Judith, Agnes und Irma, die höchste Bewunderung für Rigmundis' wundersame Begabung hegten und es nicht müde wurden, sich die mystischen Bilder beschreiben zu lassen, die ihr zuteil wurden. Die anderen Beginen hegten hingegen etwas größere Skepsis, doch ganz unbeeindruckt blieben auch sie nicht von den erschreckenden Visionen, die Rigmundis hin und wieder heimsuchten.

»Was hat diesmal deine Schau gezeigt, Rigmundis. Berichte!«, forderte Magda sie auf.

Rigmundis, eine schmale, ätherisch wirkende Frau mittleren Alters, richtete sich auf und begann mit leuchtenden Augen von ihrer nächtlichen Vision zu berichten.

»Zu Beginn irrte ich lange durch einen finsteren Gang. Eine Höhle, eng und voller scharfer Steine. Ich fühlte mich verloren in den unzähligen Windungen, einsam und von allen guten Geistern verlassen.«

Die drei Weberinnen klammerten sich wie schutzsuchend aneinander und stöhnten leise.

»Doch ganz plötzlich erkannte ich ein Licht in der

tiefsten Dunkelheit. Ich folgte dem silbernen Schein und fand mich schließlich auf einem breiten, gepflasterten Weg wieder. Duftende Rosen säumten seine Ränder, und ein lichtblauer Himmel wölbte sich über mir. Aus einem Brunnen sprudelte süßer, kühler Wein, und köstliches Gebäck lag in goldenen Körben. Zarte Stimmen sangen, und tanzende Gestalten in bunten Kleidern vergnügten sich unter den schattigen Bäumen. Doch dann trat der Verführer selbst mir entgegen.«

»Ah!«, seufzten die Weberinnen. »Wie sah er aus, Rigmundis? Erzähle uns.«

»Nein, Rigmundis, erspare uns die Einzelheiten. Deine Visionen haben doch immer eine Botschaft. Enthülle sie uns.«

Magda war weniger sensationslüstern als die Weberinnen und schätzte übertriebene Phantasien nicht besonders. Ungern gehorchte Rigmundis, doch sie verkürzte ihre weitschweifige Erzählung auf das Nötigste.

»... und so floh ich dem Versucher und fand hoch auf dem Hügel, fern von dem sündigen Treiben, eine kleine, stille Kapelle. Als ich sie betrat, sah ich in ihrer Mitte einen schlichten, steinernen Altar. Er war leer – bis auf einen einzigen Gegenstand.« Sie machte eine dramatische Pause. Dann fuhr sie mit bebender Stimme fort: »Ich trat näher und näher und wagte es schließlich, ihn aufzuheben. Es war ein silberner Spiegel, zierlich gearbeitet und so groß wie meine Hand. Doch als ich in ihn hineinschaute, da ...«

Voller Schaudern versagte ihr die Stimme, und atemloses Schweigen erwartete ihre letzte Erkenntnis.

»Was sahst du, Rigmundis? Nun sag schon!«, forderte Mettel atemlos.

»Ich sah hinein, und ich sah – nichts. Der Spiegel war schwarz.«

Zischendes Atemholen ging durch die Gesellschaft, und selbst Almut fühlte, wie sie sich vor Entsetzen verkrampfte. Aber sie hätte nicht sagen können, warum.

»Was hat das zu bedeuten, ein dunkler Spiegel? Clara, du bist belesen und kennst dich mit diesen Bildern aus. Was haben wir deiner Meinung nach zu erwarten?«, fragte Magda nach.

Clara überlegte eine Weile und meinte dann: »Man sagt, dass der Spiegel nicht nur das Antlitz des Menschen zeigt, sondern es heißt auch, dass er seine Seele festhält. Der dunkle Spiegel bedeutet, dass die Seele verloren ist – er bedeutet den Tod!«

»Eine von uns wird sterben!«, schrie Mettel auf und hielt die Hand an die Brust gedrückt.

»Na, na, na. Beruhigt euch. Rigmundis' Visionen enthalten zwar immer einen Kern von Wahrheit, aber so gewaltig, wie sie sich ankündigen, sind die Ereignisse dann doch nicht, die wirklich eintreten«, beruhigte Magda die Aufgeregten.

Almut spielte, wie um sich selbst zu beruhigen, auf die vergangenen Visionen an: »Ja, erinnert euch doch, als sie von dem grauenvollen Feuer speienden Ungeheuer träumte, das von den Bergen jenseits des Rheines kommen sollte. Wir erwarteten eine verheerende Feuersbrunst, doch lediglich Trine hat ihren Strohsack angesengt. Den schwarzen Hauch, der uns von Osten anwehen sollte, deuteten wir als weitere Pestepidemie und sahen uns schon von der Seuche dahingerafft, aber es war nur Mettel, die die Kuhpocken bekam. Und als Rigmundis von dem Wurm träumte, der sich unter der Erde wand, da erwarteten wir, dass die Stadt von einem

Erdbeben verwüstet und wir unter den Trümmern unserer Häuser begraben würden. In diesem Fall gab es zwar einen leichten Ruck, wie es schon mehrmals passiert ist, aber einzig und allein der alte Schweinestall stürzte ein und begrub drei unausgebrütete Eier unter sich. Also wird sich diesmal vermutlich Clara einen Finger verstauchen, wenn sie Thea das nächste Mal hilft, einen Toten aufzubahren.«

Magda gab sich große Mühe, ein ernstes Gesicht zu bewahren, denn Clara zog eine beleidigte Miene. Rigmundis und ihre Bewunderinnen wollten aufbegehren.

»Almut, du hast eine spitze Zunge. Zähme sie. Wir wollen uns eingestehen, dass wir eine Warnung erhalten haben. Aber sie ist sehr vage und ungenau, deshalb sollten wir keine wilden Vermutungen anstellen, sondern einfach achtsam sein. Ich möchte euch deswegen noch einmal daran erinnern: Jede von uns hat gelobt, ein gottgefälliges, keusches Leben zu führen, den weltlichen Tand abzulegen, den Bedürftigen zu helfen, den Leidenden beizustehen und für die Toten zu beten. Das sind unsere Hauptaufgaben – weder mystische Verzückung noch spitzfindiges Philosophieren, nicht die kunstvolle Seidweberei oder das Mischen von Duftwässern stehen an erster Stelle. Wenn Zeit dafür bleibt, könnt ihr euren Neigungen gerne nachgehen, aber in Zurückhaltung und mit Maß.«

Dergestalt zurechtgewiesen, schwiegen die Beginen, und mehr als eine schaute betroffen auf ihre Hände.

»Meine Lieben, ich habe eine Reihe von Aufträgen für euch, die erledigt werden müssen. Erfreulicherweise sind die meisten auch mit Gaben an uns verbunden.«

Magda von Stave verteilte die Aufgaben gerecht und nach Fähigkeiten, etwas, das sie erstaunlich gut beherrschte und weswegen sie nun auch schon zum zweiten Mal zur Meisterin des Konvents gewählt worden war. Denn trotz des nicht unbeachtlichen Stiftungsvermögens waren die Beginen dazu angehalten, durch ihre Arbeiten zum Unterhalt des Konventes beizutragen.

Magda erhob sich von ihrem Platz am Kopf des langen Refektoriumstisches und nickte den versammelten Beginen freundlich zu.

»Es ist ein schöner, heller Tag, gehen wir unseren Arbeiten nach!«, schloss sie ihre Ausführungen und erhob sich.

Almut trat gemeinsam mit den anderen vor die Tür des Haupthauses und blinzelte nach der verhältnismäßigen Dunkelheit im Refektorium in den hellen Sonnenschein des Nachmittags. Sie überquerte den Hof und ging zu einem der zwei Häuschen gegenüber der Pforte, das sie gemeinsam mit Clara bewohnte. Dasjenige, in dem Almut ihre Kammer hatte, bestand aus einem ebenerdigen Raum, den meistens ihre Mitbewohnerin beanspruchte. Nicht aus Eigennutz, sondern weil sie diesen großen Wohnraum als Schulzimmer nutzte, in dem sie täglich einer Hand voll Mädchen das Lesen und Schreiben beibrachte und sie auch in die Grundzüge des Rechnens einwies. Jetzt war er leer, und nur ein paar Wachstäfelchen und Griffel kündeten von den eifrigen Schülerinnen, die hier vormittags das Geheimnis der Schrift ergründet hatten. Ein aufgeschlagenes Buch, Pergament, Feder und Tintenstein zeugten davon, dass Clara weiter an ihren Bibelübersetzungen arbeitete. Clara war eine Gelehrte, ihre größte Freude im Leben war ein neues Buch. Sie besaß die erstaunliche Menge von dreiundzwanzig Bänden, und sie beherrschte, anders als die meisten Frauen, auch die lateinische Sprache und sogar recht gut die fränkische. Ihr heimlicher Ehrgeiz bestand darin, die Bibel zu übersetzen, nicht, um sie in Frage zu stellen, sondern um sie zu verstehen. Clara war gottesfürchtig und tief religiös, andererseits machte ihr scharfer Verstand es ihr unmöglich, manche Widersprüchlichkeiten einfach hinzunehmen. Und so verbrachte sie manche Stunde damit, mit Almut über diese Dinge zu disputieren. In ihr, die zwar weniger gebildet, aber intelligent und sehr wissbegierig war und über einen ausgeprägten Realitätssinn verfügte, hatte sie eine ebenbürtige Gesprächspartnerin. Doch die Zweifel und Einsichten, die aus dieser kritischen Auseinandersetzung mit etlichen Glaubensfragen erwuchsen, hatten Almuts Weltbild zwar erweitert, führten aber leider auch dazu, dass sie des Öfteren mit ihrer eigenen Meinung herausplatzte, die nicht immer im Einklang mit der offiziellen kirchlichen Lehrmeinung stand. In Gegenwart der Geistlichkeit war sie damit mehr als einmal unangenehm aufgefallen, wohingegen Clara in solchen Situationen stets einen schafsähnlichen Gesichtsausdruck aufsetzte und erst in der Sicherheit der eigenen vier Wände ihre Kommentare zu der erschreckenden Unwissenheit der Kleriker von sich gab.

Almut schenkte den Werkzeugen der Gelehrten keinen weiteren Blick, sondern begab sich zu ihrer Kammer hinauf, um sich für den Besuch bei de Lipa vorzubereiten. Die Magd hatte ihren Wasserkrug frisch aufgefüllt. Sie wusch sich die Hände und prüfte, ob ihr Schleier korrekt saß und ihr Gebände das Haar vollständig bedeckte. Anschließend suchte sie das Nachbarhäuschen auf, das an das ihre grenzte. Dort wohnten Elsa und Trine; der untere große Raum diente der Apothekerin als Herbarium und Arbeitsbereich. Sie trocknete hier ihre Kräuter, stellte Arzneimittel her, kümmerte sich um die Zubereitung des Claret, des gewürzten weißen Weines, und behandelte hin und wieder die Kranken, die ihre Hilfe erbaten. Und das waren nicht nur die Beginen selbst, sondern auch eine Reihe von Bürgern und Bauern, die ihre Kenntnisse denen der städtischen Ärzte, Bader und Barbiere vorzogen.

Elsa war schon ausgegangen, aber da Almut sich in der Apotheke mittlerweile einigermaßen auskannte, fand sie schnell, was sie suchte. Neben dem Destillierkolben, in dem sie die Lavendel-Tinktur hergestellt hatte, befand sich eine Flasche mit dem Duftwasser. Sie füllte sorgsam ein Krüglein ab und schnupperte daran. Es roch anders, vielleicht sogar besser. Sie verschloss es dicht und steckte es in ihre Gürteltasche. Trine kam herein, einen Korb voller Rosenblätter im Arm, und machte ein glückliches Gesicht. Sie deutete auf den Alambic, dann auf die Rosenblätter und auf eine kleine Phiole aus wertvollem venezianischem Glas, die das kostbare Rosenöl enthielt.

»Oh, Rosen – das war der neue Duft daran. Sehr schön, Trine!«

Almut winkte dem Mädchen zu und ging dann auf Thea zu, die schon an der Pforte auf sie wartete.

Die beiden grau gewandeten Beginen schritten zügig durch die Stadt und ließen sich von dem lebhaften Treiben um sie herum nicht ablenken. Schwer beladene Fuhrwerke rollten zum Rheinhafen hinunter, Händler und Krämerinnen boten ihre Ware feil, unter den vorspringenden Erkern der engbrüstigen Fachwerkhäuser hatten die Handwerker Läden geöffnet, gingen ihrer Arbeit nach oder verkauften, was sie hergestellt hatten.

»Was ist los, Almut? Du bist so still. Haben dich die Ermahnungen unserer Meisterin so betroffen gemacht? Soll ich raten – du hast ein schlechtes Gewissen, weil du deinen Mund während der Messe wieder mal nicht halten konntest.«

»Mir fehlt bedauerlicherweise die Geduld mit Dummköpfen. Wenn nur Clara mir nicht tags zuvor ihre neuesten Übersetzungen aus den Paulus-Briefen zu lesen gegeben hätte!«

»Ja, ja, die Priester haben wahrscheinlich schon Recht, wenn sie uns Frauen verbieten, die Bibel zu lesen.«

Theas Ton war so pathetisch, dass Almut sich ein leichtes Grinsen nicht verkneifen konnte. Ihre nach innen gekehrte Schweigsamkeit hatte jedoch nicht eigentlich mit der Zurechtweisung zu tun, sondern eher mit dem unerklärlichen Unbehagen, das Rigmundis' Vision in ihr ausgelöst hatte. Aber hier im hellen Sonnenschein, mitten in der geschäftigen Stadt, schüttelte sie die Beklommenheit ab und nahm das Gespräch mit Thea auf. Sie war sich ihrer Gefühle der älteren Frau gegenüber nicht ganz schlüssig. Deren scharfe Bemerkungen konnten überaus verletzend sein, und ihr respektloser Zynismus hatte sie schon manches Mal erschüttert. Theas hauptsächliche Aufgabe in ihrer Gemeinschaft war es, den Totendienst zu verrichten. Die Beginen wurden oft zu Schwerkranken und Sterbenden gerufen, teils, um sie zu pflegen, oft aber auch, um sie in den letzten Stunden mit ihren Gebeten zu begleiten. Sie sorgten auch für die Herrichtung und Aufbahrung der Verstorbenen und hielten die Totenwache. Thea zeichnete sich besonders darin aus, die Totenklage zu halten, und war damit häufig zur Teilnahme an Beerdigungen verpflichtet. Auch die anderen Beginen übernahmen diese Aufgabe, denn daraus bezog der Konvent einen Teil seiner Einkünfte, genauso wie aus dem Abhalten der Jahrzeiten, der Jahres-Gedenktage mehr oder minder geliebter Toter. Sie nahmen diese Pflichten durchaus ernst und beteten aufrichtig für das Seelenheil der Verstorbenen, doch tief empfundene Trauer gehörte in den seltensten Fällen zu ihren Gefühlen. Thea hingegen konnte eine geradezu überwältigende Darstellung einer Schmerzzerrissenen geben, weshalb sich Clara häufig zu der Bemerkung hinreißen ließ, Heulen und Zähneklappern seien Theas höchste Berufung.

»Lerne klagen, ohne zu leiden«, war Theas trockene Replik darauf, und wer ihren sonstigen Reden lauschte, konnte leicht zu dem Schluss kommen, sie sei inzwischen völlig empfindungslos menschlichem Leid gegenüber.

»Was erwartet uns bei dem Weinhändler? Steht der Mann mit der Sense schon bereit?«

»Ich glaube nicht. Der junge Jean hatte einen starken Husten, aber daran stirbt man gewöhnlich nicht. Wir fragen aber dennoch nach seinem Befinden.«

»Das ist alles?«

»Nein, außerdem möchte die schöne Dame des Hauses eine Flasche des besagten Duftwassers, dessen Herstellung uns in Maßen erlaubt ist!«

»Oh, du hast es dabei? Lass mich mal daran riechen.«

»Aber bestimmt nicht. Du hast gehört, dass wir allem weltlichen Tand abgeschworen haben. Außerdem ist die Flasche versiegelt!«

»Kein weltlicher Tand, wissenschaftliches Interesse,

Almut. Ich muss doch wissen, womit unsere Apothekerin meine Kunden vergiftet.«

»Pass nur auf, dass dir niemand zuhört! Frag Elsa danach, sie hat noch mehr davon.«

»Wie kam sie dazu?«

»Eigentlich war es mein Fehler. Ich hatte die Kräuter für die Tinktur verwechselt. Na ja, und dann hat Trine noch experimentiert. Sie ist ja so versessen auf Gerüche! Jetzt ist es eine Mischung aus Rosmarin, Rosenöl und ein paar Rosenblättern.«

Sie unterhielten sich darüber, bis sie de Lipas Haus erreichten. Auf ihr Klopfen öffnete ihnen eine rundliche Magd, die sie höflich hineinbat, als Almut nach der Hausherrin fragte. Dietke de Lipa erschien nach kurzer Zeit, an diesem Tag in ein aprikosenfarbenes seidenes Obergewand gekleidet, dessen tiefe Ärmelausschnitte und Halsausschnitt eine golddurchwirkte Borte zierte. Die rosige Farbe ließ ihren Teint sanft erglühen. Sie begrüßte die Beginen jedoch mit ernster Miene.

»Ich habe Euch von dem Duftwasser mitgebracht, nach dem Ihr Euch am Sonntag erkundigt habt!«

»Oh, das ist wundervoll. Zeigt her.«

Neugierig entfernte Dietke den Verschluss und schnupperte an dem Flaschenhals. Zufrieden nickte sie.

»Ihr könnt es zusammen mit der Arznei bezahlen!«, schlug Almut vor, die diesmal vorrangig die Geschäfte abwickeln wollte.

»Rudger!«, rief die Hausherrin in den Raum hinein. »Rudger, unser Haushofmeister, wird Euch geben, was notwendig ist. Mich entschuldigt Ihr bitte. Ich habe noch zu tun.«

»Vielen Dank. Nur eine Frage noch – wie geht es dem Kranken? Hat sich sein Husten gebessert?«

»Oh, anfangs glaubten wir beinahe an ein Wunder. Doch heute geht es ihm wieder schlechter. Er scheint sehr erschöpft zu sein. Wenn Ihr wollt, schaut nach ihm. Grit wird Euch zu seinem Zimmer geleiten.«

Sie nickte zum Abschied und verschwand im hinteren Teil des Hauses. Rudger, der Haushofmeister, trat hinkend herbei. Almut, die ihn zwar schon einmal flüchtig gesehen hatte, musste sich zusammenreißen, um ihm nicht in das entstellte Gesicht zu schauen. Ihn schien eine starke Erkältung zu plagen, denn seine Augen waren gerötet, und er zog geräuschvoll die Nase hoch, als er einige Münzen abzählte und sie der Begine reichte. Es war in etwa der Betrag, den Elsa ihr genannt hatte, und so nickte sie zustimmend.

»Würdet Ihr jetzt bitte die Magd Grit rufen, damit sie uns zu dem kranken jungen Herrn begleitet?«

Rudger drehte sich um und stieß einen unartikulierten Laut aus, eine Art Gurgeln, das tief aus seiner Kehle kam. Offensichtlich aber verstand die Magd, dass sie gemeint war, und erschien umgehend in der Halle. Mit ein paar ausladenden Handbewegungen und weiteren gurgelnden Lauten gab er ihr zu verstehen, was von ihr verlangt wurde.

»Schon gut, Rudger. Wenn Ihr mir bitte folgen würdet!«

Die beiden Beginen stiegen hinter ihr die hölzerne Wendeltreppe in das obere Stockwerk hinauf, wo Jean im Bett seines geräumigen Zimmers lag. Die Luft war stickig, und es roch faulig und nach Krankheit.

»Herr Jean?«

Bestürzt sah Almut zu dem jungen Mann hin, der halb auf die Seite gerutscht aus dem Bett hing und mühsam nach Luft rang.

»Dem Kranken geht es aber sehr schlecht«, bemerkte Thea. »Hilf mir mal, Almut!«

Energisch packte sie den großen, schweren Mann und bettete ihn in eine aufrechtere Haltung. Er röchelte und gab ein gequältes Husten von sich.

»Mach die Fenster auf, Mädchen!«, befahl sie der Magd, die sich verstört aus dem Zimmer drücken wollte.

»Maître …!«, flüsterte Jean und hustete noch einmal.

»Was meint er?«, fragte Thea.

»Ich glaube, er meint den Hausherren. Er hat ihn neulich so angeredet«, antwortete Almut und hielt Grit fest, die wieder versuchte, aus dem Krankenzimmer zu fliehen.

»Hole deinen Herren, Mädchen. Rasch!«

»Er ist im Lagerhaus.«

»Ist das weit von hier?«

»Ein paar Straßen.«

»Dann lauf, was deine Füße hergeben.«

»Ja, meine Dame.«

Erleichtert lief die Magd aus dem Raum und polterte die Treppen hinunter.

»Ist das die Arznei, die Elsa für ihn gemischt hat?« Thea hielt den kleinen Glaskrug hoch und roch daran. »Sollen wir ihm jetzt etwas davon geben?«

»Besser nicht. Sie wirkt betäubend, und er ist ja kaum bei Bewusstsein.« Almut zog ihre Begleiterin zur Seite und flüsterte dann so, dass er sie nicht hören konnte: »Es sieht schlimm aus. Können wir ihm irgendwie helfen?«

»Ich weiß nicht, Almut. Er scheint dem Ende nahe zu sein. Ich kenne die Symptome. Es ist wohl besser, wenn ich die Hausherrin aufsuche und sie bitte, seinen Priester kommen zu lassen. Bleib du bei ihm und achte darauf, dass er aufrecht bleibt. Er bekommt beinahe keine Luft mehr!«

Auch Thea verließ den Raum, und Almut blieb alleine mit dem jungen Mann, der erschreckend blass aussah. Seine geröteten, verschwollenen Augen tränten, und seine Nase lief, ohne dass er sich darum kümmerte. Almut sah sich im Zimmer um. Auf der Truhe stand ein Wasserkrug. Als sie aufstand, um das Tuch anzufeuchten, das neben der Wasserschüssel lag, stieß ihr Fuß gegen einen kleinen Gegenstand, der auf den Boden gefallen war. Sie bückte sich danach und erkannte an der hübsch emaillierten Rückseite, dass es sich um Dietkes kleinen Handspiegel handelte. Ohne weiter auf ihn zu achten, hob sie ihn auf und legte ihn auf die Truhe. Dann wischte sie dem jungen Mann voller Mitleid das Gesicht ab und versuchte, ihm ein wenig von dem verdünnten Wein aus dem Becher zu trinken zu geben, der an seinem Bett stand. Er schluckte mühsam, und kurz flatterten seine Lider. Er schien die Frau an seinem Lager zu erkennen, und mit einiger Anstrengung krächzte er: »Ma soeur, betet für mich.«

»Ja, Jean, gewiss werde ich für Euch beten.«

»L'enfer, die 'ölle... so kalt, so dunkel... Betet für mich.«

Almut setzte sich auf die Bettkante, nahm seine kalten Hände in die ihren und begann, leise einen Psalm zu sprechen. Ein wenig ruhiger wurde der Kranke dabei, doch bald darauf wurde die Tür aufgerissen, und Hermann de Lipa stand im Zimmer.

»Mein Gott, was ist mit dem Jungen?«

»Es steht schlecht um ihn. Seht selbst.«

»Jean, Jean!« De Lipa stieß Almut beinahe vom Bett

und beugte sich über den Jungen. »Hörst du mich, Jean? Jean ...!«

Der junge Burgunder zitterte und versuchte, sich weiter aufzurichten.

»Lass nur, Jean.«

De Lipa setzte sich auf die Bettkante und legte dem Jungen den Arm um die Schulter. Mit einem Aufschluchzen legte Jean seinen Kopf an die Brust des Älteren.

»Maître ...« Ein krampfartiger Husten würgte ihn, dann flüsterte er leise: »Verzeiht mir!«

»Aber was soll ich dir verzeihen, mein Freund? Jean, Jean! Bleib bei mir!«

Verzweifelt flehte der Weinhändler den jungen Mann an und strich ihm dabei die feuchten Haare aus dem Gesicht. Doch Jean bäumte sich nur noch einmal mit letzter Anstrengung auf, dann brach ein Schwall Blut aus seinem Mund, und er glitt aus den Armen des Mannes, der ihn gehalten hatte.

Fassungslos starrte de Lipa auf den leblosen Körper, dann fuhr er die Begine heftig an: »So tut doch etwas! Ihr seid doch in der Krankenpflege versiert.«

»Dann lasst mich auch zu ihm!«, sagte Almut ruhig und schob den Weinhändler beiseite. Er trat zögernd an das offene Fenster und sah auf die Gasse hinaus.

Jean hatte die Augen geschlossen, und als Almut nach seinem Herzschlag tastete, konnte sie keinen Puls mehr finden. Auch die Brust hob und senkte sich nicht mehr. Suchend schaute sie sich um, und ihr Blick fiel auf den kleinen Silberspiegel. Sie nahm ihn und hielt ihn dicht an die Lippen des jungen Mannes, in der Hoffnung, dass doch noch ein feuchter Atemhauch die glänzende Fläche beschlagen würde. Ohne große Hoffnung nahm sie ihn dann von seinem Mund weg und blickte hinein. Fast hätte sie ihn zu Boden fallen lassen, so sehr erschreckte sie, was sie sah.

Der silberne Spiegel war vollständig schwarz geworden.

Ein unkontrolliertes Zittern überkam Almut, und mit fahrigen Händen schob sie den Spiegel in ihre Tasche. Dann sah sie zu dem Weinhändler hin, der die Hände auf dem Rücken verkrampft hatte und hinunter in die Gasse starrte. Seine zuckenden Schultern zeigten ihr, dass er mit dem Schluchzen zu ringen hatte. Sie selbst war in diesem Moment jedoch nicht in der Lage, ihm auch nur ein einziges tröstendes Wort zu sagen.

Wieder hörte Almut Schritte vor der Tür, und als sie sich öffnete, trat ein hochgewachsener Mönch in schwarzer Kutte ein. Ihm folgten Thea und Dietke.

»Pater Ivo, der Beichtvater des Jungen.«

»Wie geht es Jean?«, fragte er in Richtung de Lipa, aber als er das blutbefleckte Bett sah, drehte er sich zu Almut um.

»Er ist von uns gegangen, Pater.«

Der Mönch schlug stumm ein Kreuz und wollte zu dem Weinhändler treten, doch dieser drehte sich abrupt um und fragte mit vor Schmerz gebrochener Stimme die Beginen: »Was habt Ihr ihm gegeben? Womit habt Ihr meinen Jean vergiftet?«

»Wir haben ihm nichts gegeben, was ihm schaden konnte, Herr«, versuchte Thea ihn mit ruhiger Stimme zu besänftigen.

»Lügnerin! Sie da hat selbst gesagt, dass das Medikament ein Gift enthält!«

»Ich habe gesagt, wenn man es zu hoch dosiert, wirkt

es giftig!«, ereiferte sich Almut, und Thea legte ihr mahnend die Hand auf die Schulter.

»Dann habt Ihr es zu hoch dosiert! Warum sollte Jean denn sonst sterben.« De Lipa schluchzte fast. »Gestern ging es ihm doch schon wieder so gut!«

»Beruhigt Euch, de Lipa!«, sagte der Mönch mit tiefer Stimme. »Ihr seid erregt und wisst nicht, was Ihr sagt.«

»Ich weiß, was ich sage. Ich weiß, was ich gehört habe! Raus hier! Alle.«

»Ich werde für den Jungen die Totengebete sprechen. So lange werde ich hier bleiben«, sagte Pater Ivo.

Hölzern bewegte de Lipa sich vom Fenster weg und wies Dietke und den beiden Frauen mit herrischer Gebärde die Tür. Er selbst folgte ihnen aus dem Raum.

An der Treppe drehte sich Thea zu ihm um.

»Wenn Ihr wollt, werden wir bleiben und Euch helfen, den Verstorbenen herzurichten.«

»Ich will Euch Giftmischerinnen hier nicht mehr sehen!«, brüllte der Weinhändler unbeherrscht los. »Ihr seid schuld an seinem Tod! Raus hier, raus, bevor ich Euch selbst die Treppe hinunterwerfe!«

»Geht! Schnell!«, flüsterte Dietke und lief eilig voraus. Die beiden Beginen folgten ihr, und als sie die Haustür öffnete, verließen sie grußlos das Haus.

Den Rückweg schwiegen diesmal beide, und Almut war froh, als sie das Tor zu dem Hof erreichten, der ihren Konvent beherbergte.

5. Kapitel

»Ave Maria, gratia plena, Dominus tecum, benedicta tu in mulieribus ...«

Die Glocken hatten zur Komplet geläutet, und Almut kniete in ihrer Kammer vor der kleinen Marienstatue und betete. Sie tat es aufrichtig und mit Hingabe, und langsam beruhigte sich ihr aufgewühlter Geist.

Es war nicht der plötzliche Tod des jungen Mannes gewesen, der sie so erschüttert hatte. Der Tod war ihr vertraut. Oft genug hatte sie am Bett eines Sterbenden gesessen, der ihr näher gestanden hatte als Jean de Champol. Es hing vielmehr mit dem geschwärzten Spiegel zusammen, der jetzt auf dem Bord neben der Mariengestalt lag. Rigmundis' bedrohliche Vision war eingetreten, und Almut, die sich sonst nicht so leicht von irgendwelchen Vorhersagen beeindrucken ließ, verspürte jedes Mal, wenn ihr Blick auf die schwarze Fläche fiel, einen Anflug von Furcht.

»Höre, erhabene Mutter unseres Erlösers. Wir haben ein Zeichen erhalten, von dem ich glaube, dass es uns ein Unglück bedeuten will. Ich habe in den dunklen Spiegel geschaut, und nun, Maria, sucht mich das schreckliche Gefühl heim, eine Schuld auf mich geladen zu haben. Ich weiß zwar nicht, worin sie bestehen könnte, denn der Tod kam zu dem Jungen ohne mein Dazutun. Aber ich ahne irgendwie, dass uns etwas Böses daraus erwachsen wird. Ich bitte dich, Mutter der

Barmherzigkeit, sei gnädig zu uns. Ich habe hier ein Heim gefunden, das meiner Seele Frieden und meinem Geist Freiheit schenkt. Ich lebe in einer Gemeinschaft von Frauen, die ich achte und liebe. Es soll ihnen durch mich kein Schaden entstehen. Ich weiß, ich bin oft so ungeduldig mit den Dummen. Bitte, heilige Maria, hilf mir, duldsam und demütig zu sein und in der Kirche den Mund zu halten.«

Flehentlich hob Almut die Hände und sah zu dem bronzenen Gesicht auf, das mit einem wissenden Lächeln auf sie blickte.

»Ach – Mist, Maria. Ich werde es nie lernen! Und du weißt das ganz genau. Aber vielleicht kannst du mir auf andere Art helfen. Mir ist nicht wohl dabei, dass dieser Weinhändler uns im Beisein des Priesters als Giftmischerinnen bezeichnet hat. Du weißt ja, wie schnell man bei denen in Verruf gerät. Und noch mal – Mist, Maria! Ich bin jetzt entsetzlich misstrauisch geworden und habe Angst. Womöglich war in der Arznei doch etwas enthalten, das dem Jungen geschadet hat. Weißt du, Elsa ist ja wirklich eine gute Kräuterfrau, aber sie war krank an dem Tag und hatte böse Zahnschmerzen. Was, wenn sie mir ein falsches Mittel mitgegeben hat? Oder die falsche Dosierung genannt hat? Mein Gott, Maria, wenn das wahr wäre, dann wäre der schwarze Spiegel wirklich ein böses Omen. Ich werde morgen mit Elsa darüber sprechen müssen. Aber das wird nicht leicht sein. Sie lässt Kritik nicht leicht gelten, und ich finde nicht immer die richtigen Worte. Könntest du mir nicht doch zu ein bisschen mehr Geduld und Zurückhaltung verhelfen, göttliche Mutter? Ich meine, ich will Elsa ja nicht verärgern. Aber wir sollten schon gewappnet sein, wenn da irgendwer Klage gegen uns erhebt.«

Almut sah hoffnungsvoll zu der Maria auf, die mit einer Hand ihren Sohn auf dem Knie hielt. In der anderen Hand hielt sie ein Kreuz. Oder zumindest so etwas Ähnliches. Das Abendrot malte Schatten auf ihrem Gesicht, und es schien, als höre sie nachdenklich zu. Wahrscheinlich tat sie das auch.

Almut schwieg und ließ ihre Gedanken ruhen. Ihre Augen schweiften von der Mariengestalt zum geöffneten Fenster. Dort, über dem Grün der Weingärten und Wiesen, ging im Westen die Sonne wie ein brennender Ball unter und ließ einige Wolkenstreifen gegen das blasse Blau des Himmels rot aufflammen. Eine Amsel sang ihr Abendlied in dem alten Apfelbaum vor der Mauer, und einige Schwalben jagten in wilden Sturzflügen nach den Insekten, die sich in der warmen Abendbrise tummelten. Irgendwo blökte eine Kuh, und aus dem Hof klang das träge Gackern eines müden Huhns empor. Almuts Blick verlor sich in der Ferne. Sie sah nicht mehr die blauschattigen Hügel und den langsam sich violett färbenden Horizont. Sie sah die Bilder des Tages vor sich, jetzt ohne die Beklemmung, die zuvor ihr Herz umklammert hatte.

Als sich die ersten Sterne mit ihrem zarten Flimmern bemerkbar machten und die Schatten in den Zimmerecken wuchsen, wandte sie sich vom Fenster ab.

»Allerdings frage ich mich wirklich, warum sich der arme Junge so vor der Hölle gefürchtet hat. Einer kalten, dunklen Hölle. Er muss ein sehr schlechtes Gewissen gehabt haben. Na ja, wahrscheinlich werden wir das jetzt nicht mehr herausfinden. Darum, heilige Maria, Mutter Gottes, bitte für uns Sünder jetzt und in der Stunde unseres Todes. Amen.«

Es war zu dunkel, um Marias Gesicht zu erkennen.

Doch Almut hatte nicht ganz zu Unrecht befürchtet, dass der Gefühlsausbruch des Weinhändlers Folgen haben würde. Nicht nur Pater Ivo hatte die Anklage gehört, auch anderen war sie zu Ohren gekommen.

6. Kapitel

Selbstverständlich hatten Thea und Almut mit der Meisterin über diesen Vorfall gesprochen, und diese hatte die beiden zunächst einmal beruhigt.

»Ihr wisst doch, im ersten Schmerz äußern sich die Menschen oft in übertriebener Form. De Lipa wird sich schon noch besinnen. Er muss sehr an dem jungen Mann gehangen haben. Waren die beiden in irgendeiner Form miteinander verwandt?«

»Nein, ich glaube nicht. Er ist der Sohn eines Handelspartners gewesen.«

»Nun, das ist ja schon Erklärung genug, denke ich. Es ist ihm sicher entsetzlich unangenehm, dass der Junge in seinem Haus, in seiner Obhut gestorben ist. Er hatte ja die Verantwortung für ihn übernommen.«

Thea nickte: »Das könnte zutreffen. Ich werde heute Morgen noch einmal bei ihnen vorsprechen und meine Hilfe anbieten. Vielleicht sieht er die Angelegenheit ja inzwischen mit nüchternerem Blick. Wenn nicht, wissen wir wenigstens, womit wir zu rechnen haben.«

»Tu das, Thea, und wenn es möglich ist, bring den Rest der Arznei wieder mit«, schlug Almut vor. »Ich werde mich besser nicht dort sehen lassen.«

»Clara wird dich begleiten.«

»Sie wird sich den Finger brechen, wie du weißt. Ich nehme lieber Trine mit, sie kann besser zupacken.«

Es war wieder ein heißer, trockener Tag, und Almut

stellte am Nachmittag fest, dass sie sich als Einzige noch im Hof aufhielt. Alle anderen waren in irgendwelchen Geschäften unterwegs. Sogar das Häuschen der Pförtnerinnen neben dem Tor zur Straße stand verwaist, denn sowohl Mettel als auch Bela waren unterwegs, um auf dem Markt ein paar Hühner zu kaufen. Die beiden waren die schlichtesten Gemüter unter den Beginen, Witwen aus kleinen Handwerkerfamilien, die außer ihrer Arbeitskraft nicht viel Kapital mit eingebracht hatten. Sie hatten zuvor ihr Leben als schweifende Beginen bettelnd auf dem Land verbracht, bis sie in einem strengen Winter Unterschlupf im Konvent gesucht hatten. Das sesshafte Leben hatte ihnen gefallen, den ansässigen Beginen hatten sie sich mit ihrem Fleiß und Arbeitseifer angenehm gemacht, und so wurden sie im darauf folgenden Frühjahr als Mitglieder in die Gemeinschaft aufgenommen. Jetzt kümmerten sie sich um das Kleinvieh, versahen abwechselnd die Pförtnerdienste und scheuten sich auch nicht, Almut bei der schweren Arbeit am neuen Stall zu helfen. Auf diese Hilfe musste sie allerdings jetzt verzichten. Aber sie arbeitete genauso gerne alleine an dem Bauwerk. Um ihre Tracht zu schonen, zog sie einen alten Kittel über. Das straff gebundene Gebände legte sie ab, wandt sich stattdessen lose ein Tuch um den Kopf und begann mit ihrer Arbeit. Es lagen noch eine Menge Bruchsteine bereit, aus denen sie sich die passenden heraussuchte. Aus dem Brunnen schöpfte sie ein paar Eimer Wasser, um den Mörtel anzurühren. Dann machte sie sich daran, die bislang erst schulterhohe Mauer des neuen Stalls weiterzubauen. Sie war so vertieft in ihre anstrengende Arbeit, dass sie das Klopfen am Tor völlig überhörte. Sie bemerkte den Eindringling erst, als sie von einer tiefen männlichen Stimme angesprochen wurde.

»Lasst Ihr das Tor immer unverschlossen, Begine?«

Abrupt drehte sich Almut um und wäre beinahe von dem wackeligen Holzgestell gefallen, auf dem sie mit hochgestecktem Rock und bloßen Beinen gearbeitet hatte.

»Dringt Ihr in jede Behausung ohne Anmeldung ein, Bruder?«, fauchte sie die schwarz gewandete Gestalt an. Doch in diesem Moment erkannte sie, wer der Mönch war, der da seinen drohenden Schatten über sie warf. Sie sandte einen leisen Stoßseufzer zu Maria und senkte achtungsvoll das Haupt.

»Verzeiht, Pater Ivo, ich erkannte Euch nicht!«

»Nun, ich hätte Euch auch beinahe nicht als Begine erkannt. Bedeckt Euch, und führt mich dann zu Eurer Meisterin.«

Hastig zerrte Almut an dem Kittel, der ihre Beine bis zu den Knien freigab, und strich auch die aufgerollten Ärmel nach unten.

»Unsere Meisterin ist derzeit außer Haus. Kann ich Euch vielleicht mit Auskunft dienen?«

»Möglicherweise. Ihr seid doch die Begine, die ich im Haus des Weinhändlers angetroffen habe, nicht wahr?«

»Gestern, ja.«

»Wart Ihr zuvor auch schon dort?«

»Am Sonntag, nach der Messe.«

Almut war etwas beklommen zumute, und sie wünschte sich von Herzen Magda herbei. Die Meisterin hatte eine geschicktere Art, mit derartigen Situationen fertig zu werden. Bislang hatte sie noch alle Anschuldigungen seitens des Klerus abwiegeln können. Aber sie war nun mal nicht hier, und Almut hoffte inständig, nicht irgendeine falsche Bemerkung zu machen. Sie musterte den hochgewachsenen Benediktiner genau, um etwas über seine Absichten herauszufinden. Er mochte Anfang oder Mitte der Vierzig sein, vermutete sie. Sein Haarkranz war grau, doch einzelne Strähnen in seinem kurz geschnittenen Bart und auch seine jetzt hakenförmig hochgezogenen Brauen zeigten, dass er früher einmal schwarzhaarig gewesen sein musste. In sein Gesicht hatten sich Falten eingekerbt, doch es wirkte nicht alt, sondern nur gereift und strahlte Willensstärke aus. Aber weder seine kühlen grauen Augen noch seine Miene verrieten etwas. Er war braun gebrannt, ein Zeichen dafür, dass er seine Zeit nicht hauptsächlich über den Büchern verbrachte. Und auch seine aufrechte straffe Gestalt unterschied ihn von den oftmals recht beleibten Mitgliedern seines Ordens. Ein Mann der Tat, schloss Almut für sich. Und gefährlich.

»Nach der Messe. Soso. Der Messe habt Ihr auch beigewohnt?«

Almut schluckte. Das konnte problematisch werden. Es war nicht auszuschließen, dass Pater Ivo von den Ereignissen am vergangenen Sonntag gehört hatte.

»Selbstverständlich besuchen wir die Messe, Pater.«

»In St. Brigiden vielleicht?«

»Warum interessiert es Euch, welche Kirche wir besuchen!«, fragte Almut patzig zurück.

»Weil mein Kloster diese Pfarrkirche betreut und ich von einem Zwischenfall informiert worden bin.«

»Ihr gehört zu Groß St. Martin?«

»In der Tat. Und – habt Ihr die Messe in St. Brigiden besucht, Begine?«

»Seit unser zuständiger Priester es vorgezogen hat, mit dem Erzbischof nach Bonn zu gehen, sind wir genötigt, dem Gottesdienst in Eurer Pfarrkirche beizuwohnen.«

»Er findet nicht Euren Beifall, habe ich den Eindruck.«

»Ein Urteil darüber steht mir nicht zu«, sagte Almut und scheuchte mit dem Fuß ein Huhn zur Seite.

»Eine kluge Einsicht.«

Almut sah nicht zu dem Benediktiner hin, sondern bemühte sich, ihren aufsteigenden Unmut zu bändigen. Nachdem ihr das einigermaßen gelungen war, setzte sie ein unverbindliches Lächeln auf und blickte wieder hoch. Etwas verblüfft stellte sie fest, dass Pater Ivo sich gegen die Mauer lehnte und sein Gesicht blass unter der Bräune geworden war. Es flog sie ein leichtes Mitgefühl an, denn es war heiß geworden in der brennenden Nachmittagssonne. Obwohl ihr der Mönch und seine Absichten nicht geheuer waren, lud sie ihn höflich ein: »Wenn Ihr noch mehr Fragen habt, dann lasst uns in das Refektorium gehen. Dort ist es kühler als hier im Hof. Und ein Schluck Apfelwein wird Euch auch nicht schaden. Folgt mir bitte, Pater.«

Ohne eine Antwort abzuwarten, ging Almut voran und öffnete die Tür zum Haupthaus. Der Raum wirkte dunkel gegen das gleißende Licht des Sommertages, vor den Fenstern waren die Läden zugezogen, und Almut öffnete sie, damit es etwas heller wurde. Dann sah sie sich nebenan in der Küche nach einem Krug Apfelwein und zwei irdenen Bechern um. Als sie zurückkam, saß der Mönch auf der Bank an dem langen Tisch und stützte seinen Ellenbogen auf. Mit den Handballen rieb er sich die Augen, als ob sie schmerzten.

»Hier, nehmt einen Schluck, Pater Ivo.«

»Danke, Begine.«

Er trank langsam, stellte dann den Becher ab und sah schon wieder etwas erholter aus.

»Es ergab sich heute noch keine Möglichkeit, ein Mahl einzunehmen.«

»Dann mögt Ihr vielleicht ein wenig Brot und Butter zu Euch nehmen?«

»Ihr seid sehr gastfreundlich.«

»Das sind wir zu jedem, der hungernd an unsere Pforte klopft.«

Almut stellte einen Korb mit Brot und den Topf mit Butter vor ihn hin. Vielleicht lenkt ihn die Fürsorge ja von seinen inquisitorischen Fragen ab, dachte sie bei sich, aber darin musste sie sich enttäuscht sehen. Pater Ivo aß nur wenige Bissen, dann stellte er die nächste Frage.

»Um noch einmal darauf zurückzukommen – Ihr habt die Messe am Sonntag in St. Brigiden besucht und, wie ich vermute, nicht zufrieden stellend gefunden. Bruder Notker wurde äußerst unbotmäßig in seiner Predigt unterbrochen …«

»Bruder Notker hat sich höchst unbotmäßig über uns geäußert!«

»Wen meint Ihr damit? Hat er sich über Eure Gruppe im Besonderen geäußert?«

»Über uns Frauen!«, knirschte Almut und vergaß all ihre guten Vorsätze von Geduld und Demut.

»Etwa dergestalt, dass auch Frauen, die züchtig wie die Nonnen gekleidet sind, häufig ihren Trieben freien Lauf lassen?«

»Das und viele andere Beleidigungen mehr!«

»Ob das Beleidigungen oder schlichte Wahrheiten sind, mag mal dahingestellt sein. Ist das ein Grund, auf blasphemische Weise die Bibel zu zitieren?«

»Er tat das Gleiche!«

»Ihr seid ja sehr belesen in der Heiligen Schrift, wenn Ihr das beurteilen könnt. Woher habt Ihr Eure Kenntnisse?«

Das war gefährliches Terrain, und Almut wusste es nur zu gut. Es wurde allgemein von der Geistlichkeit nicht gerne gesehen, wenn jemand außer ihnen selbst die Bibel las. Dass Frauen sie obendrein noch übersetzten und sich mit den Texten inhaltlich auseinander setzten, das hatte durchaus den Ruch der Ketzerei. Denn damit war der Kritik an der Priesterschaft, die ihre eigenen, nützlichen Interpretationen von Gottes Wort verbreitete, Tür und Tor geöffnet.

»Wir sind eben gebildete, fromme Wesen, Pater Ivo. Ist es verboten, in der Bibel zu lesen? Wurde dieses Buch nicht den Menschen genau deswegen gegeben?«

»Ein Buch ist wie ein Spiegel – wenn ein Affe hineinsieht, so kann kein Apostel herausgucken!«

Almut merkte, wie sich ihr Gesicht rötete, und wieder erhielt Maria einen schier verzweifelten Hilferuf um Besonnenheit von ihr. Sie hätte besser daran getan, dem Benediktiner in die Augen zu sehen, denn dort hätte sie das unheilige Aufblitzen größten Amüsements wahrgenommen.

»Ich wage nicht, Eure Weisheit in diesen Dingen anzuzweifeln, Pater Ivo. Vor allem nicht, seit ich Bruder Notker kenne. Ihr stellt ihn sicher gleich neben die heiligen Apostel in Eurem Kloster.«

»Wir hatten für ihn auch schon mal an den Stall gedacht. Aber, Begine, wie schon der heilige Franziskus lehrte: ›Gott wünscht, dass wir den Tieren beistehen sollen‹. Und ihnen nicht den Messwein vergiften. Das war, wie Ihr selbst zugeben müsst, ein besonders übler Streich. Und auch ein gefährlicher, möchte ich hinzufügen!«

»Was?«

»Und Eure Bemerkung – und inzwischen bin ich zu

dem Schluss gekommen, dass Ihr selbst die Unruhestifterin wart – über das Essen und Trinken beim Abendmahl ist von sehr vielen Gläubigen vernommen worden.«

»Ich habe nie…«

»Begine, Ihr habt! Ich will Euch aus den Einwürfen zur Predigt keinen Vorwurf machen. Bruder Notker hat inzwischen eingesehen, dass sein Thema schlecht gewählt war. Er verbringt jetzt einige Zeit damit, ein paar passendere Stellen aus der Bibel zu kopieren.«

»So hat Bruder Notker keinen Schaden gelitten?«

»Keinen körperlichen. Dennoch, der Streich mit dem Wein wird Folgen für Euch haben!«

Almut schüttelte den Kopf. Sie selbst war am Sonntag genauso überrascht wie alle anderen gewesen, als der Priester den Messwein ausspuckte, aber sie konnte natürlich nicht für jede ihrer Mitschwestern die Hand ins Feuer legen. Wer konnte schon wissen, ob nicht eine von ihnen die Möglichkeit gefunden hatte, irgendetwas Ätzendes oder Giftiges in den Wein zu schmuggeln. Die Mittel dazu waren in Elsas Apotheke reichlich vorhanden. Aber die Vorstellung erschien ihr absurd.

»Pater Ivo, Ihr mögt uns für schändliche Frauenzimmer halten, aber ich bin sicher, es wird eine andere Erklärung für den ungenießbaren Wein geben. Könnt Ihr Euch für jeden Eurer Brüder oder Novizen verbürgen?«

Der Mönch war inzwischen aufgestanden und ging den langen Tisch entlang zum Fenster. Neugierig blieb er an Claras Platz stehen und betrachtete etwas, das dort achtlos auf der Bank liegen gelassen worden war.

»Nein, das kann ich nicht, Begine. Aber Ihr versteht, dass die Umstände stark dafür sprechen, dass es Euer

Werk war? In meinen Augen und auch in den Augen anderer.«

»Verurteilt Ihr immer nach dem ersten Augenschein?«

Almut wunderte sich darüber, dass der Benediktiner innehielt und sie nachdenklich musterte.

»Eine interessante Frage, die Ihr da stellt. Nein, das tue ich nicht. Aber die Welt tut es häufig. Das sollte auch Euch trotz Eurer Jugend nicht verborgen geblieben sein. Und das hier, Begine, ist nach dem ersten Augenschein etwas, das Euch einen noch größeren Ärger einhandeln kann.«

Er hielt ein Buch hoch und zeigte es Almut. Sie erkannte es sofort, es war eine von Claras neuesten Erwerbungen. Sie selbst hatte noch nicht die Gelegenheit gehabt, hineinzuschauen oder mit ihrer Freundin darüber zu sprechen.

»›Der Spiegel der einfachen Seele‹«, entzifferte sie. »Warum sollte er uns Ärger einhandeln? Es wird ein Werk mit erbaulichen Texten sein.«

»Das mag sein, doch die Verfasserin wurde vor noch nicht ganz siebzig Jahren auf dem Scheiterhaufen mitsamt ihren Büchern verbrannt. Sie war eine der Euren, Begine. Margarete Porete hieß sie, und man nannte sie eine Ketzerin. In der Tat sind manche ihrer Ansichten sehr schädlich für die einfachen Seelen!«

»Dann wundert es mich, dass Ihr sie kennt. Oder können solche Ansichten Eurer Seele nicht schaden?«

»Ich bin ein Mann, kein schwaches Weib.«

»Und Eure Seele ist vermutlich alles andere als einfach. Sie wird eine Hornhaut haben, an der alle Versuchungen abprallen. Habt Ihr noch weitere Fragen, oder kann ich jetzt meine Arbeit wieder aufnehmen?«

»Es läutet zur Non, und ich werde jetzt gehen. Ich

habe zwar noch viele Fragen an Euch, aber ich werde sie ein anderes Mal stellen. Fürs Erste habe ich einen Eindruck erhalten, der mir genügt, um weitere Schritte einzuleiten.«

»Und Euer Eindruck ist, dass wir ein böswilliger Haufen einfältiger Weiber sind, die sich beständig neue Ketzereien ausdenken. Oder?«

»Ach, wisst Ihr, Begine, was die Ketzereien anbelangt, werde ich milde urteilen, denn schon unser verehrter Kirchenvater Augustinus hat gesagt: ›Nur große Menschen haben Ketzereien hervorgebracht‹.«

Vielleicht hatte Maria diesmal ein Erbarmen, denn es gelang Almut, jegliche Antwort hinunterzuschlucken. Aber sie erstickte fast daran.

Als die Sonne lange Schatten warf, hatte Almut den staubigen Kittel ausgezogen und sich gewaschen, die Zöpfe gelöst und die langen, kastanienbraunen Haare, die sich, weil sie zuvor fest geflochten waren, noch leicht wellten, ausgiebig gebürstet. Dann hatte sie ihr leinenes Unterkleid angezogen und die graue Beginentracht darüber angelegt. Die Haare hatte sie wieder in Flechten aufgesteckt und mit den weißen Leinenstreifen des Gebändes befestigt. Darüber legte sie den grauen Schleier. So nüchtern gewandet, machte sie sich auf den Weg zur Meisterin, die sie und Thea sprechen wollte.

»Pater Ivo von Groß St. Martin, sagst du?«

Magda saß in dem einzigen Sessel im Raum in der Nähe des offenen Fensters, Thea und Almut besetzten die Holzbank neben dem Kamin. Almut hatte gerade von dem nachmittäglichen Besuch berichtet.

»Kennst du ihn, Magda?«

»Ich habe von ihm gehört. Zumindest meine ich das.

Er ist noch nicht lange in Köln, vielleicht drei oder vier Jahre. Als letztes Jahr der Prior sein Amt niedergelegt hat, wollte man ihn als Nachfolger wählen, aber er hat es abgelehnt.«

»Das wundert mich. Er wirkt durchaus so, als ob er eine Gemeinschaft leiten könnte.«

»Was hattest du sonst für einen Eindruck von ihm?«

»Erstaunlich gebildet und erstaunlich eingebildet. Schnell und gnadenlos in seinem Urteil.«

»Hast du dich mit ihm gestritten?«

Almut konnte nicht vermeiden, dass ihr die Röte in die Wangen schoss.

»Du stellst dir ständig selbst Fallen, Almut. Das Thema ist zu ernst, als dass man sich mit Wortgeplänkeln bloßstellen darf. Er war dabei, als der Weinhändler von Giftmischereien sprach, und wenn er uns jetzt tatsächlich vorwirft, den Messwein vergiftet zu haben, dann stecken wir wirklich in Schwierigkeiten.«

»Und auch wegen Ketzerei hat er jetzt noch einiges mehr in der Hand. Warum musste Clara auch das Buch im Refektorium liegen lassen!« Thea schüttelte den Kopf.

»Sie wollte beim Abendessen daraus vorlesen, hat sie mir gesagt. Ich habe ihr zu verstehen gegeben, das sei nicht erwünscht. Sie wird es jetzt unter Verschluss halten. Kommen wir noch mal auf den Vorwurf der Giftmischerei zurück. Ihr beide wart dabei, als der Burgunder starb. Gibt es irgendeinen Hinweis darauf, dass sein Tod herbeigeführt worden ist?«

»Nicht von uns, Meisterin«, stellte Thea mit Nachdruck fest. »Ich habe an der Arznei gerochen, es war wirklich Elsas Hustenelixier, das wir selbst auch hin und wieder einnehmen.«

»Hast du den Krug wieder mitgebracht?«, fragte Almut.

»Er war verschwunden, und die Magd wusste auch nichts über seinen Verbleib.«

»Das ist nicht gut.«

»Nein, aber hätte ich zu eindringlich nachgeforscht, hätte auch das einen falschen Eindruck hinterlassen.«

»Das ist wohl richtig. Erstaunlich, dass sie euch überhaupt ins Haus gelassen haben.«

»De Lipa war nicht da. Er ist gestern Abend noch zu seinem Weingut aufgebrochen und wird erst in einigen Tagen wieder zurückerwartet. Seine Frau war uns ganz dankbar, dass wir die Aufgabe übernommen haben, den Toten herzurichten. Ich hatte den Eindruck, sie mochte den Jungen nicht – weder lebend noch tot.«

»Sie hat aber keine Anschuldigungen ausgesprochen?«, fragte Magda nach.

»Nein, im Gegenteil. Sie hat sich sogar für die heftige Reaktion ihres Gatten entschuldigt. Sagte, er habe sich sehr für den Jungen interessiert und große Hoffnungen in ihn gesetzt.«

»Ja, de Lipa hat keine Kinder«, stellte Magda fest.

»Verwunderlich, nicht wahr. Frau Dietke ist noch jung, sie sind seit drei Jahren verheiratet, aber bislang scheint sie noch nicht empfangen zu haben.«

Almut hatte ein wenig überlegt und fasste dann zusammen: »Es ist doch denkbar, dass de Lipa in diesem Jean so etwas wie einen Sohn sah. Das würde auch diese heftige Gefühlsregung erklären. Als der Junge starb, hat er geweint. Erst danach wurde er so wütend.«

»Schon möglich, Almut. Aber kehren wir zu der ersten Frage zurück. Weist irgendetwas darauf hin, dass sein Tod gefördert wurde?«

Almut schluckte trocken, als sie an den schwarzen Spiegel dachte. Für sie war er ein böses Zeichen, doch eine abergläubische Furcht ließ sie ihre Entdeckung verschweigen. Nicht so Thea. Sie hatte eine sachliche Einstellung zu dem Ereignis.

»Sagen wir mal, die Möglichkeit besteht. Sonntag hat Jean die Arznei bekommen, und angeblich ging es ihm am Montag schon wieder ausgesprochen gut. So sagte Frau Dietke zumindest. Und am Dienstag finden wir ihn, nach Luft ringend, in seinem Bett, und kurz darauf stirbt er. Das ist ein ungewöhnlicher Krankheitsverlauf. Außerdem ist mir noch etwas aufgefallen. Almut, hast du es nicht auch gesehen – er hatte an der Stirn eine Beule, einen Bluterguss, den er sich erst kurz zuvor zugezogen haben konnte.«

»Richtig, das ist mir auch aufgefallen. Aber könnte der nicht auch älter gewesen sein? Sonntags habe ich ihn nicht so genau angesehen.«

»Nein, höchstens einen Tag. Ich habe schon oft Leichen mit Verletzungen aufgebahrt. So etwas erkennt man.«

Magda fragte nach: »Willst du damit sagen, dass er einen Schlag auf den Kopf bekommen hat?«

»Vielleicht. Aber er hatte noch einen Bluterguss am Schienbein.«

»Eine Beule am Kopf und ein blauer Fleck am Bein führen nicht zum Tod«, stellte Magda nüchtern fest.

»Nein. Aber die Tätigkeit, bei der er sich beides zugezogen hat, kann seine Krankheit verschlimmert haben, oder?« Almut sah die beiden anderen Frauen an.

»Hat er denn nicht das Haus gehütet?«

»Das wissen wir nicht.«

»Wenn er Elsas Medizin genommen hat, wird er sich

benommen gefühlt haben. Normalerweise steht man dann nicht auf und geht seinen Geschäften nach.«

»Und wenn man es doch tut, läuft man Gefahr, sich irgendwo den Kopf und das Schienbein anzuschlagen. Also wäre dann doch unser Mittel schuld, zumindest an den Verletzungen und letztlich auch an der Verschlechterung seines Zustandes. Wollte man böswillig sein, kann man so argumentieren.«

»Wir müssen Elsa befragen, was in dem Mittel enthalten ist.«

»Habe ich schon getan. Huflattich, Fenchel und Milchsaft der Mohnpflanze aus der unreifen Samenkapsel – alles mit Honig und Wein gemischt. Huflattich und Fenchel helfen gegen den Husten, der Mohnsaft hingegen löst die Krämpfe und stillt die Schmerzen. In kleinen Mengen macht er auch fröhlich und leicht berauscht. Nimmt man aber mehr davon, macht er benommen und schläfrig. In großen Mengen eingenommen, bringt er den Tod. Elsa sagt, die Menge in dem Krüglein hat dazu vielleicht ausgereicht.«

»Ein Gift!«, stellte Magda trocken fest.

»In der richtigen Dosierung, ja.«

»Und was war in dem Messwein?«, fragte sie dann.

»Wir wissen es nicht!«, betonte Almut mit Nachdruck. »Bist du etwa auch der Meinung, wir seien daran schuld?«

»Ich hoffe, dass es niemand von uns war. Es soll ja auch Novizenstreiche geben. Nun, lassen wir es zunächst einmal auf sich beruhen. Wir werden abwarten müssen, welche Schritte Pater Ivo einleiten wird.«

Es war jedoch nicht Pater Ivo, der die nächsten Schritte unternahm.

7. Kapitel

Johannes Deubelbeiß rieb sorgfältig einen Staubfleck aus seiner weißen Kutte. Der Dominikaner war nicht glücklich, aber Glück erwartete er auch nicht in diesem irdischen Jammertal. Bruder Johannes hoffte auf die immerwährende Seligkeit zu einem späteren Zeitpunkt, wenn er nach dem Tag des Gerichtes zu Füßen des Thrones Gottes sitzen durfte und gewiss sein konnte, dass die Sünder allesamt in den tiefsten Abgründen der Hölle schmorten. Auf dieses Ziel arbeitete er tagtäglich hin. Er hielt sich streng an die Regeln seines Ordens. Keiner beachtete die Gebetsstunden so peinlich genau wie er. Selbstverständlich kniete er um Mitternacht zur Matutin nieder, betete bei Sonnenaufgang zur Laudes, ließ weder die Prim, Terz noch Sext aus, sang mit Andacht die Psalmen zur Vesper und beschloss bei Sonnenuntergang den Tag mit der Komplet. Die Fastengebote hielt er übergenau ein, gönnte sich lediglich eine Mahlzeit am Tag und verzichtete selbstverständlich auf Fleisch, weißes Brot und Wein. Dass der Anblick mancher Frauen die eine oder andere ungewollte Reaktion bei ihm auslöste, hatte er zu erdulden gelernt und büßte dafür mit Nachtwachen, in denen er auf dem kalten Steinboden vor dem Altar kniete und inbrünstig um die Vergebung seiner fleischlichen Sünden bat.

Bruder Johannes hielt sich nicht für fleckenlos rein,

obwohl er hart daran arbeitete. Seine peinlich saubere weiße Kutte war nur das äußere Zeichen für seine Anstrengungen. Er hielt den Weg, den er gewählt hatte, um dereinst der Erlösung teilhaftig zu werden, für den einzig gangbaren. Und er war großmütig genug, den brennenden Wunsch zu hegen, den vielen irregeleiteten Menschenkindern zu eben dieser Erlösung zu verhelfen. Diese Aufgabe erwies sich jedoch als überaus schwierig, und eine der schwersten Prüfungen seines Lebens bestand sicherlich im derzeitigen Ort seines Wirkens: Köln. Diese Stadt, die zwar unzählige Kirchen, Klöster und Kapellen ihr Eigen nannte und beinahe mehr Reliquien beherbergte als Rom selbst, schien ihm trotz allem vor durchdringender Scheinheiligkeit zu vibrieren. Das Schlimmste daran aber war die Unmöglichkeit, auch nur den kleinsten belastbaren Beweis dafür zu finden.

Bruder Johannes, permanent unausgeschlafen, übermüdet und hungrig, war Inquisitor.

Er hatte außerdem einen Gallenstein.

Er hatte auch ein feines Gehör, und Vorfälle, die auf häretische Umtriebe schließen ließen, drangen früher oder später an sein Ohr. Vor allem sektiererische Gruppen, die sich anmaßten, eigene Glaubensinterpretationen zu verbreiten, waren ihm ein Dorn im Auge. So hatte er doch tatsächlich eine Gruppe Begarden ausgehoben, die im Weberviertel ihre ketzerischen Lehren verbreiteten. Er hätte sie gerne drastischer bestraft gesehen, doch der Erzbischof hatte es dabei belassen, sie und ihre Familien namentlich zu exkommunizieren. Johannes verdächtigte natürlich auch die Beginen, ketzerisches Gedankengut zu hegen und sogar zu verbreiten. Doch es gab beinahe hundertsiebzig Beginenhäuser in der Stadt, und nicht alle konnte er im Blick behalten. Außerdem waren die Bewohnerinnen zum großen Teil Witwen oder Töchter einflussreicher Bürger, mit denen sich anzulegen ihm nicht immer geraten schien. Umso mehr erfreute es Bruder Johannes, als er von dem Zwischenfall während der Messe in St. Brigiden hörte. Er forschte nach und fand alsbald Namen und Stand der Übeltäterin heraus, und es kam ihm auch zu Ohren, dass genau diese Person in einen zweifelhaften Todesfall verwickelt war. Hier bot sich ihm endlich die Möglichkeit, ein Exempel zu statuieren.

8. Kapitel

»Lass deine rauen Finger von der dünnen Seide«, mahnte Judith, die Weberin, Almut nachdrücklich. Die beiden Beginen waren damit beschäftigt, die schimmernden Seidenstoffe in grobe Leinentücher zu verpacken, in denen sie bei den Auftraggebern abgeliefert werden sollten. Almut wusste durchaus, dass ihre schwieligen Hände und rissigen Nägel das zarte Gewebe schädigen würden, doch sie konnte dem Drang nicht widerstehen, über das luxuriöse Gewirk zu streichen. Einst hatte auch sie Kleider aus Seide in leuchtenden Farben getragen. In Farben, die ihre grünen Augen wie die einer Katze schillern ließen, die ihrem hellen Teint zärtlich schmeichelten und neben denen ihre vereinzelten Sommersprossen beinahe verschwanden. Es waren schöne Kleider gewesen, jedoch kein schönes Leben, das sie darin geführt hatte. Also schüttelte sie energisch die Erinnerung daran ab und fuhr sich über das Gesicht. Jetzt, nach all der Arbeit im Freien, verschwanden die Sommersprossen ebenfalls, so braun gebrannt war es. Dann riss sie mit einem energischen Ruck eine weitere Bahn des groben Leinens entzwei.

»Almut, da ist ein Weib am Tor, das behauptet, die Magd deiner Eltern zu sein!«

Mettel, die als Pförtnerin Dienst tat, kam in den Arbeitsraum der Weberinnen. Almut legte den Stoff nieder und folgte ihr in den Hof. Sie hatte die Erlaubnis, einmal im Monat ihre Eltern zu besuchen, und wurde dazu stets von einer Dienstmagd abgeholt, damit sie nicht alleine durch die Stadt zu gehen brauchte. Am Tor wartete die füllige alte Anna, die sich umständlich die verschwitzten Hände an ihrem blauen Kittel abwischte, bevor sie Almut begrüßte.

»Nanu, Anna, wie kommt es, dass Frau Barbara dich geschickt hat und nicht eine der jüngeren Mägde.«

»Ach, die Hilla hat ein Geschwür am Bein, das Küchenmädchen, die dumme Trut, hat sich den Fuß vertreten, und der Amme war's zu heiß.«

»Ei wei! Soll ich etwas aus der Apotheke mitnehmen für Hilla oder die Trut?«

»Wenn's keine Umstände macht, junge Herrin.«

»Dann setz dich so lange dort hinein und trink einen Becher Apfelwein.«

Anna bedankte sich mit einem zahnlückigen Grinsen, und Almut ging, um ihren Beutel mit den Mitteln zu füllen, die Elsa ihr mitgab. Ein Fläschchen Duftwasser war auch darunter.

Erquickt stand Anna auf, als Almut sie zum Gehen aufforderte.

»Sind viele Berittene unterwegs in der Stadt. Wir sollten uns beeilen.«

»Berittene?«

»Ritter, junge Herrin. Gewappnet und in Waffen.«

»Erzbischöfliche?«

»Euer Vater sagt, es sind die Mannen des Herren von der Mark. Sie sollen die Stadt gegen die Erzbischöflichen verteidigen, die sich vor den Toren sammeln. Aber ich weiß nicht recht – ich fürchte mich vor ihnen.«

»Schon gut, Anna. Wir werden nicht die breiten Straßen nehmen.«

Der Beginenhof lag in einer Gegend, die nur noch spärlich bebaut war, doch vom Eigelstein-Tor im Norden führte quer durch die ganze Stadt bis zum südlichen Severinstor eine Durchgangsstraße, die auch für Almut normalerweise die kürzeste Verbindung zu ihrem Elternhaus darstellte. Auf Annas Bitten entschloss sie sich, den Weg am Rhein entlang zu nehmen. Zunächst ging alles gut. Sie begegneten keinem der Berittenen, sondern lediglich einigen Bauern, die mit ihren Karren aus der Stadt zurück zu ihren Feldern zogen, und einer Gruppe staubiger Pilger, die sie nach dem Weg zum Kloster von St. Gereon fragten. Ein klappernder Eselswagen mit zwei Ursulinerinnen überholte sie ebenso wie einige geschäftige Handwerksburschen, die mit Werkzeugen beladen ihren Arbeiten nachgingen. Es war noch immer heiß an diesem Julinachmittag, doch über den blauen Himmel zogen dünne Schleierwolken. Die Schwüle und die völlige Windstille machten die Luft drückend. Der Pfad, den Almut mit Anne gewählt hatte, war staubig, und es hatten sich tiefe Karrenspuren eingegraben. Nur wenige Häuser und Scheunen säumten ihn, denn die Weingärten zogen sich fast bis zum Rhein hinunter. Doch im Süden konnte man die Silhouette des neuen Doms sehen, dessen Südturm allmählich über die Dächer hinauswuchs.

»Seht, da vorne!«

Anna hatte Almut am Ärmel gepackt und hielt sie fest, so dass sie nicht weitergehen konnte. Almut erkannte, was die Magd ängstigte. Neben dem Weg stand ein gewaltiges braunes Ross. Der Reiter jedoch war abgestiegen und hielt ein zappelndes rotes Bündel im Arm. Statt umzukehren und die Beine in die Hand zu nehmen, wie Anna gehofft hatte, beschleunigte Almut ihre Schritte. Das rote Bündel entpuppte sich nämlich als eine junge Frau, die sich mit verbissenem Gesicht gegen den harten Griff des Ritters wehrte.

»So schrei doch um Hilfe!«, rief Almut ihr zu, als sie nahe genug herangekommen war. »Schrei doch ›Vergewaltigung!‹ Du hast zwei Zeugen!«

Die Frau zischte ihr aber nur zu: »Halt's Maul, Schwester!«, und der Ritter lachte dröhnend auf. Er hatte eine Hand in das rote Oberkleid geschoben und knetete ihren Busen, was zweifellos schmerzhaft sein musste. Warum die junge Frau nicht die gängige Form der Beschuldigung herausschreien wollte, verwunderte Almut. Mit zwei Zeuginnen hätte sie durchaus vor den Richter ziehen können. Inzwischen wurden sogar noch ein paar Arbeiter in den Feldern auf sie aufmerksam. Die genossen zwar gaffend das Schauspiel, aber eingreifen würden sie nicht.

Für Almut musste sofort etwas geschehen. Sie sah sich kurz um und fand einen armlangen Stecken, der an einer Scheunenwand lehnte. Mit ihm brannte sie dem Ross einen Hieb auf die Flanke, der wieder einmal beredtes Zeugnis davon ablegte, dass zarte Stickereien nicht ihre Hauptbeschäftigung darstellten. Das wuchtige Pferd mochte schlachterprobt sein, der unerwartete und harte Schlag überraschte es jedoch, und schnaubend stieg es auf die Hinterhand. Der Ritter, der die Zügel noch um den Arm geschlungen hatte, wurde plötzlich von seiner sich wehrenden Beute weggezerrt, und er musste sich entscheiden, ob er Pferd oder Frau bändigen wollte. Seine Entscheidung fiel zu Gunsten des Rosses, und die Rotgewandete riss sich los. Sie rannte mit fliegenden Röcken den Weg hinunter, gefolgt von Almut, die ebenfalls kein Bedürfnis verspürte, sich weiter mit dem Ritter auseinander zu setzen. Die Magd hingegen drückte sich so gut es ging die Scheunenwand entlang und versuchte mit gutem Erfolg, unsichtbar zu werden.

»Rechts, bieg nach rechts ab!«, rief Almut, als sie die Flüchtende erreichte. Sie gelangten an eine Friedhofsmauer, fanden den Einschlupf und lehnten keuchend an der mannshohen Wand.

»Warum hast du nicht geschrieen, du dumme Gans!«

»Will ich mir meinen Ruf versauen?«

Die junge Frau glättete ihr Obergewand, von neuestem Schnitt und höchster Stoffqualität, wie Almut bemerkte. Die Teufelsfenster gaben den Blick auf ein zartes, hauchdünnes Untergewand frei, derart eng geschnürt, dass man die wohlgeformte Figur deutlich erkennen konnte. Über dem Kopf trug sie einen hellen, hauchfeinen Schleier, der ihr langes, rabenschwarzes Haar eher betonte als verhüllte. Auch ihre Augen funkelten dunkel, und Almut erkannte mit leichtem Staunen, dass sie mit schwarzer Farbe sorgfältig umrahmt waren.

»Ich wollte Euch helfen«, sagte Almut schließlich mit einem Schulterzucken und wischte sich den Schweiß von den Augenbrauen.

»Schon gut, Schwester. Aber das hätte mich nur in Schwierigkeiten gebracht.«

»Ich hatte den Eindruck, Ihr stecktet bereits in Schwierigkeiten. Und im Übrigen bin ich keine Schwester, sondern gehöre zu einem Beginen-Konvent.«

»Ihr seht aber so aus. Ich mache da bei Euch heiligen, keuschen Frauen keine Unterschiede. Und irgendwie wäre ich mit dem edlen Herrn von Oefte schon fertig geworden. Aber wenn ich diesen Nichtsnutz Pitter wieder treffe, der mich begleiten sollte, dann werde ich ihm mit Genuss die Ohren lang ziehen. Der Bengel ist doch wie vom Erdboden verschluckt gewesen, als der Reiter auftauchte.«

»Wo müsst Ihr hin?«

»Nach Hause.«

Almut bedachte sie mit einem langmütigen Blick, und die andere lenkte ein: »O ja, schon gut. Ihr wollt mir helfen. Richtung Dom muss ich gehen.«

»Sehr schön. Das ist auch mein Weg. Ich begleite Euch, wenn meine Magd wieder auftaucht.«

Die junge Frau lauschte und deutete dann zum Tor.

»Seht, der Herr Ritter hat sein Interesse an mir verloren und geht wichtigeren Geschäften nach.«

Durch einen Spalt der Pforte beobachteten die beiden, wie der Reiter vorbeizog.

»Ihr kennt ihn?«

Wieder ein Schulterzucken.

»Er dachte, er könnte mein Kunde werden. Oder besser, er versucht es immer wieder mit den falschen Mitteln.«

Allmählich dämmerte Almut, was ihre Begleiterin damit meinte.

»Na, wollt Ihr noch immer mit mir in die Stadt gehen?«

»Warum nicht?«

»Es gibt Leute, die nennen mich die ›maurische Hure‹ und würden lieber mit dem Teufel spazieren gehen als mit mir.«

»Ach ja. Und stimmt es? Seid Ihr eine Maurin?«

Ein verblüfftes Kichern war die Antwort. »O nein, mein Vater hat schon dafür gesorgt, dass mir das richtige Wasser über den Kopf gegossen wurde. Und so bin ich eine genauso rechte Christin wie Ihr auch. Aber meine Mutter war eine Maurin und so weiter.«

Sie waren aus der Pforte auf die Straße getreten, und Almut hatte der Magd, die sich langsam auf sie zu bewegte, auffordernd zugewunken.

»Wo kommt Eure Mutter her?«

»Aus Cordoba. Ein Gewürzhändler brachte sie hierher.«

»Euer Vater?«

»Aber nein. Auch der Tuchhändler nicht und der Kardinal nicht. Seid Ihr entsetzt, Schwester?«

»Aber nein!« Almut lächelte. »Meine Magd ist es jedoch!«

Anna starrte die rot gekleidete Frau mit größter Missbilligung an und schlurfte unwillig schnaufend hinter den beiden her.

»Nun ja, vielleicht versteht Ihr jetzt, warum ich nicht Zeter und Mordio geschrieen habe. Ich will mit den Bütteln nichts zu tun haben.«

»Warum erzählt Ihr mir das eigentlich?«

»Ihr habt gefragt.«

Schweigend gingen sie weiter, und als der Dom hinter ihnen lag, deutete Almuts Gefährtin eine schmale Gasse an der alten Römermauer hoch.

»Ich wohne dort hinten. Habt Dank für Eure Begleitung, Schwester.«

»Nichts zu danken. Es war auch mein Weg. Ich heiße übrigens Almut, und Ihr findet unseren Konvent am Eigelstein. Wenn Euch der Sinn einmal nach ein wenig Besinnung und innerer Einkehr steht, seid Ihr gerne willkommen.«

»Ach ja. Na, wenn Ihr mal ein wenig Spaß und Leichtsinn benötigt, dann seid Ihr ebenfalls willkommen. Fragt nach Aziza, aber nennt mich um Gottes Liebe nicht die maurische Hure!«

Den Rest des Weges musste sich Almut von Anna die bittersten Vorwürfe anhören. Sie ließ die Schelte schweigend und geduldig über sich ergehen, und erst als sie vor der Tür ihres Elternhauses anlangten, blieb sie stehen und sah die Magd mahnend an.

»Ich habe nur mehr christlich gehandelt, Anna, und einer Frau in Bedrängnis geholfen. Warum machst du mir das zum Vorwurf?«

»Weil sie eine unkeusche Frau ist und eine Ehebrecherin!«

»Ist das ein Grund, ihr nicht zu helfen?«

»Ihr bringt Euch selbst in Verruf, junge Herrin!«

»Hat sich Jesus in Verruf gebracht, als er sich der Ehebrecherin annahm? Ich werde nicht den ersten Stein aufheben, Anna! So, und jetzt genug der Ermahnungen.«

Der Besuch bei ihren Eltern bereitete Almut meist Freude. Ihre leibliche Mutter war kurz nach ihrer Geburt gestorben, doch einige Jahre später hatte ihr Vater eine zweite Frau gefunden, und diese hatte sich des verwaisten und ziemlich ungebärdigen Mädchens verständnisvoll angenommen. Im Haus am Mühlenbach empfing ihre Stiefmutter sie auch heute mit einer liebevollen Umarmung.

»Du siehst erhitzt aus, Almut.«

»Ich habe ja auch Jungfrauen in Nöten retten müssen!«

»Gab es Drachen unterwegs?«

»Nein, Ritter. Die Situation scheint sich mal wieder zuzuspitzen. Habt Ihr Neuigkeiten gehört, Frau Barbara?«

»Der Erzbischof zieht seine Truppen zusammen, sagt man. Dummer Junge, der! Vor noch nicht einmal einem

Jahr hat er sich schon mal eine blutige Nase geholt. Weißt du noch, er hat darauf spekuliert, dass sich die Handwerkszünfte gegen den Rat der Stadt stellen würden.«

»Ja, ich weiß, er wollte sich als der Befreier vom patrizischen Stadtrat aufspielen. Sogar Vater ist damals mit zum Rathausplatz gezogen, um gegen die Erzbischöflichen zu kämpfen.«

»Sinnlose Prügelei, wenn du mich fragst. Der Erzbischof hat keine guten Ratgeber. Damals viel zu jung ernannt worden. Er ist nur ein Jahr älter als du, Almut. Achtundzwanzig ist er. Aber schließlich ist er der Neffe von Erzbischof Kuno, und das wird ihm wohl geholfen haben. Na, komm, lass uns im Hof einen kühlen Wein trinken.«

Hinter dem Haus gab es einen Innenhof, in dem Barbara einen Garten mit Küchenkräutern und Gemüse angelegt hatte. Auch ein Rosenstock streckte seine Ranken die Hauswand empor. Almut bewunderte die eben aufbrechenden rosa Blüten und strich sacht mit den Fingerspitzen über die seidigen Blätter. In der drückend schwülen Luft dufteten jedoch nicht nur die Rosen süß, sondern auch vom Kräuterbeet wehte ein würziger Hauch auf, als ihre Röcke die Salbeistauden streiften. Gelb blühten Weinraute und Johanniskraut und weiß die Minze und die Schafgarbe. In den Beeten dahinter reiften die Erbsen an ihrem Busch, und zwei Reihen fedrigen Grüns deuteten auf eine reiche Möhrenernte. Die Bohnenpflanzen rankten sich säuberlich um die Stangen, und es hingen sogar schon die ersten Flaschenkürbisse an den Spalieren.

»Wie geht es meinem Vater?«

»Oh, er war kurz davor, vor lauter Stolz zu bersten. Er

sollte einen Auftrag für einen hohen Herren erledigen. Doch leider haben wir gestern erfahren, dass daraus nun erst einmal nichts wird. Ein Todesfall in der Familie, heißt es.«

»Armer Vater. Wer war der hohe Herr? Ein Patrizier gar?«

»Nein, so hoch hinaus ging es denn doch nicht. Ein Weinhändler, doch einer mit großem Ehrgeiz.«

»Sagt nur, der Hermann de Lipa?«

»Der Nämliche. Wie kommst du darauf?«

»Der Todesfall, Frau Barbara. Wir hatten damit zu tun.« Almut wollte über die mysteriösen Umstände und die Verdächtigungen, die sie betrafen, nicht sprechen, darum fügte sie sofort die nächste Frage an: »Was sollte Vater denn für ihn bauen?«

»Oh, etwas wirklich Großartiges. Eine neue Kloake.« Barbara kicherte leise. Sie war ihrem Mann durchaus zugetan, aber sein Bestreben, ständig die Verbindung mit bedeutenden Männern zu suchen, forderte ihren Spott heraus.

»Das scheint auch bitter nötig zu sein, die alte stank zum Himmel, als wir das Haus besuchten! Aber welchen großen Ehrgeiz hat denn der Herr de Lipa? Ich denke, er ist schon der reichste Weinhändler in der Stadt, und sie haben ihn sogar zum Oberhaupt der Kaufmannsgaffel gewählt.«

»Er hat sich auch einen Platz im weiten Rat erobert, keine Ahnung, wie ihm das gelungen ist. Aber die Gerüchte sagen, er spekuliert darauf, im engen Rat der Stadt aufgenommen zu werden.«

»Die Patrizier lassen darin doch niemanden außer ihren eigenen Angehörigen zu.«

»Darum beäugt er ja auch mit großem Wohlwollen

die Verbindung seiner Nichte Waltruth mit dem Werner von Stave. Es heißt, dass er zu Ehren des jungen Paares ein gewaltiges Fest plant. Das tut er sicher nicht seiner Schwester Helgart zuliebe, sondern um seine Beziehungen zu den Patrizierkreisen auszubauen.«

»Na, ich wünsche ihm viel Glück dabei.«

»Wird er brauchen, denn es gibt noch mehr Gerüchte um ihn. Es heißt, er habe gepantschten Wein verkauft. Aber das kann ich mir eigentlich nicht vorstellen.«

»Das wird er sich nicht leisten können, wenn er derartige Ambitionen hat. Vielleicht streut ein Konkurrent solche Gerüchte aus.«

Sinnend nickte Barbara und wedelte sich mit der Hand Luft zu.

»Erstickend heute, nicht wahr?«, meinte Almut und tat es ihr gleich.

»Wird wohl noch ein Gewitter geben.«

»Hoffentlich nicht gerade, wenn ich zurückgehen muss. Aber hier habe ich etwas, das Euch Kühlung verschaffen wird, Frau Barbara.«

Almut reichte ihrer Stiefmutter das Krüglein mit dem Duftwasser. Sie schnupperte sogleich daran und meinte mit verzücktem Gesichtsausdruck: »Wundervoll, Almut. Wie seid ihr denn auf die Idee gekommen?«

Almut erzählte von ihrem Missgeschick und fügte dann hinzu: »Inzwischen probiert unsere Trine immer neue Mischungen aus. Ich muss sagen, sie ist sehr begabt darin. Manchmal habe ich den Eindruck, dass sie über einen beinahe übernatürlichen Geruchssinn verfügt. Sozusagen zum Ausgleich zu ihrem fehlenden Gehör. Hier hat sie das Destillat von den Schalen dieser entsetzlich sauren gelben Früchte hineingetan.«

»Zitronen? Ihr habt Zitronen? Was kann man denn damit anfangen?«

»Unsere Apothekerin hat sie bei ihrem Gewürzhändler gekauft. Er sagt, der Saft hilft bei Fieber und bei Erkältungen. Aber sie schmecken scheußlich!«

»Riechen tut das Parfüm aber gut.«

»Das findet Frau Dietke de Lipa auch!«

»Ah, dem eitlen Fratz hast du auch davon gegeben?«

»Wir haben es ihr teuer verkauft. Kennt Ihr die Dame?«

»Wir sind uns ein paarmal begegnet. Dein Vater legt ja so großen Wert darauf, mit angesehenen Familien zusammenzukommen. Sie ist sehr schön und weiß das auch. Und sie ist reich genug, sich teure Kleider und Parfüms zu kaufen.«

Almut fiel der schwarze Spiegel und das Geheimnis, das er barg, wieder ein, und Beklommenheit legte sich um ihr Herz. Plötzlich war der freundliche Nachmittag überschattet.

»Was ist, Almut? Trauerst du dem weltlichen Leben nach? Du weißt, du kannst jederzeit zu uns zurückkommen.«

Almut verscheuchte den dunklen Schatten und erwiderte lächelnd: »Um mich von Vater mit dem erstbesten angeblich einflussreichen Mann verheiraten zu lassen. Nein, darauf kann ich verzichten.«

»Na gut, das würde er sicher versuchen. Aber ich bin ja auch noch da...«

»Lasst nur, Frau Barbara. Ich bin ganz zufrieden mit dem Leben, das ich jetzt führe. Ich neide auch der schönen Dietke nicht ihre Seidenkleider und ihr makelloses Gesicht. Sie hat wohl auch ihre Probleme. Ihr Gatte wirkte nicht sehr umgänglich.«

»Er sollte aber umgänglich sein. Sonst wiederholt sich bald der Skandal, den seine erste Frau verursacht hat.«

»Hat sie einen verursacht?«

»O ja. Sie ist ihm, so erzählt man hinter vorgehaltener Hand, mit einem jungen fremdländischen Adeligen davongelaufen. Und zwar nicht einfach aus einer Laune heraus, sondern sorgfältig geplant. Sie hat sogar ihre Mitgift mitgenommen, und man hat nie eine Spur von ihr gefunden. Aber die Gerüchte sagen, dass sie jetzt auf einem großen Landgut im Süden leben.«

»Und Gerüchte sind fast immer wahr! Es wird de Lipa tief getroffen haben.«

»Er war wütend. Aber er trauerte ihr wohl nicht nach, denn kurz darauf hat er sich um seine schöne Dietke beworben.«

»Wisst Ihr eigentlich, wer dieses schreckliche Monster ist, das in dem Haushalt lebt und so eine Art Haushofmeister spielt?«

»Nein, ein Monster? Wie entsetzlich!«

»Na ja, er sieht furchtbar zugerichtet aus. Man hat ihm Nase und Ohren abgeschnitten, und er hat eine lange Narbe von der Stirn bis zum Kinn. Seine Zunge hat er auch verloren. Außerdem hinkt er wie der Teufel.«

»Sag so etwas nicht, Almut. Vielleicht ist er auf einem Kriegszug von Feinden so zugerichtet worden.«

»Oder er hat ein Verbrechen begangen, dessentwegen er so verstümmelt wurde.«

»Und du glaubst, Dietke würde so eine Kreatur zu ihrem Haushofmeister machen?«

»Eine christliche Tat vielleicht? Er hat ungeheuren Respekt vor ihr.«

»Mh. Sehr interessant. Ich werde mich mal ein wenig umhorchen und dir dann berichten.«

Almut winkte ab.

»Nein, nein, es ist nicht so wichtig, Frau Barbara. Erzählt mir, wie geht es den Kindern?«

Eine Weile verbrachten die beiden Frauen damit, die großen und kleinen Begebenheiten des Familienlebens durchzugehen und zu kommentieren. Dann brach Peter, gefolgt von einem schwarzen Ungeheuer, über sie herein.

»Frau Almut, Frau Almut, der Kater hat mit einer Ratte gekämpft!«

»Und wer hat gewonnen? Soll ich raten – die Ratte! Und sie hat dem Kater das Fell ausgezogen und ist selbst hineingeschlüpft.«

Der elfjährige Junge lachte und schob das große schwarze Katzentier zu Almut hin, das laut schnurrend die Hand beschnupperte.

»Für eine Ratte ist das aber ein beachtliches Schnurren.«

»Na ja, eigentlich hat der Kater die Ratte totgebissen. Aber sie war schon ziemlich groß!«

»Er ist ja auch ein tapferer Geselle! Genau wie sein Freund, was?«

Almut zauste ihrem kleinen Stiefbruder die ohnehin verwuschelten Haare und reichte ihm ein Beutelchen.

»Das solltest du aber mit deiner Schwester teilen, nicht ganz alleine aufessen! Es sind vier Stücke für jeden darin.«

Peter nestelte das Bändchen auf und bekam große Augen. Gertrud hatte Konfekt zubereitet, aus getrockneten Aprikosen, Rosinen, Honig und einer Reihe von

Gewürzen. Das Geheimnis der Herstellung hütete sie wie den heiligen Gral.

»Ohh, mhhh. Danke, Frau Almut. Wisst Ihr was, ich erzähle Euch dafür auch eine schaurige Geschichte, ja?«

»Das hatte ich gehofft, Peter. Du erzählst so wundervolle Geschichten.«

Barbara erhob sich lächelnd und meinte: »Dann kann ich ja getrost wieder meinen Arbeiten in der Schreibkammer nachgehen. Dein Vater will noch ein paar Aufstellungen über das Baumaterial haben, das er bestellt hat. Du wirst gut unterhalten, Almut. Und falls dir etwas unter dem Siegel der Verschwiegenheit anvertraut werden sollte, möchte ich sowieso lieber nichts davon erfahren. Weiß Gott, Peters Beichtvater wankt immer bleich und mit verstörtem Blick aus dem Beichtstuhl, wenn er seine Sünden gehört hat.«

Peter war ein aufgeweckter Junge mit einem Hang zum Abenteuer, doch er hatte auch genügend Fantasie, um sich die drastischsten Folgen seiner Taten vorzustellen, was ihn von allzu wagemutigen Experimenten abhielt. Die gleiche Fantasie allerdings bewirkte auch, dass vergleichsweise harmlose Unternehmungen zu gar erschreckenden Ereignissen gerieten.

»Worum geht es diesmal? Korsarenschiffe im Rheinhafen? Schreiende Steine? Singende Schwerter?«

»Nein, viel schlimmer – nebenan im Hof gehen höllische Geister um.«

»Nein!!!! Erzähl!«

»Es war am Montag. Oder so, jedenfalls nachts. Es war ziemlich warm in der Kammer, und der Mond schien.«

»Und du konntest nicht schlafen.«

»Ja, richtig. Und der Kater war auch draußen. Weißt

du, ich wollte wissen, was er nachts macht. Und da bin ich eben aufgestanden.« Er zögerte. »Du erzählst es der Mutter nicht, ja?«

»Nein, versprochen.«

Peter fasste neues Vertrauen, denn der Wunsch, das Erlebte loszuwerden, drängte gewaltig.

»Also, dieser Baum vor meinem Fenster, der hat einen Ast.«

Almut nickte versonnen. Ihr Bruder bewohnte jetzt die Kammer, die sie als Kind ihr Eigen genannt hatte. Die alte Buche vor dem Fenster war eine Verlockung. Aber sie hatte die Äste als sehr schwankend in Erinnerung.

»Soso, einen Ast.«

»Ja, ja, Frau Almut. Keine Angst, es ist ganz sicher, der Kater springt auch immer darauf.«

»Du bist etwas schwerer als dein Kater.«

»Aber er hält mich auch aus! Und es ist ganz leicht, zum Stamm zu kommen und von da auf die Mauer. Der Kater ist nämlich oft nebenan auf dem Hof.«

Almut bemühte sich zwar um eine strenge Miene, aber der Ast hielt wirklich das Gewicht eines Kindes aus, wie sie selbst sehr gut wusste. Neugierig auf die jugendlichen Erlebnisse, fragte sie weiter: »Fandest du ihn dort?«

»Nein, aber etwas Grauenvolles ging dort vor. Weißt du, viel sehen konnte ich nicht. Das Mondlicht fällt nicht hinein. Aber ich hörte ein entsetzliches Stöhnen, ein furchtbares Geräusch, als wenn ein hungriger Dämon dort sein Unwesen trieb. Er keuchte und hustete und spuckte Blut und Schleim. Und er warf mit Sachen um sich. Es krachte und knirschte und ächzte, als ob er die Wände versetzen wollte. Und dann stöhnte er wieder, so ganz tief aus dem Bauch heraus. So etwa!«

Peter gab eine Art brünstigen Grollens von sich, das Almut zum Kichern reizte. Aber sie blieb ernst und fragte: »Du meine Güte, und die ganze Zeit hast du auf der Mauer gesessen und zugehört? Wie mutig du bist. Wenn er dich nun entdeckt hätte?«

»Wär ich blitzschnell den Baum hochgeklettert.«

»Ah, gut. Geschah noch etwas?«

»O ja, nachdem er sein furchtbares Werk im Hof vollbracht hat, ist er raus und hat einen Fluch über den Hof geworfen.«

»Einen Fluch?«

»Ja, oder so was. Jedenfalls hat er Worte in einer barbarischen Sprache gesprochen und dabei den Namen Gottes missbraucht!«

»Wie entsetzlich! Was sagte er denn?«

»Ich weiß nicht ganz genau. Es hörte sich an wie ›jesükrist‹, was bestimmt ein ganz schlimmes Wort ist, weil es sich so ähnlich anhört wie Jesus Christus. Und ›fidüdjövivant‹.«

»Fidüdjövivant. Das klingt allerdings gefährlich.«

Almut bemühte sich weiterhin, eine ernste, aufmerksame Miene zu bewahren, denn das, was Peter dort gehört hatte, konnten nur Laute menschlicher Wesen sein, und das Stöhnen tief aus dem Bauch legte einen bestimmten Verdacht nahe.

»Sag mal, wem gehört denn der Hof eigentlich? Müsste der Besitzer nicht gewarnt werden, dass sich dort Dämonen herumtreiben und Flüche verbreiten?«

»Och nö, das ist doch nur so ein Lager für Weinfässer.«

Almut starrte ihren Stiefbruder verblüfft an. Eine unbestimmte Idee keimte in ihr.

»Ist was, Frau Almut? Glaubt Ihr, dass der Wein dadurch schlecht geworden ist?«

»Das kann schon sein, Peter. Aber ich muss ganz ehrlich sein, ich glaube, dein Dämon war eher ein Mensch, der sich dort herumgetrieben hat. Und es ist sehr wahrscheinlich, dass er etwas Übles im Sinn hatte. Peter, versprich mir, solche Ausflüge nachts nicht mehr zu machen. Vor einem Dämon kannst du dich vielleicht in den Baum retten, ein böser Mensch, der bemerkt, dass du ihn beobachtet hast, könnte gefährlicher werden.«

»Aber das war kein Mensch, Frau Almut. Ganz sicher nicht. Er hat nämlich ein Dämonensiegel hinterlassen. Ich habe es am nächsten Tag in der Gasse unterhalb der Mauer gefunden. Seht her!«

Peter fummelte in der Tasche an seinem Gürtel herum und förderte ein zierlich geschnitztes Holzscheibchen hervor, auf dem das Andreaskreuz und ein paar kleine Buchstaben eingeritzt waren. Almut hielt den Atem an.

»Junge, das ist ein Amulett, kein Dämonensiegel. Es hilft gegen Krankheiten des Halses. Das hat ein Mensch verloren. Wahrscheinlich einer, der es dringend braucht. Das ist nichts für Kinderhände. Würdest du mir das bitte geben.«

»Aber Frau Almut ...«

Die Sonne hatte sich während der spannenden Geschichte hinter dichteren Wolkenschleiern verzogen, und Barbara rief den beiden im Hof aus dem Fenster zu: »Almut, wenn du nicht in das Gewitter geraten willst, dann solltest du dich jetzt auf den Weg machen.«

»Peter. Bitte.«

»Ihr glaubt mir nicht!«

Tief enttäuscht ließ der Junge den Kopf hängen.

»Peter, natürlich glaube ich dir, dass du eine ganz fantastische Geschichte erlebt hast, aber eigentlich hast du nicht viel gesehen in jener Nacht. Du hast dir etwas vorgestellt, was richtig schaurig ist. Aber ich vermute mal, in Wahrheit ist etwas ganz anderes passiert. Und deswegen solltest du mir dieses Amulett geben, denn ich kann damit mehr anfangen als du. Du weißt doch, wir helfen den Kranken, und das hier kann dabei sehr wichtig sein.«

Widerstrebend legte Peter das Holzscheibchen in Almuts ausgestreckte Hand. Sie ließ es mit einem leisen Seufzer der Erleichterung in ihrem Beutel verschwinden.

»Ich muss gehen, Peter. Sonst werde ich von Blitz und Donner überrascht.«

»Aber Gewitter sind doch großartig. Bist du genauso eine Heulliese wie Mechtild?«

»Ist deine Schwester eine Heulliese? Das ist mir noch nie aufgefallen.«

»Doch. Sie verkriecht sich immer unter dem Tisch, wenn es donnert.«

Sie waren inzwischen ins Haus gegangen, und Almut verabschiedete sich von ihrer Stiefmutter.

»Ach, lagert der alte Gumprecht eigentlich noch immer den Sauerampfer aus seinem Weingarten in dem Gebäude hinter dem Hof, Frau Barbara?«

»Nein, der ist doch schon vor Jahren gestorben. Das Lagerhaus gehört jetzt dem Weinhändler, von dem wir vorhin gesprochen haben. Warum fragst du?«

»Oh, wegen der höllischen Geister, die dort ihr Unwesen treiben. Ich habe tiefstes Verständnis für Peters Beichtvater!«

Lachend öffnete Frau Barbara die Tür, und Almut

machte sich, von einer schweigsamen Anna begleitet, äußerst nachdenklich auf den Heimweg und übersah dabei den hageren Dominikanermönch, der ihr mit seltsam gierigem Blick hinterherschaute.

9. Kapitel

Bruder Johannes war nicht untätig geblieben. Er hatte, wie es einem Inquisitor zukommt, Fragen gestellt. Bruder Notker hatte ihm gerne einige davon beantwortet. In den letzten Tagen war er dazu verpflichtet worden, lehrreiche Texte zu kopieren, eine Tätigkeit, die ihm nicht eben leicht von der Hand ging. Außerdem achtete Bruder Ludger, der Camerarius, inzwischen peinlich genau darauf, dass sich wirklich jeder der Mönche streng an die Regel des heiligen Benedikt hielt und täglich nur ein Viertel Wein zu sich nahm. Jeder der Brüder, auch Notker! Vor allem er, denn der Vorfall während des Abendmahls hatte unliebsame Aufmerksamkeit auf seine Trinkgewohnheiten gelenkt. Und da Notker nicht die Fähigkeit hatte oder haben wollte, die eine Schmach von der anderen zu unterscheiden, sah er in der Begine, die seine Predigt so empfindlich gestört hatte, die Wurzel allen Übels. Die Wurzel allen Übels musste aber mit den bösen Kräften in Verbindung stehen, und das teilte er dem verständnisvoll lauschenden Bruder Johannes in einem weitschweifigen Bericht mit. Er konnte ihm vor allem auch verraten, aus welchem Konvent die aufrührerische Begine stammte.

Mit seinen nächsten Gesprächspartnern hatte der Inquisitor allerdings weniger Erfolg. Seiner Erfahrung nach waren Nachbarn immer gerne bereit, ein paar sachdienliche Hinweise über unbotmäßiges Verhalten ihrer Mitmenschen zu geben. Aber diejenigen, die in der Nähe des Beginen-Konventes lebten, wussten von keinen ausschweifenden Orgien, nichts von häretischen Umtrieben oder ketzerischem Verhalten zu sagen, sondern äußerten sich überwiegend freundlich über die grauen Schwestern, die sie als hilfsbereit und fleißig beschrieben. Dennoch konnte er eine kleine Information aufschnappen, die es galt, weiterzuverfolgen. Es gab da eine Kräuterfrau, die sich mit den Kräften der Pflanzen auskannte. Und dass solche Frauen auch über geheime Tränke und Salben Bescheid wussten, das lag ja wohl offen zu Tage. Außerdem hatte Bruder Johannes erfahren, wo die Begine Almut zuvor gelebt hatte, und in dieser Nachbarschaft fand sich denn auch eine alte Vettel, die ihm mit scharfer Zunge einiges über die Ehefrau des Baumeisters Bossard erzählte.

»Ich finde, es ist ein Wunder, dass der Bossard sie genommen hat. So ein stattlicher, wohlbeleibter Mann. Sie war ein zerzaustes, mageres Hühnchen, aber kaum dass sie die Haube trug und sich in rauschende Seidenkleider hüllte, hat sie die Nase hoch bis zum Himmel gereckt und sich einen arroganten Blick angewöhnt, als ob sie was Besseres wäre. Es heißt, dass sie ihrem Mann ein paarmal weggelaufen ist, nachts, wahrscheinlich, um sich mit anderen Männern zu treffen. Aber er hat sie immer wieder zurückgenommen, der langmütige Herr. Aber komisch ist es doch – dreimal war sie schwanger, und nie hat sie ein lebendes Kind geboren. Das war die Strafe für ihr gottloses Benehmen. Vor fünf oder sechs Jahren wurde der Bossard dann krank, und sie hat ihn zu Tode gepflegt. Danach hatte sie nichts anderes zu tun, als sich so schnell wie möglich in diesem

Konvent zu verstecken. Mag man deuten, wie man will, nicht wahr?«

Bruder Johannes deutete es, wie er wollte. Dafür hatte es sich sogar gelohnt, dass einige Schlammspritzer den Saum seiner makellos weißen Kutte befleckten. Man würde sie später herausbürsten können.

Er fand auch eine tumbe Magd aus dem Haushalt des verstorbenen Baumeisters Bossard, die ihm bestätigte, dass die Frau Almut immer ganz komisch ausgesehen habe, wenn sie aus der Kammer des Herren kam. Und dass sie eine entsetzlich spitze Zunge hatte, wenn man mal nicht so hurtig sprang, wie sie es wünschte. Außerdem hatte sie schon damals immer mit diesen grauen Frauen zusammengehockt und sich von denen sogar Bücher geben lassen. Wo das Lesen doch so schlimm für den Kopf ist. Für Frauen wenigstens. Und nach dem Tod – er war ganz schrecklich für den Herren, er wurde blind, die Zehen fielen ihm ab, und seine Haut war voller eitriger Geschwüre –, da hat sie ihre Sachen gepackt und hat niemandem mehr einen Blick gegönnt. Weder dem Gesinde noch ihren drei unverheirateten Stieftöchtern, und auch dem Sohn nicht. Obwohl der ihr sogar ein Erbe ausgezahlt hat, wie sie, die Magd gehört hatte. Einen ganzen Beutel Gold sollte sie mitgenommen haben.

Die Suche nach den drei Töchtern des Baumeisters Bossard verlief ergebnislos, doch Gerüchte sprachen von einem Ursulinerinnen-Stift in Mainz.

Eine andere alte Jungfer aber, die im Haus neben dem Weinhändler de Lipa ihr Leben bei ihrem Bruder, einem Schuhmacher, fristete und ihm recht und schlecht den Haushalt führte, die hatte gehört, wie der Herr die Giftmischerinnen des Hauses verwiesen hatte.

»Und was sind denn diese scheinheiligen Beginen anderes? Mit ihren grauen Gewändern und dem Schleier über dem Kopf verkleiden sie sich als fromme Frauen. Aber insgeheim lästern sie Gott und üben sich in heidnischen Praktiken. Frauen sollen die Heilkunst den Männern überlassen und nicht selbst mit giftigen Pflanzen herumexperimentieren!«

»Und du solltest nicht mit deiner giftigen Zunge über andere Leute herziehen, Lisa!«, polterte der Schuster, der die letzten Worte gehört hatte, die seine Schwester dem Dominikaner zuzischte. »Und Ihr, Herr Inquisitor, belästigt uns jetzt bitte nicht weiter, wir haben Wichtigeres zu tun, als Eure Fragen zu beantworten.«

Bruder Johannes, dem diese Art von Behandlung nichts Neues war, drückte seine Hand unter dem Skapulier auf seinen Magen, um den dumpfen Schmerz in der Gallengegend zu lindern. Es half wenig, mehr half ihm die Befragung des alten Leyendeckers, der auf einem Hocker vor der Tür seines Hauses in der Sonne saß und döste. Er hatte Almut schon als Kind gekannt.

»Kurz vor der großen Pest ist sie geboren. Und nichts hat ihr die Geißel Gottes antun können. Ihre Mutter starb und ihre Brüder, aber das kleine Teufelsbalg überlebte. Ein schreckliches Kind. Keine Achtung, keine Demut. Aufgewachsen wie ein wildes Tier, nicht wie ein anständiges Mädchen. Lag an dem Vater, der ihr alle Freiheit ließ. Hat sie mit auf die Baustellen genommen, wo sie sich mit den gemeinen Tagelöhnern herumtrieb. Raufen und Spiele treiben, das tat sie. Auch an des Herren heiligen Sonntag, und immer Krakeel in der Gasse! Was für Widerworte sie gab, wenn ich sie mal zurechtgewiesen habe, dieses garstige Ding! Das wurde auch nicht besser, als der Baumeister wieder geheiratet hat.

Frau Barbara ließ der Göre alles durchgehen. Neugierig wie eine Katze war sie und genauso falsch. Immer argumentieren, immer disputieren, immer fragen: Warum? Warum? Warum? Gotteslästerlich nenn ich das!«

Warum – das war eine der Fragen, die Bruder Johannes nie stellte. Es war für ihn nicht nötig, zu hinterfragen, warum jemand etwas tat. Die Ursache lag ja offen zu Tage – die Mächte des Bösen bewirkten es. Darum gab es keine Verteidigung und keine Verteidiger, sondern nur die Selbstanklage der Beschuldigten, die damit anzeigten, dass sie bereit waren, die Buße auf sich zu nehmen. Oder die ganz Verbohrten, die leugneten und damit nur bewiesen, wie weit der Einfluss Satans reichte. Sie gestanden erst, wenn die Werkzeuge der Henkersknechte eingesetzt wurden.

Dunkles Donnergrollen machte Bruder Johannes' Befragungen ein Ende. Doch er hatte genug gehört – der domini canus, der Hund des Herren, hielt jetzt einige fette Batzen im Maul.

10. Kapitel

Warum? Warum? Warum?, fragte sich Almut und lehnte sich aus dem Fenster ihrer Kammer. Das Gewitter war fürs Erste davongezogen, doch nachtschwarze Wolken hingen noch tief über dem Land. Nur ferne am Horizont zeigte sich ein schmaler Streifen blassen Blaus, dort, wo die Sonne untergegangen war. Von den Blättern der Bäume tropfte es noch, und aus den Wiesen und Äckern stieg der Geruch feuchter Erde und Gräser auf. Ein kühler Wind trieb einen Tropfenschauer in das Fenster, und Almut musste sich das Gesicht abwischen. Aber sie blieb am Fenster stehen und ließ die vergangenen Stunden passieren.

Das Gewitter war lang und außergewöhnlich heftig gewesen. Sie hatte es gerade so eben noch geschafft, ihr Heim zu erreichen, da brach es mit aller Gewalt los. Als sie mit einem Donnerschlag in den Hof eintrat, flatterte nicht nur das Hühnervolk aufgeregt umher, auch die vier Mägde, die tagsüber ihre Arbeit bei den Beginen verrichteten, rannten kreischend zum Refektorium, um Schutz zu suchen. Auch Anna lief ihnen nach, es war ausgeschlossen, sie jetzt zurückzuschicken. Almut folgte ihnen und fand ihre restlichen Mitbewohnerinnen in dem großen Raum versammelt. Draußen stürzte ein sintflutartiger Regen nieder, krachte ein Donner nach dem nächsten und zuckten die Blitze wütend über die

Stadt. Die ängstlichen Gemüter waren eng aneinander gerückt und murmelten halblaute Gebete. Petrus wurde um Schutz gebeten, und selbstverständlich die heiligen drei Könige, aber auch die anderen Heiligen, die bekannt dafür waren, Schutz bei Unwetter zu bieten, wie Markus, Vitus, Kastulus und natürlich der heilige Florian. Zu ihm insbesondere flehte Elsa inbrünstig und auf den Knien. Gewitter verwandelten sie regelmäßig in ein reines Nervenbündel. Aber auch Thea und Clara beteten leise, und sogar Magda, die selten durch etwas zu erschüttern war, ließ die Perlen ihres Rosenkranzes beunruhigt durch die Finger gleiten. Nur eine hatte ihr helles Vergnügen an dem Gewitter. Trine stand am offenen Fenster und starrte mit großen begeisterten Augen in das wilde Schauspiel aus Sturm, Wassermassen und grellen Blitzen. Das Donnern, das Heulen des Windes und das Prasseln des Regens drangen nicht in ihre Welt. Almut war die Einzige, die sie bemerkte, und stellte sich neben sie. Trine spürte es und sah sie mit aufgeregt funkelnden Augen an.

»Es macht dir keine Angst, weil du den Krach nicht hörst. Vielleicht sollten wir uns ein Beispiel an dir nehmen, Trine. Wir sind hier in Sicherheit, das Haus ist fest aus Stein gebaut und das Dach solide mit Blei befestigt. Es kann weder wegfliegen noch in Brand geraten.«

Trine hörte zwar Almuts Worte nicht, aber auch nicht den Ohren betäubenden Donnerschlag und nicht den mehrstimmigen Entsetzensschrei einiger Frauen. Doch sie fühlte die Freundlichkeit der Frau neben sich und lächelte sie an.

Über die allgemeine Aufregung war Almut natürlich auch von den Dingen abgelenkt worden, die sie im Laufe des Tages erfahren hatte, und erst jetzt, als sich alle zum Schlafen in ihre Kammern zurückgezogen hatten, fand sie Muße, darüber nachzudenken. Eigentlich hatte sie ihr abendliches Gebet vor der kleinen Mariengestalt dazu nutzen wollen, wie sie es oft tat, wenn sie ihre Gedanken ordnen wollte, doch fiel es ihr an diesem Abend schwer, sich zu konzentrieren. Ihre Gedanken schweiften ab, bildeten Knäuel und Knoten, die sich nicht lösen ließen, zerfaserten sich oder rissen einfach ab. Nur eine Frage kreiste unablässig in ihr weiter: Wenn es wirklich der junge Jean war, der sich Montagnacht in dem Weinlager seines Meisters herumgetrieben hatte – was in aller Welt hatte ihn nur dazu getrieben, dort irgendetwas mit dem Wein anzustellen? Warum wollte er seinem verehrten Lehrherren Schaden zufügen? Und warum starb er tags darauf, obwohl es ihm in jener Nacht zumindest so gut ging, dass er, wenn auch schnaufend und hustend, schwere Gegenstände, wahrscheinlich Fässer, bewegen konnte.

Almut fand keine befriedigende Antwort auf ihre Fragen, schob sie schließlich unbefriedigt beiseite und schlüpfte unter die Decke. Von ferne hörte sie wieder leises Donnergrollen. Das Gewitter war an die Erhebungen der Sieben Berge gestoßen und würde jetzt zurückbranden. Und das nicht zum letzten Mal in dieser Nacht. Lächelnd dachte Almut an die taube Trine – sie würde als Einzige heute eine ruhige Nacht haben. Oder? Noch einmal schlüpfte Almut aus dem Bett, kramte in einem Korb mit Flickzeug und Stoffresten, fand ein wenig Wolle und stopfte sie sich in die Ohren.

So war sie denn am nächsten Morgen auch ausgeruht und gerne bereit, Magdas Bitte zu folgen und auf dem Markt einige Einkäufe zu tätigen. Clara wollte sich ihr anschließen. Auch sie hatte Besorgungen zu machen und wurde von der Meisterin noch einmal daran erinnert, dass für eine vor drei Jahren verstorbene Handwerkermeisterin eine Kerze in St. Brigiden angezündet werden sollte und die notwendigen Gebete gesprochen werden mussten.

Jeweils mit einem Korb am Arm machten sich beide Frauen auf den Weg. Nicht so schnell, wie Almut gewöhnlich ausschritt, denn Clara drückten die Trippen an den Füßen. Diese hohen hölzernen Sandalen sollten vermeiden, dass Schuhe und Säume zu stark verschmutzten. Sie waren an diesem Morgen notwendig, denn der Regen hatte den Weg in eine einzige Matschpfütze verwandelt. Es war kalt geworden, und noch immer hingen graue Wolken tief über dem Rhein.

»Ich werde mir eine Erkältung holen. Und Halsschmerzen!«, jammerte Clara.

»Und Blasen an den Füßen oder sogar Frostbeulen«, zog sie Almut auf.

»Spotte du nur. Nicht jeder ist mit einer so robusten Gesundheit gesegnet wie du. Ich bin viel empfindlicher!«

»Wenn du nicht immer nur in deiner Kammer sitzen und nur die Feder schwingen würdest, wärst du auch nicht so schwächlich.«

»Schwächlich?«

»Na, wenn du von ein bisschen Nieselregen schon Halsschmerzen bekommst …«

»Schon gut, werde ich wohl nicht, wenn ich nachher ein heißes Fußbad nehme. Aber nun geh doch mal ein bisschen langsamer. Wir müssen doch nicht auf den Markt rennen!«

Trotz aller Klagen war Clara recht ausdauernd, vor allem, wenn es um die Feilschereien mit den Händlern ging. Bald hatte Almut die von der Köchin gewünschten frischen Krebse im Korb, ebenso ein paar Würste und ein großes Stück Käse. Zwei neue Scheren sollte sie für die Weberinnen erstehen, Seife und ein Bündel Wachskerzen für die Meisterin, und einen süßen weißen Wecken mit Rosinen kaufte sie für sich selbst. Ihr Korb hing schwer von ihrem Arm, als sie Clara in die Kirche begleitete. In deren Korb befanden sich voluminöse Dinge – eine Rolle Pergament, einige Schreibfedern, ein paar Ellen feines Leinen, das sie besticken wollte, zartes Silbergarn und dünne Nadeln. Auch drei zierliche Phiolen aus buntem venezianischem Glas hatte Almut ihr noch hineingelegt, damit sie nicht von ihren groben Waren beschädigt wurden. Schwer war ihre Last damit allerdings nicht geworden. Dennoch, der klamme Nieselregen kroch unter ihre Gewänder, und beide Frauen waren froh, als sie in der Kirche Schutz vor ihm fanden. Sie war bis auf wenige Gläubige, die in stille Gebete versunken waren, leer. Zu den Zeiten, in denen das lebhafte Marktgeschäft blühte, fanden nur wenige Muße zur inneren Einkehr.

»Wartest du hier auf mich, während ich die Gebete für die gute Alhyd spreche?«

»Natürlich, Clara. Du findest mich am Marienaltar.«

Almut seufzte ein wenig auf, als sie ihre Einkäufe neben sich auf den Boden stellte, und rieb sich die belastete Schulter. Dann kniete sie nieder.

»Salve Regina, Mater misericordiae… Entschuldige Maria, mein Magen knurrt dermaßen, dass ich erst etwas essen muss, bevor ich mich auf meine Gebete besinnen kann«, flüsterte Almut der Maria zu, die mit demütig gesenktem Haupt auf die arme, hungrige Sünderin blickte. Ihr sanftes Gesicht war voller Verständnis, und so nahm Almut den Wecken aus dem Korb, biss hungrig hinein und kaute genießerisch das weiche Gebäck mit den süßen Rosinen.

»Störe ich Eure Andacht, Begine?«

Almut erkannte die leise Stimme, bevor sie den Mönch sah, und der Bissen in ihrem Mund schien zu doppelter Größe aufzuquellen und am Gaumen zu kleben. Mühsam würgte sie ihn hinunter.

»Erstickt nicht daran!«

Es lag ohne Zweifel Belustigung in der Stimme.

»Und am besten nehmt Ihr noch einen Bissen, denn dann kann ich, ohne vom spitzen Stachel Eurer Zunge getroffen zu werden, meine Entschuldigung vorbringen.«

Endlich war der Happen unten, und Almut traute sich hochzublicken. Sie sah in Pater Ivos ausdrucksloses Gesicht.

»Ich grüße Euch, Pater. Bitte verzeiht mein unbotmäßiges Benehmen.«

»Oh, bittet nicht mich, sondern Maria um Verständnis.«

Almut grinste ihn mit plötzlichem Übermut an und sagte: »Sie, die Mutter der Barmherzigkeit, versteht die leiblichen Bedürfnisse ihrer Kinder.«

»Ja, das vermute ich auch. Und nun, Begine, wandelt ein wenig mit mir auf und ab, denn ich habe Euch etwas zu sagen. Euren Korb lasst in Mariens Obhut.«

Er schob das schwere Behältnis in eine dunklere Nische und wartete dann, bis Almut sich erhoben hatte.

»Ich habe Euch Unrecht getan, als ich Euch vorwarf, den Messwein verdorben zu haben. Nehmt Ihr meine Entschuldigung an, Begine?«

»Das muss ich ja wohl, Pater Ivo, wenn Ihr mich schon darum bittet.«

»Es würde mir die Seele entlasten.«

»Dann will ich großmütig sein, Pater, ganz wie Mutter Maria es auch mir gegenüber war. Aber sagt, wie kommt Ihr so plötzlich zu Eurem Gesinnungswandel?«

»Ein Schluck davon, nicht so ein kräftiger, wie Bruder Notker ihn tat, belehrte mich, dass ein ganzes Fass dieser äußerst minderen Weinqualität Einlass in unseren Keller gefunden hat. Unser Camerarius ist untröstlich darüber.«

»Vermutlich auch ein wenig ungehalten.«

»So, wie Ihr es in einem solchen Fall wäret?«

»Möglicherweise.«

Almut hatte die Entschuldigung besänftigt, denn sie achtete Menschen, die einen Fehler eingestanden. Darum hielt sie die Bemerkungen zurück, die sich immer wieder auf ihre Zungenspitze drängen wollten, wenn sie herausgefordert wurde. Nicht aber zurückdrängen konnte sie ihre Neugier.

»Wer hat denn den schlechten Wein geliefert?«

»Eine interessante Frage, die Ihr da stellt, Begine. Warum wollt Ihr das wissen?«

Sie zögerte kurz, mochte dann aber ihre wahren Beweggründe doch nicht preisgeben. Darum antwortete sie mit möglichst beiläufigem Ton: »Damit wir nicht bei demselben Händler unseren Wein kaufen.«

»Oh, Ihr seid nicht nur die Baumeisterin Eures Konventes, eine Krankenpflegerin, Klagefrau und Schriftgelehrte, sondern kümmert Euch auch um Küche und Vorratskeller. Eine viel beschäftigte und mit vielen Gaben gesegnete Frau seid Ihr.«

»Und nicht nur das, Pater Ivo. Ich fertige auch wunderschöne Stickarbeiten an.«

»Ihr beeindruckt mich, Begine. Und warum wollt Ihr wirklich wissen, von wem der Wein stammt?«

Almut sah ein, dass sie die Antwort wohl nur bekäme, wenn sie einen Zipfel ihres Geheimnisses lüpfte.

»Weil es Gerüchte gibt, dass de Lipa gepantschten Wein verkauft hat.«

»Ihr habt das Ohr nah am Mundwerk des Volkes. Ja, das Fass stammt von de Lipa, und unglückseligerweise war ich derjenige, der ihn empfohlen hat.«

»Ist er ein enger Freund von Euch?«

»Ihr wollt es aber genau wissen, Begine.«

»Entschuldigung, Entschuldigung.«

Sie waren am Westeingang der Kirche angelangt und wandten sich wieder um, um den Säulengang zurückzugehen.

»Ist diese Art von Neugier ein lästiger Charakterzug von Euch, oder verbirgt sich hinter den Fragen eine bestimmte Absicht?«

»Ich bin einfach lästig!«, fauchte Almut, die ihre guten Vorsätze fahren ließ.

»Ah, und eingeschnappt. Kommt, erzählt mir, warum Ihr solch ein Interesse an de Lipa habt. Ich werde Euch im Gegenzug berichten, warum ich das wissen muss. Einverstanden, Begine?«

»Ihr werdet mir nur die Worte im Mund herumdrehen und eine Anklage daraus machen.«

Pater Ivo hielt in seinem Schritt inne und sah Almut scharf an, dann nickte er.

»Ich vergaß etwas. Fürchtet Ihr, ich könnte de Lipas Vorwurf der Giftmischerei ernst genommen haben?«

Betreten, weil sie sich durchschaut fühlte, biss sich Almut auf die Unterlippe und nickte.

»Kind, Ihr unterschätzt mich. Ich kann sehr wohl beurteilen, ob ein Mensch im ersten Schmerz eine unsinnige Behauptung aufstellt oder eine ernsthafte Anklage erhebt. Glaubt mir, ich halte Euch für unschuldig an Jeans Tod. Könnt Ihr mir unter diesen Bedingungen etwas mehr anvertrauen?«

Almut war ein wenig verwirrt. Das bedrohliche Bild, das sie sich von Pater Ivo gemacht hatte, war soeben zusammengebrochen. Wenn er aufrichtig meinte, was er gesagt hatte, dann konnte er ihr vielleicht sogar helfen, die eigenen nagenden Fragen zu klären.

»Na gut. Ich will es versuchen, Pater Ivo. Ich war gestern zu Besuch bei meiner Stiefmutter und erfuhr ...«

Sie berichtete von den Gerüchten, sie erzählte von Jeans unerklärlichen Wunden, und sie schilderte Peters nächtliches Abenteuer im Weinlager.

»Wollt Ihr damit sagen, dass der kranke Junge sich nachts dort herumgetrieben hat und den Wein gepantscht hat? Das glaubt Ihr doch selber nicht.«

»Ihr wolltet wissen, was mich zu meinen Fragen bewogen hat.«

»Begine, der Junge stammt aus einer alten, angesehenen burgundischen Familie. Sie besitzen ein großes Weingut, und ihr jüngerer Sohn sollte das Handelsgeschäft lernen. Ich selbst habe ihm die Stelle bei de Lipa vermittelt. Er war mein Beichtkind und, soweit ich seinen Charakter kannte, ein aufrichtiger, verantwortungsvoller junger Mann. Natürlich hatte er seine kleinen Schwächen und Eitelkeiten, aber de Lipa hätte er nie geschadet. Die beiden verstanden sich gut, und Jean hatte nie Anlass, sich über die Behandlung zu beklagen. Er war gerne hier.«

»Aber ich habe das Amulett gefunden, das er um den Hals trug. Ein Andreaskreuz mit Inschrift.«

»Das gibt es dutzendweise.«

»Dieses hier?« Sie reichte ihm das Holzplättchen, das

sie in ihrer Tasche verwahrt hatte, und ergänzte: »Er hat auch etwas gesagt, erzählte mein kleiner Bruder. Ich denke, es war in seiner eigenen Sprache. Was bedeutet ›jesükrist‹ oder ›fidüdjövivant‹? Wisst Ihr das? Ihr kennt doch sicher die fränkische Zunge?«

Wieder blieb Pater Ivo stehen und sah mit gerunzelter Stirn zu einem der Fenster empor.

»Jesus Christ, Fils du Dieu vivant, Jesus Christus, Sohn des lebenden Gottes. Es ist in der Tat Fränkisch, Begine, und ich fürchte, ich muss Euch glauben. Aber es fällt mir schwer.«

»Er wird einen Grund gehabt haben, weshalb er tat, was er getan hat.«

»Den hatte er gewiss. Begine, ich danke Euch für Eure Offenheit und Euer Vertrauen.«

Sie gingen einige Schritte schweigend weiter, dann nahm Almut noch einmal allen Mut zusammen und flüsterte so leise, dass es kaum zu hören war: »Pater Ivo, ich fürchte, dass Jean keines natürlichen Todes gestorben ist.«

»Ja, Kind, das fürchte ich auch. Und ich habe die schreckliche Aufgabe, das seinen Eltern mitzuteilen. Aber wenn Ihr in Euren Überlegungen nun schon so weit gekommen seid – habt Ihr einen Verdacht, wer ihm den Tod gewünscht hat? Oder auf welche Weise dieser Tod herbeigeführt wurde?«

»Nein, Pater, den habe ich nicht. Mich plagt nur die furchtbare Angst, man könnte es mir oder meinen Schwestern anhängen. Denn es liegt sehr nahe, dass Gift dabei eine Rolle gespielt hat.«

»Wer sollte Euch verdächtigen?«

»De Lipa beispielsweise.«

»Ich muss sowieso mit ihm reden.«

»Er ist bis zum Ende der Woche auf seinem Weingut, heißt es.«

»Nun, dann rede ich mit ihm, wenn er zurück ist. Eure Freundin ist mit ihren Pflichten fertig und schaut nach Euch.«

»Oh, Clara habe ich ganz vergessen.« Almut wollte auf sie zugehen, doch Pater Ivos Worte hielten sie erneut auf.

»Und Euren Korb auch. Hier ist er, gut behütet von der Jungfrau. Geht mit Gott, Begine, und wenn Euch noch ein paar kluge Fragen einfallen, dann gebt mir Nachricht.«

»Wie finde ich Euch?«

»Gebt dem Pförtner im Kloster eine Nachricht. Oder kommt zu Sankt Machabäer. Ich arbeite morgens bis zur Sext dort in unserem Weingarten.«

Almut nahm den schweren Korb auf und neigte den Kopf, dann schloss sie sich Clara an.

Der Nieselregen hatte etwas nachgelassen, und ein schmaler Sonnenstrahl durchbrach sogar das dunkle Gewölk, als die beiden Beginen sich ihrem Heim näherten. Sie befanden sich schon hinter dem Dom, als ihnen ein Mann entgegenkam. Er trug, entgegen der neuesten Mode, nicht das kurze wattierte Wams und auch ansonsten keines der zierenden Attribute, die den eleganten Bürger ausmachten, dennoch beeindruckte er durch seine Erscheinung. Seine knielange Heuke mit geschlitzten Ärmeln überraschte durch ihre ungewöhnliche Farbe, denn sie war schwarz und nur sparsam mit silbernen Stickereien verziert. Schwarz glänzten auch die schulterlangen Locken, die der Sonnenstrahl aufschimmern ließ. Er trug weder Kopfbedeckung noch Bart, was ihn ebenfalls vom üblichen Erscheinungsbild junger Männer unterschied. Er hatte einen dunklen Teint, war groß gewachsen und bewegte sich mit der geschmeidigen Anmut eines schwarzen Katers auf der Jagd. Als er an Clara und Almut vorüberging, neigte er höflich grüßend das Haupt.

Clara sog leise die Luft ein.

»Fidüdjövivant!«, murmelte Almut.

»Der Sohn des lebenden Gottes – nicht gerade er selbst, obwohl Rigmundis dir Recht geben würde. Hast du schon mal ein derart schönes Mannsbild gesehen, Almut?«

»Nein, nicht in dieser Welt.«

»Und was das Erstaunlichste daran ist, von genau diesem Mann hat uns Rigmundis gestern Abend noch berichtet. Du bist ja nach dem Gewitter gleich in deine Kammer gegangen, aber wir blieben noch eine Weile beisammen, denn unsere Seherin wurde wieder von einer Vision heimgesucht.«

»Ja, solche Wetterlagen begünstigen das bei ihr. Hat sie wieder Katastrophen vorhergesehen?«

»Nein, diesmal war es schiere Verzückung. Es war ihre Seele, die sie nackt in ihrem minniglichen Bette beschrieb.«

»Oh?«

»Ja, und – eia! – es erschien ihr der Herr, der Geliebte ihrer Seele, der wohlgezierte Gott.«

»Auch nackt?«, kicherte Almut.

»Das verriet sie uns nicht, aber sie schilderte ihn mit folgenden Worten: ›Seine Haare sind kraus, schwarz wie ein Rabe. Seine Augen sind wie Tauben an den Wasserbächen. Sie baden in Milch und sitzen an reichen Wassern. Seine Wangen sind wie Balsambeete, in denen Gewürzkräuter wachsen, seine Lippen sind wie Lilien, die von fließender Myrrhe triefen.‹«

»Eia? Woher nimmt sie das nur?«

»Das frage ich mich auch. Seltsam nur, dass sie damit einen Bibeltext sprach, den ich kürzlich zu übersetzen begonnen habe. Aus dem Hohen Lied Salomos.«

»Vielleicht liest sie deine Pergamente heimlich.«

»Das wäre mir aber nicht sehr recht. Jedenfalls hat sie uns in ihrer mystischen Versenkung mit leuchtenden Augen eine recht gute Beschreibung des Mannes gegeben, der uns soeben begegnet ist, findest du nicht auch? Ich bin gespannt, im Leben welcher beneidenswerten unter unseren Schwestern er eine Rolle spielen wird. Rigmundis hat nämlich durchaus die Gabe der Zukunftsschau, das muss man ihr zugestehen.«

»In meinem nicht, Clara! Vielleicht bist du die Glückliche?«

Clara, mit ihren siebenunddreißig Jahren durchaus noch recht ansehnlich, schüttelte den Kopf. Auch sie hatte ihre Gründe, ein zurückgezogenes Leben zu führen.

»Ich genieße solch schöne Männer lieber aus der Entfernung.«

»Gab es außer der Erscheinung noch irgendwelche Botschaften?«

»Nein, aber die Beschreibung der Vision unserer verzückten Seherin trieb den Weberinnen die Röte in die Wangen. Rigmundis hat für eine keusche Jungfrau sehr bildhafte Vorstellungen vom ehelichen Leben.«

Clara, wie Almut Witwe, lachte leise in sich hinein.

Doch das unheilige Vergnügen, dem sich die beiden Beginen hingaben, endete jäh, als sie das Tor zum Hof durchschritten. Hier bot sich ihnen das Bild eines ausgewachsenen Tumultes. Die Ziege meckerte hysterisch, die Sau rannte quiekend zwischen Brunnen und

Tor umher, und die Mägde stolperten lärmend zwischen dem Kräutergarten, dem Küchenanbau, der Apotheke und dem Haupthaus hin und her, während die Hühner aufgeregt gackernd umherstoben. Die Köchin Gertrud stand neben dem Backofen vor der Küche und protestierte lauthals: »In meinem Herd werden die Kräuter nicht verbrannt!«

Trine schleppte schniefend und mit verheultem Gesicht einen Korb ausgerissener Rosmarinpflanzen zum Refektorium, Elsa kam mit einem Bündel getrockneter Kräuter aus der Apotheke, und Mettel versuchte schreiend, Geflügel, Schwein und Ziegen zusammenzutreiben.

»Diese Aufregung tut meinen Nerven gar nicht gut«, wisperte Clara und zog sich lautlos zurück. Almut hingegen beschleunigte ihre Schritte und strebte ebenfalls auf das Refektorium zu. Hier mühten sich Rigmundis und die Weberinnen, noch mehr ausgerissene Pflanzen und Kräuter in den Kamin zu stopfen.

»Was ist denn hier los?«, fragte Almut in den Raum.

»Das Zeug muss weg! Weg! Das darf hier niemand finden!«, keuchte Elsa und schob Rigmundis unsanft zur Seite.

»Ja, aber warum denn?«

»Sie müssen verbrannt werden. Schnell, schnell, ehe er wiederkommt!«

Mit bebenden Händen riss Elsa der weinenden Trine den Korb aus der Hand.

»Warum musst du denn deine Kräuter verbrennen, Elsa? Das ist doch die Arbeit von Jahren!«

»Besser sie brennen als ich! Lasst mich machen. Sie müssen weg! Weg! Weg!«

»Die Rache des Herren wird über uns kommen!«,

heulte Judith auf, und ihre beiden Schwestern und zwei der Mägde stimmten mit ein. Es war ein Nerven zerreißendes Geschrei, und Almut starrte fassungslos die völlig überdrehten Frauen an.

»Schluss mit dem Getue!«, rief sie, doch keiner hörte auf sie. Also stellte sie den Korb auf den Tisch, stützte die Hände in die Hüften, holte tief Luft und brüllte mit der Stimme los, die sie sich als Kind auf ihres Vaters Baustellen erworben hatte: »Ruhe! Aufhören!«

Verdutzte Gesichter wandten sich zu ihr um, und ganz plötzlich trat Stille ein.

»Wo ist Magda?«, fragte sie in normaler Lautstärke.

»Oben mit Thea«, antwortete ihr jemand.

»Hol sie her!«, befahl Almut einer der Mägde. Dann fragte sie Rigmundis: »Was soll das Ganze?«

»Wir hatten Besuch von einem Dominikaner. Du kannst von Glück sagen, dass du nicht hier warst!«

»Und die Kräuter müssen brennen!«, erhob jetzt wieder Elsa ihre Stimme, doch Magda kam eben zur Tür herein und starrte ebenso erstaunt auf den überquellenden Kamin wie zuvor Almut. Allerdings fand sie ihre Fassung schnell wieder und ging auf die zitternde Apothekerin zu.

»Reg dich nicht auf, Elsa. Der Inquisitor kam nicht deinetwegen. Beruhige dich. Niemand wird dir wegen deiner Kräuter und Arzneien etwas tun.«

»Er wird mich beschuldigen. Er wird mich Hexe nennen. Ich werde in den Kerker kommen. Ich weiß das! Ich weiß es!«, jammerte Elsa, und ihr mächtiger Busen bebte. »Er weiß, dass ich die geheimen Kräfte der Pflanzen kenne. Ich bin vernichtet!«

»Wenn er jeden, der sich mit diesen Kräften auskennt, in den Kerker bringen wollte, dann gäbe es in

Köln keinen Kräuterhändler, keinen Gewürzkrämer, keinen Apotheker und keinen Bader mehr. Komm, wir gehen in deine Räume, Elsa!«

Sanft, aber bestimmt führte die Meisterin die aufgelöste Frau aus dem Refektorium. Zu Almut gewandt sagte sie leise: »Schafft Ordnung hier!«

Almut sandte einen Stoßseufzer zum Himmel und gab den Mägden Anweisung, die getrockneten Kräuter in den Vorratskeller zu bringen. Trine, die die ganze Zeit aufmerksam alle Bewegungen verfolgt hatte und deren Tränen inzwischen versiegt waren, nahm sie an die Hand und führte sie zu dem Haufen ausgerissener Pflanzen. Rosmarin, Kamille, Minze, Kerbel und viele andere lagen in einem duftenden Durcheinander auf dem Boden, die meisten mit dicken Erdklumpen an den Wurzeln. Mit ein paar einfachen Handbewegungen machte Almut dem Mädchen klar, dass sie die Kräuter wieder einpflanzen sollte, und ein erleichtertes Lächeln breitete sich über seinem verweinten Gesicht aus. Die Weberinnen bat sie, wieder an ihre Arbeit zu gehen. Rigmundis war bereits die Treppe zu ihrer Kammer emporgehuscht. Schließlich nahm sie ihren Korb und überquerte den Hof, um ihre Einkäufe bei der Köchin abzuliefern.

»Was für ein Aufruhr!«, sagte sie, als sie in die Küche trat.

»Deine Schuld, Almut. Hättest du am Sonntag in der Messe nur den Mund gehalten!«, antwortete Gertrud mürrisch. »Da siehst du mal wieder, wohin das führt.«

»Was ist denn geschehen?«

»Der Johannes Deubelbeiß war da und wollte dich wegen der Sache befragen.«

»Das kann er gerne. Aber warum spielt Elsa dann verrückt?«

»Elsa ist eine arme Seele. Und jetzt nimm die Sachen, die nicht in die Küche gehören, aus dem Korb und lass mich arbeiten!«

Mehr war aus der Köchin nicht herauszubekommen, und Almut zog sich kopfschüttelnd zurück. Obwohl sie sich nichts hatte anmerken lassen, bereitete ihr die Nachricht, dass der Inquisitor sie befragen wollte, große Sorgen. Und der weitere Verlauf des Nachmittags trug nichts dazu bei, diese zu verringern.

11. Kapitel

»Salve Regina. Mater misericordiae, vita dulcedo, et spes nostra …« Almut betete an diesem Abend besonders innig zu Maria, doch schon nach wenigen Worten des vorgeschriebenen Gebetes wandte sie sich wieder direkt an die kleine Bronzestatue, vor der sie ein Sträußlein blühender Kamillen abgelegt hatte.

»Höre, Maria, Königin des Himmels. Jetzt ist es wirklich passiert! Ich hatte ja schon so eine Ahnung, dass mit dem schwarzen Spiegel das Unheil über mich hereinbrechen würde. Und nun ist es noch viel schlimmer gekommen, als ich es mir vorstellen konnte. Ich wollte doch nicht meine Schwestern in den Verdacht bringen, Ketzerinnen und Giftmischerinnen zu sein. Was kann ich nur tun, um diesen Fehler wieder gutzumachen? Soll ich mich dem Inquisitor stellen und alle Schuld auf mich nehmen? Gut, für die dummen Worte in der Messe könnte ich das wohl tun. Aber ich habe dem jungen Jean nichts verabreicht, an dem er gestorben ist. Das kann ich nicht eingestehen. Das ist nicht wahr. Aber Bruder Johannes lässt keine Entschuldigung gelten. Das hat er der Meisterin ganz deutlich gesagt. Also müsste ich meinerseits jemand anderen beschuldigen, und das kann ich auch nicht. Was soll ich nur tun, Maria?«

Das trübe Licht des Abends erleuchtete Marias Gesicht nur matt, doch die Kamillenblüten zu ihren Füßen dufteten süß.

»Heilige Maria, barmherzige Jungfrau, lass mich eine Lösung finden, die uns hilft, den Schaden von uns zu wenden. Die Ketzerei kann ich auf mich nehmen und hoffen, dass die Buße nicht so grausam sein wird. Den Mord – dafür muss ich eine Erklärung finden. Und es muss schnell gehen, denn der Inquisitor wird wiederkommen. Auch Jean muss endlich seine Ruhe finden. Sie wollen ihn erst beerdigen, wenn der Schuldige überführt worden ist. Es wird auch nichts nützen, wenn de Lipa zurückkommt und seinen Vorwurf zurücknimmt. Mist, Maria! Bruder Johannes hat sich an der Idee festgebissen, dem Gericht einen geständigen Täter zu übergeben. Dann beschmutzt er seine Kutte nicht mit der Todesstrafe, weil er mit der Bitte um Gnade vor dem Gericht sein Gewissen reinwäscht.«

Almut seufzte und senkte den Kopf, als sie sich die Konsequenzen dieser Verfahrensweise vorstellte. Ein Geständnis, wenn es nicht freiwillig geleistet wurde, konnte mit den Mitteln der Folter herbeigeführt werden. Angst würgte ihre Kehle, und heiser flüsterte sie: »Höre, Maria, schmerzensreiche Mutter, die du das Leid deines Sohnes unter dem Kreuz mitgefühlt hast. Du kennst die Qualen, unter denen ich die drei Kinder verloren habe. Hilf mir in dieser Stunde der Bedrängnis. Ich habe Angst, barmherzige Mutter. Ich habe entsetzliche Angst. Salve Regina, zu dir rufen wir verbannten Kinder Evas; zu dir seufzen wir trauernd und weinend in diesem Tal der Tränen…«

Ein Distelfink setzte sich auf die Fensterbank, drehte sein rot, weiß und schwarz gefärbtes Köpfchen hin und her und sang trillernd eine kleine Strophe seines hellen Liedes. Dann flatterte er auf und flog in die Abenddämmerung.

Almut folgte ihm mit den Augen, und der Krampf in ihrer Kehle löste sich ein wenig.

»Ich weiß, Maria, vielleicht wird es einen Weg geben. Ich muss mehr über den Jungen wissen, darüber, was ihn dazu gebracht hat, dass er, krank und schwach, noch in der Nacht zum Dienstag in das Lager gegangen ist. Es muss furchtbar wichtig für ihn gewesen sein! Vielleicht hat ihm jemand gedroht? Oder etwas versprochen? Aber wie soll ich das herausfinden? Aber es muss möglich sein, denn über gepantschten Wein hört man bestimmt etwas in den Schenken und Gasthäusern oder auch in den Badehäusern. Mist, Maria, solche Stätten kann ich heute nicht mehr so einfach aufsuchen. Eine Begine in der öffentlichen Badestube – Magda würde mich sofort aus dem Konvent ausschließen. Ich brauche Freunde und Helfer. Doch sag mir, Maria, wo soll ich die finden?«

Hoffnungsvoll sah Almut die kleine Statue an. Sehr aufrecht saß Maria auf ihrem Thron, und der runde, von zwei aufsteigenden Hörnern gehaltene Heiligenschein, der hoch über dem nach ungewöhnlicher Manier gebundenen Schleier schwebte, glänzte wie ein Spiegel. Das Gesicht darunter verschwamm vor Almuts Augen, nicht viel, nur ein ganz kleines bisschen. Aber es reichte, um lebendig zu werden, und mit einem Mal überkam Almut ein Gefühl ungeheurer Heiterkeit.

»Danke, Maria, danke. Natürlich, Aziza, die maurische Hure. Sie schuldet mir noch einen Gefallen. O gütige, o milde, o süße Jungfrau Maria, ich danke dir für den Hinweis auf die maurische Hure!«

Almuts Augen funkelten, als sie aufstand und im Raum umherging. Zu viel gab es zu bedenken und zu planen, jetzt, wo sich ihr ein Weg gezeigt hatte. Sie war so unruhig, dass ihr die kleine Kammer zu eng wurde, und so ging sie noch einmal leise die Holzstiege nach unten, um sich im Hof Bewegung zu verschaffen.

Mondlicht erleuchtete das freie Rechteck innerhalb der Häuser und malte silberne Ränder auf die letzten sich westwärts bewegenden Wolken. In Gedanken versunken umrundete Almut das innere Geviert, vorbei am jetzt fest verschlossenen Tor, an Gertruds Backofen und dem Küchentrakt, am überdachten Brunnen, dessen Schöpfeimer sorgfältig auf dem Rand abgestellt worden war, passierte das Haupthaus und stand vor dem inzwischen wieder ordentlich bepflanzten Kräuterbeet. Doch vielfältige Düfte von geknickten Rispen und Stengeln, von zerquetschten Blüten und Blättern lagen noch in der Luft. Eine kleine, kaum erkennbare Bewegung in dem Beet ließ Almut in ihrer Wanderung innehalten. Sie sah genauer hin und entdeckte ein zusammengesunkenes Bündel Mensch inmitten der Gewächse. Vorsichtig trat sie auf die frisch aufgeworfene Erde und erkannte ein lehmverschmiertes Kind der Erde, das sanft über die haarigen Stiele und die seidigen Blüten einer Mohnpflanze strich. Eine Elfe, ein kleiner Kobold, der die geschändeten Kräuter heilt, dachte sie im ersten Moment, doch dann erkannte sie Trine, die selbstvergessen Blätter streichelte. Vorsichtig, um sie nicht zu erschrecken, berührte sie die Schulter des Mädchens. Ohne Furcht zu zeigen, sah Trine auf und lächelte. Mit der Zeichensprache, die sie sich inzwischen angewöhnt hatten, gab Almut ihr zu verstehen, dass sie schon lange schlafen sollte. Aber Trine schüttelte heftig den Kopf und wies auf das Haus der Apothekerin. Almut verstand. Elsas heftiger Ausbruch hatte das taubstumme Kind verwirrt, und sie ängstigte sich, ihr Lager aufzusuchen. Sie fasste die Begine an der Hand und hielt sie fest.

»Du willst mir etwas sagen, Trine, nicht wahr?«

Wieder flatterten Trines erdverkrustete Finger, und Almut bemühte sich, den Sinn ihrer Botschaft zu entschlüsseln.

»Der Mann in dem langen Gewand? Ja, das meinst du. Welcher Mann? Der betet. Ah, der Dominikaner, der Inquisitor. Der hatte was mit seinem Mund? Oh? Nase? Nein.«

Trine strich sich mit einem Pfefferminzblättchen über die Nase und machte ein verzücktes Gesicht. Dann machte sie die Geste, die Mann für sie bedeutete, und hielt sich angewidert die Nase zu.

»Der Inquisitor riecht schlecht aus dem Mund«, erkannte Almut, und diese Erkenntnis erheiterte sie plötzlich dermaßen, dass sie lachen musste. »Ein unangenehmer Mensch, in jeder Form. Da hast du Recht, Trine. Komm, wir gehen dich jetzt am Brunnen waschen, du kleines Ferkel, und dann holen wir ein paar Decken. Du schläfst heute Nacht bei mir!«

Trine ließ sich willig führen und fand bald ein Lager auf dem Boden von Almuts Kammer. Bevor sie sich in die Decken kuschelte, legte auch sie noch ein paar Kamillenblüten vor die Marienstatue. Ihr Duft füllte das ganze Zimmer, und Almut schien es, als ob sie intensiver dufteten als alle Blüten, die sie je gerochen hatte.

12. Kapitel

Am Morgen war Almut schon sehr früh auf den Beinen. Die erste Tat dieses Tages hätte sicher nicht Magdas Vorstellungen von Sittsamkeit entsprochen, darum führte sie sie ohne ihr Wissen aus. Nach einem Abstecher in die Küche trat sie vor das Tor und hielt Ausschau nach Pitter, einem gewitzten Bengel von etwa vierzehn Jahren, der seinen Lebensunterhalt als Päckelchesträger verdiente. Er hatte seinen strategisch günstigen Posten an der Straße zum Eigelstein-Tor schon bezogen, von wo aus er und seine Gesellen sich auf die hereinkommenden Pilger und Reisenden stürzten, um ihnen ihre Dienste anzubieten. Die reichten denn vom Tragen des Gepäcks, der Führung in die Stadt und zu den Gasthäusern bis hin zur Vermittlung weniger tugendsamer Dienstleistungen.

»Pitter, willst du dir Fleisch und Brot verdienen?«

Sie hielt ihm eine Holzschale mit kaltem Braten und ein Stück Roggenbrot unter die Nase, und der magere, immer hungrige Bursche nickte erfreut.

»Gut, dann geh für mich in die Stadt. Du weißt, wo die Gasse an der Burgmauer ist?«

»Klar!«

»Dort wohnt eine Frau, die ich unbedingt sprechen möchte. Sie heißt Aziza!«

»Oh, die maurische Hure wollt Ihr sprechen?« Pitter grinste anzüglich.

»Psst, sie ist keine Maurin!«

»Klar.« Pitter grinste womöglich noch breiter. »Was soll ich ihr sagen?«

»Dass ich heute Nachmittag, wenn es zur Non läutet, am Friedhof auf sie warte. Sie weiß schon, an welchem.«

»Klar. Mach ich. Kann ich das jetzt essen?«

»Klar!«, sagte Almut und grinste auch.

Ihre zweite Unternehmung hätte die Meisterin vom sittlichen Standpunkt aus sicher weniger kritisiert, die Vorgehensweise aber nicht gebilligt, denn Almut verließ den Konvent ohne Begleitung. Es war noch immer sehr kühl, und ein frischer Wind ließ ihren Schleier und ihre Röcke flattern. Doch die dicken Regenwolken hatten sich über Nacht verzogen, und nur vereinzelte weiße Lämmer weideten am Himmel. Dazwischen schien eine strahlende Sonne, und die Luft war klar wie ein reiner Kristall. Der Weingarten hinter dem Benediktinerinnen-Kloster Sankt Machabäer lag nicht weit entfernt, und Almut hatte noch nicht einmal einen Rosenkranz zu Ende gebetet, als sie der geschäftig arbeitenden Mönche ansichtig wurde. Vorsichtig bahnte sie sich den Weg entlang der noch immer schlammigen Pfade und blieb dann mit sittsam gesenktem Haupt stehen, um einen der Brüder, der sich in ihrer Rufweite befand, anzusprechen.

»Pater Ivo wollt Ihr sprechen? Dann wartet unten am Kelterhaus auf ihn«, beschied ihr der Mönch und stapfte durch die Rebenreihen davon. Almut wandte sich dem kleinen Steingebäude zu, das derzeit noch als Aufbewahrungsort für Kiepen und Handwerkszeug diente. Der Wein hatte eben erst Trauben angesetzt und wartete auf sonnige Tage, die ihm Saft und Süße in die

Früchte füllen würden. Vor dem Haus stand eine Steinbank, die von der Morgensonne schon ein wenig erwärmt und vor dem schneidenden Wind geschützt war. Almut stellte den Korb ab, den sie mitgenommen hatte, und setzte sich nieder. Sie musste nicht lange auf Pater Ivo warten. Als das Glöcklein von Sankt Machabäer scheppernd zur Terz rief, kam er mit langen Schritten auf sie zu.

»Einen guten Morgen wünsche ich Euch, Begine. So schnell fallen Euch kluge Fragen ein?«

»Euch ebenfalls einen guten Morgen, Pater. Nicht nur mir sind Fragen eingefallen, auch anderen. Und darüber möchte ich mit Euch sprechen. Aber zuvor möchte ich Euch einladen, das Morgenmahl mit mir zu teilen.«

Sie zog das Tuch über dem Korb weg, in dem sie Roggenbrot mit Schmalz, Käse, eine Schüssel Kirschen, ein paar Anisküchlein, die Gertrud am Tag zuvor gebacken hatte, und einen Krug Wein mitgebracht hatte.

»Wollt Ihr mich schon wieder mit einem wohlgefüllten Magen milde stimmen? Eure Botschaft muss erschreckend sein.«

»Sie ist es. Aber Ihr überrascht mich – kann man Euch mit einem gefüllten Magen milde stimmen? Dann möchte ich Euch nicht in der Fastenzeit begegnen!«

»Hart und unbarmherzig bin ich in jenen Tagen«, nickte Pater Ivo und biss herzhaft in das Brot. Almut nahm sich ein Küchlein, und schweigend verspeisten beide die mitgebrachten Nahrungsmittel. Schließlich füllte Almut zwei Becher mit dem klaren, weißen Wein aus dem Krug und berichtete von dem Besuch des Inquisitors. Pater Ivo hörte mit gesenktem Kopf zu.

»Bruder Johannes Deubelbeiß, soso. Ihn werdet Ihr

nicht mit einem Stück Brot und gutem Käse barmherzig stimmen können, Begine. Er hält ständig Fastenzeit.«

»Das fürchte ich auch.«

»Und darum kommt Ihr zu mir? Weil ihr von mir mildere Buße erwartet?«

»Nein, Pater Ivo. Meine Bemerkungen in der Kirche bereue ich und bin bereit, jede Buße auf mich zu nehmen, von Euch oder irgendwem. Aber ich bin nicht bereit, die Schuld an dem Tod des jungen Burgunders zu bekennen. Und genau das will Bruder Johannes.«

Der Mönch nickte und schien in Gedanken versunken zu sein. Almut drängte es, weiterzusprechen, und sie sagte: »Darum muss ich so schnell wie möglich herausfinden, was mit Jean geschehen ist. Ihr könnt mir dabei helfen. Ihr kanntet den Jungen doch. Bitte beantwortet meine Fragen, Pater Ivo. Vielleicht finde ich eine Spur, einen Hinweis, der mir wenigstens Gewissheit gibt, dass er nicht an unserer Arznei gestorben ist.«

»Begine, wenn es nur das ist, dann hat Euch Euer Witz verlassen. Das ist doch einfach – probiert die Arznei an einem der herumstreunenden Hunde aus!«

»Wenn ich das Krüglein mit der Arznei hätte, könnte ich es tun. Aber es ist verschwunden.«

»Was heißt das?«

»Thea wollte es mitbringen, als sie Jean aufgebahrt hat. Es war nicht mehr in seinem Zimmer.«

»Ich werde mich darum kümmern. Wenn allerdings jemand etwas an der Mixtur verändert hat, werdet Ihr in ernsthaften Schwierigkeiten stecken. Das ist wohl richtig.«

Almut nickte bedrückt und seufzte.

»Darum ist mir das so wichtig, etwas über Jeans Leben

zu erfahren. Könnte ihn jemand angestiftet haben, den Wein zu pantschen? Hat er sich damit in Gefahr gebracht? War er so ein Mensch, der das Abenteuer sucht?«

»Viele Fragen auf einmal, Begine. Aber Ihr habt Recht, sie zu stellen. Ich will Euch berichten, was ich von Jean weiß. Hört zu.«

Almut erfuhr, dass Jean der jüngere von zwei Brüdern war, die Magalone de Champol geboren hatte. Der erste stammte aus einer früheren Beziehung und war zehn Jahre älter als der Nachkömmling. Magalone hatte noch einmal geheiratet, einen vermögenden Weingutbesitzer, der lange um sie geworben hatte und sie über alles liebte. Über die Geburt seines Sohnes und Erben freute er sich selbstverständlich, doch das Kind als solches interessierte ihn wenig. Der Junge blieb lange in der Obhut seiner Mutter und der Amme, ein wenig verzärtelt, aber gut erzogen und gebildet.

»Ich selbst habe ihn erst kennen gelernt, als mich seine Mutter bat, eine Stelle für ihn bei einem Weinhändler in Köln zu finden.«

»Warum bat sie gerade Euch?«

»Warum stellt Ihr so neugierige Fragen, Begine? Helfen sie Euch bei der Spurensuche?«

»Nein. Sie rutschen mir immer wieder so raus. Ich kann sie nicht verhindern. Glaubt mir, ich bete jeden Abend auf Knien vor Maria, dass sie mir dabei helfen möge, den Mund zu halten, aber selbst ihr will es nicht gelingen.«

Es schien Almut, als ob Pater Ivos Mundwinkel zuckten, aber vielleicht täuschte sie sich auch.

»Nun, ich habe Magalone vor vielen Jahren kennen gelernt, in einem anderen Leben als diesem, Begine. Uns verbindet eine alte Freundschaft. Aber zu Jean zurück.

Ich begleitete ihn von Burgund hierher und brachte ihm unterwegs die Grundzüge unserer Sprache bei. Ich fand ihn aufmerksam und fleißig, von sanftem Gemüt und willig, alles zu tun, was ihm aufgetragen wurde.«

»Wann war das?«

»Vor zwei Jahren. Der Junge war damals siebzehn. Ein hübscher Bursche, doch, und mit gefälligen Manieren. Dennoch fand er nicht leicht Freunde.«

»Fiel ihm der Abschied schwer?«

»Schon möglich, doch er ließ es sich nicht anmerken. Er war ein wenig in sich gekehrt, aber das entsprach seiner Natur.«

»Wie stand er zu seinem älteren Bruder?«

»Der Altersunterschied war beträchtlich, der Ältere kümmerte sich schon um das Gut, als Jean noch mit dem Steckenpferd spielte. Nichtsdestotrotz …«

»Ihr zögert?«

»Nein. Ich dachte nach. Der ältere Sohn genoss wohl sein Vertrauen, und er hatte auch ein offenes Ohr für die Sorgen seines jungen Bruders.«

»Kennt ihr auch diesen Älteren?«

»Flüchtig.«

Almut wunderte sich etwas darüber, dass ihr Gesprächspartner seinen Blick in die Ferne schweifen ließ, doch ein bestimmtes Bild drängte sich ihr auf, das unbedingt an die Oberfläche kommen wollte.

»Pater, Ihr schildert mir einen verwöhnten, sanftmütigen, hübschen Jüngling, der jedermann zu Gefallen wusste, aber unsicher und zurückhaltend blieb. Personen dieser Art sind leichte Opfer willensstärkerer Menschen. Oder habt Ihr andere Erfahrungen gemacht?«

»Nein, das habe ich nicht. Er ließ sich leicht leiten; an eigenem Antrieb mangelte es ihm. Mag sein, dass er mit dem Alter stärker geworden wäre. Aber das werden wir nun nie erfahren.«

»Er ließ sich leicht leiten – also auch verleiten, nicht wahr?«

»Das ist nicht auszuschließen, Begine. Und ich bin mir inzwischen auch sicher, dass genau dieses geschehen ist. Ihr wisst, ich war zwar sein Beichtvater, aber nicht alles, was einen Menschen bewegt, erfährt man von ihm. Auch in der Beichte wird vieles verschwiegen.«

»Glaubt Ihr, dass er etwas verschwiegen hat?«

»Ja, ich bin mir jetzt sogar ganz sicher. Ich werde noch einmal über diese Gespräche nachdenken müssen. Wahrscheinlich hätte ich besser daran getan, das schon früher zu tun. Heute, Begine, mache ich mir große Vorwürfe, dass ich nicht genauer nachgefragt habe. Mag sein, dass dadurch das Unglück verhindert worden wäre. Nur kann ich es jetzt nicht mehr ändern.«

»Nein, das kann man nicht mehr. Nun, aber Ihr stimmt mir zu, dass Jean möglicherweise in eine Angelegenheit verwickelt worden ist, die ihm Feinde geschaffen hat.«

»Eure Schlussfolgerung, so wenig ich sie glauben möchte, hat etwas für sich. Weiterhin vermutet Ihr einen Zusammenhang mit dem verdorbenen Wein, und da stimme ich Euch ebenfalls zu. Das Fass, das wir von de Lipa erhalten haben, wurde vor zwei Wochen geliefert. Zumindest so lange schon ist der Austausch in dem Lager dort her. Das Fass stammt übrigens aus Burgund, der Wein jedoch ist ein hiesiger, recht minderer Rotwein, der einem Freund zufolge mit Vitriol, Senf, Salz, Ingwer und Lehm versetzt worden ist.«

»Pfui, was für eine Mischung.«

»Abscheulich, und nur dazu geeignet, sehr grobe Kehlen zu täuschen, zumal Vitriol im Übermaß darin enthalten ist. Dieser Claret hingegen hat ein wunderbar ausgewogenes Aroma. Stellt Ihr ihn selbst her?«

»Unsere Apothekerin tut es, und versucht nicht, ihr das Geheimnis der Herstellung zu entlocken. Sie verteidigt das Rezept mit Klauen und Zähnen. Aber Ihr sagt, das Fass sei aus Burgund; könnte nicht der Austausch schon dort vorgenommen worden sein?«

»Möglich wäre es natürlich, andererseits ist es nicht besonders schwer, an diese Fässer zu kommen. Sie werden in nicht unbeträchtlicher Zahl geleert, obwohl der Wein sehr kostspielig ist. Nicht jede Schenke wird ihn anbieten.«

»Aber die genügsamen Mönche können ihn sich natürlich leisten. Ich nehme an, tröpfchenweise …«

»Habt Ihr die heilige Maria auch heute schon darum gebeten, Eure Zunge zu entschärfen?«

»Ständig bitte ich sie, Pater, aber mit leider allzu geringem Erfolg.«

»Dann gebe ich ihr noch etwas, um sich daran zu wetzen: Auch der Erzbischof ist ein Abnehmer feuriger Burgunderweine.«

»Zweifellos nur, um seine hohen weltlichen Gäste zu bewirten.«

»Zweifellos.«

»Hoffen wir, dass er sich nicht auch mit dem gepantschten Wein blamiert.«

»Das wird er nicht, denn seit er mit der Stadt Köln in Fehde liegt, liefert natürlich auch kein Weinhändler mehr an ihn.«

»Da ist der arme Friedrich aber sehr zu bedauern.«

»Oder zu beneiden – wie man es sieht.«

»Tut das eine, ich tue das andere. Aber glaubt Ihr, dass

Jean alleine sich leere Fässer besorgt hat, gepantschten Wein hergestellt und sie in de Lipas Lager untergebracht hat?«

»Nein, er muss Komplizen gehabt haben. Und die gilt es zu finden. Ich werde mich auch darum kümmern, Begine. Und ich hoffe, Bruder Johannes wird sich dann auf die richtige Beute stürzen. Ich bete aber darum, dass die Zeit reichen möge.«

»Ich hoffe es auch, Pater. Und jetzt muss ich zurückgehen; ich habe mich ohne mich abzumelden aus dem Konvent entfernt, und das sieht unsere Meisterin nicht sehr gerne.«

Almut stand auf und räumte die Überreste ihres gemeinsamen Mahls wieder in den Korb.

»Außerdem seid Ihr alleine gekommen. Ich werde Euch zurückbegleiten.«

Pater Ivo stand ebenfalls auf.

»Danke, Pater, aber es ist nicht weit.«

»Dennoch begleite ich Euch, denn ich möchte noch etwas anderes mit Euch klären, Begine.«

»Was denn, Pater Ivo?«

»Euer ketzerisches Verhalten.«

»Ich habe doch schon gesagt, ich bereue …«

»Zischt mich nicht an, Begine. Ihr kennt Bruder Johannes nicht. Mir wäre lieber, Ihr würdet Euch mir anvertrauen und die Buße auf Euch nehmen, die ich Euch auflege!«

»Pater, ist das nicht meine Entscheidung, bei wem ich beichte?«

»Das ist sie …«

Schweigend gingen sie nebeneinander her, und Almut drehte und wendete ihre Gedanken im Kopf. Wenn Bruder Johannes anfing zu fragen, dann müsste sie sicherlich vieles preisgeben, was ihre Mitschwestern betraf. Elsas panische Angst kam ihr wieder in den Sinn.

»Pater Ivo, ich habe gesündigt in Gedanken, Worten und Taten.«

»Ich weiß, Kind. Dann lasst mich Euch noch ein paar Fragen stellen, die Ihr mir bitte ehrlich beantwortet.«

»Ja, stellt sie.«

»Ihr zitiert Bibelstellen, und Ihr verwendet den Wortlaut in unserer Sprache. Woher kennt Ihr ihn?«

»Eine... Freundin übersetzt manchmal einige Stellen.«

»Eine belesene, gebildete Begine, die auch in den Spiegel der armen Seelen blickt, nehme ich an. Was hat sie für Euch übersetzt?«

»Vor einiger Zeit, na ja, da hat sie mit der Schöpfungsgeschichte begonnen.«

»Nicht nur sie, wisst Ihr. Damit fing alles an.«

Almut atmete ein wenig befreiter ein, Pater Ivo schien nicht besonders entsetzt zu sein.

»Dann kam Weihnachten, und sie wurde von unserer Meisterin gebeten, uns den Wortlaut der Geburt Christi vorzulesen. Es war sehr schön.«

»Das glaube ich. Folgte die Passion?«

»Ja, zu Ostern.«

»Und zu Pfingsten kam der heilige Geist über Euch?«

»Nein.«

»Nicht? Was unterbrach diesen logischen Ablauf?«

»Rigmundis' Vision.«

»Ah, Ihr habt eine Seherin unter Euch? Ich vermute, es folgten die Apokalypsen?«

Almut hielt sich die Hand vor den Mund, um ihr Lachen zu ersticken, doch es wollte ihr nicht recht gelingen. Ihre Stimme klang ziemlich unsicher, als sie antwortete: »Nein, obwohl von feurigen Drachen die Rede war. Aber Pater Leonhard, unser Priester, machte Rigmundis Vorwürfe wegen ihrer Prophezeiungen, aber Clara fand eine Stelle in der Bibel, die sie rechtfertigte.«

»Interessant. Sprecht!«

»›Wer aber prophetisch redet, der redet den Menschen zur Erbauung und zur Tröstung!‹, sagt Paulus zu den Korinthern.«

»Die Korintherbriefe, aha! Daher also auch die passenden Worte des Apostels während der Messe.«

»Na ja, ganz passend waren sie nicht.«

»Nein, die Stelle, die besagt, dass die Frauen in der Gemeinde zu schweigen haben, ist Euch offensichtlich entgangen.«

»Denn unser Wissen ist Stückwerk...«

»Sagt Paulus. Wie wahr! Hat sie noch mehr übersetzt?«

»Nein, zumindest nichts, was sie mir zu lesen gegeben hätte. Obwohl – gestern zitierte sie etwas für mich Neues. Über einen Mann mit Haaren schwarz wie ein Rabe und Wangen wie Balsambeete oder so.«

»Gab es einen Anlass, das Hohe Lied zu singen?«

»Oh, ein schöner Mann begegnete uns. Daran ist doch nichts Ketzerisches, oder?«

»Schönheit soll man immer würdigen. Ich fürchte nur, dass Bruder Johannes die Verwendung von Bibelworten in diesem Sinne anders bewerten würde. Sagt Eurer Freundin, sie soll ihre Übersetzungen an einen sicheren Ort bringen. Auch ihre Bücher.«

»Das werde ich tun.«

»Habt Ihr sonst noch etwas in Euren Häusern, das Anlass zu Misstrauen geben könnte?«

»Elsa, unsere Apothekerin, wollte gestern sämtliche Kräuter und Arzneien verbrennen.«

»Nicht nötig, sofern sie nicht wirklich Gift mischt.«

Almut überlegte, ob ihr noch etwas Anstoß erregendes einfiel, und beklommen sah sie plötzlich den dunklen Spiegel vor sich, den sie aus Dietkes Haushalt mitgenommen hatte.

»Ich … also, ich habe noch etwas in meinem Zimmer. Ich werde es Euch zeigen.«

Sie hatten das Tor erreicht, und Mettel öffnete auf ihr Klopfen.

»Almut, da bist du ja. Die Meisterin ist sehr ungehalten über dich. Du sollst sofort zu ihr kommen.«

Aber das war nicht nötig, Magda kam eben über den Hof und blieb vor Almut stehen.

»Ich grüße Euch, Frau Meisterin«, sagte Pater Ivo, bevor diese den Mund öffnen konnte. »Diese Begine hatte das dringende Bedürfnis zu beichten und hat mich aufgesucht. Bitte verzeiht ihr den Regelverstoß. Wenn die Seele Erleichterung sucht, muss man ihrem Ruf folgen.«

»Nun gut, Pater Ivo. Ich will noch einmal darüber hinwegsehen. Aber sprechen muss ich dich dennoch, Almut. Komm nach der Sext in mein Zimmer.«

»Ja, Magda. Aber ich habe Pater Ivo noch etwas in meiner Kammer zu zeigen.«

»Lass aber die Tür geöffnet, Almut!«, warnte Magda und setzte ihren Weg zum Brunnen fort.

»Wenn Ihr mir jetzt bitte folgen würdet.«

Pater Ivo betrat hinter Almut das Häuschen, das sie sich mit Clara teilte. In dem unteren Raum saßen fünf kleine Mädchen, die eifrig ungelenke Buchstaben auf Wachstäfelchen ritzten, die ihnen von ihrer Lehrerin aufgegeben worden waren. Den beiden Eintretenden nickten sie nur zu und ließen sich nicht in ihrem Unterricht stören.

Almut öffnete die Tür zu ihrer Kammer und trat ein. Pater Ivo blieb an der Türschwelle stehen und besah sich den nüchternen Raum. Das Deckenlager, auf dem Trine genächtigt hatte, war fortgeräumt, nur Almuts schmales Bett stand an der Wand, die Laken sauber gefaltet. Ein Pult, eine Truhe, ein einfacher Stuhl und ein kleiner Tisch machten die ganze Einrichtung aus, aber ein bunter Flickenteppich und ein Blumenstrauß in einem tönernen Krug brachten Farbe in das weiß gekalkte Zimmerchen.

»Was ist es, das Ihr mir zeigen wollt?«

»Kommt her. Ich möchte nicht, dass jemand uns belauscht. Ich… ich habe ein schlechtes Gewissen deswegen.«

Aus der Schublade des Tischchens am Fenster zog sie den kleinen Handspiegel hervor und reichte ihn dem Mönch.

»Ich fand ihn unter Jeans Bett, am Tag, als er starb. Er gehört der Frau des Weinhändlers. Als ich sie das erste Mal traf, war er noch blank, als sie hineinschaute. Erst als ich ihn an die Lippen des Jungen hielt, um zu sehen, ob er noch atmet, ist er schwarz geworden.«

Sie faltete die Hände ineinander und sah mit angstvollen Blicken zu dem Pater auf.

»Ich wollte ihn nicht mitnehmen, aber ich war so entsetzt, dass ich ihn vor den anderen in meiner Tasche versteckte. Er fiel mir erst wieder in die Hände, als ich hier war. Pater, ich glaube, es ist ein böses Omen. Clara sagt, ein schwarzer Spiegel fängt die Seele eines Menschen ein.«

»So sagt man. Doch glaubt Ihr wirklich, dass ein solcher Spiegel die Seele festhält? Begine, Ihr seid doch sonst eine nüchtern denkende Frau. Wovor habt Ihr Angst?«

»Ich weiß nicht. Er… es ist mir unheimlich. Warum ist der Spiegel schwarz geworden, als Jean starb?«

»Genau in dem Moment, Begine? Vorher war er noch silbern?«

»Ja… Oder – ich weiß es nicht!« Erstaunt sah Almut den Fragesteller an. »Als ich ihn fand, lag er mit der Rückseite nach oben. Ich habe ihn aufgehoben und neben den Wasserkrug gelegt.« Sie versuchte, sich genauer zu erinnern, und die Bilder jenes Nachmittags zogen an ihrem inneren Auge vorbei. »Nein, ich weiß es nicht, Pater Ivo. Ich habe ihn nicht umgedreht. Erst als ich nach einem Atemhauch gesucht habe. Das heißt doch, er könnte schon angelaufen gewesen sein, als ich ihn aufhob!«

»Sogar schon früher.«

»Ja, aber…«

»Genau, Begine. Wieder ein neues Rätsel. Was hat Frau Dietkes Spiegel unter Jeans Bett zu suchen, und warum und wann ist er schwarz geworden? Habt Ihr jemals in Eurem Leben Silberschmuck getragen?«

»Ja, früher einmal. Auch er ist mit der Zeit angelaufen und musste regelmäßig geputzt werden. Aber so richtig schwarz war er nie.«

»Immerhin seht Ihr ein, dass es eine normale Reaktion des Metalls ist, schwarz zu werden, und nicht etwa eine unheimliche Macht, die so etwas verursacht.«

»Ja, das stimmt wohl. Aber warum ist dieser so schnell so dunkel geworden?«

»Das sollten wir herausfinden, weil es uns vielleicht eine Antwort auf Jeans Unternehmungen vor seinem Tod gibt. Darf ich den Spiegel für eine Weile mitnehmen?«

»Ich muss ihn Frau Dietke zurückgeben.«

»Natürlich. Wenn unsere Fragen beantwortet sind. Und nun macht Euch deswegen keine so großen Sorgen mehr, Begine. Hier ist nichts Unheimliches im Spiel, sondern nur rätselhaftes menschliches Verhalten.«

»Ich bin froh, dass Ihr mir das so erklärt habt, Pater Ivo. Das ist jetzt alles, was ich Euch noch sagen kann. Habt Ihr noch weitere Fragen?«

»Nur eine noch, Begine. Sagt, woher habt Ihr diese Statue?«

Pater Ivo wies auf die sitzende Maria mit ihrem Kind auf dem Tischchen, zu deren Füßen die Kamillenblüten allmählich welkten.

»Das ist meine Maria, vor der ich bete, Pater.«

»Das habe ich mir schon gedacht. Aber woher habt Ihr sie?«

Ein wenig trotzig antwortete Almut: »Ich habe sie gefunden!«

»Ich will sie Euch nicht streitig machen, doch seid so gut und beschreibt mir, wo und wie Ihr sie gefunden habt.«

»Was ist mit ihr nicht in Ordnung?«

»Das verrate ich Euch, wenn Ihr mir sagt, wie Ihr an sie gekommen seid.«

Almut trat wie schützend vor die Statue und machte ein abweisendes Gesicht. Sie war sich, seit sie die Figur das erste Mal in den Händen gehalten hatte, nie sicher gewesen, ob es richtig war, sie einfach zu behalten. Aber andererseits brachte sie es auch nicht über sich, sie wegzustellen. Zu oft hatte die zärtlich lächelnde Gestalt ihr Trost, Hoffnung und Frieden geschenkt.

»Na, noch eines Eurer ketzerischen Geheimnisse?«

»Nein. Aber ich werde sie behalten!«

»Selbstverständlich. Aber lasst sie mich einmal näher betrachten.«

Sehr zögernd gab Almut sie dem Pater in die Hand und erzählte: »Es war Anfang des Jahres, da ist unser alter Stall zusammengebrochen. Er war morsch und baufällig, schlecht zusammengezimmert und wackelig. Dann kam dieser Erdstoß, und er brach endgültig zusammen. Na ja, ich dachte, ich könnte einen besseren Stall bauen, vor allem weil wir da so einen Haufen alter Steine unter den Trümmern gefunden hatten. Es hat nur das Bauholz und ein bisschen Mörtel gekostet, und darum war die Meisterin einverstanden. Ich habe den Schutt abgetragen und die guten Steine herausgesucht. Manche von ihnen waren sogar sorgfältig behauen. Es muss früher einmal ein Haus dort gestanden haben. Jedenfalls fand ich unter all dem Durcheinander diese Figur hier, und es schien mir ein gutes Zeichen, dass Maria schon früher über diesen Ort wachte. Ich dachte nur, sie ist so eine kleine Figur und so wenig prächtig, es würde nichts ausmachen, wenn ich sie für mich behielte. Oder hat die Kirche ein größeres Recht an ihr?«

»Nein, bestimmt nicht. Ein altes Haus und sorgfältig behauene Steine, sagt Ihr? Begine, ich vermute, Ihr habt einen römischen Tempel unter Eurem Schweinestall gefunden.«

»Einen römischen Tempel? Aber wie soll der denn hierher gekommen sein?«

»Die Römer haben schon vor der Geburt unseres Herren lange in Köln geherrscht. Wenn man es genau nimmt, haben sie diese Stadt sogar gegründet.«

»Meint Ihr wirklich die Römer? Aus Italien?«

Almut, durchaus lebensklug und in ihren Grenzen auch gebildet, hatte sich mit geschichtlichen Zusammenhängen nie beschäftigt. Ihre Weltsicht dazu bezog sie aus der Bibel und einigen wenigen Erzählungen aus diesem Umfeld.

»Dann waren es Heiden, die hier gelebt haben?«

»So muss man sie wohl nennen, zumindest in der frühen Zeit.«

»Und es war ein heidnischer Tempel, nicht wahr. Diese Figur ist gar nicht Maria, wollt Ihr damit sagen?«

Entsetzt sah Almut die kleine Bronzestatue an.

»Sagen wir mal so – es war ein Heiligtum, und hier wurde eine barmherzige, großmütige, heilige Mutter angebetet. Sie stammte ursprünglich aus Ägypten, doch die Römer liebten sie ebenfalls sehr und bauten ihr Tempel. Sie nannten sie Himmelskönigin. Sie grüßten sie als die Gebärerin des göttlichen Knaben. Sie riefen sie große Jungfrau und erste Mutter und Herrin über Licht und Flammen.«

»Also kannten sie doch schon die heilige Maria?«

»Begine, sie kannten sie, doch unter einem anderen Namen. Und darum könnt Ihr getrost dieses Bildnis behalten. Ich sehe eine derartige Statue nicht zum ersten Mal. In manch einer Kapelle steht sie und wird geehrt und geachtet. Doch damit niemand, vor allem nicht Bruder Johannes, an ihr Anstoß nehmen kann, werde ich eine kleine Veränderung an ihr vornehmen. Habt Ihr ein spitzes Messer oder eine Nadel für mich?«

Almut nahm den Korb mit ihren Näharbeiten und zog eine Nadel hervor. Fasziniert beobachtete sie dann, wie Pater Ivo sich niedersetzte und vorsichtig in den eigenartigen Heiligenschein ihrer Maria ein Kreuz mit einem Strahlenkranz ritzte. Dann sprach er einen Segen über die Figur und schlug das Kreuzzeichen darüber.

»Wenn irgendjemand Fragen zu diesem Marienbild

stellt, dann verweist ihn an mich, Begine. Und Ihr selbst haltet sie in Ehren, achtet sie und vertraut ihr. Sie ist der Stern des Meeres und die Pforte des Himmels, unser Leben und unsere Wonne, die Mutter der Barmherzigkeit und die Krone des Himmels. Sie ist alles das, was Ihr sie in den Gebeten nennt, doch wenn Ihr in großer Not seid und ihre Hilfe benötigt, dann ruft sie auch mit ihrem alten Namen – Isis.«

Staunend war Almut den Handlungen und Reden gefolgt und schüttelte nun leise lächelnd den Kopf.

»Ihr seid ein seltsamer Priester, Pater Ivo.«

»Ich bin nicht seltsamer als andere Menschen, die einiges von der Welt gesehen und ein paar Bücher gelesen haben. Und nun, mein Kind, kommen wir zu Eurer Beichte zurück. Bereut Ihr Eure unbedachten Worte?«

»Aufrichtig und von ganzem Herzen – ja, Pater. Ich bereue zutiefst, dass ich damit die in Gefahr gebracht habe, mit denen ich zusammenlebe.«

»Kniet nieder!«

Almut kniete nieder und nahm die Buße auf sich.

»Ich denke, zwanzig Alma Redemptoris und zwanzig Salve Regina sollten Euch auferlegt werden und – ach ja, eine Woche strengstes Fasten in der Form, dass Euch das Essen süßer Wecken in der Kirche untersagt ist.«

Pater Ivo sprach die rituellen Worte der Lossprechung, segnete die kniende Begine und verschwand dann lautlos aus dem Raum. Für eine Weile saß Almut versonnen vor dem Tischchen und starrte die Mariengestalt an. Ihre Gebete sprach sie jedoch nicht, dafür war ihr Geist zu aufgewühlt.

Als sie sich später bei der Meisterin einfand, hatte sie ihre Gemütsruhe jedoch wiedergewonnen. Magda nickte ihr ernst zu und bat sie, auf der Bank neben dem Kamin Platz zu nehmen.

»Almut, wir müssen uns unterhalten. Ich mache mir, wie du sicher verstehen wirst, Sorgen um uns. Der Besuch des Dominikaners war alles andere als erfreulich. Und dann verschwindest du heute Morgen auch noch alleine und ohne Angabe von Gründen. Um zu beichten, Almut.«

Almut, die sich ihres Verstoßes durchaus bewusst war, senkte schuldbewusst den Kopf.

»Ich bin eure Meisterin, ihr habt mich vor drei Jahren einstimmig dazu gewählt. Ihr habt mir damit das Recht und die Pflicht gegeben, mich um euch zu kümmern, darauf zu achten, dass die Mitglieder unserer Gemeinschaft einen untadeligen Lebenswandel führen und nicht zu Gerede Anlass geben. Ich habe allerdings nicht die Befugnisse eines Inquisitors und auch nicht die Stellung eines Beichtvaters. Darum kann ich nur sehr ernst an dein Gewissen appellieren, Almut. Sag mir die Wahrheit! Was weißt du über den Tod des jungen Mannes? Gab es etwas, das dein Gewissen so sehr belastet hat, dass du Hals über Kopf zu einem Priester laufen musstest?«

»Nein, Magda. Das hatte andere Gründe. Glaub mir. Ich will versuchen, sie in kurzer Form zu berichten.«

Almut erzählte der schweigend lauschenden Meisterin, was sie über die Umstände herausgefunden hatte, die mit Jeans Ableben verbunden waren.

»So ist er also wirklich ermordet worden, doch wie, das ist noch nicht geklärt. Und über das Warum gibt es nur Mutmaßungen. Wäre da der Bruder Johannes Deubelbeiß nicht, so würde ich dir raten, dich nicht weiter um die Angelegenheit zu kümmern. Es mögen sich die

Betroffenen um Aufklärung bemühen. Aber so …« Magda sah nachdenklich zum Fenster hinaus. »Das hohe Gericht hat seine Arbeit weitgehend niedergelegt. Seit die Schöffen beim Erzbischof in Bonn Zuflucht gesucht haben, ruhen die meisten Verfahren, bis in diesen Streitereien eine Klärung erfolgt ist. Den Prozess kann der Inquisitor dir zwar nicht machen, aber er kann dich als Verdächtige auf unbestimmte Zeit in den Kerker schicken. Keine angenehme Aussicht, stimmst du mir zu?«

»Nein, keine angenehme Aussicht.«

»Es gibt natürlich andere Möglichkeiten. Wenn ich meinen Bruder darüber informiere, dass Bruder Johannes uns bedroht, so wird er sicher Maßnahmen zu unserem Schutz ergreifen. Noch haben die Geschlechter die Macht in der Stadt. Wie weit er aber auf kirchliche Belange Einfluss nehmen kann, weiß ich nicht.«

Magda von Stave, die Patriziertochter, wusste, dass sie sich in einem Notfall auf ihre Familie verlassen konnte, auch wenn sie das zurückgezogene Leben einer Begine gewählt hatte.

»Und da ist noch der Vorwurf der Ketzerei. Daraus kann dir Bruder Johannes wirklich einen Strick drehen. Wie man es auch betrachtet, die Lage sieht schlimm aus. Außerdem ist da noch der Benediktiner. Aus deinem Bericht kann ich entnehmen, dass er dir nicht übel gesonnen ist. Hast du dein Urteil über ihn geändert?«

»Ja, das habe ich. Zumindest, was sein Verhalten mir gegenüber betrifft. Er scheint meine Bemerkungen in der Kirche nicht gar so streng zu beurteilen. Um ehrlich zu sein, ich hatte einmal sogar das Gefühl, dass sie ihn erheiterten. Aber er ist überaus scharfsinnig.«

»Das hörte ich auch. Ich habe versucht, einige Erkundigungen über ihn einzuholen, aber viel war nicht in Erfahrung zu bringen. Lediglich, dass er erst vor etwa zwölf oder dreizehn Jahren ins Kloster eingetreten ist. Zuvor hat er an verschiedenen Universitäten gelehrt. Mehr weiß ich nicht über ihn.«

»Warum ist er dann Mönch geworden? Ein Gelehrter – und jetzt bindet er im Weingarten die Reben auf und rupft mit lehmigen Fingern Unkraut.«

»Der Ruf Gottes?«

»Die Wege des Herren sind wunderbar. Ja, ich weiß. Er ist klug und belesen, er kennt die Welt und die Menschen. Magda, ich wollte nicht beichten. Er hat mich förmlich dazu gezwungen, ihm die Sünde der Ketzerei zu gestehen. Er hat mir eine Buße auferlegt, die – nun ja, ich werde sie verkraften.«

Almut grinste schief, als sie an die süßen Wecken dachte.

»Er hat dich losgesprochen. Gut zu wissen, Almut. Gut, es zu wissen, wenn der Dominikaner mit den fanatischen Augen wiederkommt. Und das wird er sehr bald tun.«

»Und ich werde alles tun, um mehr über Jeans Untaten herauszufinden. Wenn wir den wahren Schuldigen finden, hat Bruder Johannes kaum noch eine Handhabe gegen mich, oder?«

»Verlass dich nicht zu sehr darauf. Aber tu, was du kannst. Ich werde dich decken, soweit es in meiner Macht steht. Aber halte mich bitte auf dem Laufenden.«

»Gerne, Magda.«

»Was wirst du als Nächstes unternehmen?«

»Nachforschen, wer den gepantschten Wein in Auftrag gegeben hat.«

»Um Himmels willen, wie willst du das denn herausfinden?«

»Vielleicht fragst du jetzt besser nicht weiter, es könnte dein Gewissen belasten, Magda!«

»Almut?«

»Schon gut. Ich treffe mich mit einer Frau, der ich vorgestern aus einer Bedrängnis geholfen habe.«

»Etwa mit dem unkeuschen Weib, über das diese dicke Magd deiner Mutter bei dem Gewitter ständig herumknurrte? Sie schien sie für das Unwetter und auch alle sonstige Unbill verantwortlich zu machen. Sei vorsichtig, Almut. Geh nicht alleine!« Magda sah sie streng an. »Aber nimm auch keine der Beginen mit. Trine soll dich begleiten!«

»Gerne. Sie hat eine gute Beobachtungsgabe, die Kleine.«

»Hat sie das? Ich bin immer wieder erstaunt, wie du und Elsa euch mit ihr verständigt.«

»Das ist gar nicht so schwer. Wir haben uns ein paar Zeichen angewöhnt – mit den Händen. Und sie kann den Ausdruck der Gesichter sehr gut deuten.«

»Nun, dann versuche dein Glück, Almut.«

Magda stand auf, und Almut war entlassen.

Trine freute sich, als sie erfuhr, dass sie Almut begleiten sollte. Elsa, die sich inzwischen wieder einigermaßen beruhigt hatte, war zwar etwas ungehalten, dass ihr die Gehilfin entzogen wurde, wagte aber nicht, sich gegen Magdas Wunsch aufzulehnen. Dennoch redete sie kaum mit Almut, sondern sah sie nur mit seltsam misstrauischem Blick an. Almut nahm sich vor, bei ihrer Rückkehr ein paar besänftigende Worte mit ihr zu wechseln. Dann machte sie sich mit dem taubstummen Mädchen an ihrer Seite auf den Weg zu dem Friedhof, in den sie sich vor zwei Tagen mit Aziza gerettet hatte. Sie waren ganz alleine in dem kleinen, von einer Mauer umgebenen Areal. Trine begutachtete die moosigen Grabsteine, strich mit dem Finger über Kreuze und Gravuren und sah Almut fragend an. Die aber fand sich außer Stande, ihr die Symbole und Inschriften der Grabstätten fremder Menschen zu erklären.

»Na, Schwester? In stiller Trauer?«

Diese Frage war leichter zu beantworten.

»Zum Glück nicht. Aziza, schön, dass Ihr gekommen seid!«

»Ach, ich bin zufällig hier vorbeispaziert!«

»Natürlich!« Almut betrachtete die junge Frau, die diesmal einen pfauenblauen Surkot trug, unter dem die langen Ärmel eines lichtblauen, eng geschnürten Untergewandes heraushingen. Über ihr mit einem silbernen Netz eingefangenes Haar hatte sie einen losen, durchscheinend blauen Schleier mit golddurchwebter Borte gelegt. Mit einer eleganten Handbewegung raffte sie das Obergewand und zeigte damit noch mehr des zarten Unterkleides.

»Müssen wir hier stehen bleiben? Ist das eine Eurer strengeren Bußübungen?«

»Wir können uns auch gerne niedersetzen. Dieses Mäuerchen sieht passend aus, sofern Ihr nicht um Euer schönes Kleid fürchtet.«

»Neidisch, Schwester?«

»Nein, erleichtert, mich darum nicht kümmern zu müssen.«

»Wie wahr! Dieses grobe graue Zeug überdauert wohl die Ewigkeit. Recht passend, um sich damit auf die Friedhofsmauer zu setzen.«

Sie ließen sich nieder, und Almut suchte nach einer

Einleitung. Aziza brach nach kurzer Zeit ihr Schweigen und half ihr mit einem kleinen Lächeln.

»Die Vorzüge der neuesten Beginen-Moden wolltet Ihr aber sicher nicht mit mir erörtern, Schwester. Der Pitter hat eine ziemlich freche Botschaft überbracht, die ich Euren keuschen Ohren lieber nicht zumute. Aber sie hörte sich nichtsdestotrotz dringlich an.«

»In der Tat, sie ist auch dringend. Wie soll ich anfangen?«

»Mit dem Schlimmsten zuerst.«

»Gut. Mir sitzt der Inquisitor Johannes Deubelbeiß im Nacken.«

»Oh! Dass den doch der Deubel beiß! ... Entschuldigung! Das ist ja noch schlimmer als das Schlimmste. Was habt Ihr angestellt? Eine schwarze Messe gehalten?«

»Er beschuldigt mich unter anderem, einen Mord begangen zu haben.«

»Und, habt Ihr?«

»Nein, aber jemand hat, und um herauszufinden, wer, brauche ich Eure Hilfe.«

»Wie kommt Ihr eigentlich darauf, dass ich sie Euch bereitwillig zur Verfügung stelle?«

»Ich hatte es gehofft, Aziza. Aber wenn Ihr bezahlt werden wollt, können wir auch darüber sprechen.«

»Ihr haltet mich für eine käufliche Frau?«

Aziza hatte es geschafft, dass Almut sich vor Verlegenheit wand, und beobachtete sie mit distanziertem Interesse.

Trine, die das aus einigen Schritten Abstand beobachtet hatte, kam näher und nestelte dabei an dem Beutel an ihrem Gürtel. Als sie bei Almut stand, zog sie eine der Phiolen aus zartem venezianischem Glas hervor und reichte sie der Begine. Ein kleines Lächeln stahl sich in deren Augen, als sie Aziza das zierliche Gefäß offerierte. Die zögerte zunächst, nahm es dann aber in die Hand und begutachtete es.

»Was ist das?«

Trine machte die Bewegung des Entkorkens und wedelte mit der Hand zur Nase.

»Kann das Kind nicht sprechen?«

»Nein, und auch nicht hören. Aber wie Ihr seht, kann es sich verständigen.«

»In der Tat.«

Aziza öffnete das Glasfläschchen und schnupperte daran. Dabei wurden ihre schönen dunkel umrahmten Augen immer größer.

»Liebe Schwester, ich bin zwar nicht käuflich, aber ich bin leider durchaus verführbar!«

Ihr Lächeln erweckte in Almut den Eindruck, dass die aktive Seite der Verführung gewiss in vielen Fällen bei Aziza lag.

»Was kann ich für Euch tun?«, fragte sie schließlich, als sie das Fläschchen sorgsam in dem Kästchen an ihrem Gürtel verstaut hatte.

»Zunächst ein paar Fragen beantworten.«

»Dann fragt.«

»Habt Ihr in den letzten Wochen Gerüchte über gepantschten Wein aus Burgund gehört oder gar selbst welchen erhalten?«

»Ihr seid niedlich! Wie kommt Ihr darauf, dass ich mir Burgunderwein leisten kann?«

»Ihr oder andere Eurer Bekanntschaft!«

»Na, wolltet Ihr nicht Freier sagen?«, grinste Aziza.

»Nein.«

»Ich habe nichts über gepantschten Wein gehört. Damit kann ich Euch nicht weiterhelfen. Ist das eine sehr wichtige Frage?«

»Eine der wichtigsten, denn sie könnte mich auf die Spur des Mörders bringen. Der Junge, der gestorben ist, hat in irgendjemandes Auftrag Wein gepantscht. Ich vermute, derjenige, der ihn dazu gezwungen, überredet oder gedungen hat, wollte ihn aus dem Weg schaffen.«

»Mh, warum sollte er? Damit hätte er doch einen willigen Handlanger verloren?«

»Möglicherweise war er nicht mehr willig.«

»Denkbar. Lasst mich überlegen. Da spinnt sich so ein Fädchen in meinem Kopf zusammen.«

Aziza schwieg eine Weile und spielte dabei mit einer Margerite, die an dem Mäuerchen wuchs. Trine, die einen Erkundungsgang über den Friedhof gemacht hatte, kam mit einer Schürze voller Blumen zurück, setzte sich zu ihren Füßen ins Gras und begann, einen Kranz zu flechten.

»Hört, Schwester, es ist etwas anderes, was mir in der letzten Zeit aufgefallen ist. Eher das Umgekehrte zu dem, was Ihr hören wollt.«

»Wie meint Ihr das?«

»Guter Wein, der an Stellen auftaucht, wo man ihn nicht erwartet.«

»Oh. An welchen Stellen?«

»Darüber möchte ich erst einmal nichts sagen. Aber es gibt zumindest eine Schenke, in der bestimmten Leuten schwerer, dunkler Rotwein gereicht wird, wenn sie dem Wirt einen Wink geben. Könnte Euch das helfen?«

»Das würde bedeuten, dass nicht minderwertiger Wein für teuren ausgegeben wurde, sondern dass der gute Wein an jene geliefert wurde, die ansonsten nur billige Sorten erhalten. Dazu müsste der Wein ausgetauscht worden sein, oder?«

»Der Wein oder die Fässer selbst!«

»Das macht einen Sinn, Aziza.« Almut dachte an die Schilderung ihres kleinen Stiefbruders, der das Gerumpel im Lagerhaus de Lipas gehört hatte. »Der Wirt jener Schenke weiß, von wem er den Wein bekommt. Oder er ist sogar der Auftraggeber für diesen Schwindel.«

»Zuzutrauen ist es ihm. Aber wie wollt Ihr es ihm nachweisen?«

»Keine Ahnung. Ich muss darüber nachdenken. Könnt Ihr mir nicht doch sagen, um welche Schenke es sich handelt?«

»Es ist nicht eigentlich eine Schenke.«

»Nein? Ist es gar ein schlimmerer Ort, Aziza?«

»Schwester, Ihr könnt ja richtiggehend anzüglich dreinschauen! Habt Ihr etwa Hintergedanken?«

»Nun, Ihr ziert Euch …«

»Ich bin mir nicht sicher, wie weit Ihr die Wahrheit vertragt.«

»Versucht es allemal. Das Wissen, dass die Welt sündig ist, hat sich bis in unser stilles Leben herumgesprochen.«

»Erstaunlich. Nun, der Weinausschank wird von frommen Brüdern und Schwestern vorgenommen, die die Erzeugnisse ihres Kellers nicht nur für den eigenen Bedarf verwenden, sondern auch durstigen Zechern verkaufen. Gewöhnlich ist ihr Wein eine gerade mal trinkbare Flüssigkeit, die einen milden Rausch verursacht, doch, wie gesagt, seit kurzem gibt es schwerere Weine bei ihnen.«

»Ihr besucht diese Stätte häufiger?«

»Gelegentlich. Es geht rau dort zu, aber manchmal auch sehr fröhlich.«

»Habt Ihr jemals einen jungen Burgunder dort angetroffen. Gerade achtzehn oder neunzehn Jahre alt, dunkle Locken, dunkle Augen? Er wird Jean de Champol gerufen.«

»Spricht unsere Sprache nicht richtig, mit einem fremden Akzent und vielen ausländischen Wörtern dazwischen? Ja, so einen Jungen habe ich dort gesehen. Nicht in bester Gesellschaft allerdings. Was mich schon damals wunderte, denn er machte mir einen sehr unbedarften Eindruck, ganz anders als Tilmann und seine Genossen. Sie trieben ihre Scherze mit ihm. Weiter habe ich ihn nicht beachtet. Wie gehört er in Eure Geschichte, Schwester?«

»Er ist der Tote.«

»Armer Junge. Woran starb er denn?«

»Wie es zuerst aussah, an Husten. Oder vielleicht einer Krankheit der Lunge. Aber ich denke, es muss noch etwas mehr im Spiel gewesen sein. Dummerweise glauben andere das auch und geben der Arznei aus unserer Apotheke die Schuld. Giftmischerin haben sie mich genannt.«

»Aber Ihr vermutet, dass er vergiftet worden ist? Hat jemand Eure Arznei vertauscht? Etwas anderes hineingemischt?«

»Es könnte möglicherweise so gewesen sein, denn das Fläschchen ist anschließend verschwunden. Ich wünschte, ich könnte mehr über diese Leute herausfinden, die Jean zu seinen Untaten angestiftet haben.«

»Dann kommt doch heute Abend mit!«

»Wohin?«

»Zu unserem Bruder Cellerar oben am Gereons-Tor. Vielleicht hört und seht Ihr ja unter seinen fröhlichen Gästen etwas, das Euch weiterhilft.«

»Großer Gott, Aziza, ich kann mich doch nicht an einem solchen Ort sehen lassen. Wie stellt Ihr Euch das vor?«

Aziza klatschte in die Hände und lachte.

»Jetzt habe ich Euch endlich doch einmal schockiert!«

»Glaubt Ihr?«

»Habe ich das nicht?«

»Aziza, ich lebe in einer Gemeinschaft, die sich freiwillig einige Regeln gegeben hat, die nicht allzu schwer einzuhalten sind. Bescheidenheit und gemeinschaftliche Arbeit sind kleine Opfer, wenn man dafür ein zufriedenes Leben führen kann. Ich habe auch ein anderes kennen gelernt. Ich möchte dieses hier nicht aufs Spiel setzen.«

»Ein anderes Leben? Das einer wohlerzogenen, behüteten Tochter, nehme ich an.«

»Das eines recht wilden Kindes auf den Baustellen meines Vaters, das einer Ehefrau und schließlich das einer unerwünschten Witwe. Aber reden wir nicht darüber.«

»Und Ihr glaubt wirklich, nur unter diesen staubigen Jungfern findet Ihr ein zufrieden stellendes Leben? Na, jeder nach seinem Geschmack.«

»Eben. Aziza, ich danke Euch, dass Ihr mir geholfen habt. Ich muss nachdenken, wie ich weiterkomme. Wenn Ihr irgendetwas hört, benachrichtigt mich bitte. Würdet Ihr das tun?«

»Ja, das werde ich.« Azizas Stimme war plötzlich sanft geworden. »Ihr seid zumindest keine allzu staubige Jungfer!«

Almut war von der Mauer hinuntergeglitten, und Trine erhob sich ebenfalls.

»Mein Angebot war übrigens ernst gemeint. Wenn Ihr die Schenke aufsuchen wollt, dann begleite ich Euch. Ihr müsst ja nicht in der grauen Tracht dort erscheinen. Ich habe noch ein, zwei andere Gewänder, mit denen ich Euch verkleiden könnte.«

»Vielleicht wird es notwendig sein. Danke auf jeden Fall.«

Trine hatte Aziza die ganze Zeit angesehen, und jetzt hob sie die Hand und fuhr ihr ganz vorsichtig und sacht über den dünnen Schleier, der ihre Haare bedeckte.

»Oh, Trine! Entschuldigt! Sie ist von allem Schönen immer so hingerissen, dass sie es berühren muss.«

Aziza schenkte dem taubstummen Mädchen ein strahlendes Lächeln, und Trine reichte ihr den kunstvoll geflochtenen Kranz aus blauen Glockenblumen und Ehrenpreis, weißen Margeriten und Wiesenschaumkraut mit einer Geste, die andeutete, dass sie ihn sich auf den Kopf setzen solle. Mit einer anmutigen Verbeugung nahm Aziza das Geschenk entgegen, löste den blauen Schleier und befreite ihre schimmernd schwarzen Haare aus dem Netz. Wie ein Schwall Seide ergossen sie sich über ihren Rücken, als sie sich schüttelte. Dann setzte sie behutsam den Kranz auf und drückte ihn in die Stirn. Die Wirkung war umwerfend, und Trine sperrte Mund und Augen auf.

»Hier, Kind, nimm du den Schleier dafür!«, sagte sie und reichte dem Mädchen das blaugoldene Gewebe. Trine wagte kaum, es in die Hand zu nehmen, und ihr Gesicht drückte allerhöchste Ehrfurcht aus. Almut hingegen war entsetzt.

»Aziza, so könnt Ihr doch nicht durch die Stadt gehen. Jedermann sieht Eure Haare! So laufen doch nur …«

Almut schlug sich die Hand vor den Mund.

»Ah, *jetzt* seid Ihr schockiert! Das ist aber nicht notwendig, Schwester. Erstens ist es mein Haupt, das unbedeckt ist, und zweitens kann ich es mir erlauben. Man weiß um die losen Sitten der maurischen Hure!«

Lachend schwang sie sich von ihrem Sitz hinunter und lief, ohne sich noch einmal umzusehen, zur Pforte, die auf die Straße führte. Kopfschüttelnd folgte ihr Almut. Trine musste sie dabei förmlich hinter sich herziehen.

Auf dem Rückweg versuchte Almut, ihre neuen Erkenntnisse richtig zu ordnen. Aber immer wieder tauchte das Bild der barhäuptigen Aziza vor ihrem Auge auf. Seit sie selbst mit fünfzehn geheiratet hatte, trug sie ihre Haare stets aufgesteckt und bedeckt. Auf die Idee, sie offen fallen zu lassen, wäre sie im Traum nicht gekommen. Ja sie empfand es geradezu als anstößig. Außer sehr jungen Mädchen und den Prostituierten zeigte sich niemand in der Öffentlichkeit mit gelöstem Haar. Selbst die ärmsten Bauersfrauen und sogar die Bettlerinnen banden sich irgendein Tuch über den Kopf. Dennoch, der Anblick der blumenbekränzten Aziza mit dem wehenden, glänzenden Haar hatte etwas barbarisch Schönes gehabt, sie war ihr wie eine hoheitsvolle Vision erschienen. Und er vermittelte ihr außerdem einen Eindruck von Freiheit und Lebenslust, den sie selbst so noch nie erlebt hatte.

»Verrückte Maurin!«, murmelte Almut und zwang sich endlich dazu, über Jeans Umtriebe nachzudenken. Aber die Bilder wollten nicht zusammenpassen, der sanfte, zurückhaltende Junge, den Pater Ivo ihr geschildert hatte, zusammen mit ein paar rauen Gesellen in einer vermutlich anrüchigen Schenke? Dass einige Mönche einen schwunghaften Weinhandel betrieben, war allseits bekannt. Dass sie selbst in den Räumen der Klöster Schankstuben eingerichtet hatten, in denen es höchst unklösterlich zuging, war häufig genug Bestandteil mahnender Predigten. Doch obwohl selbst der Erzbischof in regelmäßigen Abständen diese Machenschaften anprangerte, hatten die Vorhaltungen wenig Erfolg.

De Lipa lieferte seinen Wein auch an die Klöster. Groß St. Martin hatte auf ganz legalem Wege bisher bei ihm schwere Rotweine bezogen und dabei auch ein Fass des gepantschten Weines erhalten. Dafür war teurer, edler Wein in einer dubiosen Klosterschenke aufgetaucht. Und das schon vor Wochen. Der Austausch der Fässer war also keine einmalige Angelegenheit von einer Nacht gewesen, sondern schon mehrfach vollzogen worden. Daher auch die Gerüchte aus verschiedenen Quellen, denn auch andere hatten die ausgetauschte Ware erhalten. Jemand hatte einen Nutzen davon, und Almut war klug genug, nicht den Bruder Cellerar als Drahtzieher dahinter zu vermuten. Es schien sich um einen größer angelegten Betrug zu handeln; der geschäftstüchtige Mönch mochte Nutznießer der Situation sein, in gewissem Umfang auch Mitwisser, mehr jedoch nicht.

Als sie so weit gekommen war, hatte sie mit der noch immer verzückt lächelnden Trine ihr Heim erreicht. Es war ruhig im Hof, und sie schickte das Mädchen zu Elsa zurück. Sie selbst stieg zu ihrer Kammer hinauf und ließ sich erschöpft auf den Stuhl fallen. Obwohl es erst später Nachmittag war, hatte sie schon einen anstrengenden Tag hinter sich. Einige untätige Minuten lang starrte Almut mit in den Händen aufgestütztem Kinn einfach nur aus dem Fenster und schob alle Gedanken zur Seite. Schließlich aber gähnte sie einmal gründlich und zog den Korb mit ihren Handarbeiten herbei. Sie hatte eine zierliche Hohlsaumstickerei in Arbeit. Konzentriert zog sie jetzt einige Fäden aus dem Leinentuch heraus, um ein neues Muster zu beginnen. Ihre Nadel schlüpfte geschwind durch das Gewebe und knüpfte Knoten und Schlingen um die losen Enden. Ohne es darauf angelegt zu haben, begannen auch ihre Gedanken neue Muster zu bilden und lose Fädchen zu verknüpfen. Und als die Glocke zur Vesper läutete, hatte sie nicht nur ein gutes Stück Handarbeit geleistet, sondern auch einen Entschluss gefasst.

Sie suchte die Apothekerin auf und fand Trine zwischen den getrockneten Kräutern im Herbarium hocken, doch diesmal mit erstaunlich sauberen Händen. Beinahe ehrfürchtig ließ sie dabei den blauen Schleier durch die Finger gleiten.

»Hast du dem Kind diesen Putz gekauft?«, schnaufte Elsa ungehalten.

»Nein, den hat sie von jemandem geschenkt bekommen. Lass ihn ihr, sie hat wenig genug eigene Dinge.«

»Wir sollten uns mit solchem Schnickschnack nicht abgeben, Almut. Das weißt du ganz genau.«

»Ach, Elsa, was ist denn los mit dir? Lass dem Kind doch die Freude an etwas Schönem. Sie ist keine Begine, und es ist fraglich, ob sie es je werden will.«

»Was hat sie denn sonst für eine Möglichkeit, mh?«

»Sie könnte eine Heilerin werden, oder Gärtnerin.«

»Sie wird eine Hure werden, willig und ausgenutzt, weil sie für jeden billigen Tand zu haben ist.«

»Gut, dass sie dich nicht hören kann, Elsa. Du hast eine entsetzliche Laune.«

»Ich habe keine Launen!«, fauchte Elsa und bewegte

ihren wuchtigen Leib zur Tür. »Ich habe zu tun, im Gegensatz zu anderen Müßiggängern!«

Kopfschüttelnd sah Almut der forteilenden Apothekerin nach. Trine hatte wieder einmal still verfolgt, was sich zwischen den beiden abspielte, und legte jetzt wie entschuldigend ihre Hand auf Almuts Arm.

»Schon gut, Trine, sie ist manchmal grantig. Das wird sich wieder geben. Aber kannst du mir eine Flasche von der Hustenarznei geben?« Sie deutete Husten und Schlucken an, und Trine verstand. Von einem Regal hob sie einen größeren Krug herunter und löste vorsichtig den Holzpfropf. Almut reichte ihr ein Gefäß, das etwa die Menge fassen würde, wie sie Jean bekommen hatte. Anschließend suchte sie die Köchin auf und bat sie um eine Schüssel mit kaltem Körnerbrei, der vom Morgen übrig geblieben war. Dann mischte sie beides in einer flachen Holzschale zusammen und machte sich auf die Suche nach dem Schwein. Die Sau lag träge an der Gartenmauer und döste, blinzelte aber gierig, als Almut ihr die Schale vor das Maul schob. Mit leisem Grunzen und lauterem Schmatzen machte sie sich über den Brei her, und als die Schale leer war, legte sie sich wieder in ihre dösende Position zurück.

»Entweder bekommen wir in den nächsten Tagen Schweinebraten, oder du wirst nur lange und tief schlafen. Schöne Träume wünsch ich dir!« Mit diesen Worten wandte sich Almut ab, um im Refektorium ihre eigene Mahlzeit einzunehmen.

Die Beginen hatten ihr Essen noch nicht ganz beendet, als sich im Hof ein ungewöhnlich lautes Quieken und Grunzen bemerkbar machte.

»Was ist denn mit der Sau los?«, fragte Mettel verwundert und lief zur Tür. Das Schwein raste wie aufgedreht um den Brunnen herum und stieß dabei die wunderlichsten Geräusche aus, dann stürmte es durch das Kräuterbeet, warf sich in den Gemüsegarten und drehte sich darin mit lustvollem Quieken im Kreis. Nachdem es zwei Kohlköpfe entwurzelt hatte, nahm es schwankend Kurs auf Gertruds Küche.

»Fang das verdammte Vieh ein!«, brüllte die Köchin die verstört dreinblickende Mettel an.

»Wie soll ich das denn machen? Die Sau ist verrückt geworden!«

Inzwischen waren auch die anderen in den Hof gekommen und sahen halb belustigt, halb empört den Kapriolen des Tiers zu.

»Was hat dieses Schwein nur? Ist es von einer Wespe gestochen worden?«, fragte Magda.

»Nein«, sagte Almut. »Ich habe der Sau Elsas Hustensaft gegeben. Ich wollte wissen, ob er giftig ist.«

»Scheint nicht tödlich zu sein. Im Gegenteil, sie sieht ziemlich vergnügt aus!«

Clara betrachtete erheitert das Tier, das gerade versuchte, sich leidenschaftlich an Mettel zu schubbern.

»Sieht aus, als hätte sie der Veitstanz gepackt! Bist du sicher, dass es der Hustensaft war, den du ihr gegeben hast?«

»Aus dem blauen Krug auf dem Regal unter dem Fenster. Ich habe der Sau ungefähr so viel gegeben, wie du mir für Jean abgefüllt hast.«

»Wer hat dir eigentlich erlaubt, dich an meinen Arzneien zu vergreifen?«

»Elsa, reg dich nicht auf. Ich denke, das war eine ausgezeichnete Idee von Almut. So wissen wir wenigstens, welche Wirkung dieses Mittel in einer derartigen Menge hat.«

»Ihr wollt mir nur Giftmischerei unterstellen. Ihr wollt mich dem Inquisitor ausliefern! Ich hätte alles vernichten müssen! Ich werde die Töpfe zerschlagen und die…«

»Halt ein, Elsa!«

Wieder musste die Meisterin die aufgebrachte Apothekerin besänftigen, während Mettel mit Hilfe von Bela und zwei Mägden versuchte, das übermütige Tier einzufangen. Trine wollte sich schier ausschütten vor Lachen, torkelte ebenfalls wie trunken zwischen ihnen herum und schubberte sich übermütig an Almuts Seite. Mit einiger Mühe und heftigem Gekreisch gelang es ihnen schließlich, dem Schwein die Vorder- und Hinterbeine zusammenzubinden, und als Almut später, bevor sie zu Bett gehen wollte, nach ihr sah, lag die Sau laut schnarchend auf ihrem Strohlager.

»Sieht nicht aus, als ob sie an der Medizin zu Grunde geht!«, meinte Thea zu Almut. »Selbst in dieser Menge nicht. Aber wirkungsvoll ist das Zeug. Kein Wunder, dass der junge Mann sich aufgekratzt genug gefühlt hat, um sein Krankenlager zu verlassen und sich blaue Flecken zu holen.«

»Scheint so. Aber ich bin jetzt genauso müde wie dieses Schwein und werde auch ohne Hustensaft genauso tief schlafen.«

13. Kapitel

Bruder Johannes war ganz zufrieden mit seinem Erfolg. Die Sünderin war bereit, sich dem Urteil Gottes zu stellen. Und anschließend konnte man die weiteren Schritte einleiten. Aber irgendwie war die Unterredung anders verlaufen, als er erwartet hatte. Nicht nur, dass die ketzerische Begine selbst nicht zugegen war, sondern wieder nur die Meisterin Magda von Stave, deren selbstsicheres Auftreten ihm ein leichtes Unbehagen verursachte. Mit ihr zusammen war allerdings der Herr de Lipa erschienen. Und dann war auch noch dieser Benediktiner-Pater aufgetaucht, an den sich Bruder Johannes aus einer anderen Angelegenheit erinnerte. Nicht besonders gerne allerdings. Er hatte den dreien klar zu verstehen gegeben, dass seine Vorwürfe gegen die Begine Almut äußerst stichhaltig waren. Hatte sie sich nicht gegen die Kirche und ihre Institution – in diesem Fall Bruder Notker – versündigt? Natürlich, die Kirche war, wie Jesus selbst, selbstverständlich auch bereit, den Sündern zu vergeben und sie wieder in ihre liebevollen Arme zu schließen. Vorausgesetzt, sie sahen ein, welchen Vergehens sie sich schuldig gemacht hatten, und waren bereit, ihre Gedanken, Worte und Taten zu bereuen und eine gerechte Buße auf sich zu nehmen. Bruder Johannes war durchaus bereit gewesen, der Ketzerin im Namen der Kirche zu verzeihen, so sie sich denn zum Schuldbekenntnis bereit erklärt hätte. Er hatte sich schon die eine oder andere passende Buße überlegt, doch an dieser Stelle war ihm Pater Ivo in die Quere gekommen. Dieser vermaledeite Priester hatte doch in seiner Eigenschaft als Beichtvater der Begine für eben diese Sünde die Absolution erteilt! Natürlich hatte Bruder Johannes versucht, die Schwere des Vergehens noch einmal deutlich zu machen und die Notwendigkeit einer eingehenden Untersuchung – vor allem auch im Lebensumfeld der Beginen – hervorzuheben, aber damit stieß er auf taube Ohren. Ja, die Meisterin hatte sogar auf ihre familiären Beziehungen angespielt, und das Letzte, was Bruder Johannes wollte, war, sich mit dem einflussreichen Patrizier von Stave anzulegen. Dass er noch einen derben Rüffel von dem unsäglichen Weinhändler bekommen hatte, erboste ihn zusätzlich. Doch unternehmen konnte er in dem Zusammenhang nichts, denn für den zweiten Teil seiner Anklage war er auf die Zusammenarbeit mit ihm angewiesen. So hatte er denn versucht, den groben Einwurf: »Mann Gottes, das Mädchen hat doch nur die Bibel zitiert! Das macht ihr Pfaffen alle naselang!«, zu überhören. Aber ein saurer Geschmack war ihm aus dem Magen aufgestiegen, als er die angemessene Entgegnung unterdrücken musste!

Mit de Lipa hätte der Inquisitor lieber schon zuvor und alleine gesprochen, aber der Mann war ja nicht erreichbar. Erst hieß es, er sei auf dem Weingut, dann war er im Lager beschäftigt, und schließlich, am späten Freitagabend, war er zu einem Essen ausgegangen. Aber er hatte sich einverstanden erklärt, am Samstag zur Sext in den Beginen-Konvent zu kommen, um an der Aufklärung des Mordes an seinem Adlatus Jean de Champol mitzuwirken. Nur – de Lipa glaubte inzwischen,

Jean wäre eines natürlichen Todes gestorben, und er war auch nicht bereit, die Anschuldigung der Giftmischerei zu wiederholen. In Wut und Trauer habe er diese unbedachte Äußerung getan. Aber hier hatte Bruder Johannes mehr Argumente vorzubringen. War es dem jungen Mann nicht zunächst besser gegangen? War er nicht sogar bereit gewesen, am Dienstag wieder seine Arbeit im Lagerhaus aufzunehmen? Und war nicht erst, als die Beginen ihn besuchten, die dramatische Verschlechterung eingetreten? De Lipa musste ihm Recht geben, er selbst hatte Jean am Morgen seines Todestages verbieten müssen, das Bett zu verlassen, und ihm befohlen, sich noch ein paar Tage zu schonen. Er musste auch zugeben, dass er wie vom Donner gerührt war, als die Magd ihn am Nachmittag zu Jeans Krankenlager rief. Es traf auch zu, dass die Begine Almut eine lange Zeit ganz alleine mit dem Leidenden im Zimmer verbracht hatte. Befriedigt bemerkte der Inquisitor, wie sich Zweifel in dem Gesicht des Weinhändlers abzeichneten. Mit beredten Worten vertiefte er diese, ohne sich an dem ungläubigen Schweigen der Meisterin und dem nachdenklichen Stirnrunzeln des Benediktiners zu stören.

»Alles sehr einleuchtend, Bruder Johannes«, hatte de Lipa gesagt. »Aber warum sollte sie ihn umbringen?«

»Warum bringt eine Frau einen jungen, gut aussehenden Mann um? Gebt die Sünderin in meine Obhut, und wir werden schon bald wissen, welche dunklen Absichten sie dazu bewogen haben.«

Doch Bruder Johannes' Wunsch sollte nicht in Erfüllung gehen. Pater Ivo mischte sich ein. Natürlich, diese verweichlichten Ordensbrüder des heiligen Benedikt hatten keinen rechten Biss, wenn es darum ging, einen Sünder zur Reue und Buße zu bewegen. Und zu allem

Überfluss bezweifelte er auch noch, dass die Begine Schuld am Ableben des Mannes trug. Er argumentierte blendend, das musste man ihm lassen. De Lipa wurde wieder schwankend und wollte die Anklage zurückziehen. Aber dann trat etwas ein, was dem Inquisitor als endgültiger Beweis für die Schuld der Giftmischerin diente. Vor der Tür des Refektoriums gab es ein typisch weibliches Gezeter, und schon wollte er die Meisterin anherrschen, dem Gegacker ein Ende zu bereiten, als er Worte vernahm, die ihm von größtem Interesse erschienen. Gebannt lauschte er den beiden Stimmen.

»Du hast nichts in meiner Apotheke zu suchen, Almut!«, keifte die eine. »Nicht schon wieder. Du richtest hier nur Schaden an!«

»Elsa, ich habe doch nichts durcheinander gebracht, sondern mir nur ein wenig Salbe für Claras Fuß genommen. Dagegen hast du doch früher auch nichts gehabt. Was ist nur los mit dir?«

»Ich traue dir nicht, Almut. Du hast Unheil über uns gebracht mit deinen Machenschaften!«

»Was soll das denn heißen? Du hast mich doch selbst gebeten, dir zu helfen. Du hast gesagt, du brauchst Hilfe, weil Trine nicht alles versteht.«

»Hilfe? Du bist keine Hilfe! Du verwechselst die Kräuter, du nimmst heimlich von meinen Arzneien, du verführst Trine dazu, ihre seltsamen Tinkturen zu brauen, und wer weiß, was du sonst noch hier angerichtet hast. Kein Wunder, dass man dich als Giftmischerin verdächtigt. Ich will jedenfalls nicht schuld daran sein, wenn jemand Schaden durch meine Mittel erleidet!«

In diesem Augenblick war die Meisterin aufgestanden und hatte um Ruhe gebeten. Bruder Johannes jedoch bestand darauf, die beiden Frauen sofort zu vernehmen, und so saßen Almut und Elsa ihm denn endlich gegenüber. Wenn er zu einer solchen Handlung fähig gewesen wäre, hätte er sich die Hände gerieben, denn die fette Apothekerin mit dem gehetzten Blick konnte gar nicht aufhören, die andere Begine aller möglichen Untaten zu bezichtigen. Diese saß verstockt schweigend daneben und hatte die Hände so fest gefaltet, dass die Knöchel weiß wurden. Das war eine Giftmischerin, wenn Bruder Johannes je eine gesehen hatte. Wenn auch trotzig und uneinsichtig. Aber dagegen würde man etwas tun können. Doch bevor er überhaupt eine Frage an sie richten konnte, nachdem die Apothekerin endlich alles gesagt hatte, was ihr auf dem Herzen lag, hatte dieser Benediktiner schon das Wort ergriffen.

»Hier, verehrter Bruder Johannes, haben wir eine mächtige Anschuldigung zu hören bekommen. Und so muss ich mich Euch anschließen und darauf bestehen, dass die Schuld oder Unschuld dieser Begine bewiesen wird. Was mag da geeigneter sein, als Gott, den gerechten Richter, selbst sprechen zu lassen? Sollte sie unschuldig an der Ermordung des Jean de Champol sein, dann wird sie das Gottesurteil unbeschadet überstehen. Bruder Johannes, lasst uns die Bahrprobe vornehmen. Der Ermordete soll morgen zur letzten Ruhe gebettet werden, und ich werde dafür sorgen, dass er in der Kapelle vor dem Altar aufgebahrt wird. Dort soll diese Begine den Leichnam, wie es der Brauch fordert, dreimal auf Knien umrunden und dabei dreimal seinen Namen rufen. Sie soll ihn küssen und laut zu Gott schwören, dass sie unschuldig ist. Als er starb, ist eine große Menge Blut aus seinem Mund geströmt. Wenn er wieder blutet oder die Beschuldigte nicht in der Lage ist, ihn zu rufen, zu küssen oder ihre Unschuld zu schwören, dann soll sie der Gerichtsbarkeit überantwortet werden.«

Das war nicht ganz das, was der Inquisitor im Sinn hatte, doch die Lösung hatte auch einige reizvolle Aspekte. Selbst wenn der Leichnam nicht mehr bluten sollte, das Bewusstsein ihrer Schuld und die öffentliche Bloßstellung würden schon dafür sorgen, dass der ketzerischen Begine kein Wort über die Lippen käme. Und damit hatte er sie in der Hand. Er stimmte zu und stellte seine Bedingungen. Nicht in der kleinen Friedhofskapelle, sondern vor dem Altar der Pfarrkirche, in der sie auch ihre ketzerischen Äußerungen getan hatte, sollte der Tote aufgebahrt werden. Während der Messe, vor allen Gläubigen, sollte diese junge Frau sich nackt und geschoren dem göttlichen Urteil stellen.

Die Anwesenden hörten ohne Regung zu, nur gegen eine Kleinigkeit protestierte die Meisterin. Die Haare solle man ihr nicht scheren, das gelte nur für überführte Verbrecher. Als Zeichen seiner Güte stimmte Bruder Johannes zu, dass die Begine erst nach dem Beweis ihrer Schuld geschoren würde.

14. Kapitel

Almut saß wie gelähmt auf der Bank in Magdas Zimmer. Die Meisterin hatte sie hierher geschickt, während sie nach Bruder Johannes' Abschied noch mit de Lipa und dem Benediktiner sprechen wollte. Die unterschiedlichsten Gefühle wollten sie überwältigen. Am schwersten wog jedoch nicht das Entsetzen über die bevorstehende Bahrprobe, sondern ihre Erschütterung über Elsas Anklage und Verrat. Außerdem war sie noch immer fassungslos, dass Pater Ivo sie plötzlich als Schuldige hinstellte und sie einer solch demütigenden Prozedur unterwarf.

Leise schloss sich die Tür, und Magda setzte sich neben sie.

»Da hast du einen guten Freund gefunden, Almut.«

»Ich? Wen?« Verbittert sah sie die Meisterin an. »Meinst du etwa diesen scheinheiligen Benediktiner?«

»O ja, den meine ich. Weiß du nicht, dass er dich vor sehr viel Schlimmerem bewahrt hat, als nur einen Toten zu küssen?«

»Nackt, mit offenen Haaren, vor der ganzen Gemeinde!«

»Und eine gute Freundin auch, Almut. Sonst hättest du noch nicht einmal die Haare!«

»Ihr seid alle wahnsinnig. Ich habe den Jungen nicht umgebracht. Glaubt mir denn gar keiner mehr?«

»Doch, Almut, wir glauben dir. Sonst hätte Pater Ivo

dieses Gottesurteil nicht vorgeschlagen, und ich hätte nicht zugestimmt.«

Magda, die normalerweise sehr zurückhaltend war, beugte sich vor und nahm Almuts kalte Hände in die ihren. »Hör zu, Almut. Du bist eine tapfere Frau, und ich habe tiefstes Vertrauen zu dir und deinen Fähigkeiten, mit dieser Prüfung fertig zu werden. Du hast dir außer ein paar vorlauten Worten nichts vorzuwerfen. Du wirst mit großer Würde und Gelassenheit diese Posse über dich ergehen lassen. Denk immer daran, dass Bruder Johannes auch andere Methoden zur Verfügung hat, um ein Geständnis zu erlangen. Damit er die nicht ins Spiel bringen konnte, hat Pater Ivo auf dem Gottesurteil bestanden. Bedenke doch, es hat wenigstens den Vorteil, dass es auch die Unschuld beweist. Danach sind wir mit etwas Glück den Inquisitor endgültig los.«

»Hoffentlich. Mein Gott, was ist nur in Elsa gefahren? Sie hat mich ja nicht nur der Quacksalberei und des Missbrauchs gefährlicher Substanzen beschuldigt, sondern mich sogar in den Verdacht der Zauberei gebracht. Wenn nur dieser grässliche Dominikaner das wirre Gerede überhört hätte.«

»Ich weiß nicht, was Elsa so aufgebracht hat. Sie sagt mir nichts, aber ich spüre, dass sie vor Angst außer sich ist. Wenn sich die Lage etwas beruhigt hat, werde ich mich noch einmal eingehend mit ihr unterhalten.«

»Man könnte fast den Verdacht haben, sie verheimlicht etwas«, stellte Almut sinnend fest. »Wenn sie mir nun ein falsches Mittel oder ein falsch zusammengestelltes mitgegeben hat. Oder vielleicht sogar am nächsten Tag noch ein zweites bei de Lipa vorbeigebracht hat...«

»Das Schwein hat glücklich überlebt, nachdem es

einen Tag lang selig geschlummert hat. Der Hustensaft ist nicht schädlich.«

»Richtig. Aber ein zweites Mittel?«

»Warum sollte sie das getan haben?«

»Weil sie mir misstraute, weil sie vergessen hatte... Ach was, ich fange schon an, Gespenster zu sehen. Das Fläschchen war noch in Jeans Zimmer, als er starb, und Thea hat bestätigt, dass es Hustensaft enthielt!«

»Halt ein, Almut! Mir ist gerade etwas eingefallen.«

Magda fuhr sich mit dem Finger lockernd durch das straffe Gebände, während sie nachdachte.

»Wusstest du, dass de Lipa dem Jungen noch am Dienstagmorgen gesagt hatte, er solle im Bett bleiben und sich schonen. Aber der fühlte sich gut genug, sein Tagewerk wieder aufzunehmen. Also kann in der Nacht zuvor nichts passiert sein, was zu seinem Tod geführt hat. Das muss im Laufe des Tages geschehen sein. Hilft uns das eventuell weiter?«

»Vielleicht. Wer immer ihn vergiftet hat, muss es im Hause der de Lipas getan haben. Oder er ist auch während dieser Zeit noch irgendwo anders gewesen. Das müsste man herausfinden.«

»Ich fürchte, Almut, bis morgen finden wir da nichts heraus. Und danach mag es herausfinden, wer will. Überlegen wir gemeinsam, wie wir das Schauspiel morgen überstehen.«

Es war am Sonntagmorgen noch immer kühl und trübe, und die Beginen hatten sich geschlossen in ihre weiten grauen Umhänge gehüllt. Dies hätten sie aber auch getan, wenn die Sonne heiß vom Himmel gebrannt hätte. Schützend hatte die Gruppe Almut in die Mitte genommen und sie in die Kirche geleitet. Es hatte sich selbstverständlich wie ein Lauffeuer herumgesprochen, dass an diesem Tag ein Gottesurteil stattfinden sollte, und die kleine Kirche von St. Brigiden war so voll, dass man kaum stehen konnte.

Auch wenn sich Almut keiner Schuld bewusst war, so konnte sie die Beklommenheit und Angst nicht abschütteln, die sich ihr wie ein eiserner Reif um das Herz legten. Sie hatte beinahe die ganze Nacht auf Knien verbracht, hatte darum gebeten, nicht zu versagen – nicht zu stolpern, nicht zu stottern, die Worte nicht zu vergessen, die sie sagen musste, und sich um Himmels willen nichts aus den Blicken zu machen, die ihren nackten Körper und ihre gelösten Haare verschlingen würden. Denn die kleinste Unsicherheit würde ihr der Dominikaner als Schuldbekenntnis auslegen. Sie wusste zwar, dass ihre Mitschwestern ihr beistünden, so gut es ging, und sie zu schützen versuchten, aber gegen das Gefühl der Demütigung konnten sie ihr nicht helfen. Der Fortgang der Messe drang kaum in ihr Bewusstein, wie mechanisch flüsterte sie leise einen Rosenkranz nach dem anderen vor sich hin, ohne den Worten Bedeutung zu schenken. Schließlich war es so weit, sie musste ihre Kleider ablegen und das Haar lösen. Ihre Schwestern bildeten einen engen Kreis um sie und schützten sie so lange wie möglich vor den gierigen Blicken, während sie die Schuhe aufband, das graue Obergewand ablegte, die Nesteln des weißen Unterkleides mit zitternden Fingern löste und schließlich mit steifem, starrem Gesicht ihr Gebände und den Schleier ablegte. Die Haare darunter hatte sie aufgesteckt, und Magda selbst half ihr, die Flechten zu entwirren und sie über ihre Schultern auszubreiten.

»Kind, du bist tapfer!«, flüsterte sie ihr ins Ohr. »Wir beten für dich!«

Es war ein langer Weg durch die Kirche bis zum Altar, wo der Leichnam des jungen Mannes aufgebahrt lag. Sie wusste, dass Magda und Thea sich dicht hinter ihr hielten, aber ihre Knie zitterten, und sie war blass und verkrampft, als sie die ersten Schritte tat.

»Maria, hilf!«, flehte sie in Gedanken. »Ich darf nicht zögern!«

Der Steinboden war kalt unter ihren Füßen, und das Geraune und Geflüster rechts und links von ihr schwoll immer weiter an.

»Da geht die Mörderin!«

»Unzucht soll sie mit ihm getrieben haben, und als er sie abwies, hat sie ihn kaltblütig vergiftet.«

»Geheimnisvolle Mittel soll sie angewendet haben. Vielleicht waren ihre Liebestränke tödlich.«

»Die Schuld steht ihr ins Gesicht geschrieben!«

»Und nicht nur dahin!«

Schmähende und rohe Bemerkungen trafen auf Almuts Ohren, Vermutungen, Unterstellungen und Häme. Abschätzige Feststellungen zu ihrem Körper wurden laut, und hässliche Schimpfworte trafen sie wie vergiftete Pfeile. Sie biss die Zähne zusammen, bis sich ihr Kiefer verkrampfte, und wagte nicht, den Blick vom Boden zu heben. Ihre Kehle war so zugeschnürt und ihr Mund so trocken, dass sie voller Entsetzen fürchtete, keinen einzigen Ton herauszubringen.

»Maria, hilf!«, flehte sie in Gedanken. »Hilf mir, Maria!«

Und in dem Augenblick, als sie kurz davor war, in Panik umzukehren und davonzulaufen, hörte sie eine bekannte Stimme neben sich sagen: »Kopf hoch, Schwester!«

Mit verstörtem Blick sah sie auf. Zuerst glaubte sie an

ein Trugbild. Die Gestalt in dem blauen Gewand trug das Gesicht ihrer Marienstatue. Doch gleich darauf erkannte sie Aziza, die eben einen Blumenkranz von ihrem Kopf nahm, den Schleier herunterriss und die langen Haare ausschüttelte. Dann wurde ihr etwas in die Hand gedrückt.

»Setz ihn auf, Schwester! Dann ist dein Haupt nicht unbedeckt!«

Verdutzt sah Almut auf den Kranz aus Margeriten, weißer Zaunwinde und dunkelrosa Heckenrosen. Mit zitternden Händen setzte sie ihn sich auf den Kopf, und in diesem Augenblick fiel die Panik von ihr ab. Die Begegnung hatte nur einen Lidschlag lang gedauert, und doch wurde ihr Blick jetzt wieder klar, und der Krampf in ihrem Hals löste sich. Sie straffte ihre Schultern und atmete tief ein. Dann schüttelte sie die Haare, die ihr in schimmernden Wellen bis über die Hüften fielen und sich wie ein schützender Umhang anfühlten. Das aufbrandende Raunen in der Kirche beachtete sie nicht. In hoheitsvoller Haltung schritt sie auf den Altar zu und nahm jetzt auch ihre Umgebung wahr. Da stand rechts von der Bahre der Dominikaner, dessen blendend weiße Kutte im gedämpften Licht der Kirche leuchtete. Er sah ihr mit einem hungrigen Blick entgegen, der sie stärker abstieß als die gehässigen Bemerkungen der Masse. Sie blickte ihm direkt in die Augen, und in ihrem Gesicht zeichnete sich eine solche Verachtung ab, dass er die Lider senkte. Etwas weiter hinten entdeckte Almut den dicken Notker, der seine Umgebung offensichtlich völlig vergessen hatte. Mit offenem Mund starrte er sie an; vor lauter Gier rann ein Speichelfaden über sein feistes Kinn. Pater Ivo stand ebenfalls an der Bahre, doch er hielt seine Augen auf die Hände gesenkt, die in den weiten Kuttenärmeln steckten. Almut nahm noch mehr wahr. Sie erkannte auch ihren Vater in der Menge vor der Bahre. Er hatte einen vor Verlegenheit hochroten Kopf und wusste nicht, wohin er schauen sollte. Ihre Stiefmutter Barbara hatte die Hände fest gefaltet an die Lippen gehoben, aber sie sah ihr in die Augen und nickte ihr ermutigend zu. Sie entdeckte Hermann de Lipa, dessen Blick sie kühl und ohne Interesse streifte, und Dietke, die sie geradezu abschätzend begutachtete.

Sie hatte den Altar erreicht, vor dem Jean de Champol aufgebahrt lag. Es war still geworden in der Kirche. Alle erwarteten mit Spannung den Ausgang der Begegnung. Würde Blut fließen? Würde die Sünderin ihre Tat bekennen? Würde sie vor Entsetzen und Schuld zusammenbrechen?

So, wie es bestimmt worden war, ließ Almut sich vor der Bahre auf die Knie nieder und begann die drei Runden um sie herum zu rutschen. Der Steinboden war rau, und sie rieb sich die Knie wund, aber mit lauter Stimme rief sie bei jeder Umkreisung den Namen des Toten. Dann erhob sie sich und trat zu dem aufgebahrten Leichnam. Ein süßlicher, ekliger Verwesungsgeruch umgab ihn, doch als sie ihn ansah, wurde Almut von tiefem Mitleid gepackt. Jean de Champol lag mit geschlossenen Augen auf dem Polster, seine schwarzen Locken ringelten sich zu beiden Seiten seiner Wangen, und er sah ruhig und sanft aus. Ein schöner Junge, der das Versprechen, ein anziehender Mann zu werden, nicht mehr einlösen konnte. Mit unbewusster Anmut beugte Almut sich über ihn und flüsterte: »Wäre es anders gekommen, Jean, dann hätte mir dies sogar Freude bereitet!«

Sacht küsste sie die kühlen Lippen und trat zurück. Von ihren Haaren nahm sie vorsichtig den Blütenkranz herunter und legte ihn über die auf der Brust gefalteten Hände des Toten. Dann sah sie auf.

In diesem Moment sah sie etwas, das sie beinahe ihre Haltung hätte verlieren lassen. Denn hinter dem Weinhändler war eine dunkle Gestalt aufgetaucht. Ein Mann, ganz in Schwarz, mit dunklen Locken. Im ersten Moment glaubte sie, Jean dort zu sehen, doch dann erkannte sie den Fremden wieder, der in Rigmundis' Vision angekündigt worden war. Er sah weder rücksichtsvoll zu Boden, noch starrte er sie wollüstig an. Er betrachtete sie mit aufmerksamer Bewunderung.

Schnell sah Almut fort und besann sich auf den letzten Teil ihrer Aufgabe. Mit der Stimme, die sie sich unter hämmernden und brüllenden Steinmetzen auf ihres Vaters Baustellen angewöhnt hatte, verkündete sie für alle vernehmlich: »Ich, Almut Bossart, schwöre bei Gott dem Herren, Jesus, seinem lebendigen Sohn, und dem Heiligen Geist, dass ich Jean de Champol nicht getötet habe. Ich schwöre bei Maria, der heiligen Jungfrau, der Königin des Himmels und barmherzigen Mutter, dass ich schuldlos an seinem Tod bin. Ich schwöre es bei allem, was mir wert und lieb ist, dass ich unschuldig bin!«

Ihr Schwur hallte noch in den Gewölben wider, als Pater Ivo an die Bahre trat und mit ebenso lauter Stimme bekannt gab: »Der Leichnam hat nicht geblutet, die Beschuldigte hat die Bedingungen erfüllt, mit denen Gott zum Urteil aufgerufen wurde. In seiner Weisheit und Güte hat er uns bewiesen, dass sie schuldlos ist am Tod des Jean de Champol. Lasst uns beten!«

Ein langer, weiter Umhang umhüllte sie, und die Beginen bildeten wieder einen dichten Ring um sie.

»Gut gemacht!«, flüsterte Clara. »Aber wer war die Verrückte mit dem Kranz?«

»Psst!«

Almut war sich nicht sicher, ob sie je wissen würde, wer sie wirklich war.

Bruder Johannes ignorierte mit der Macht der Gewohnheit seinen schmerzenden Magen, doch es kostete ihn heute mehr Willensstärke als üblich. Wenn auch die Bahrprobe nicht so ausgegangen war, wie er es erhofft hatte – Pater Ivo möge in der finstersten Hölle schmoren! –, so hatte er doch ein weiteres belastendes Indiz gefunden. Jean de Champol war beerdigt worden, und er hatte sich den de Lipas angeschlossen, um ihnen seinen geistlichen Beistand anzubieten. Auch Pater Ivo hatte das tun wollen, aber ein einsichtiger Gott hatte einen Boten geschickt und ihn zu seinem Prior beordert, um Nachrichten vom Erzbischof entgegenzunehmen. Die Unterredung mit der Dame des Hauses hatte sich gelohnt, sie hatte noch ein Gewissen, das unter der Androhung von Höllenstrafen zuckte. Und als es zur Vesper läutete, machten sich Bruder Johannes, der Weinhändler und seine bleiche Gemahlin noch einmal auf den Weg zum Eigelstein, um die verstockte Begine endgültig des Mordes zu überführen.

Die Beginen saßen im Refektorium und genossen das Vespermahl, das Gertrud zubereitet hatte. Einzig Elsa nahm nicht an dem Essen teil, Magda hatte ihr schon am Tag zuvor befohlen, in ihrem Haus zu bleiben und zu schweigen, bis sie diese Strafe aufhob.

Almuts Appetit war wiedergekehrt, und sie nahm sich noch eine zweite Portion des wirklich ausgezeichneten Rebhuhns. Die Stimmung war gelöst, seit der belastende Vorwurf aus der Welt geräumt worden war, und obwohl Clara nach dem Essen eine erbauliche Märtyrerinnengeschichte vorlas, wurde hier und da sogar leise gelacht.

Die Stimmung schlug um, als eine der Mägde eintrat und ankündigte, dass Bruder Johannes Deubelbeiß mit den de Lipas am Tor Einlass forderte.

»Was wollen die denn jetzt noch hier?«, fragte Clara empört.

»Na, bestimmt nicht um Verzeihung bitten!«, vermutete Thea zu Recht.

Magda schüttelte den Kopf und zuckte mit den Schultern.

»Wir können sie schlecht vor dem Tor stehen lassen. Hören wir uns an, was sie zu sagen haben. Aber ich bitte euch um äußerste Besonnenheit.«

Die drei Besucher wurden in das Refektorium geführt und gebeten, Platz zu nehmen. Der starke Essensgeruch, der noch in der Luft hing, verursachte Bruder Johannes Qualen, und sein Gesicht färbte sich grünlich. Aber dennoch gelang es ihm, sein Anliegen in kurzer und deutlicher Form vorzutragen.

»Es hat sich das Gift gefunden!«

Ein Stöhnen ging durch die Gruppe, als er das Glasfläschchen vor sich auf den Tisch stellte.

»Gebt Ihr zu, dass dieses Behältnis aus Eurem Haus stammt?«, fragte er in die Runde.

»Derartige Fläschchen gibt es viele, Bruder Johannes!«

Magda war nicht bereit, irgendetwas kampflos zuzugeben, doch Bruder Johannes sah sie scharf an.

»Holt mir die Apothekerin, ich sehe sie nicht unter

Euch. Sie wird sich erinnern können, worin sie ihre Mittel abfüllt.«

Da sich Elsas Verhalten bei der letzten Begegnung mit dem Inquisitor als äußerst belastend dargestellt hatte, lag der Meisterin nichts ferner, als sie ein zweites Mal zu einer Aussage zuzulassen. Sie sah zu Almut, und die verstand diesen Blick sofort.

»Das erübrigt sich. Ich selbst habe dieses Krüglein zu de Lipa gebracht. Es enthielt eine heilsame Hustenarznei, kein Gift!«

»Das behauptet Ihr. Dann werdet Ihr jetzt vor Zeugen den Inhalt dieses Gefäßes zu Euch nehmen.«

Schweigend starrte Almut den Dominikaner an. Wenn irgendjemand im Hause de Lipa ein Gift in den Hustensaft gemischt hatte, dann war das jetzt ihr Todesurteil.

»Das könnt Ihr nicht verlangen!«, herrschte Magda den Mönch an. »Ihre Unschuld wurde heute in der Kirche vor Gott selbst bewiesen. Ihr habt kein Recht, weitere Forderungen zu stellen!«

»Wenn sie unschuldig ist – wie Ihr sagt – dann wird sie an dem harmlosen Hustenmittel – wie Ihr meint – ja keinen Schaden nehmen!«

»Wer kann uns gewährleisten, dass es wirklich die ursprüngliche Arznei ist, die sich darin befindet?«, fragte Magda und deutete auf das Fläschchen. »Es ist durchaus möglich, dass andere etwas Schädliches hineingemischt haben!«

»Wie kann Gift darin sein, wenn Jean de Champol eines natürlichen Todes gestorben ist? Davon seid Ihr doch überzeugt, oder?«

Gleichzeitig fuhr de Lipa auf: »So ist also Jean wahrhaftig vergiftet worden. Ihr gebt es zu!«

Magda biss sich auf die Lippen. Sie hatte mehr gesagt, als sie wollte.

»Er ist vergiftet worden, aber nicht durch die Arznei, die ich ihm gebracht habe!«, sagte Almut nüchtern, denn es gab nun keine Möglichkeit mehr, Unwissenheit vorzuschützen.

»Dann beweist es uns, indem Ihr sie zu Euch nehmt!«

»Warum sie?«, begehrte Magda auf. »Fangt einen der herrenlosen Streunerhunde ein und probiert es an ihm aus!«

»Auf ein Tier mag die Wirkung eine andere sein als auf einen Menschen. Trinkt sie aus und beweist, dass Eure Behauptung stimmt und die Arznei harmlos ist.«

Thea, die Bruder Johannes am nächsten saß, betrachtete das Fläschchen.

»Es ist noch mehr als halb voll. In dieser Menge wird sie auch ohne giftige Beigaben schädlich sein! Zwei Löffel voll, das ist die übliche Dosis, die für den Menschen hilfreich ist!«

»Ein Gift. Ihr bestätigt es!«

»Kein Gift, solange die Dosierung stimmt.«

»Wie viel hat denn der Verstorbene davon eingenommen?«

Magda richtete die Frage an die beiden de Lipas, die bisher schweigend dabeigesessen hatten. Der Weinhändler schien sich nicht besonders wohl in seiner Haut zu fühlen, und auch Dietke saß mit gesenkten Augen und äußerst kleinlaut neben ihm.

»Ich gab ihm am Sonntag zwei Löffel davon, und er sank in einen ruhigen Schlaf. Am Montag nahm er am Morgen einen Löffel voll und noch einen am Abend. Auch am Dienstag in der Frühe nahm er auf meinen Rat hin noch einen Löffel von diesem Saft. Also insgesamt fünf Löffel voll.«

»Wo habt Ihr eigentlich das Fläschchen gefunden, Bruder Johannes? Als ich Jeans Leichnam wusch, war es nicht mehr in seinem Zimmer!«, fragte Thea dazwischen.

»Meine Frau hatte es an sich genommen!«, antwortete de Lipa kurz, und Thea betrachtete es eingehend.

»Und Ihr habt nichts davon zu Euch genommen?«

Dietke schüttelte ohne hochzusehen stumm den Kopf.

»Die Menge kann stimmen. Unsere Apothekerin war der Meinung, dass ungefähr zehn bis zwölf Löffel, verteilt über fünf Tage oder eine Woche, ausreichen sollten, um den Husten zu besiegen«, bestätigte Almut.

»Gut, dann werdet Ihr ebenfalls diese Menge zu Euch nehmen, und wir werden sehen, wie harmlos Euer Trank ist.«

»Nicht auf einmal!«, protestierte Magda, aber Almut zuckte nur mit den Schultern. Das Schwein hatte die doppelte Portion zu sich genommen und war dennoch am nächsten Tag aus seiner tiefen Bewusstlosigkeit wieder aufgewacht. Die Menge war nicht das Problem. Wenn ein giftiger Stoff dieser Medizin beigemischt worden war, dann würde schon ein Löffel voll davon zum Tode führen.

In das lastende Schweigen im Refektorium trat das taubstumme Mädchen. Sie hatte wieder in den Kräuterbeeten gearbeitet. Kittel, Hände und Gesicht waren von feuchtem Lehm verschmiert, und wieder einmal glich sie mehr einem Erdgnom als einem Menschen. Aber sie spürte die angespannte Atmosphäre und schnüffelte vernehmlich. Dabei sah sie sich aufmerksam um, und ihr Blick blieb schließlich voller Abscheu an dem Dominikaner hängen. Ein unartikulierter Laut entrang sich ihrer Kehle, und sie bewegte sich auf ihn zu.

»Was will diese Kreatur hier?«, verlangte Bruder Johannes zu wissen und rückte von dem schmutzigen Geschöpf weg. Er fürchtete um sein weißes fleckenloses Habit.

Almut stand auf und nahm Trine an der Schulter, um sie nach draußen zu drängen, aber das Mädchen schüttelte nur vehement den Kopf.

»Verschwinde!«,herrschte der Inquisitor sie an. »Mach, dass du wegkommst!«

»Ihr braucht sie nicht anzuschreien, sie kann Euch nicht hören.«

»Was beherbergt Ihr hier nur für Missgeburten! Schickt dieses Geschöpf fort!« Er musterte Almut scharf, die jetzt schützend den Arm um Trines Schulter gelegt hatte. »Oder«, er nickte, zufrieden mit seinem Einfall, »gebt diesem Monstrum die Medizin zu trinken. Wenn es ein Gift ist, richtet es keinen großen Schaden an. Damit solltet Ihr doch einverstanden sein!«

Almut war die Erste, die sich von der allgemeinen Sprachlosigkeit erholte und den Inquisitor anfauchte.

»Was seid Ihr nur für ein Christenmensch? Habt Ihr noch nie etwas von Barmherzigkeit gegen die Gebrechlichen und Schwachen gehört? Dieses Kind hier mag taub und stumm sein, aber es ist allemal mehr Mensch, als Ihr es seid! Es ist ein unschuldiges Geschöpf Gottes, es fühlt und leidet wie jeder andere.«

Almut bebte vor Wut, und als der Inquisitor kalt erwiderte: »Dann trinkt Ihr!«, nickte sie nur.

»Ich werde den Inhalt dieser Flasche trinken. Und sollte sich ein Gift darin befinden, so werden alle Anwesenden Euch des Mordes bezichtigen, Bruder Johannes. Auch Ihr, Hermann de Lipa, und Ihr, Frau Dietke, werdet Euch dafür verantworten müssen, wenn ich dadurch zu Tode komme!«

Dietke schaute erschrocken auf, als sie ihren Namen hörte. Sie wirkte noch immer verstört und blass. Eindringlich sah sie Almut an. Irgendetwas schien sie sagen zu wollen, schluckte dann jedoch nur und senkte wieder den Blick.

»Ich bitte Euch, Meisterin, schickt Nachricht an meine Eltern. Und vielleicht könnt Ihr auch Pater Ivo bitten, herzukommen«, sagte Almut, die sich plötzlich der Gefahr bewusst wurde, die sie eingehen würde.

Magda rief die Mägde herein und gab ihnen kurze Anweisungen. Mit großen Augen eilten die drei davon.

»Nicht nur deine Angehörigen und den Pater werden sie verständigen, Almut, auch meinen Bruder will ich benachrichtigen. Es soll an einflussreichen Zeugen nicht mangeln.«

»Weder von der Harmlosigkeit des Mittels noch von der Unschuld dieser Frau scheint Ihr jetzt noch überzeugt zu sein«, stellte Bruder Johannes mit Genugtuung fest. »Ich denke, Begine, Ihr werdet jetzt mit mir beten wollen.«

»Den Teufel werde ich tun, Bruder Johannes. Lieber schmore ich für Ewigkeiten in der Hölle, als in Eurer Gemeinschaft zu Gott und der heiligen Jungfrau zu sprechen.«

»Ihr flucht, gottverlorene Sünderin! Selbst in Eurer letzten Stunde noch!«

»Ich mag eine Sünderin sein, denn wer ist schon ohne Sünde. Aber ich bin nicht gottverloren, und ich bin unschuldig am Tod des Jungen. Und nun lasst mich alleine!«

Almut verließ die Versammlung und eilte in ihre Kammer. Dort ließ sie sich vor der Marienstatue auf die Knie fallen und betete.

15. Kapitel

Sub tuum praesidium confugimus, sancta Dei genetrix… Unter deinen Schutz und Schirm fliehen wir, o heilige Gottesgebärerin; verschmähe nicht unser Gebet in unseren Nöten«, flehte sie, und die Tränen liefen ihr über die Wangen. »Was habe ich getan, heilige Mutter, dass ich so gestraft werde? Ich habe doch nur das Kind verteidigen wollen. Ich konnte doch nicht zulassen, dass Trine zum Opfer dieses Fanatikers wird. Aber wenn Gift in der Flasche ist, so werde jetzt ich sterben. Barmherzige Jungfrau, schütze mich. Ich will noch nicht sterben.«

Ihr versagte die Stimme, und schluchzend lag sie, die Hände vor das Gesicht geschlagen, auf dem Boden. Es gab keine Gedanken mehr, die sie in Worte fassen konnte, es gab nur noch Angst und Elend. Sie wusste, es gab keinen Ausweg für sie. Vielleicht sollte sie fliehen, aber wohin hätte sie sich wenden können, ohne andere in Gefahr zu bringen? Ihre Flucht wäre für den Inquisitor nur ein weiterer Grund, sie zu verfolgen. Er hatte das Ergebnis der Bahrprobe nicht anerkannt, er würde sie weiter in seinen verdrehten Gedankengängen für schuldig befinden. In der tiefsten Verzweiflung versiegten sogar Almuts Tränen, und trockenen Auges blickte sie zu der Bronzestatue empor.

»Himmlische Königin, gebenedeite Jungfrau, erste Mutter, ich bin in größter Not. Hilf mir, Maria!«

Das ruhige, sanfte Gesicht unter dem seltsamen Heiligenschein zwischen den Hörnern, der jetzt ein strahlendes Kreuz trug, zeigte keine Regung. Doch Almut erinnerte sich plötzlich an ihren andern, den alten Namen und flüsterte tonlos: »Isis! Hilf mir.«

Dann legte sie wieder den Kopf auf die Hände und überließ sich dem Zittern, das sie gepackt hielt. Und da tauchte eine Erinnerung vor ihrem inneren Auge auf. Eine blau gewandete Gestalt erschien ihr, die ihr ermutigend zurief: »Kopf hoch, Schwester!«

Das Zittern ließ nach, und langsam kam Almut auf die Knie. Sie hob den Kopf und sah aus dem Fenster. Die Wolkendecke, die den ganzen Tag die Sonne verhüllt hatte, war aufgerissen. Ein gleißender Sonnenstrahl fiel durch das Fenster und ließ Staubteilchen wie Goldflimmer in der Luft tanzen. Die Mariengestalt hob sich schwarz und scharf konturiert vor dem hellen Licht ab.

»Es kann auch sein, dass Jean auf andere Weise vergiftet worden ist. Dann ist die Arznei wahrhaftig harmlos. Ja – die Möglichkeit besteht natürlich auch. Ich werde diese Prüfung auf mich nehmen, Maria, denn ich weiß, dass deine Gnade mich umgibt wie ein schützender Mantel.«

Mit dem kalten Wasser in ihrer Waschschüssel wischte Almut sich das Gesicht ab und richtete ihre Kleider. Dann verließ sie ihr Haus und ging hoch erhobenen Hauptes zum Refektorium, wo die Versammelten schweigend auf sie warteten.

16. Kapitel

Ich bin bereit, den Arzneitrunk zu nehmen«, sagte sie zu Bruder Johannes mit fester Stimme. »Doch zuvor will ich noch einige Dinge mit der Meisterin regeln!«

»Ich werde einen Rosenkranz beten, für diese Zeitspanne mögt Ihr miteinander besprechen, was notwendig ist.«

Magda erhob sich, und Almut folgte ihr die Treppe hinauf in ihr Zimmer.

»Ich hoffe, Pater Ivo kann sich von seinen Pflichten befreien und vorbeikommen. Vielleicht wüsste er noch einen Rat«, sagte Magda, als sie die Tür hinter ihnen schloss.

»Vielleicht. Aber es ist sehr gut möglich, dass der Hustensaft nicht vergiftet ist, Magda. Und ich werde auch an der Dosis nicht sterben. Aber es kann sein, dass ich, wie unser Schwein, benommen werde und nicht weiß, was ich tue. Bitte achtet darauf, dass ich den Mund halte. Am besten sperrt Ihr mich ein und bewacht mich.«

»Almut! Du nimmst eine große Gefahr auf dich. Ich weiß nicht, ob wir es hätten abwenden können, wenn dieser gottverfluchte Johannes nicht Trine bedroht hätte. Egal was passiert, Almut – für deinen Großmut werden wir dir immer dankbar sein. Und soweit wir dich schützen können, werden wir alles tun, was möglich ist.«

Magda nahm Almut in die Arme und drückte sie an sich. Dann gingen sie beide nach unten.

»Gebt mir das Fläschchen, Inquisitor!«

Bruder Johannes murmelte einige Worte und schob dann mit spitzen Fingern das kleine Glasgefäß über den Tisch. Almut wollte es gerade ergreifen, als eine schmutzige Hand dazwischenfuhr. Trine hatte die Flasche an sich gerissen und sich geschwind dem Zugriff des Inquisitors entzogen. Geschickt entkorkte sie das Krüglein und hielt es sich unter die Nase, wobei sie den Inhalt leicht schwenkte. Dann reichte sie es mit einem breiten Grinsen Almut, machte eine trinkende Bewegung und torkelte dann aus dem Raum.

»Seht zu, dass die Idiotin draußen bleibt!«, zischte Bruder Johannes mit hasserfülltem Blick auf Trine, die sich noch einmal genüsslich am Türpfosten schubberte.

Almut aber hatte diese kleine Pantomime das Herz erleichtert. Auf den Geruchssinn der Kleinen konnte sie sich verlassen, und da sie nichts Fremdes in der Arznei wahrgenommen hatte, hoffte sie nun wirklich, außer einem langen tiefen Schlaf keine üblen Folgen erwarten zu müssen. Beherzt setzte sie das Fläschchen an die Lippen und trank. Es schmeckte süß nach Honig und herb nach Kräutern, vor allem aber schmeckte sie den Wein, mit dem alles gemischt worden war.

»Ich werde mich auf die Bank im Kräutergarten setzen und die Sonne genießen. Eine meiner Schwestern mag Wache bei mir halten. Oder auch meine Eltern oder der Priester, wenn er kommt.«

Mit großer Würde zog sich Almut, begleitet von Clara, zurück und wartete in der wärmenden Abendsonne darauf, dass die Wirkung der Droge einsetzte.

Sie ließ nicht lange auf sich warten, doch zunächst

nahm Almut das gar nicht wahr. Es schien nur allmählich alles, was ihr an diesem aufwühlenden und anstrengenden Tag geschehen war, in weite Ferne zu rücken. Nichts belastete sie mehr, und eine ungewöhnliche Leichtigkeit machte sich in ihr breit. Sie roch die blühenden Kräuter zu ihren Füßen, und nichts dünkte ihr je schöner als der Duft des Thymians, um den herum sich honigtrunken einige Bienen tummelten. Auch die Farben erschienen ihr leuchtender und intensiver als je zuvor. Das staubige Grün des Salbeis und seine purpurnen Blüten entzückten sie, die gelben Augen der weißblättrigen Kamillen schienen ihr zuzublinzeln, und das Blau des blühenden Steinquendels erfreute sie so sehr, dass ein seliges Lächeln ihre Lippen umspielte. Irgendwo unterhielten sich Menschen, wurden heftige und laute Worte gewechselt, ein empörter Aufschrei und ein wildes Grunzen ertönte, doch in ihrer beschaulichen Heiterkeit störte sie der Lärm wenig. Sie lauschte dem Summen der dicken Hummeln und dem Tirilieren einer Amsel, nahm ihren eigenen ruhigen Atem wahr und hörte dem Puls ihres Blutes zu. Ihr Körper fühlte sich schwer und entspannt an, und sie lehnte müde den Kopf gegen die Steinwand hinter sich. Ein wenig schloss sie die Lider, ließ die Bilder des Tages vorüberziehen, ohne sie jedoch einzufangen. Irgendwann stand Clara auf, und es setzte sich ein anderer neben sie und nahm ihre Hände in die seinen. Raue, harte, schwielige Hände. Die Stimme kannte sie, ja, aber die Augen mochte sie nicht öffnen. Wieder tauchte sie in ihre Erinnerungen ein und sah wieder die Gestalt in Blau vor sich, die ihr in der Kirche beigestanden hatte. Ihr Gesicht verschmolz wieder mit dem der Mariengestalt, und tiefe Freude erfüllte Almut.

»Sie hat mir geholfen!«, flüsterte sie leise.

»Wer hat dir geholfen, Tochter?«, fragte die Stimme neben ihr.

Doch ein Rest ihres nun schon sehr umnebelten Verstandes warnte sie davor, zu viel zu sprechen. Aber sie hob träge die Lider und erkannte ein vertrautes männliches Gesicht. Es verschwamm wieder, wurde plötzlich zu einem weiblichen Gesicht, und das war der Moment, in dem Almut alle Vorsicht vergaß und hemmungslos anfing zu kichern.

Es war ihr Vater, der die von Lachkrämpfen geschüttelte Almut schließlich in ihre Kammer trug, und seine Frau Barbara half Clara danach, die völlig schlaffe Gestalt zu Bett zu bringen. Sie erfuhren dabei Erstaunliches!

Mühsam öffnete Almut die Augen. Es war heller Tag, und jemand rief ihren Namen.

»Frau Barbara… O heilige Bibiane, ist mir schlecht!«

Geistesgegenwärtig reichte ihre Stiefmutter ihr die Waschschüssel, und als sich Almut anschließend erschöpft niederlegte, rief sie die Magd und ließ sich frisches Wasser und Wein bringen.

»Wie geht es dir, Almut?«

»Jetzt besser. Habe ich lange geschlafen?«

»Es hat eben zur Prim geläutet, es ist noch früh am Tag.«

»Ihr seht müde aus, Frau Barbara. Habt Ihr die ganze Nacht bei mir gewacht?«

»Abwechselnd mit deiner Freundin Clara.«

Almut setzte sich auf und trank den verdünnten Wein.

»Ich kann mich nicht an sehr viel erinnern, nur dass es sehr schön im Kräutergarten war. Erzählt mir, was geschehen ist!«

Barbara sah sie mit einem schiefen Lächeln an und musste dann plötzlich loslachen.

»Oh, du hast Verschiedenes versäumt. Deinen Vater, der beinahe den Weinhändler erwürgt hätte, zum Beispiel. Und dann dieses Schwein, das sich im Dreck gesuhlt hat und wie von einer Hornisse gestochen auf diesen Dominikaner losgegangen ist und seine schöne weiße Kutte über und über besudelt hat. Ich habe dieses schmutzige Mädchen im Verdacht, die Sau gegen ihn gehetzt zu haben. Jedenfalls wären wir den Inquisitor erst einmal los. Aber ich fürchte, er wird bald wieder auftauchen, um das Ergebnis seiner Machenschaften zu überprüfen.«

»Es wird ihm nicht gefallen.«

»Ja, aber jetzt kann er wirklich nichts mehr gegen dich unternehmen!«

»Hoffentlich. Habe ich auch nichts gesagt oder getan, das er mir als Ketzerei anhängen kann?«

»Nein, das nicht…«

Verdutzt sah Almut zu Barbara auf.

»Sondern?«

»Oh, du hast nur deinen Vater in unendliche Verlegenheit gebracht.«

»Ei wei, das wollte ich nicht. Was tat ich?«

»Nun, du hast ihn…« Barbara kicherte kopfschüttelnd vor sich hin. »Also, du hast etwas herausgefunden, was er mir so gerne verheimlicht hätte. Allerdings wusste ich ein Gutteil davon schon.«

»Ja, aber was denn?«

»Nun, du hast von einer jungen Frau namens Aziza gesprochen und festgestellt, dass sie eine gewisse Ähnlichkeit mit deinem Vater hat.«

In diesem Augenblick erinnerte sich Almut wieder an

die erstaunliche Erkenntnis, die sie im Rausch gehabt hatte.

»Meine Schwester Aziza«, gluckste sie vor sich hin.

»Ja, deine Halbschwester. Ich wusste, dass sich dein Vater, bevor er mich heiratete, eine Konkubine gehalten hat. Eine sehr schöne und kultivierte Maurin aus Cordoba. Von dem Kind ahnte ich etwas, habe ihn aber nie gefragt. Es war die Frau, die dir in der Kirche den Blütenkranz gereicht hat, nicht wahr?«

»Ja, das war Aziza. Ich selbst habe sie erst vor wenigen Tagen kennen gelernt. Als ich Euch besuchen kam.«

»Die Jungfrau in Nöten, ich verstehe. Weiß sie, wer du bist?«

»Ich glaube nicht. Schwester nennt sie mich nur, weil ich eine Begine und für sie damit so gut wie eine Nonne bin.«

»Wirst du es ihr sagen?«

»Vielleicht. Ich weiß es nicht. Auf jeden Fall bin ich ihr sehr dankbar.«

Almut setzte sich vorsichtig auf den Bettrand und begann, den langen Zopf aufzuflechten.

»Ich werde jetzt besser aufstehen und mich ankleiden. Hat sich übrigens Pater Ivo noch eingefunden?«

»Der Priester? Nein. Er hätte dir beistehen müssen, nicht wahr?«

»Ich hatte es gehofft. Nun ja, nicht auf alle kann man sich verlassen.«

Bruder Johannes hatte keine andere Möglichkeit, als seinen Verdacht gegen die Begine fallen zu lassen. Ungern, denn sie war trotz allem eine Sünderin, um deren Seelenheil zu ringen ihm Befriedigung verschafft hätte. Sie war so hoffärtig und stolz, so schwer zu brechen –

eine echte Anstrengung wert. Und sicher wäre es für ihn sehr verdienstvoll in den Augen des Herrn, hätte er sie zu Buße und Reue bekehren können. So aber hatte der Weinhändler in der Gegenwart aller darauf bestanden, sie als mögliche Verbrecherin auszuklammern, und ihn mit barschen Worten angefahren, wenn er sich denn schon um diese üble Geschichte kümmern wolle, dann solle er gefälligst den wahren Mörder finden. Auch der Ratsherr von Stave, Magdas Bruder, hatte ihn darauf hingewiesen, dass vor gerade mal einem Jahr der Rat der Stadt Köln sich bei Papst Gregor XI. über die unzulässigen Belästigungen durch einen Inquisitor der Dominikaner beschwert hatte. Dieser Inquisitor hatte Köln recht überstürzt verlassen müssen.

Überstürzt verließ Bruder Johannes den Beginen-Konvent zwar nicht, aber als zum wiederholten Mal das monströse Kind und die dreckige Sau quiekend und grunzend auf ihn zutrotteten, zog er sich doch recht eilig zurück. Auch de Lipa verließ die Beginen kurz darauf, mürrisch und in sich gekehrt.

»Er hat Ärger genug, und jetzt das noch – Mord im eigenen Haus. Das schlägt seinem Ehrgeiz tiefe Wunden!«, stellte Barbara fest, als sie sich verabschiedete. »Komm uns bald wieder besuchen, Almut. Du bist immer gerne gesehen!«

»Danke, Frau Barbara. Und tragt meinem Vater nichts nach.«

»Gewiss nicht. Es ist lange vergessen.«

Noch summte es im Konvent wie im Bienenstock, alle redeten miteinander, um die Aufregung der letzten beiden Tage zu bewältigen. Einzig Almut hatte wenig Lust, darüber zu sprechen. Sie zog sich ihren Arbeitskittel über und rührte einen Eimer Mörtel an, um weiter am Schweinestall zu bauen. Die Steine waren schwer und unhandlich, die Wand inzwischen höher als sie selbst, und als sie die letzte Reihe gemauert hatte, schmerzten ihr die Arme. Aber der größte Teil der Arbeit war getan. Als Nächstes galt es, das Dach aufzuschlagen, und sie nahm sich vor, ihren Vater zu bitten, den Beginen das Bauholz dazu zu spenden. Am Brunnen wusch sie sich Arme und Hände und wandte sich der Küche zu. Aus dem Backofen an der Außenwand stieg der verlockende Duft frischen Brotes auf, und mit knurrendem Magen rief Almut nach der Köchin.

»Hier bin ich.«

Kurz angebunden und sauertöpfisch wie immer stellte Gertrud ihr eine Schale Buchweizengrütze, Butter und Sahne auf den Tisch und knetete am anderen Ende weiter ihren Teig. Almut holte sich einen Becher mit Apfelwein dazu, doch als sie ihre Schüssel geleert hatte, war sie noch immer hungrig.

»Kann ich noch etwas Brot und Käse haben, Gertrud?«

»Mh. Hast ja geschuftet heut Morgen!«

Die Köchin stellte ihr ein Holzbrett mit warmem Roggenbrot und einen Kanten weichen, goldgelben Käse hin und legte zwei süße Wecken dazu.

»Danke, Gertrud. Aber die Wecken gibst du besser Trine.«

»Ist mit denen was nicht in Ordnung?«

»Nein, nein, sie sind wunderbar. Nur habe ich eine Buße auferlegt bekommen. Wegen der Ketzereien während der Messe!«

»Dann bist du billig davongekommen!«

Kauend nickte Almut und konnte schon wieder ein wenig über sich selbst lachen.

Gertrud knetete unablässig weiter, doch es schien, als betrachtete sie den zähen Teig als ihren Feind, den es zu würgen und zu zermalmen galt.

»Sag mal, bist du wütend auf mich? Die Brote bekommen ja blaue Flecken, wenn du sie weiter so bearbeitest«

Gertrud klatschte vier fertige Laibe auf das Blech und trug sie zum Ofen. Als sie wiederkam, setzte sie sich neben Almut und seufzte.

»Ich muss dir etwas sagen«, begann sie.

»Na, dann tu es.«

»Du bist böse auf Elsa, nicht wahr?«

Almut wusste, dass die Apothekerin und die Köchin sich schon sehr lange kannten. Aber darauf mochte sie jetzt keine Rücksicht nehmen.

»Sie hat sich ziemlich furchtbar verhalten. Sie hat mich beschuldigt, und sie hat mir Dinge unterstellt, von denen sie genau wusste, dass sie nicht wahr sind. Soll mir das gleichgültig sein?«

»Nein. Das nicht. Aber sie hat ihre Gründe dafür.«

»Was für einen Grund mag sie gehabt haben, mich dem Inquisitor auszuliefern? Also das musst du mir wirklich näher erklären!«

»Sie hatte Angst.«

»Die hatte ich auch!«

Gertrud knetete jetzt ihre bemehlten Hände und suchte nach Worten.

»Es ist nur, Almut, sie hat Angst.«

»Ja, das sagtest du. Wovor?«

»Vor dem Scheiterhaufen!«

»Wer hat davor keine Angst. Ist das ein Grund, andere diesem Schicksal auszuliefern?«

»Almut, sie hat als Mädchen ihre Mutter brennen

sehen und ihre Schwester. Ihre Mutter war ein heidnisches, zauberkundiges Kräuterweib, hieß es. Ihre Schwester, so alt wie Trine, war unschuldig. Elsa konnte sich retten. Sie versteckte sich im Wald, lebte monatelang wie ein Tier. Bis wir sie fanden. Sie hörte immer noch die Todesschreie ihrer Mutter und ihrer Schwester. Sie hört sie auch heute noch. Und dann tut sie solche Dinge, wie sie sie dir angetan hat. Aus Angst.«

»Heilige Mutter Maria!«

»Versuch, ihr zu verzeihen, Almut. Sie kann nicht anders.«

»Wer weiß noch davon?«

»Die Meisterin.«

Almut stand auf und legte der grauhaarigen Köchin die Hand auf die Schulter. Sie fühlte sich knochig und mager an.

»Danke, Gertrud. Ich werde es für mich behalten. Und in ein paar Tagen werde ich meine Wut wahrscheinlich überwunden haben.«

Gertrud nickte nur, drehte sich dann zu Almut um und fragte: »Auch keine Honigkuchen?«

»Davon hat der Priester nichts gesagt.«

»Dann nimm dir welche. Sie liegen in dem Tontopf dort und müssten jetzt langsam richtig gut sein.«

17. Kapitel

Wenngleich die Meisterin die Meinung vertrat, dass Almut sich jetzt nicht mehr um den Fall des ermordeten Jean zu kümmern habe, da ihre Unschuld nun endgültig bewiesen war, so konnte die Begine doch nicht verhindern, dass einige Fragen weiterhin unablässig an ihr nagten. Magda hatte kurzerhand abgelehnt, mit ihr weiter darüber zu diskutieren, und ihr reichlich Aufträge erteilt, die sie von diesem Thema ablenken sollten. So mussten zahlreiche Jahrzeiten eingehalten werden, und Almut verbrachte Stunden auf den Knien, um Fürbitte für verstorbene Stifter und Wohltäter des Konventes zu halten.

Es war Mittwochnachmittag, als sie von einem langen Aufenthalt am Grab eines vermögenden Webers aufstand, der den drei Seidweberinnen die Mitgift gestiftet hatte. Zwei von ihnen hatten sie begleitet, und auch Trine hatte sich ihnen angeschlossen, allerdings nicht, um zu beten, sondern um sich am Leben in der Stadt zu erfreuen. Almut hatte nach den Fürbitten noch keine Lust, in den Konvent zurückzukehren, und trennte sich mit Trine zusammen von den Weberinnen. Sie wollte durch das Weinpförtchen unterhalb von Groß St. Martin zum Rhein gehen, um das geschäftige Treiben dort zu betrachten.

Zu Trines Freude wählte Almut die belebteren Straßen und Plätze und schlenderte auch noch einmal über den Alter Markt mit seinen Buden und Karren, Krämern und Hökerinnen. An einem Stand mit Samthauben und bunten Bändern blieb Trines Blick begehrlich hängen, und auch der exotisch gekleidete Türke mit seinen Vogelkäfigen faszinierte sie, obwohl sie das Gezwitscher und Getriller nicht hören konnte. Die bunten Vögel hüpften und flatterten in ihren geflochtenen Gefängnissen wie lebendig gewordene Edelsteine. Eine Gewürzhändlerin hatte es dem Mädchen dann aber besonders angetan. Neugierig schnuppernd blieb sie stehen und ergötzte sich an dem Geruch von Sternanis und Nelken, Muskatblüten und Ingwerwurzeln und vielen anderen wirklich exotischen Gewürzen. Vor allem ein Topf mit getrockneten weißen Blüten hatte es ihr angetan, die süß und ein wenig bitter rochen. Verlangend zupfte Trine an Almuts Ärmel.

»Was das für Blüten sind, weiß ich nicht«, meinte die Händlerin. »Sie kommen jedenfalls von weit her aus dem Süden. Sie duften gut, doch wozu man sie verwendet, kann ich Euch nicht sagen. Sie waren in einer Lieferung kandierter Früchte dabei, und ich fand sie einfach sehr hübsch. Wollt Ihr sie haben?«

Almut handelte eine Weile mit der gewitzten alten Frau und bekam dann für ein paar Münzen den ganzen Topf. Trine strahlte über das ganze Gesicht und nahm das Gefäß fest in den Arm.

Anschließend wandte Almut sich in Richtung Rhein am Buttermarkt und am Fischmarkt vorbei, und sie erreichten das Weinpförtchen. So nannte man den Durchlass zwischen den eng stehenden Häusern, den alle auf Schiffen angelieferten Weinfässer passieren mussten. Hier wurden sie registriert und gezählt. Derzeit war es ruhig an der Pforte, hingegen wurden wenige Meter weiter an der Fischpforte gerade Fässer voller gesalzener Heringe mit lautem Gepolter entladen. Trine schnüffelte erfreut die vielfältigen Gerüche. Almut hingegen nahm auch die mannigfaltigen Geräusche wahr. Das Rufen der Schiffer, das Knarren der mächtigen Holzschiffe, der bulligen Oberländer mit dem hochgezogenen Heck, die den Rhein aufwärts befuhren, und der schweren Niederländer, die Richtung Holland reisten. Obwohl die Stadt Köln in der Acht war, scherte es offensichtlich niemanden, dass daraus ein Handelsverbot erwuchs. Ein buntes Sprachengemisch herrschte am Rheinufer, fast alle Dialekte der deutschen Sprache konnte man hören, aber auch Niederländisch, Fränkisch und die englische Zunge. Auch in vulgärem Latein und Italienisch wurde geschwatzt, geschrieen und geflucht.

»Komm, wir setzen uns ein wenig an den Bootssteg und sehen den Schiffen zu.«

Gemeinsam nahmen sie auf den warmen Holzplanken Platz und ließen die Beine baumeln. Almut genoss die Sonnenstrahlen und den Müßiggang. Ein gewaltiges Floß glitt langsam auf seinem Weg vom Schwarzwald nach Holland vorüber, zwei junge Männer in einem flachen Nachen fischten in der Nähe des Ufers, und von Deutz her kamen Ruderboote über den Fluss. Almut erkannte schwarz gekleidete Mönche in ihnen. Sie hatten die Kapuzen über den Kopf gezogen, und die Boote hielten auf den Anlegeplatz zu. Die Mönche legten an, erklommen den Bootssteg und gingen an ihr vorbei.

»Müßiggang, sagt man, ist aller Laster Anfang, Begine. Mit welchem der zahlreichen Laster wollt Ihr gerade beginnen?«

Einer der Benediktiner war stehen geblieben.

»Mit dem der Widerrede, Pater Ivo.«

»Das braucht Ihr nicht zu beginnen, das besitzt Ihr schon.«

Almut gab keine Antwort. Sie war sich nicht sicher, was sie von dem Priester halten sollte. Er hatte ihr das Gottesurteil eingebrockt, vielleicht zu ihrem Schutz. Aber er war nicht erschienen, als sie um sein Kommen gebeten hatte und wirklich seinen Beistand benötigt hätte.

»Habt Ihr Eure Zunge verschluckt?«

Almut zog die Beine an und stand mit einem Schwung auf, um nicht zu ihm aufsehen zu müssen. Als sie ihm gegenüberstand und das Gesicht unter der dunklen Kapuze sah, erschrak sie. Pater Ivo sah grau und todmüde aus. Ihr Mitgefühl überwog ihr Misstrauen.

»Was habt Ihr getan, dass Ihr so erschöpft seid?«

»Wusstet Ihr nicht, dass es in Deutz wieder gebrannt hat?«

»Nein, davon hörten wir nichts. Waren es wieder die städtischen Truppen?«

»Ja, wie vor einem Monat schon einmal. Doch diesmal gingen auch unser Kloster St. Heribert, die Abteikirche und die Pfarrkirche in Flammen auf. Wir sind am Sonntag gewarnt worden und haben seither alles, was von Wert ist, nach Siegburg geschafft.«

»Ist jemand zu Schaden gekommen?«

»Es sind keine Menschenleben zu beklagen, nur ein paar hässliche Verletzungen und eine Menge rauchender Trümmer.«

»Darum also sind die erzbischöflichen Truppen vor den Stadttoren abgezogen.«

»Sie waren in Deutz ohne Nutzen.«

»Dieser Streit zwischen dem Erzbischof und der Stadt ist so unsinnig!«

»Wie wahr, Begine. Es hält einen von den wichtigen Dingen ab, die zu tun sind. Begleitet Ihr mich ein Stück zum Kloster, oder habt Ihr einen anderen Weg zu gehen?«

»Ich begleite Euch.«

Almut beugte sich zu Trine, die selbstvergessen auf den Rhein hinausstarrte. Gehorsam sprang sie auf und gesellte sich an ihre Seite. Pater Ivo jedoch ignorierte sie.

»Erzählt mir, gibt es Neuigkeiten, die den Tod meines jungen Schützlings anbetreffen?«

»Die gibt es in der Tat, Pater. Wusstet Ihr, dass sich Jean am Morgen seines Todestages schon so gesund gefühlt hat, dass er seine Arbeit unbedingt wieder aufnehmen wollte?«

»Nein, das ist mir neu. Das bedeutet ja wohl, dass er in der Nacht, in der er sich im Lagerhaus herumgetrieben hat, keinen Schaden erlitten haben kann.«

»Das bedeutet es. Er muss im Laufe des Dienstags, irgendwann zwischen Prim und Non, ein Gift zu sich genommen haben.«

Pater Ivo ging langsam und etwas gebeugt. Die anstrengenden vier Tage und Nächte hatten an seinem Körper Spuren hinterlassen, doch sein Verstand funktionierte noch immer recht gut.

»So wird jemand aus dem Haushalt der de Lipas oder einer, der Zutritt zu ihm hatte, etwas in die Hustenmedizin gemischt haben.«

»Nein, die war wirklich harmlos, wie sich gezeigt hat.«

»Ist sie denn wieder aufgetaucht? Ich erinnere mich, dass Ihr das Fläschchen nicht zurückerhalten hattet.«

»Frau Dietke hatte es an sich genommen.«

»Und woher wisst Ihr, dass sein Inhalt ungiftig war?«

»Weil ich ihn getrunken habe.«

Pater Ivo blieb stehen und drehte mit einem Ruck den Kopf zu Almut.

»Das war Wahnsinn!«

»Nein, Notwendigkeit, Pater.«

»Bestimmt nicht, Begine. Ihr hättet sterben können!«

»Bruder Johannes hatte nicht so viele Bedenken wie Ihr.«

»Was hat dieser krumme Hund des Herren damit zu tun?«, knurrte Pater Ivo, den seine Erschöpfung jede Zurückhaltung vergessen ließ. Almut berichtete ihm in kurzen, sehr nüchternen Worten, was geschehen war.

»Seht Ihr, es war nicht gefährlich für mich, noch nicht einmal die Dosis konnte mir schaden. Der Inhalt des Fläschchens war nämlich stark mit Wein verdünnt.«

Schweigend erreichten sie St. Brigiden, und Pater Ivo öffnete die Tür.

»Setzen wir uns einen Moment zur heiligen Maria. Ich bin zu müde, um weiterzugehen. Und, verzeiht mir, Begine, ich bin auch entsetzt.«

Sie saßen eine Zeit lang am Marienaltar in der menschenleeren Kirche, und Almut bat in Gedanken die sanfte Gottesmutter um Verzeihung für ihre Zweifel an dem Priester.

»Ich hätte dir vertrauen sollen, Maria. Er ist mir wirklich freundlich gesonnen.«

Ihr stummes Gebet wurde unterbrochen, als Pater Ivo sagte: »Wenn die Arznei verdünnt war, der Junge aber wirklich nur fünf Löffel voll zu sich genommen hat – wer hat dann den Rest eingenommen und die Flasche wieder aufgefüllt?«

»Das frage ich mich auch schon die ganze Zeit. Am naheliegendsten wäre Dietke, nicht wahr? Sie war im

Besitz des Fläschchens. Wenn sie davon – aus welchen Gründen auch immer – selbst etwas eingenommen hat, warum hat sie es dann wieder aufgefüllt?«

»Weil sie einen Teil davon vergiftet und dem Jungen verabreicht hat?«

»Welchen Grund hat sie aber, dem Jungen den Tod zu wünschen?«

»Wäre ich skrupellos wie Bruder Johannes, dann würde ich es schon aus ihr herausbekommen.«

»Mein Gott, Pater Ivo, da sagt Ihr etwas! Wisst Ihr, de Lipa hat den Inquisitor beauftragt, den Mörder zu finden!«

»Der Mann ist nicht bei Sinnen! Bruder Johannes' Methoden erscheinen mir äußerst zweifelhaft, und so tragisch Jeans Tod ist, ein Unschuldiger soll nicht die Strafe dafür tragen. Begine, ich bin heute wirklich zu müde, um noch einen klaren Gedanken zu fassen. Aber morgen werde ich mich wieder darum kümmern. Werdet Ihr mir helfen?«

»Kann ich Euch denn helfen?«

»Euer widerwärtigster Charakterzug, Begine, ist eine katzenhafte Neugier und die grässliche Unart, alles in Frage zu stellen. Natürlich könnt Ihr mir helfen.« Pater Ivo gähnte herzhaft und erhob sich dann. »Nun verratet mir nur noch eins – was ist in dem Topf, den das Kind dort so innig an sich gedrückt hält, als sei es der heilige Gral selbst?«

»Getrocknete Blüten mit einem besonderen Duft. Die Gewürzhändlerin konnte uns jedoch weder den Namen nennen noch deren Nutzen.«

Pater Ivo gab Trine ein Zeichen, und äußerst zögerlich kam sie zu ihm. Als er auf den Topf wies, wich sie scheu zurück und schüttelte heftig den Kopf.

Almut tätschelte ihr beruhigend die Hand und machte ein paar beschwichtigende Gesten, aber das Misstrauen blieb in Trines Gesicht. Nur unwillig händigte sie ihr schließlich das Gefäß aus. Almut öffnete den Deckel und reichte es Pater Ivo, der tief einatmend den Inhalt betrachtete. Dann verschloss er den Topf wieder und gab ihn Trine zurück, die ihn sofort an sich drückte und einige Schritte Abstand nahm.

Mit einem seltsamen Lächeln erklärte Pater Ivo: »Neroli, Begine, die Blüten der Bitterorange. Sie wächst in den südlichen Ländern und im Orient. Dort, wo die Luft weich und voller Musik ist und am Abend süßer Wind den heißen Herzen Kühlung bringt.«

»Und bittersüße Erinnerungen weckt, Pater Ivo?«

Der Mönch seufzte und zog die Kapuze tiefer über die Stirn.

»Für eine Begine seid Ihr viel zu sentimental.«

Almut lachte leise und nickte ihm zum Abschied zu.

»Schlaft Euch aus, Pater! Und habt schöne Träume!«

Neugier war es, unbezähmbare, drängende Neugier und auch ein Hauch von Abenteuerlust, die Almut dazu trieben, Magdas Anweisung, sich nicht mehr um den Mord zu kümmern, zu missachten und eine höchst unsittliche Maßnahme zu ergreifen. Mit Trine im Schlepptau wandte sie sich von St. Brigiden der Gasse zu, in der Aziza wohnte. Eng standen die Häuser dort zusammen, so dass in die schmale Straße dazwischen kaum Sonnenlicht fiel. Es war das Gebiet der Taschenmacher und Lederer, und die Handwerker saßen bei dem trockenen Wetter mit ihrer Arbeit vor den Türen. Almut fragte einen eifrig Leder nähenden Gesellen nach Aziza und wurde an ein Haus am Ende der Gasse verwiesen.

»Nanu, habt Ihr dem keuschen Leben den Rücken gekehrt, Schwester?«, empfing sie die junge Frau an der Tür.

»Warum sollte ich? Nur weil ich an Eure Tür klopfe?«

»Wisst Ihr nicht, was sich dahinter verbirgt?«

»Es würde mich Wunder nehmen, wenn sich ein Teich voller grüner Frösche dahinter verbergen würde. Habt Ihr mit größeren Überraschungen aufzuwarten?«

»Ich fürchte, ich muss Euch enttäuschen. Tretet ein, Schwester.«

Ihre einladende Handbewegung schloss auch Trine ein, die in atemloser Verehrung zu ihr aufschaute.

Das Haus war wie üblich aufgeteilt, ein großer Raum im Erdgeschoss, in dem sich auch die Feuerstelle befand, und eine Treppe, die nach oben in die Wohnräume führte. Eine alte Magd schlurfte mit einem Schaff Wasser herein und füllte einen Kessel über dem Herd. Doch ansonsten wirkte die Diele ganz anders als in den Häusern, in denen die Handwerker sie als Werkstätte nutzten. Aziza hatte diesen Raum wohnlich gestaltet. Als Erstes fiel Almut ein großer Holzrahmen auf, der mit einem halbfertigen Teppich bespannt war. Bunte Wolle lag in Körben bereit, und man sah, dass die Besitzerin des Hauses fleißig daran knüpfte. Zwei farbenprächtige Teppiche hingen bereits an der Wand, einer lag auf dem Boden vor einer gepolsterten Bank. Die Muster waren geometrisch, Achtecke und Sterne in Rotbraun, Blau, Gelb und Schwarz; den Rand bildeten Bordüren mit stilisierten Pflanzen. Trine stand staunend davor und befühlte vorsichtig die Textur der Arbeiten.

»Sind das maurische Muster, Aziza?«

»Ich habe sie von meiner Mutter gelernt. Daher werden sie wohl maurisch sein. Wollt Ihr einen Teppich kaufen?«

»Nein, so schön sie auch sind. Ich bin gekommen, um Euch meinen Dank zu sagen.«

»Wofür? Ich habe nichts getan, um Eure Dankbarkeit zu erringen.«

»Doch, Ihr habt mir geholfen, als ich verzagt war. In der Kirche!«

»Oh, das… Und nur deshalb seid Ihr gekommen?«

»Nein, auch aus einem anderen Grund. Ihr habt mir angeboten, mich an einen Ort zu begleiten, den ich alleine nicht aufsuchen würde.«

»Und nun ist es notwendig geworden?«

»Ja, denn Folgendes hat sich ergeben…«

Almut schilderte, was sie inzwischen erfahren hatte, und Aziza nickte dazu.

»Ich denke, es ist ungeheuer wichtig, herauszufinden, wer den Jungen zu der Pantscherei angestiftet hat«, schloss sie ihren Bericht.

»Ihr meint also, derjenige müsste auch Zugang zum Haus des Weinhändlers haben?«

»Warum nicht? Ein Kunde, ein anderer Händler, ein Lieferant. Jemand, der de Lipas Ruf ruinieren will. Ich weiß nicht, ob der Besuch der Schenke uns weiterhilft, aber wenn ich nichts unternehme, erfahre ich auf gar keinen Fall etwas.«

»Und außerdem reizt es Euch, ein wenig weltliche Lustbarkeiten zu genießen.«

»Kaum solche.«

»Oho, gehobenere Ansprüche, Schwester? Nun gut, kommt nach dem Vesperläuten vorbei. Und am besten sagt Ihr, Ihr bliebet die ganze Nacht fort. Ist das möglich?«

»Ich darf meine Eltern besuchen und bleibe dort manchmal über Nacht. Es wird sich machen lassen.«

Obwohl sie so selbstbewusst gesprochen hatte, bedeutete es für Almut doch allerlei Aufwand, sich für den Abend und die Nacht aus dem Konvent beurlauben zu lassen, ohne ihre wahre Absicht zu enthüllen. Die dazu erforderlichen Lügen bereiteten ihr ein gebührend schlechtes Gewissen. Aber schließlich stand sie pünktlich wieder vor Azizas Tür.

»Dann wollen wir aus der Begine mal einen normalen Menschen machen. Folgt mir, Schwester. Ich habe schon ein Kleid für Euch herausgesucht.«

Seit vier Jahren trug Almut nun die schmucklose graue Tracht, doch sie hatte nicht verlernt, wie man derlei reich verzierte Gewänder anlegte. Aziza sah ihr interessiert zu und meinte dann: »Ihr seid keine Schönheit, Schwester, dafür habt Ihr zu viele Flecken im Gesicht. Aber wenn Ihr Euch ein wenig herausputzt, seht Ihr recht hübsch aus. Nun löst Eure Haare und legt dieses Schapel darüber.«

Sie reichte Almut einen aus Draht und Stoff gewundenen Reif und einen hauchdünnen Schleier.

»Aber ich kann doch nicht mit offenen Haaren ...«

»Sonntag konntet Ihr auch!«

Die plötzliche Erkenntnis ließ Almut die Hand vor den Mund schlagen: »O Aziza, wir werden das alles vergessen müssen!«

»Nanu, packen Euch moralische Bedenken?«

»Ja, denn stellt Euch vor, es erkennt mich jemand. In der Kirche haben mich doch alle angestarrt.«

Aziza brach in unbändiges Lachen aus und fragte schließlich, mit Mühe um Atem ringend: »Und glaubt Ihr, irgendwer hätte da auf Euer Gesicht geachtet?«

Mit hochroten Wangen senkte Almut den Kopf.

»Ach, Schwester, jetzt habe ich Euch wehgetan!« Liebevoll legte Aziza den Arm um sie. »Ich weiß, es war sehr demütigend.«

»Schon gut. Ihr habt sicher Recht. Gebt den Reif her, ich will mich fertig machen.«

Die Schenke lag im Norden der Stadt, und zu Almuts Verblüffung war es wirklich die Seitenpforte eines Klosters, an die sie klopften, um eingelassen zu werden. Dort führte Aziza sie in ein spärlich erleuchtetes Kellergewölbe, in dem sich schon etliche Gäste eingefunden hatten, die sich lebhaft unterhielten. Aziza wurde mit freudigen Ausrufen begrüßt, und Almut fühlte sich inzwischen doch ziemlich unbehaglich. Langsam gewöhnten sich ihre Augen an die Dunkelheit, die nur von einigen qualmenden Kienfackeln in Mauernischen erhellt wurde, und sie erkannte drei lange Tische entlang der Wände, an denen die Zecher saßen. Es befanden sich einige Kutten tragende Brüder darunter und sogar zwei Nonnen, aber den größeren Teil bildeten weltlich gekleidete Männer. Die Unterhaltungen wurden laut geführt, doch noch war die Stunde nicht so weit fortgeschritten, dass trunkene Streithähne Krakeel veranstalteten. Ein äußerst unbegabter Fiedler begann, erbarmungslos auf seinem Instrument herumzukratzen, und machte sich damit zur Zielscheibe manch spöttischen Zurufs. Im Kamin hing ein bauchiger Topf vom Kesselhaken, der durchaus Appetit anregende Düfte verströmte, und so mancher hatte eine Schüssel mit der darin köchelnden dicken Suppe vor sich stehen. Schal hingegen roch der verschüttete Wein. Als sie am Tisch der Mönche vorbeiging, stieg ihr der Geruch der Heiligkeit unangenehm in die Nase. Den äußeren Leib mochten diese Brüder gering schätzen und seine Pflege vernachlässigen, das Innere ihres Körpers jedoch füllten sie mit fetten Würsten und starkem Wein.

Almut nahm alles mit großer Neugier auf, denn auch in der Zeit, bevor sie sich zum Beginenleben entschlossen hatte, war sie an solche Orte nicht gekommen. Aziza musste sie ein bisschen anschubsen, damit sie sich vorwärts bewegte, und forderte sie auf: »Setzt Euch dort hin, Esteban macht uns Platz.«

So fand sie sich plötzlich auf der Holzbank wieder, neben sich einen dunklen Gesellen, zu dessen Füßen ein struppiger großer Hund lag. Er begrüßte sie stockend und mit deutlichem Akzent, übergoss aber Aziza mit einem Wortschwall in einer fremden Sprache. Sie antwortete in derselben Sprache, lachte, neckte ihn dabei und erklärte Almut schließlich: »Esteban kommt aus Spanien, er handelt mit vielen Dingen, besonders gerne aber mit Reliquien.«

»Gibt es besondere Reliquien in Spanien?«, fragte Almut verwundert.

»O ja. Aber besonders schöne gibt es in Köln. Sind sehr begehrt. Die Jungfrauen der heiligen Ursula!«

Almut erfuhr eine ganze Menge über den Absatz heiliger Gebeine, denn Esteban liebte es zu erzählen. Langsam entspannte sie sich bei seinen Berichten und musterte jetzt auch die anderen Anwesenden. Es handelte sich überwiegend um jüngere Männer, meist gut gekleidet. Händler oder wohlhabende Handwerker, eine kleine Gruppe Scholaren, die heftig disputierten, vier oder fünf Männer, die zwar geckenhafte Kleidung trugen, aber an ihrer Tonsur als Mönche zu erkennen waren. Einige wenige Frauen waren auch darunter, von minder biederem Aussehen, doch nicht geschminkt wie die Dirnen und sittsam gewandet. Hökerinnen vielleicht oder Fischmengersche, möglicherweise auch Rheinschifferinnen. Zwei Mönche des Klosters brachten Kannen voll Wein zu den Gästen und füllten die Tonbecher auf den Tischen. Blinkende Münzen verschwanden dafür in den weiten Falten der Kutten. Auch Almut nippte an ihrem Wein und erschmeckte einen trinkbaren, doch mittelmäßigen Claret. Diesen Würzwein stellte Elsa in besserer Qualität her.

Aziza, die mit ihrem Nachbarn geplaudert und gelacht hatte, wandte sich wieder Almut zu und erkundigte sich: »Und, gibt es etwas, das Euch hier weiterhilft?«

»Nein. Es ist so laut, es sind so viele Menschen. Ich weiß gar nicht, wie ich annehmen konnte, hier etwas zu erfahren.«

»So mutlos? Wir sind noch nicht lange hier. Habt etwas Geduld, Schwester. Kann ich Euch eine Weile alleine hier sitzen lassen? Man möchte, dass ich etwas zur Unterhaltung beitrage.«

»Geht Ihr fort?«

»Nein, nein.«

Aziza stand auf, und jemand reichte ihr ein Musikinstrument. Ein bauchiges Ding, mit Saiten bespannt und mit einem gebogenen Hals.

»Sie spielt die Laute wunderbar!«, erklärte Esteban und rollte verzückt die Augen.

Das musste Almut zugeben, und obwohl sie die stickige Luft, die alkoholischen Ausdünstungen, das laute Stimmengewirr und die klebrigen, harten Holzbänke und Tische als ungemütlich empfand, begann sie, ihr Abenteuer sogar zu genießen.

Doch damit war es schlagartig vorbei, als eine neue Gruppe junger Männer zur Tür hereinkam. Laut und angetrunken pöbelten sie Aziza unflätig an. Sie spielte gelassen einen Schlussakkord, reichte dem Besitzer der Laute das Instrument zurück und schlüpfte auf ihren Platz neben Almut zurück.

»Das dürfte interessant für Euch werden, Schwester!«

»Die kenne ich doch!«, flüsterte Almut, plötzlich alarmiert.

»Schöne Bekanntschaften habt Ihr!«

»Man kann sie nicht direkt als Bekanntschaft bezeichnen, den Burschen mit den hochgebundenen Schuhspitzen habe ich neulich geohrfeigt, als er mich belästigt hat!«

»Tilmann? Sehr schön. Zeigt mir Eure Hände! Oh, nun, das wird sich gelohnt haben!«

Aziza grinste, als sie Almuts raue Hand tätschelte.

»Wer ist dieser Tilmann?«

»Ein zwielichtiger Geselle. Was er eigentlich betreibt, weiß niemand so genau, aber er scheint über ein gewisses Vermögen zu verfügen.«

»Reiche Eltern?«

»Nein. Zumindest sind sie in Köln nicht bekannt. Er vermittelt Geschäfte, hörte ich sagen. Er ist viel in Gasthäusern und Schenken anzutreffen und wird ein gutes Ohr für Gelegenheiten haben. Für solche Hinweise sind viele bereit, etwas zu zahlen.«

»Er wüsste auch Abnehmer für guten Rotwein aus Burgund?«

»Aber sicher.«

Almut beobachtete, wie Tilmann sich mit seinen Gesellen an einem Tisch breit machte und nach Wein rief. Beflissen eilte der Bruder Cellerar herbei und brachte eine gefüllte Kanne.

»Ich komme nicht allzu häufig hierher«, bemerkte

Aziza leise. »Aber bislang ist er jedes Mal hier aufgekreuzt, wenn ich da war. Er und seine Freunde saufen meist bis zum Umfallen und können sehr unangenehm werden. Also lenkt nicht ihre Aufmerksamkeit auf Euch!«

Die Warnung kam zu spät. Almuts interessiertes Beobachten hatte Tilmann schon bemerkt, und er musterte sie jetzt mit frecher Aufdringlichkeit.

»Da ist man mal acht Tage nicht in der Stadt, und schon entgeht einem alles Mögliche! Wer ist diese schöne Unbekannte in unseren Kreisen?«, rief er aus und stand auf, um sie näher zu begutachten.

»Aziza, meine Hübsche, rück ein wenig zur Seite, damit ich Freundschaft mit deiner Begleiterin schließen kann.«

»Ich bin nicht sicher, ob das auch ihr Wunsch ist!«, erwiderte Aziza und blieb stur an ihrem Platz sitzen.

»Aber sicher doch. Sie wird einen Trunk guten Rotweins sicher nicht ablehnen. Und du auch nicht, Maurin!«

Obwohl ihr der zudringliche Tilmann unangenehm war, trat Almut ihrer Nachbarin sacht auf den Fuß und lächelte dem Mann zögerlich zu.

»Siehst du, sie ist nicht so unnahbar wie du, Aziza!«

Tilmann winkte den Bruder Cellerar zu sich und flüsterte ihm etwas ins Ohr. Almut spitzte die ihren und vermeinte etwas zu verstehen wie: »... einen Krug von unserem Fass!«

Kurze Zeit später brachte der Mönch eine bauchige Kanne und stellte sie vor Tilmann, der sich dreist neben Aziza und sie auf die Bank gezwängt hatte und nun versuchte, Almuts Aufmerksamkeit zu erregen. Sie wurde ihm bereits stärker zuteil, als er ahnte, doch bemerkte er davon nichts. Ganz genau hatte sie bereits sein Gesicht und seine Kleidung gemustert. Er war kein unattraktiver Mann, etwa gleich alt wie sie selbst, mit dichten, goldblonden Haaren, die ihm glatt bis zur Schulter fielen. Sein Züge waren sanft, beinahe jungenhaft zu nennen und würden irgendwann schwammig werden. Seine Augen hingegen wirkten alles andere als jungenhaft, sie erschienen ihr einfach berechnend. Sein reich besticktes, gepolstertes Wams erweckte den Eindruck eines prächtigen, muskulösen Oberkörpers, doch die schlanken, glatten Hände zeugten nicht von harter, körperlicher, Arbeit.

»Trinken wir, meine schönen Freundinnen. Auf das Leben und die Liebe!«

Er hob seinen Becher und neigte mit blitzenden Augen den Kopf. Ohne ihm allzu deutlich Bescheid zu tun, hob Almut ihren Becher und nippte vorsichtig an der dunkelroten Flüssigkeit. Sie war leichte Würzweine gewöhnt, nicht aber die schweren Gewächse südlicher Länder und wollte dem Getränk mit Vorsicht begegnen. Sie tat gut daran. Selbst die winzige Menge, die sie genommen hatte, schmeckte dermaßen furchtbar, dass sie sie kaum herunterschlucken konnte. Tilmann hingegen hatte einen herzhaften Schluck getan und versprühte jetzt, wie schon einmal Bruder Notker, den Wein voller Ekel aus seinem Mund.

»Was ist denn das für ein Gesöff!«, brüllte er und sprang auf, um den Cellerar an der Kutte zu packen und ihn mächtig zu schütteln.

»Sehr interessant!«, flüsterte Almut Aziza zu.

Der durchgeschüttelte Mönch versuchte, sich zu befreien, und stöhnte dabei: »Aber das war Wein aus Eurem Fass!«

»Wer's glaubt. Den Roten hast du selbst gesoffen, gib's zu!«

»Niemals! Seht es Euch selbst an. Frisch angestochen habe ich es eben!«

Zeternd und schimpfend entfernten sich die beiden und verschwanden in den dunklen Tiefen der Kellergewölbe.

Aziza und Almut sahen sich viel sagend an.

»Könnte sich lohnen, ihn zum Reden zu veranlassen.«

»Schafft Ihr das alleine, Schwester? Ich möchte mich nämlich mal mit unserem Wirt unterhalten! Vielleicht hat er auch noch etwas zu verraten.«

»Tut das, und fragt vor allem nach Jeans Freunden.«

Aziza stand auf, als Tilmann mit einem neuen Krug zurückkam und einen schweren süffigen Roten einschenkte, dem Almut trotz aller Vorsicht nicht widerstehen konnte. Sie trank, langsam zwar, aber stetig, ihren Becher leer. Köstliche Wärme breitete sich in ihrem Magen aus, und die düstere Schenke erschien ihr danach gar kein so ungemütlicher Ort mehr zu sein.

»Woher hat der Bruder Cellerar einen solch köstlichen Wein? Den bauen die Mönche doch sicher nicht selbst hier an?«, fragte sie Tilmann, der in derselben Zeit schon seinen zweiten Becher geleert hatte.

»Aber nein, solche Reben gedeihen hier nicht. Das Fass, aus dem er stammt, ist eine Spende eines großzügigen Wohltäters!«

»Sehr großzügig, wahrhaftig. Der muss einen Batzen Geld kosten!«

»Das tut er, meine Hübsche!«

»Und was war mit dem schrecklichen Zeug, das er uns zuvor ausgeschenkt hat?«

»Übel, nicht wahr. Pantschwein der schlimmsten Sorte. Ich frage mich, wer ihm den angedreht hat.« Tilmann grinste über das ganze Gesicht. »Er wird sich einen zuverlässigeren Lieferanten suchen müssen. Der Burgunder ist schlampig geworden! Ich werde ihm einen neuen empfehlen.«

Tilmann goss sich nach und schenkte auch Almut den Becher wieder voll. Aziza hatte inzwischen den Cellerar um den Finger gewickelt und hörte ihm mit einem schmelzenden Lächeln zu.

»Ah, seid Ihr auch im Weinhandel tätig?«, fragte Almut unschuldig.

»So dann und wann. Aber ich beliefere nur ganz besondere Kunden.« Tilmann kam in prahlerische Stimmung und begann, über seine findigen Geschäfte zu reden. Wenn man ihm glauben konnte, verkehrte er in den angesehensten Kreisen der Bürgerschaft und des Klerus. Ratsherren waren seine zufriedensten Kunden, reiche Fernhändler lauschten andächtig seinem Rat, Ritter und Adlige vertrauten ihm ihre finanziellen Probleme an, und selbst der Erzbischof schien sein intimer Freund zu sein.

Almut heuchelte Bewunderung und nippte weiter an ihrem Wein. Der Prahlhans erheiterte sie. Aber diese Erheiterung schlug allmählich in Unmut um, als er anfing, näher zu rücken und ihre Knie zu tätscheln.

»Lasst das bleiben!«, wehrte sie die Annäherung ab, doch es bedurfte deutlicherer Zeichen als bloßer Worte, Tilmann abzuwehren. Es artete in ein regelrechtes Gerangel aus. Er hatte den Arm um ihre Taille gelegt und zupfte an den Nesteln ihres Unterkleides, wobei er gleichzeitig versuchte, sie zu küssen. Angeekelt wandte sie den Kopf ab und bemühte sich, die dreisten Hände von ihrem Kleid zu entfernen. Es gelangt ihr nicht, ihre kratzenden Finger fing er am Handgelenk ab, und auch ein Ellbogenstoß gegen seine Rippen missglückte ihr. Sie war zwar eine kräftige Frau, aber eingeklemmt zwischen Tisch und Wand hatte sie wenig Möglichkeiten, sich erfolgreich zu wehren.

Es entging ihr bei diesem Hin und Her mit dem angetrunkenen Tilmann, dass ein weiterer Gast eintraf und die Auseinandersetzung von der Tür aus beobachtete. Erst als sie sich ganz plötzlich von ihrem Angreifer befreit sah, bemerkte sie ihn. Tilmann hingegen nahm ihn nicht wahr, denn er lag völlig benommen zu ihren Füßen.

»Ich hoffe, das war in Eurem Sinne, meine Dame?«, fragte ihr Retter, und mit dem Rest ihrer Würde sah Almut auf und erstarrte. Schwarze Locken, schwarzes Gewand, ein dunkles Gesicht – der schöne Mann aus Rigmundis' Vision stand vor ihr.

»Macht den Mund zu, Schwester. Oder macht ihn auf und bedankt Euch!«, kicherte Aziza, die sich, von dem kleinen Aufruhr alarmiert, umgedreht hatte und Almut zu Hilfe eilen wollte.

»Ja... Es war... oh, danke für Eure Hilfe, mein Herr. Sie kam zur rechten Zeit.«

»Gerne geschehen.« Der Dunkle verneigte sich und wandte sich dann ab.

»Aziza, ich möchte nach Hause. Ich habe genug von dieser Schenke. Und genug erfahren habe ich auch.«

»Ich auch. Dann gehen wir.«

Die beiden Frauen mussten sich zwischen den anderen Gästen hindurchwinden, und mehr als einmal wurde Almut gezwickt und getätschelt. Sie war froh, als sie den Ausgang erreicht hatten, und noch glücklicher war sie, als sie die frische kühle Nachtluft einatmen konnte. Bevor sie aus dem Tor traten, richteten sie gegenseitig ihre Kleider wieder her, dann öffneten sie die Pforte, wurden jedoch zurückgehalten.

»Ihr könnt nicht alleine durch die dunklen Gassen gehen! Habt Ihr denn nichts aus dem gelernt, was Euch eben widerfahren ist?«

Der Mann in Schwarz war ihnen mit einer brennenden Fackel gefolgt und sah sie voller Unverständnis an.

Almut zog den Schleier tiefer über die Stirn und entgegnete mit leicht schnippischem Tonfall, der ihre Unsicherheit diesem Mann gegenüber verbergen sollte: »Und da meint Ihr, wir wären so einfältig, uns von einem Unbekannten führen zu lassen?«

»Ich bin gerne bereit, mich vorzustellen, meine Damen. Leon de Lambrays werde ich gerufen und bin häufig in Geschäften in dieser Stadt. Wenn Euch das genügt, will ich Euch gerne zu Eurem Heim begleiten.«

»Das ist sehr freundlich von Euch.«

Aziza schenkte ihm eines ihrer verführerischen Lächeln und knuffte Almut in die Seite. Gemeinsam machten sie sich auf den Heimweg. Almut schwieg, nur zu gut erinnerte sie sich an den Blick, den Leon de Lambrays ihr in der Kirche während der Bahrprobe zugeworfen hatte. Sie hoffte inständig, er mochte sie nicht erkannt haben. Aziza hingegen plauderte fröhlich mit ihrem Begleiter und ließ durchblicken, dass sie nicht uninteressiert war, ihre Bekanntschaft zu vertiefen. So erreichten sie ihr Haus und verabschiedeten sich voneinander.

»Fragt nach Aziza, wenn Ihr wieder einmal Lust auf einen nächtlichen Bummel habt!«, sagte sie, als er sich schon fast umgedreht hatte.

Er lächelte nur und ging den Weg zurück, den sie gekommen waren.

»Heilige Maria, Aziza, wie konntet Ihr nur!«

»Was ist, Schwester? Selbst interessiert an Leon de Lambrays?« Aziza sperrte die Tür auf.

»Nein, natürlich nicht. Aber was mag er von mir denken? Wenn er mich wiedererkannt… ?«

»Dann wohnt Ihr im Haus der maurischen Hure – ist es das, was Euch Sorgen bereitet?«

Etwas fahrig streifte Almut den Schleier aus dem Gesicht und wusste nicht, was sie antworten sollten. Denn genau dieser kleinliche Gedanke hatte sie angeflogen.

»Macht Euch keine Sorgen, Schwester, es war dunkel, und Ihr habt Euer Gesicht hübsch geheimnisvoll verhüllt. Und wenn er Euch dennoch erkennt… Insh' allah!«

»Was heißt denn das?«

»Et kütt, wie et kütt!«

Wider Willen musste Almut grinsen. Es war vermutlich gleichgültig, was der schöne Mann von ihr dachte. Sie hatte einen anderen Weg gewählt, als dass sie sich darüber Gedanken machen musste.

»Seid Ihr müde, oder wollen wir unsere gemeinsame Beute begutachten?«, fragte Aziza und wies auf die gepolsterte Bank.

»Ich bin noch nicht schläfrig. Dafür ist das alles viel zu ungewohnt für mich. Lasst uns sehen, was wir herausgefunden haben.«

Aziza kam mit einem Krug und Bechern und schenkte einen verdünnten, hellen Wein ein.

»Fangt Ihr an, Schwester. Was hat Tilmann Euch verraten?«

»Er hat seine Finger im Weinhandel, und in jener Schenke stehen mindestens zwei Fässer, die er geliefert hat. Er nannte sie »unsere Fässer«. Eines davon enthält einen wirklich köstlichen Rotwein, das andere eine gepantschte, kaum genießbare Brühe. Er ist unzufrieden mit dem Lieferanten. Er nannte ihn den »Burgunder« und meinte, er sei schlampig geworden. Ich denke, wir können ziemlich sicher sein, dass Tilmann in das Geschäft mit dem Pantschwein zumindest verwickelt ist, wenn er nicht sogar der Drahtzieher ist. Allerdings hat er behauptet, er sei acht Tage nicht in der Stadt gewesen. Das bedeutet – lasst mich nachzählen –, dass er Dienstag vor einer Woche abgereist ist. An Jeans Todestag.«

»Kann er Zutritt zu de Lipas Haus gehabt haben?«

»Warum nicht. Er brüstete sich damit, mit vielen bekannten Bürgern Geschäfte zu machen. Warum nicht auch mit de Lipa? Wenn er im Haus bekannt ist, wird er eingelassen worden sein. Und wenn er es gewollt hätte, wäre es ihm sicher auch möglich gewesen, zu Jean vorzudringen.«

»Der Wirt kannte Jean. Und er ließ erkennen, dass er etwas mit den Weinlieferungen zu tun hatte. Auf jeden Fall konnte er sich erinnern, ihn etliche Male mit Tilmann zusammen gesehen zu haben.«

»Umso eher wäre es möglich, dass er den Jungen in de Lipas Haus aufgesucht hat.«

»Oder dieser ihn. Ihr sagtet doch, es sei ihm am Dienstagmorgen besser gegangen.«

»Richtig. Es muss noch nicht einmal im Haus geschehen sein.«

»Der Mord?«

»Der Mord. Nur, Aziza … er hatte zwar die Gelegenheit, aber warum wollte er ihn aus dem Weg schaffen?«

»Ihr stellt Fragen!«

»Ich weiß. Ich kann sie mir ja selbst nicht beantworten. Genauso wenig wie die, warum Jean sich auf diese krummen Geschäfte eingelassen hat.«

»Gewinne?«

»Wohl kaum, er stammt aus wohlhabendem Haus. Und außerdem heißt es, er sei de Lipa gegenüber sehr loyal gewesen.«

»Dennoch hat er Wein gepantscht. Wieso ist das de Lipa nie aufgefallen?«

»Man müsste herausfinden, wie er es gemacht hat… Aziza, der schlechte Wein war in den gleichen Fässern wie der gute Burgunder. Offensichtlich hat er ihn ausgetauscht, umgegossen oder so.«

»Oder die Fässer selbst wurden ausgetauscht. Keine schlechte Idee. Liefert – sagen wir – zehn Fässer minderwertigen Weins in Burgunderfässern bei de Lipa an. Ein dort beschäftigter Mitwisser nimmt sie an, tauscht sie bei Nacht und Nebel gegen Fässer mit gutem Wein aus und lässt die Fuhre tags darauf wieder abholen. Und schon könnt Ihr zehn Mal prächtige Gewinne machen.«

»Allerdings müsste der Lieferant an die leeren Burgunderfässer kommen, um sie mit Pantschwein zu füllen.«

»Für einen Mann wie Tilmann ist das sicher kein Problem. Er beliefert seine Kunden, er holt dort auch die leeren Fässer wieder ab.«

»In der Menge?«

»Auch nicht schwierig. Große Haushalte, Klöster, Ratsherren…«

»Und der Erzbischof selbst!«

»Der in Bonn sitzt und wahrscheinlich auf die Belieferung durch Kölner Weinhändler verzichten muss.«

»Und dankbar dafür ist, wenn ein Geschäftemacher

wie Tilmann ihm eine Fuhre Burgunderwein aus der Stadt liefert. Da wird er nicht knauserig sein.«

»Ein gutes Geschäft. Tilmann investiert in billigen Wein, fügt dem ein paar Gewürze und sonstige Zusätze hinzu, so dass er groben Kehlen wie feuriger Burgunder vorkommt, lässt diese Fässer gegen guten Wein tauschen und verkauft sie dann an den, der das meiste zu zahlen bereit ist. Ein oder zwei jedoch zweigt er für sich ab. Und irgendwie ist bei der letzten Lieferung dabei etwas schief gelaufen, so dass er jetzt selbst ein Fass billigen Weins erhalten hat. Jean war schließlich krank… Ich denke, so wird es gelaufen sein! Schwester, wir haben da eine heiße Sache aufgedeckt!«

»Schon möglich, Aziza. Nur die beiden wichtigen Fragen sind noch immer unbeantwortet. Nämlich, warum hat sich Jean auf dieses Geschäft eingelassen? Und warum sollte Tilmann seinen Lieferanten umbringen?«

»Fragt doch nicht immer warum!«

»Warum?«

Aziza kicherte und gähnte dann lange.

»So kommen wir nicht weiter. Was werdet Ihr nun tun?«

»Darüber schlafen und morgen mit meinem Beichtvater sprechen.«

»Ist das Euer Ernst? Fühlt Ihr Euch so sündig nach diesem kleinen Ausflug in die Welt?«

»Nach einer Nacht in dieser Lasterhöhle!«

»Oh, Schwester!«

»Nein, nein, seid unbesorgt. Mein Gewissen ist zwar nicht ganz rein, aber Pater Ivo ist nicht nur mein Beichtvater, sondern war auch der von Jean. Und er ist selbst sehr daran interessiert, herauszufinden, wer seinen Schützling umgebracht hat.«

»Der Mönch, der Euch in der Kirche für unschuldig erklärt hat?«

»Derselbe!«

»Ist er ein nachsichtiger Beichtvater?«

»Bislang war er es.«

»Ihr werdet sowieso nicht viel zu beichten haben, bei Eurem keuschen Leben. Warum, Schwester, habt Ihr Euch dazu entschlossen?«

»Weil ich nicht wieder heiraten wollte. Weil mir so weder Vater, Mann, Bruder noch Schwager Vorschriften machen können.«

»Gute Gründe. Dieselben, aus denen ich mir das Leben ausgesucht habe, das ich führe! Wir haben offensichtlich doch das eine oder andere gemeinsam!«

Almut zwickte in diesem Augenblick ein kleines Teufelchen. Vorsichtig setzte sie ihren Becher ab und meinte beiläufig: »Oh, wir haben mehr gemeinsam, als Ihr glaubt!«

»Ach, haben wir das?« Der Tonfall ließ Aziza aufhorchen.

»Ja, beispielsweise kennen wir beide einen aufrechten Baumeister namens Conrad Bertholf.«

Mit weit aufgerissenen Augen sah Aziza ihr Gegenüber an.

»Wie, zum Teufel, seid Ihr dahinter gekommen?«

»Wohinter, Aziza?«

»Dass er mein Vater ist!«

»Oh, ganz einfach. Weil er auch meiner ist, Schwester!«, sagte Almut mit einem breiten Grinsen und genoss den unbeschreiblichen Gesichtsausdruck der maurischen Hure, die keine war.

18. Kapitel

Bruder Johannes hatte eine Niederlage einstecken müssen, und zwei Tage lang verbrachte er verbissen betend auf den Knien, um seinen Geist von den lähmenden Erinnerungen zu reinigen. Als er sich schließlich geläutert erhob, war sein Bild von sich als erfolgreichem Hüter der kirchlichen Werte wiederhergestellt, und er war bereit, die Herausforderung de Lipas anzunehmen und den Mörder seines Adlatus Jean de Champol zu suchen. Mit neu erwachtem Spürsinn nahm er die Fährte auf und besuchte das Haus der de Lipas. Hier fand sich ein Knecht, den einige einschüchternde Worte über den Aufenthalt im Fegefeuer ein wenig mehr aus dem Privatleben seiner Herrschaften ausplaudern ließen, als es sonst der Fall gewesen wäre. So erfuhr der Inquisitor, dass Jean zunächst im Haushalt gut gelitten war und Frau Dietke sich gerne mit dem wohlerzogenen, gut aussehenden Jungen unterhalten hatte. Dann aber trat plötzlich eine Änderung ein, und die Dame zeigte ihm gegenüber nur noch kühle Höflichkeit. Den Grund dafür kannte der Knecht nicht, er erinnerte sich nur noch an den Zeitpunkt dieser Veränderung: nach einem längeren Aufenthalt ihres Mannes auf den Weingütern. Diese Weingärten lagen auf der anderen Rheinseite und wurden von einem fähigen Verwalter betreut, ein Umstand, der de Lipas Anwesenheit nicht unbedingt erforderte. Schon gar nicht war dort große, anstrengende Arbeit erforderlich, eher, vermutete der Knecht, ging de Lipa seinen Vergnügungen nach. Jagd vielleicht, vielleicht stellte er auch den Dorfmädchen nach. Jedenfalls hatte ihn Jean begleitet, und anschließend war Frau Dietke verschnupft gewesen.

Von dem Knecht erhielt Bruder Johannes außerdem die Namen derer, die mit Jean häufiger bei dessen Arbeit zu tun hatten, und er suchte das Lagerhaus auf. Ein junger Mann, der in den Kellern die Fässer für die Lieferungen des Tages kontrollierte, beantwortete seine Fragen. Nur zu bereitwillig, wie sich zeigte, denn er war eifersüchtig auf diesen Fremden gewesen, der sich in die Gunst seines Herren eingeschmeichelt hatte. Selbst ehrgeizig, hatte er verfolgt, wie Jean immer häufiger von de Lipa mit besonderen Aufgaben betreut wurde, von den schweren Arbeiten meist befreit war und oft genug mit ihm zu Kunden mitgenommen wurde, ganz wie ein Gleichgestellter. Von Frau Dietkes Benehmen jedoch wusste er nichts, dagegen hatte er von nächtlichen Ausschweifungen gehört und brachte Bruder Johannes auf die Spur von Tilmann. Dieser nun, in Person, war schwer zu fassen, sein Ruf hingegen stadtbekannt, und so konnte sich der Inquisitor ziemlich schnell ein Bild von dem geschäftstüchtigen Herren machen. Ein zweifelhaftes Bild. Darin enthalten waren auch Gerüchte über gepantschte Weine und eine Schenke im Westen der Stadt.

Am Donnerstagabend klopfte Bruder Johannes Deubelbeiß an die Seitenpforte des Klosters am Gereons-Tor, das Almut und Aziza tags zuvor besucht hatten. Für den Bruder Cellerar und seine Helfer brach der Tag des Zornes an. Es fiel Feuer vom Himmel und verzehrte sie. Und der Teufel, der sie verführte, wurde geworfen in einen Pfuhl von Feuer und Schwefel, wo auch das Tier und der falsche Prophet waren; und sie werden gequält werden Tag und Nacht, von Ewigkeit zu Ewigkeit.

Hat Johannes gesagt – der Apostel, nicht der Bruder.

19. Kapitel

Almuts Lügengespinst hatte sich als ein nicht allzu haltbares Gewebe erwiesen, und als sie morgens im Konvent eintraf, begegnete ihr eine äußerst ergrimmte Meisterin.

»Ich muss mich jetzt zuerst um einen sehr lukrativen Auftrag kümmern, Almut. Aber wenn ich zurückkomme, erwarte ich unverzüglich eine Erklärung für dein Fortbleiben. Ganz bestimmt hast du nämlich heute Nacht nicht deine Familie besucht!«

Almut war rot geworden, denn sie hatte ein schlechtes Gewissen, und Lügen waren ihr eigentlich ein Gräuel.

»Ich werde es dir erklären, Magda. Aber in gewisser Weise habe ich wirklich meine Familie besucht!«

»Die Magd deiner Mutter war hier, um eine Salbe zu holen, und sie erzählte mir etwas ganz anderes. So, wir sprechen uns, wenn ich zurück bin. Du bleibst in deiner Kammer und kümmerst dich um deine Stickarbeiten.«

»Ja, Meisterin!«

Mit gesenktem Kopf schlich Almut die Stiegen zu ihrem kleinen Zimmer hoch und setzte sich mit dem Handarbeitskorb ans Fenster. Lange jedoch blieb sie nicht allein. Clara klopfte an ihre Tür und steckte die Nase in den Raum.

»Ich habe dir ein paar Gewürzkuchen gebracht, damit du nicht verschmachtest! Ich hörte, du bist in Ungnade gefallen?«

»Zu Recht. Ich habe gegen unsere Regeln verstoßen.«

»Hat es wenigstens Spaß gemacht?«

Almut dachte an ihre sprachlose Schwester und lächelte.

»Nun, manches schon.«

»Erzähl!«

Almut berichtete ihr – nicht alles, aber die wissenswerten Tatsachen. Die Begegnung mit Leon de Lambrays ließ sie aus.

»Magda meint, du sollst dich nicht mehr um die Angelegenheit kümmern, aber ich denke auch, man darf sie nicht einfach auf sich beruhen lassen. Sie meint es gut mit dir, sie will, dass du nicht wieder in Gefahr gerätst. Aber wenn sie heute von ihrem Gang zurückkommt, wird sie es vielleicht anders sehen.«

»Wie meinst du das? Sie sprach von einem großen Auftrag für uns. Was hat der damit zu tun?«

»Ziemlich viel. Es geht um die Aussteuer von Waltruth, der Nichte von Hermann de Lipa.«

»Oh, ich vergaß ganz, der ehrgeizige de Lipa versucht, sich den Patrizierkreisen angenehm zu machen. Und von uns will er die Aussteuer gefertigt bekommen? Verspüre ich da so etwas wie den Wunsch nach Wiedergutmachung?«

Clara erwiderte Almuts spöttisches Lächeln und nickte.

»Es gibt ja schließlich noch die fleißigen Benediktinerinnen und die weißen Frauen, und nicht zu vergessen, eine ganze Menge weiterer Beginen, die schöne Wäsche anzufertigen verstehen.«

»Gut, dann werden wir in der nächsten Zeit alle Hände voll zu tun haben.«

Clara schwatzte noch eine Weile und ließ dann Almut alleine, um ihren Pflichten nachzukommen. Als die Glocken der umliegenden Klöster zur Sext riefen, bat eine der Mägde Almut, ins Refektorium zu kommen. Hier fand sie nicht nur die Meisterin vor, sondern in ihrer Begleitung auch Pater Ivo. Magda schüttelte mit einem schiefen Lächeln den Kopf, als sie ihrer ansichtig wurde.

»Almut, Almut! Meiner Strafpredigt ist der Boden unter den Füßen entzogen worden. Hättest du mir nicht sagen können, dass Pater Ivo dich um deine Mithilfe gebeten hat?«

»Das hätte ich tun können, Magda. Aber ich will aufrichtig sein. Das, was ich gestern tat, um die Antwort auf eine wichtige Frage zu finden, hättest du nicht gebilligt.«

»Habt Ihr denn die Antwort gefunden, Begine?«, wollte Pater Ivo wissen.

»Ja, ich habe Antworten gefunden.«

»Dann wollen wir unsere Antworten zusammenlegen und sehen, welche neuen Fragen sich daraus ergeben.«

»Tauscht Euch aus, ich habe jetzt viel zu tun. Aber ich bitte dich, Almut, halte mich zukünftig auf dem Laufenden.«

»Wollt Ihr mich zum Weingarten begleiten, Begine?«

»Gerne. Bist du einverstanden, Magda?«

»Natürlich.«

Almut und Pater Ivo traten aus dem Dämmer des Refektoriums in das helle Mittagslicht und verließen in gemächlichem Tempo den Beginenhof.

»Nun, Begine?«

»Ich fürchte, ich habe mal wieder gesündigt!«

»Muss ich mir das schon wieder anhören?«

»Ihr wolltet die Antworten erfahren, die ich fand.«

»Und dazu war eine Sünde notwendig?«

»Bedauerlicherweise ja.«

»Dann befreit Eure Seele von dem, was sie beschwert.«

Almut gab ihm eine ausführliche Schilderung des vergangenen Abends, ließ allerdings auch diesmal Leon de Lambrays und die Rolle, die er gespielt hatte, aus. Sie erreichten gerade den Weingarten, als sie geendet hatte, und der Priester, der die ganze Zeit schweigend und aufmerksam zugehört hatte, fasste schließlich zusammen: »Ihr vermutet also, dass Tilmann den Tausch der Weinfässer veranlasst hat, um sie dem Erzbischof zu liefern. Aus sehr wenigen greifbaren Fakten habt Ihr eine sehr umfassende Schlussfolgerung gezogen. Dennoch – sie mag eine Menge Wahrheit enthalten. Ich habe die Brüder befragt, die sich bei uns um die Einkäufe kümmern. Auch sie haben Gerüchte über die Qualität von de Lipas Weinen gehört, und sie wussten auch, dass er den erzbischöflichen Haushalt belieferte. Seit die Streitigkeiten ausgebrochen sind, hat er das jedoch eingestellt.«

Almut und Pater Ivo setzten sich auf die sonnenwarme Bank am Kelterhaus, aber sie beachteten weder die zwischen den Reben arbeitenden Mönche noch schenkten sie dem trockenen, warmen Wind ihre Aufmerksamkeit, der kleine Staubwirbel über die Wege jagte.

»Das ist der Punkt, der mir etwas Kopfzerbrechen bereitet. Was hindert de Lipa, Wein nach Bonn zu liefern? Kaum zu glauben – ein Händler, der sich einen fetten Gewinn entgehen lässt,« meinte Almut zweifelnd.

»Man munkelt, einer der Ratsherren hat es ihm nahe gelegt.«

»Ah, na dann!«

»Das erklärt Euch dieses Verhalten?«

»Der Ehrgeiz des Herrn de Lipa zielt auf die Ratsmitgliedschaft.«

»Ein hohes Ziel. Aber es ist in der Tat eine Erklärung für sein Verhalten. Und auch für das des findigen Herrn Tilmann. Nehmen wir also an, dass Ihr der Wahrheit zumindest sehr nahe gekommen seid. Einige Fakten werden wir noch prüfen müssen. Ich denke, ich werde selbst dem Bruder Cellerar, der Euch so großzügig bewirtet hat, einen Besuch abstatten. Mir stehen da, glaube ich, Möglichkeiten offen, Auskünfte von ihm zu bekommen, über die Ihr nicht verfügt.«

»Etwa der Zorn Gottes?«

»Der auch, Begine, der auch. Widmen wir uns nun der nächsten Schlussfolgerung. Tilmann verschiebt Wein, und Jean hat ihm zugearbeitet. Aus einem noch nicht näher beleuchteten Grund hat er am Dienstag vor einer Woche seinen Gehilfen auf eine noch unklare Art ermordet.«

»Diesen Schluss zieht Ihr, nicht ich, Pater!«

»Ihr zogt ihn nicht?«

»Nein. Ich zog ihn nur in Erwägung.«

»Aha. Und warum nur das?«

»Weil mir bislang keine einleuchtende Erklärung dazu eingefallen ist, warum er Jean hätte umbringen sollen. Ich habe lange darüber nachgedacht, und je mehr ich es bedenke, desto unwahrscheinlicher kommt es mir vor.«

»Legt mir den Lauf Eurer Gedanken dar.«

»Tilmann hatte die Gelegenheit, ohne Zweifel. Sicher hatte er auch die Mittel. Jemand, der in so vielen Geschäften tätig ist, wird auch über Gifte verfügen.

Aber – nennt es ein seltsames Gefühl – ich kann nicht glauben, dass er auf diese heimtückische Weise morden würde. Seht einmal: Er hatte Jean auf irgendeine Art in der Hand. Und zwar so, dass dieser arme Junge sogar seinen hoch geachteten Herren betrog. Wenn es darum ging, ihn zum Schweigen zu bringen, dann musste er doch nur mit seinem Wissen drohen, oder nicht?«

»Wenn es nicht geplant war, sondern im Affekt geschah?«

»Mit Gift mordet man nicht im Affekt, Pater.«

»Ihr seid mit allen Wassern gewaschen, Begine. Aber natürlich habt Ihr vollkommen Recht. In Zorn und Erregung greift man zum Messer oder dergleichen, nicht unbedingt zum Gift. Dazu gehören Planung und Vorsatz.«

»Pater, ich denke, die wichtigste Frage, die wir beantworten müssen, ist die, womit Tilmann Jean gedroht hat. Dazu müssen wir wohl notgedrungen in seinem Leben herumstochern. Und wer könnte da mehr wissen als ausgerechnet sein Beichtvater.«

»Begine, glaubt mir, ich habe mir alle Gespräche noch einmal ins Gedächtnis gerufen.«

»Das habt Ihr gewiss. Und zu welchem Schluss seid Ihr gekommen?«

»Dass er mir über das übliche Maß nichts an lässlichen Sünden gebeichtet hat.«

»Dann müssen wir eben herausfinden, was er Euch verschwiegen hat. Pater, ich halte Euch für aufmerksam genug, auch das Ungesagte zu hören.«

»So, das denkt Ihr von mir?«

»Nicht nur das. Ich vermute sogar, Ihr wisst in solchen Fällen auch die richtigen Fragen zu stellen, damit das Verschwiegene offenbar wird.«

»Ihr habt eine hohe – oder soll ich eher annehmen, eine sehr niedrige – Meinung von meinen Fähigkeiten, Begine.«

»Ich habe sie am eigenen Leib erfahren, Pater!«

»Vorlautes Frauenzimmer! Aber – ja, ich habe Jean Fragen gestellt, und er hat sie nicht beantwortet. Oder besser gesagt, bis vor etwa einem Jahr war er ein offenes Buch für mich. Dann aber ist etwas eingetreten, das ihn verschlossen werden ließ, und ich habe nie herausgefunden, was sich hinter seinen oberflächlich befriedigenden Antworten verbarg. Aber er trug etwas mit sich herum.«

»Gab es einen bestimmten Anlass, ein Ereignis, irgendetwas, das in diesen Zeitraum fiel?«

»Nichts von außergewöhnlicher Wichtigkeit. Er hatte sich gut eingelebt und fand die Billigung seines Herren. De Lipa betraute ihn mit immer wichtigeren Aufgaben und nahm ihn hin und wieder auch zu Kunden mit. Ja, wenn ich es recht bedenke – es war die Zeit der Weinlese. Seit dem Herbst des vergangenen Jahres hat er sich verändert. Er war mit de Lipa zum Weingut hinausgefahren, um bei der Lese zu helfen …«

»Und fand die dralle Winzertochter allzu verführerisch?«

»Vielleicht … Aber von solchen Anfechtungen hätte er sicher gesprochen. Sie gehören nicht zu den Todsünden.«

»Aber sie sind beunruhigend!«

»Sicher, vor allem in seinem Alter. Aber, Begine, gesteht mir ein wenig Lebenserfahrung zu. Solche Dinge hätte ich schon aus ihm herausbekommen.«

»Natürlich, Pater. Eure langjährige Erfahrung mit drallen Winzertöchtern …«

Verblüfft bemerkte Almut, wie Pater Ivo den Blick senkte. Plötzlich fiel ihr wieder ein, dass ihn eine wahrlich langjährige Freundschaft mit Magalone, Jeans Mutter, verband. Vielleicht auch mehr. Entschuldigend sagte sie: »Oh, ich wollte nicht …!«

»Eure Zunge geht mal wieder mit Euch durch. Befassen wir uns mit Jean und seinen Sorgen. Ihr habt sicher richtig geschlossen, dass bei seinem Aufenthalt auf dem Weingut etwas geschehen ist, das ihn tief betroffen gemacht hat und das er trotz allen Vertrauens zu mir nicht beichten wollte.«

»Trotz – oder wegen?«

»Ja, auch das ist denkbar.«

»Vielleicht hat er es einem anderen Priester gebeichtet?«

»Nicht, dass ich wüsste. Es ändert aber auch nichts, wir würden es nicht erfahren.«

»So müssen wir an anderer Stelle weiterforschen. Seine Freunde, die Arbeiter in de Lipas Lager, die Dienstleute im Haus – es gibt sicher viele Möglichkeiten. Auf jeden Fall aber Tilmann selbst.«

»Von dem, Begine, lasst Ihr Eure Finger!«

»Warum? Er zumindest weiß etwas über Jean!«

»Fandet Ihr die Aufmerksamkeiten, die er Euch widmete, so angenehm? Habt Ihr vielleicht etwas zu berichten vergessen?«

Sacht errötend antwortete Almut: »Keine Anfechtungen dieser Art. Aber, Pater, ich frage mich allmählich, ob das, womit Tilmann ihn unter Druck gesetzt hat, überhaupt im Zusammenhang mit seinem Tod steht. Außer es war so belastend für ihn, dass er sogar selbst das Gift genommen hat?«

Schweigend starrte Pater Ivo über das grüne Rebenfeld. Er selbst hatte Jean ein christliches Begräbnis in geweihter Erde zuteil werden lassen, und wenn diese Vermutung zutraf, dann musste das weit reichende Konsequenzen haben. Selbstmördern wurde eine solche heilige Ruhestätte verwehrt.

»Pater, sollten wir nicht unsere Bemühungen einstellen? Lassen wir die Toten ruhen und den Begrabenen ihren Frieden.«

»So einfach geht das nicht, Begine. Auch wenn Eure Überlegung es wert ist, überdacht zu werden. Aber wir kommen nicht sehr viel weiter, ohne neue Nachforschungen anzustellen. Es wäre gut, den Haushalt de Lipas näher in Augenschein zu nehmen.«

Almut schwieg einen Moment lang und ging im Geiste die Bewohner dieses Hauses durch. Plötzlich schlug sie die Hand an den Mund und gab einen kleinen Schnaufer von sich.

»Der Spiegel, Pater Ivo! Den hatte ich beinahe vergessen.«

»O ja, der Spiegel. Ich vergaß ihn nicht. Ich habe sogar schon versucht herauszufinden, woher seine Schwärzung stammt. Unser Krankenpfleger, Bruder Markus, kennt sich recht gut mit allen möglichen Kräutern, Elixieren und auch Giften aus. Aber eines, das Silber schwärzt, ist ihm nicht bekannt. Er gab aber zu, dass es möglicherweise Stoffe gibt, die so etwas verursachen. Wir wollten gemeinsam in der Bibliothek nachschlagen, doch die wichtigsten Bücher zu diesen Themen befinden sich im Kloster St. Heribert in Deutz.«

»Sind sie verbrannt?«

»Nein, sie sind in Sicherheit. Ich habe die Folianten selbst getragen. Nur hatte ich keine Zeit, sie zu studieren. Und ich fürchte auch, so leicht werde ich darauf in der nächsten Zeit keinen Zugriff haben. Aber Bruder Markus kennt auch noch einige andere Apotheker und Kräuterhändler, die ich noch aufsuchen werde. Wie steht es mit Eurer Kräuterfrau? Sie ist doch auch sehr bewandert in diesen Dingen?«

»Es ist etwas schwierig, mit ihr über diesen Verdacht zu sprechen.«

»Weiß sie von dem Spiegel?«

»Nein. Davon wisst nur Ihr.«

»Das mag von Vorteil sein. Fragt sie einfach danach, was die Schwärzung von Silber verursacht.«

»Ich kann es versuchen.« Dann sinnierte Almut: »Wenn man bedenkt, dass es Frau Dietkes Spiegel ist ...«

»... dann sollte man sich fragen, was Frau Dietke alles über Jean weiß, meint Ihr?«

Almut nickte.

»Sie hätte es tun können, nicht wahr? Sie hat das Fläschchen mit der Arznei an sich genommen und den Inhalt verdünnt. Wir sind gestern von diesem Pfad abgekommen.«

»Ja, und es scheint mir wichtig, ihn weiterzuverfolgen.«

Pater Ivo lehnte sich zurück und ließ die Sonne auf seine geschlossenen Augen scheinen. Almut beobachtete ihn schweigend und kam zu dem völlig unpassenden Schluss, dass er einst ein schöner Mann gewesen sein musste. Jetzt hatten sich Linien in sein Gesicht gegraben, die von Strenge sprachen, vielleicht sogar von vergangener Bitterkeit. Aber sie wurden gemildert durch eine Anzahl kleiner Fältchen um die Augen, die sich immer bildeten, wenn er sich über etwas amüsierte. Sie wusste inzwischen, dass er seine Strenge zuallererst gegen sich selbst wandte, und sie ahnte, dass er seine Bitterkeit inzwischen beinahe überwunden hatte. Zu gerne hätte sie gewusst, was für ein Leben er geführt hatte, bevor er das schwarze Gewand der Benediktiner angelegt hatte. Doch diese Frage auszusprechen verbot sich selbst ihrer neugierigen Zunge. Dafür formulierte sie schließlich eine andere.

»Gibt es irgendetwas, woran Ihr Euch im Zusammenhang mit Jean erinnert, das sein Verhältnis zu Frau Dietke beschreibt?«

Pater Ivo öffnete die Augen und nickte: »Ich versuchte eben, mich daran zu erinnern. Doch da gibt es nicht viel. Er sprach wenig von ihr.«

»Sie ist eine schöne Frau, Pater. Viel jünger als ihr Gatte. Vielleicht vier oder fünf Jahre älter als Jean.«

»Ihr wollt damit andeuten, die beiden könnten ein Verhältnis gehabt haben?«

»Wäre das nicht denkbar? Verschmähte Liebe hat schon mehr als eine Frau zum Giftfläschchen greifen lassen. Außerdem wäre das für Tilmann, wenn er es herausgefunden hätte, ein Druckmittel gegen Jean gewesen. Etwa die Drohung, de Lipa von dem Verhältnis zu berichten.«

»Ja, so würde wohl eins zum anderen passen.«

Almut fiel noch eine weitere Kleinigkeit ein, und sie sagte: »Frau Dietke wirkte erschreckend niedergeschlagen, als sie am Sonntag mit Bruder Johannes zu uns kam. Obwohl dessen Gegenwart ja jeden niederschlagen kann.«

»Das dürfen wir als Anklage nicht einbeziehen, da habt Ihr Recht.«

»Aber es gibt noch etwas, das gegen Frau Dietke spricht. Sie hat keine Kinder, und de Lipa behandelte Jean wie seinen Sohn und – vielleicht – Erben?«

»Eifersucht? Auch ein Beweggrund, aber sie müsste schon sehr heftig sein. Frau Dietke ist jung und könnte durchaus noch selbst Kinder bekommen.«

Almut pflückte eine Margerite ab, die neben der Bank blühte, und begann, eines der Blütenblättchen nach dem anderen auszuzupfen und dabei zu murmeln: »Er liebt sie, er liebt sie nicht, sie liebt ihn, sie liebt ihn nicht ...«

»›Die Liebe ist langmütig und freundlich, die Liebe eifert nicht, die Liebe treibt nicht ihren Mutwillen, sie bläht sich nicht auf, sie verhält sich nicht ungehörig, sie sucht das ihre, sie lässt sich nicht erbittern, sie rechnet das Böse nicht zu, sie freut sich nicht über die Ungerechtigkeit, sie freut sich aber an der Wahrheit; sie erträgt alles, sie glaubt alles, sie hofft alles, sie duldet alles.‹«

»Hat Paulus gesagt. Aber die Liebe hat auch andere Gesichter.«

»Ist es dann noch Liebe?«

»Halten die Menschen es nicht dafür?«

»Haltet Ihr es dafür?«

»Pater, mich dürft Ihr nicht nach Liebe fragen.«

»Nein, Begine?«, fragte er sehr sanft, und eine heiße Welle durchbebte Almut plötzlich. Sie biss sich auf die Unterlippe und senkte den Kopf. Doch ihr war selbst nicht ganz klar, warum.

Nüchtern meinte der Mann neben ihr dann aber: »Gut, so will ich Euch vorschlagen, darüber nachzudenken, welche Spuren wir nun verfolgen wollen.«

Almut hatte sich wieder gefasst und meinte: »Ist Recht. Sprecht.«

»Wir beide werden dem Geheimnis des dunklen Spiegels nachgehen, denn mir scheint es überaus wichtig, auf welche Art Jean umgebracht worden ist, da nun erwiesen ist, dass es Eure Arznei nicht gewesen sein kann. Ich werde mich um unseren munteren Geschäftemacher Tilmann kümmern, und Ihr solltet einem typisch weiblichen Laster frönen und auf Klatsch und Tratsch hören, der sich um Frau Dietke rankt. Diese Aufgabe wird Euch sicher nicht schwer fallen, oder, Begine?«

»Und anschließend darf ich wieder eine Woche lang keine süßen Wecken essen?«

»Wieso? Was hindert Euch, süße Wecken … Oh, ja. Ich erinnere mich. Eure Buße! Nun, ich hoffe, Ihr seid nicht zu oft in Versuchung geführt worden.«

»Doch, aber ich blieb standhaft, Pater!«

»Nun, dann sollt Ihr diese Strafe als aufgehoben betrachten. Kommt, gehen wir zurück und schauen nach, ob Eure vorzügliche Köchin uns mit solchem Gebäck versorgen kann.«

Einträchtig schweigend wanderten die Begine und der Benediktiner zwischen den Weingärten zurück zum Konvent. Doch bevor sie ihr Ziel erreichten, drängte sich Almut noch eine Frage auf.

»Pater Ivo, Ihr habt letzte Woche das Gottesurteil über mich verhängt. Ich gestehe, ich war zuerst entsetzt darüber, dass Ihr mich dieser Demütigung ausgesetzt habt, aber ich sehe ein, dass Ihr mich damit vor Schlimmerem bewahrt habt. Dafür möchte ich Euch danken.«

»Dankt mir nicht, es ist mir nicht gelungen, Euch vor den darauf folgenden Gefahren zu schützen.«

»Es ist nicht Eure Aufgabe, mich zu schützen, Pater.«

»Nein, es ist nicht meine Aufgabe, und ich weiß auch gar nicht, warum ich es überhaupt getan habe. Haltet es meiner greisenhaften Sentimentalität zugute, dass ich einfach ungern eine aufrechte, scharfzüngige Begine in der Gewalt des Inquisitors sehe. Und jetzt befehlt Eurer Zunge, über dieses Thema zu schweigen!«

»Geht nicht, Pater. Sie läuft ohne meinen Willen. Und darum müsst Ihr mir eine letzte Frage beantworten.«

»Na gut, eine allerletzte also, Begine!«

»Sagt, Pater Ivo – bluten Tote wirklich noch mal, wenn ein Mörder an die Bahre tritt?«

»Die meisten Menschen glauben es.«

»Ihr auch?«

»Ich weiß, dass sie es nicht tun.«

»Deshalb habt Ihr die Bahrprobe vorgeschlagen? Ihr wart Euch sicher, dass so meine Unschuld bewiesen würde!«

»Ja und nein, Begine. Es war ein Risiko dabei. Schaut, wenn man fest daran glaubt, dass der Tote Zeugnis ablegt, dann wird jemand, der sich schuldig fühlt, bei einer solchen Zurschaustellung irgendeine Unvorsichtigkeit begehen. Er könnte zusammenbrechen und ein Geständnis ablegen. Oder er könnte unfähig sein, die vorgegebenen Eide zu schwören. Sich versprechen, sich abwenden, stumm bleiben.«

»Ja, das verstehe ich. Sogar ich hatte Angst davor, keinen Laut aus der Kehle zu bekommen. Es war entsetzlich.«

»Aber Ihr habt mit lauter Stimme Eure Unschuld beteuert!«

»Ich hatte ja auch eine Freundin, die mir half.«

»Ihr hattet vor allem Eure Unschuld und Eure Würde. So und nun wirklich Schluss mit dem Thema!«

Sie hatten das Tor erreicht, und Mettel öffnete ihnen. Es ergab sich zudem, dass Gertrud gerade eben ein Blech süßer Wecken fertig hatte.

Nach der Vesper berichtete Magda den Beginen von dem Auftrag, den sie von de Lipa erhalten hatte.

»Wir werden in den nächsten Wochen ausschließlich für die Aussteuer seiner Nichte Waltruth arbeiten. Er will sie prächtig ausgestattet verheiraten. Die Hochzeit wird im Herbst gefeiert, bis dahin sollten wir die Arbeit geschafft haben.«

Sie verteilte die Arbeiten gleichmäßig und nach Können unter den Frauen, und Almut sah sich die kommenden Tage Dutzende von zarten Hemden säumen und mit zierlichen Durchbrucharbeiten verzieren. Sie seufzte ganz leise. Lieber hätte sie das Dach des Schweinestalls aufgeschlagen und gedeckt. Andererseits stellten Handarbeiten, die in Gemeinschaft anderer Frauen erledigt wurden, eine willkommene Quelle für Klatsch und Tratsch dar. Sie war bereit, dabei die Ohren zu spitzen und das Gespräch, wenn nötig, auf Frau Dietke zu lenken. Die allererste Quelle dazu fand sie jedoch nicht im Konvent, sondern anderenorts.

»Magda, ich muss wirklich meine Stiefmutter besuchen. Aber zunächst will ich dir berichten, was ich gestern getan habe.«

Die Meisterin hörte zu, manchmal mit sorgenvollem Blick, aber sie stellte keine Fragen und machte keine Vorwürfe.

»Also gut, sie ist deine natürliche Schwester. Und du kennst die Regeln, nach denen wir hier leben, gut genug, um zu wissen, wie leicht du uns mit solchen Ausflügen ins Gerede bringen kannst. Aber ich gestehe auch zu, dass der Mörder dieses jungen Mannes gefunden werden muss. Es war nicht recht von mir, die Augen einfach zu verschließen und zu hoffen, dadurch nichts mehr mit der Angelegenheit zu tun zu haben. Also tu, was du tun musst. Aber bitte sag mir, welche Schritte du unternehmen willst.«

»In diesem Fall wirklich nur mit Frau Barbara plaudern. Ich wüsste gerne mehr über die Frau des Weinhändlers. Oder kannst du mir dabei schon weiterhelfen?«

»Ich sprach heute selbst lange mit ihr. Sie war sehr diszipliniert und bedachtsam, was das Geschäftliche anbelangte. Aber sie hatte dunkle Ringe unter den Augen und wirkte matt. Mag sein, dass sie Sorgen hat, vielleicht strengt sie aber auch nur die Vorbereitung zu dem großen Fest an. Sie macht mir nicht den Eindruck, als ob sie harte Arbeit gewöhnt ist.«

»Das Fest findet am Sonntag statt?«

»Ja, mit einem Festessen und Lustbarkeiten. Musikanten wurden gedungen. In der Küche scheinen sich seit Tagen die Köchinnen zu überschlagen, um all die ausgefallenen Gerichte herzustellen, mit denen Herr de Lipa seine Gäste beeindrucken möchte.«

»Ja, das mag Frau Dietke anstrengen. Sie scheint den Ehrgeiz ihres Mannes mitzutragen.«

»Den Sprung in den Rat der Stadt? Ja, das würde ihr sicher gefallen. Höre, Almut, sie hat mich ebenfalls eingeladen, an der Feier teilzunehmen.« Magda stieß ein kleines Lachen aus. »Sicher nicht in meiner Eigenschaft als Beginenmeisterin, sondern als Schwester und Tochter eines Patriziers. Ich werde sie fragen, ob ich dich als meine Begleiterin mitbringen darf.«

»Das wäre natürlich eine wunderbare Gelegenheit, herauszufinden, mit wem die de Lipas so verkehren!«

»Wann willst du deine Stiefmutter aufsuchen?«

»Morgen Nachmittag, dachte ich. Ich will sehen, ob ich meinen Vater treffe, denn eigentlich wollte ich ihn überreden, das Holz für das Dach zu stiften.«

»Das kannst du gerne tun, wir wären ihm dankbar. Aber raue Hände darfst du in der nächsten Zeit nicht haben!«

»Ja, ja, ich weiß, ich werde mit dünnen Nadeln zierliche Muster sticken, statt mit schweren Hämmern grobe Nägel einzuschlagen! Ich verspreche es. Aber nun sag mir noch etwas Weiteres, Magda. Was ist mit Elsa?«

Magda seufzte. »Ich weiß, ich muss mich mit ihr auseinander setzen. Ich weiß noch nicht, was ich mit ihr tun soll. Wenn ich sie ausschließe, verliert sie, fürchte ich, jeden Halt.«

»Gertrud hat mir erzählt, warum sie sich so benommen hat, als der Inquisitor hier war. Ich war entsetzt und einige Tage sehr böse auf sie, aber inzwischen...« Almut zuckte mit den Schultern. »Es ist nicht mehr so schlimm. Sie ist eine hervorragende Apothekerin, es wäre gut, wenn sie bliebe.«

»Ja, es wäre gut. Aber sie braucht eine starke Hand, die ihr hilft, wenn sie wieder in Gefahr gerät, in derartige Panik zu verfallen. Trine ist nicht die rechte Mitbewohnerin für sie.«

»Gertrud kennt sie schon lange.«

»Aber sie wird nicht von ihrer Küche fortgehen.«

»Nein, das nicht.«

»Ich werde über das Problem nachdenken, Almut. Und was wirst du tun?«

»Ich werde zu ihr gehen und ihr zeigen, dass ich ihr nichts nachtrage.«

»Das wäre wundervoll. Sie soll wieder am gemeinschaftlichen Leben teilhaben. Es wäre besser für sie!«

An diesem Abend hielt Almut lange Zwiesprache mit der Jungfrau Maria, wie immer, wenn sie ihre Gedanken ordnen wollte. Sie bat darum, Elsa ohne Bitterkeit begegnen und ihr ihren Verrat vergeben zu können. Sie bat auch um Hilfe für ihr Unterfangen, Jeans Mörder zu finden. Schließlich bat sie, wie jedes Mal, darum, an der rechten Stelle den Mund halten zu können.

Zumindest die erste der Bitten hatte Maria erhört, denn als Almut am nächsten Morgen Elsa besuchte, die über einen brodelnden Kessel gebeugt stand, war ihr Groll auf sie gänzlich verflogen. Sie hatte Mitleid mit der Frau, die mit grauem, steinernem Gesicht aufsah, als sie erkannte, wer sie aufsuchte.

»Es riecht eigenartig, was stellst du da her?«

»Ein Kräuteröl gegen Wespenstiche«, antwortete Elsa mit tonloser Stimme.

»Sehr nützlich, vor allem im Herbst, wenn die Wespen auf den süßen Früchten sitzen. Was tust du hinein?«

Als Elsa merkte, dass Almut nicht gekommen war, um ihr Vorwürfe zu machen, taute sie langsam auf. Sie liebte ihre Kunst, und bald redete sie unbefangen über Auszüge und Tees, Salben und Öle. Ganz beiläufig brachte Almut schließlich die Frage an, die ihr auf den Nägeln brannte.

»Holunderbeeren färben meine Finger dunkelrot, grüne Walnüsse machen sie braun und Wolfsmilch schwärzt sie. Gibt es eigentlich auch ein Mittel, das Silber schwärzt?«

»Warum gerade Silber?«

»Es läuft doch manchmal an! Woran liegt das? Weißt du es?«

»Mh, es schwärzt sich, ja. Aber ich trage dieses Silberkreuz«, Elsa fischte aus ihrem Ausschnitt ein kleines, hübsch ziseliertes Kreuz, das ganz blank war, »und es ist mir hier noch nie angelaufen. Allerdings trage ich es immer unter der Kleidung.«

»Meinen Silberschmuck musste ich immer polieren. Ich trug ihn allerdings auch offen!«, meinte Almut nachdenklich.

»An der Luft dunkelt Silber nach, das stimmt schon. Aber es braucht einige Zeit dazu. Vielleicht liegt es an irgendwelchen fauligen Dämpfen, die manchmal aufsteigen. Jedenfalls nicht an solchen, die hier in meinen Räumen entstehen. Warum willst du das überhaupt wissen?«

»Ach, nur so. Es ist nicht weiter wichtig. Hat Trine eigentlich an dem Duftwasser noch etwas verändert? Sie hat mir vorgestern einen Topf mit Neroliblüten abgeschmeichelt.«

»Dieses Kind ist versessen auf solche Sachen. Aber das muss ich ihr lassen, sie kann inzwischen hervorragend mit dem Alambic umgehen und zündet auch nicht mehr ständig alles Mögliche an, um herauszufinden, wie der Rauch riecht. Woher hast du eigentlich diese feinen, bunten Glasflakons?«

»Oh, es gibt da einen Händler auf dem Markt. Er hat eine reiche Auswahl.«

»Wir sollten einige davon besorgen und dieses Duftwasser darin abfüllen. Die Frauen sind ganz verrückt danach. Du hattest Recht, Almut. Es verkauft sich gut. Wenn Trine vom Markt zurückkommt, schicke ich sie mit ihrer neuesten Schöpfung zu dir. Aber jetzt muss ich mich weiter um das Öl kümmern.«

»Danke, Elsa!«

Almut atmete auf, als sie die Apothekerin verlassen hatte. Es hatte keine große Aussprache gegeben, keine Worte der Vergebung oder der Entschuldigung. Dennoch glaubte sie, dass Elsa dankbar ihr ganz normales Verhalten verstanden hatte.

Trine kam mit den Weberinnen schwer beladen zurück. Sie waren im Leinenkaufhaus »Zum Hirtz« am Alten Markt gewesen und hatten sich mit Stoffen und Garn und all den anderen Dingen eingedeckt, die zur Herstellung der Aussteuer notwendig waren. Mit einem Korb voll feinstem Leinen am Arm trat Trine in Almuts Haus ein, wo diese und Clara gerade dabei waren, die Spuren des morgendlichen Unterrichts zu beseitigen.

»Na, Trine, bringst du uns Arbeit!«

Freundlich lächelnd nahm Almut ihr den Korb ab und schaute hinein. Trine hingegen zupfte sie am Ärmel, zeigte auf eines der aufgestapelten Wachstäfelchen und wedelte fragend mit dem Finger.

»Nimm dir eins und auch einen Griffel!«, bedeutete ihr Clara und nahm zwei schwere Bücher, um sie in ihre Kammer zu tragen. Trine setzte sich auf die Bank und begann zu kritzeln. Neugierig schaute Almut ihr über die Schulter und erkannte eine erstaunlich gute Skizze eines Hundes. Noch einmal zupfte das Mädchen an ihrem Ärmel, wie immer, wenn sie Aufmerksamkeit erheischte. Dann ritzte sie mit raschen Strichen ein Haus daneben und hielt sich angeekelt die Nase zu. Jetzt war Almuts Neugier wirklich geweckt, und sie setzte sich neben die Kleine.

»Das Haus, in dem es nicht gut riecht – das ist de Lipas Haus, nicht wahr. Da warst du gestern mit der Meisterin, ich weiß. Gab es da einen Hund?«

Sie deutete auf die Zeichnung.

Trine nickte, begeistert darüber, dass sie verstanden wurde. Dann schnitt sie eine fürchterliche Fratze und machte einen Buckel.

»Oh, das hässliche Faktotum war auch da. Ah, ja, er hat einen Hund. Und was soll das jetzt?«

Trine machte ein trauriges Gesicht, als ob sie weinen müsste, und strich dann mit einem energischen Schwung des Griffels den Hund durch.

»Oh, der Mann ist traurig, weil sein Hund weggelaufen oder gestorben ist. Ich verstehe.«

Trine glättete die Tafel mit der breiten Seite des Griffels und zeichnete ein anderes Tier an den Rand.

»Eine Ratte. Igitt. Und der Hund hat die Ratte gefangen? Daran ist er gestorben? Nein. Das muss etwas anderes bedeuten. Der Hund hat im Keller eine Ratte gefangen. Braves Tier!«

Aber das war es nicht, was Trine ihr mitteilen wollte. Sie löschte noch einmal die Tafel und begann von neuem, das Haus zu zeichnen, davor die Treppen in die Kellergewölbe, die Ratte und den Hund. Aber Almut konnte sich keinen Reim darauf machen.

»Ach, Trine, es tut mir ja so Leid, dass ich dich nicht besser verstehen kann. Aber ich werde mich nach dem Hund erkundigen. Vielleicht erzählt mir ja dieses Faktotum, was mit ihm geschehen ist.«

Trine zuckte mit den Schultern und stellte ihre Bemühungen ein. Dafür zog sie aus ihrer Kitteltasche ein Krügelchen hervor, löste den Stopfen und hielt es Almut zum Riechen vor die Nase.

»Oh, mmmh. Das wird ja wirklich immer besser!«

Trine schenkte ihr ein strahlendes Lächeln und drückte ihr das Krüglein in die Hand. Das Duftwasser roch jetzt kaum mehr nach Rosmarin, obgleich dessen herber Geruch noch immer zu ahnen war. Auch das süßliche Rosenöl war in den Hintergrund getreten, dafür überwog der frische Duft der Zitronen und der zartbittere, fruchtige Geruch der Bitterorangenblüten.

Clara kam wieder nach unten und sah die beiden nebeneinander sitzen. Neugierig trat sie näher und sog ebenfalls begeistert den Duft ein.

»Oh, das ist ein feines Wässerchen. Das könnte ich gut gebrauchen. Du weißt doch, meine Kopfschmerzen!«

»Ich weiß, die kommen immer, wenn du zierliche Muster sticken musst!«

»Ja, und damit müssen wir jetzt haufenweise Leinen verzieren. Es würde mir sehr helfen, wenn ich so ein Duftwässerchen zur Hand hätte.«

»Dann wirst du dich sehr gut mit Trine stellen müssen, liebe Clara,« sagte Almut, verstöpselte das Fläschchen wieder und ließ es in ihre Tasche gleiten.

Pitter, der Päckelchesträger, war es, der Almut die Nachricht ihrer Schwester brachte.

»Die maurische Hure schickt mich, Frau Begine. Sie lässt Euch sagen – äh – ›Dies irae, dies illa, solvet saeculum in favilla.‹ Weiß der Teufel, was das heißt, ich musste es Dutzende Male nachsprechen, damit Ihr es auch richtig versteht!«

»Dies ira! O weh! Das ist ein Hymnus, Pitter, und er bedeutet, dass am Tag des Zornes die Menschheit zu Asche verbrennt! Ich befürchte Schlimmes!«

»Dann solltet Ihr, wenn es nachmittags zur Non läutet, zum Friedhof kommen. Sie sagt, sie wartet dort auf Euch. Frau Begine, Ihr scheint Euch an seltsamen Plätzen herumzutreiben!«

»Wieso? Wir beten für die Verstorbenen, und das macht man nun mal an den Gräbern«, meinte Almut mit unschuldigem Blick.

»Da müssen aber ein paar mächtige Sünder dabei gewesen sein, dass sie zu Asche verbrennen!«

»Ja, was erwartest du denn, wenn du einst gestorben bist?«

»Och, ich finde schon eine fromme Seele, der ich ihre Päckelches auf dem Weg zum Himmelstor nachtragen kann!«

»Das könnte aber eine ziemlich drückende Last werden, Pitter. Fromme Seelen haben manchmal ganz schön schwere Päckelches zu tragen!«

»Na, dann muss ich zu Lebzeiten sehen, dass ich ordentlich was zu essen bekomme, was?«

»Die Maurin hat dir nichts für den Botengang gegeben?«

»Doch, aber das hat gerade für den Weg hierher vorgehalten!«

Almut musste über den dreisten Bengel lachen und nahm ihn mit zu Gertrud, die ihm mit der üblichen missmutigen Miene einen Kanten Brot mit Schmalz reichte. Aber es war ein dicker Kanten, und es war reichlich Schmalz darauf.

Almut ging mit Wissen der Meisterin zu ihrem Treffen mit Aziza, die getreue Trine mit dem Handarbeitskorb im Schlepp. Auf diese Weise erfuhr sie von Bruder Johannes' Besuch in der Schenke, der dem Benediktiner zuvorgekommen war.

»Wir können von Glück sagen, dass wir den Abend zuvor dort waren, sonst hätte uns der Inquisitor erwischt.«

Almut nickte und vermied es, sich die Folgen für sie vorzustellen. Der Tag des Zornes hätte unweigerlich auch sie getroffen!

»Und jetzt hat er sich an Tilmann gehängt!«, fuhr Aziza fort. »Ich bin gespannt, wie der sich seiner Aufmerksamkeit entzieht.«

»Pater Ivo ist ihm auch auf der Spur.«

»Und du, Schwester?«

»Ich bin an der schönen Frau Dietke de Lipa interessiert. Darum will ich heute Nachmittag auch meine Stiefmutter besuchen. Wenn du magst, begleite mich ein Stück des Wegs.«

»Gerne. Was hat Frau Dietke besonderes? Außer ihrer Schönheit. Ich kenne sie nicht, es war die Dame, die in der Kirche neben dem Weinhändler stand und dich so abschätzend musterte, nicht wahr?«

»Die nämliche. Sie kennst du nicht, kennst du ihn?«

»De Lipa? Als was?«

»Als Mann?«

In jener langen Nacht, in der Almut Aziza erklärte, dass sie beide den gleichen Vater hatten, hatte Aziza ihr auch etwas mehr über sich selbst erzählt. Und so wusste sie nun, dass ihre Schwester zwar recht ungebunden lebte, aber ihr Brot nicht durch Hurerei erwarb. Sie hatte derzeit einen reichen Gönner, der sie aufsuchte, wenn er in der Stadt weilte, doch das Haus, in dem sie lebte, hatte sie von ihrer Mutter erhalten, und auch das kleine Vermögen, das sie sorgsam vermehrte, indem sie es zu hohen Zinsen verlieh. Ihren Ruf hatte sie ebenfalls von ihrer Mutter geerbt, der Maurin aus Cordoba, die nie geheiratet und doch immer einen bedeutenden Mann an ihrer Seite gehabt hatte.

»Als Mann uninteressant. Er gehört zu den ganz wenigen Ehemännern, die ihrer Frau treu bleiben, heißt es. Und so lange Frau Dietke noch so schön und so jung ist, ist das nicht ungewöhnlich.«

»Er ist erst seit drei Jahren mit ihr verheiratet.«

»Ach ja, ich erinnere mich, es gab einen Skandal. Seine erste Frau ist mit einem toskanischen Grafen fortgegangen. Es gab viel Gerede damals, aber ich habe mich nicht besonders darum gekümmert. Wenn du meinst, versuche ich, noch etwas darüber herauszubringen.«

»Ich weiß nicht, ob es uns weiterhilft, aber irgendwie muss ich mir ein Bild machen, und da mag auch so ein kleines Fädchen ein Muster in dem Gewebe vervollständigen.«

Sie hatten die geschäftige Baustelle des neuen Domes erreicht, dessen Chor bereits hoch zum Himmel aufragte. Es wurde derzeit am Südturm gearbeitet, der schon über das Portal hinausgewachsen war. Arbeiter entluden die Ochsengespanne, auf denen die Steine vom Drachenfels von der Anlegestelle am Rhein transportiert wurden, andere mühten sich ab, sie auf die Gerüste hochzuziehen. Aus der Bauhütte trat Werkmeister Michael, der seit gut zwanzig Jahren den Bau des Domes leitete. Er erkannte Almut, die Baumeistertochter, und nickte ihr zu.

»Ich grüße Euch, Meister Michael. Läuft die Arbeit gut?«

»Die üblichen Schwierigkeiten, Lieferungen kommen zu spät, die Maurer zanken sich mit den Steinmetzen, die Zimmerleute mit den Werkzeugschmieden, das Domkapitel ist wie immer zu knauserig und behauptet, kein Geld zu haben. Na ja, nichts ungewöhnlich Ärgerliches also. Ungewöhnliches haben wir aber dennoch, Frau Almut. Seht, die ersten Figuren für das Portal sind fertig gestellt.«

Zwei der fünf Apostel blickten bereits würdevoll auf die Betrachter herab. Almut nickte bewundernd und meinte: »Sie sehen aus, als ob sie gleich herabsteigen wollten. Ihr habt einen wirklich begabten Steinmetz, Meister Michael.«

»Oh, es sind ihrer mehrere, sie stammen alle aus der Familie meiner Frau Drutgin. Ihr wisst ja, ihr Vater, Peter, der Parlier, hat sich großen Ruhm in Prag verdient. Die ganze Sippe hat begnadete Hände. Und wie geht es Eurem Vater, dem Meister Conrad?«

»Er müht sich immer noch ab, das Rheingassentor wieder aufzubauen, das vor zwei Jahren bei dem Hochwasser so stark beschädigt wurde. Es wird ihn noch eine Weile beschäftigen, Ihr braucht also um Eure Stellung nicht zu fürchten!«

Es war ein alter Scherz zwischen den beiden Männern, der auf einem Körnchen Wahrheit beruhte. Almuts Vater wäre nämlich zu gerne Dombaumeister geworden.

»Aber ich selbst arbeite daran, Euch Konkurrenz zu machen. Mein erstes Bauwerk habe ich beinahe beendet!«

»Wahrhaftig, Frau Almut? Lässt es sich mit dem da messen?«

Er warf einen Blick zu den hohen Spitzbögen des Domes empor.

»Noch nicht ganz, aber ich habe natürlich erst einmal klein angefangen. Ein Schweinestall, aber solide gebaut und sogar mit Säulenkapitellen an der Tür. Überreste von einem alten Tempel, sagte man mir.«

Meister Michael kannte Almut schon von Kindheit an, und er erwiderte gerne ihren gutmütigen Spott. Während sie miteinander plauderten, schlenderten Aziza und Trine zu den Buden und Ständen rund um den Domplatz und kamen jetzt langsam wieder näher. Trine war es wieder einmal gelungen, sich etwas zu erschmeicheln. Sie trug stolz ein blaues Band am Ende ihres langen honigblonden Zopfes.

»Wer sind Eure hübschen Begleiterinnen, Frau Almut?«

»Trine, das Mädchen, gehört zu unserem Konvent. Unsere Apothekerin hat sie eines Tages aufgelesen und kümmert sich um sie. Sie ist taub und stumm, aber eine willige Helferin.«

»Armes Kind. Ihr tut fleißig Werke der christlichen Barmherzigkeit. Und die andere? Auch ein Werk der Barmherzigkeit?«

»Aber nein, ganz und gar nicht. Sie ist ein Werk der Liebe, Meister Michael. Das ist meines Vaters Tochter...«

»Oh!«

»Sie heißt Aziza.«

»Oh!«

Aziza war nun neben sie getreten und schenkte dem Dombaumeister eines ihrer hinreißendsten Lächeln. Der gestandene Mann brachte kein weiteres Wort heraus.

»Ich bin auf dem Weg zu meinem Elternhaus, Meister Michael. Ich will Frau Barbara gern Eure Grüße ausrichten, wenn Ihr denn wieder sprechen könnt!«

Ihr alter Freund hatte sich wieder gefangen und antwortete: »Oh, ja. Bitte tut das, und natürlich auch Eurem Vater. Er soll doch mal wieder vorbeischauen. Sagt ihm, Frau Drutgin braut ein wunderbares Bier!«

»Das will ich tun, Meister Michael. Einen schönen Tag noch.«

Sie wandten sich zum Gehen, und einige Schritt weiter verabschiedete sich auch Aziza von ihr.

»Ich muss noch einiges erledigen. Gib mir Bescheid, wenn du etwas Neues herausgefunden hast. Ich werde das Gleiche tun.«

Almut verabschiedete sich voller Herzlichkeit von ihrer Schwester.

Anne, die behäbige Magd, öffnete die Tür und machte ein ängstliches Gesicht, als sie Almut und Trine sah.

»Ist etwas geschehen, junge Herrin? Ihr kommt ohne Ankündigung, und Frau Barbara hat Besuch.«

»Es ist nichts geschehen, Anne. Ich war nur gerade hier in der Gegend und dachte, ich schaue eben mal herein.«

»Nun, tretet auf jeden Fall ein. Ich will Frau Barbara Bescheid geben. Die Frau Helgart ist nämlich hier. Aber die Kinder werden sich freuen, Euch zu sehen.«

Almut folgte der unablässig brabbelnden Magd und sprach ein leises Dankgebet an Maria, die offensichtlich auch ihre Bitte nach Unterstützung im Fall Jean erfüllt hatte, denn die Schwester des Herrn de Lipa konnte ihr gewiss nützlich sein. Sie wurde in die Stube geführt. Hier saßen ihre Stiefmutter und die Besucherin plaudernd beisammen und stichelten nicht nur an ihren Handarbeiten.

»Almut, wie schön, dich zu sehen. Helgart, das ist meine Stieftochter Almut, die als Begine am Eigelstein lebt.«

De Lipas Schwester war eine schlanke, beinahe knochige Frau mit herben, doch freundlichen Gesichtszügen. Sie wirkte vornehm, war jedoch nicht auffällig gekleidet. Das allerdings konnte man von Frau Barbara nicht behaupten. An dieser Stelle versagte Marias Gnade wieder einmal, und Almuts Zunge ging mit ihr durch.

»Ah, Frau Barbara, habt Ihr Euer Leben jetzt dem heiligen Kornelius geweiht?«, fragte sie nach der Begrüßung mit gespielter Ehrfurcht. »Werdet Ihr nach Aachen pilgern, um an seinen Reliquien zu beten?«

»Wie kommst du denn darauf, Almut?«

»Nun, was sollte Euch ansonsten bewogen haben, diesen wunderlichen Kopfputz zu tragen? Die doppelten Hörner Eurer Haube können doch nur dem Patron des Hornviehs gelten, oder?«

»Almut!«

Empörung schwang in Frau Barbaras Ausruf mit, doch leider fiel ihr jetzt auch noch die Besucherin in den Rücken und meinte lachend: »Ich habe aus Höflichkeit geschwiegen, aber Eure Tochter hat nicht ganz Unrecht, Barbara. Die Haube sieht etwas bedrohlich aus.«

»Sie ist das Neueste, was man am burgundischen Hof trägt.«

»Seltsam, und ich dachte, da setzt man nur den Männern Hörner auf...«

»Steht sie mir wirklich nicht?«

»Ihr seht immer hübsch aus, Stiefmutter, egal, was Ihr tragt. Und wenn das denn die neueste Mode ist, dann werden demnächst viele doppelt gehörnte Damen durch Köln laufen.«

Almut drehte sich zu der Magd um und bat sie, Trine zu den Kindern zu schicken, deren Stimmen sie im Hof hörte, setzte sich dann zu den beiden Frauen auf die Bank und holte auch ihre Handarbeit aus dem Korb hervor.

Das Gespräch hatte sich um Helgarts Tochter Waltruth gedreht, deren Verlobungsfeier anstand, und die Hochzeit, die im Herbst gefeiert werden sollte. So fiel es Almut leicht, ihre Fragen über Dietke und auch Jean einfließen zu lassen.

»Sie nimmt es natürlich zum Anlass, sich neue Kleider machen zu lassen, als hätte sie nicht schon ganze Truhen voll.« Frau Helgart schüttelte über diesen Unverstand den Kopf.

»Sie hilft ihrem Mann damit, denke ich«, warf Almut ein.

»Sie ist eitel!«

»Das ist sie sicher, aber es zeigt wahrscheinlich auch, dass sie sich bei ihm beliebt machen möchte, indem sie die Gäste mit ihrem Reichtum beeindruckt.«

»Das mag wohl stimmen. Manchmal halte ich meine Schwägerin für ein selbstsüchtiges Huhn, aber dennoch, sie war sehr glücklich, als es hieß, dass Hermann um sie anhalten würde. Sie hat ihn sogar anderen Bewerbern vorgezogen.«

»Sie muss ja auch schon verhältnismäßig alt gewesen sein, als sie heiratete«, sinnierte Almut.

»Zwanzig war sie, und nicht ihre eigene Schuld war es. Es ist ein tragisches Schicksal die Ursache dafür, dass sie so lange warten musste.«

»Was ist geschehen, Helgart? Jetzt habt Ihr Andeutungen gemacht, nun müsst Ihr auch die ganze Geschichte erzählen«, bat Frau Barbara, und Almut nickte zustimmend. Die Besucherin ließ sich nicht lange bitten.

»Dietke ist die jüngste Tochter einer wohlhabenden Händlerfamilie, ein Nachkömmling, vielleicht ein wenig unerwünscht. Sie hat noch zwei Schwestern, die schon lange verheiratet sind, und einen Bruder, der beinahe zwanzig Jahre älter ist als sie. Er hat sie als Kind schon geliebt und verhätschelt. Sie ist auch ein ganz süßes Geschöpfchen gewesen. Ich kann mich noch an sie als kleines Mädchen erinnern. Aber schon in jungen

Jahren war sie ein eitler Fratz. Man hat sie dem Sohn eines angesehenen Tuchhändlers versprochen, und als sie sechzehn war, sollte sie mit ihm verheiratet werden. Er war sieben Jahre älter als sie, ein hübscher, angenehmer Junge, und Dietke schien ganz zufrieden mit der Vorstellung zu sein, ihn zum Mann zu bekommen. Ein Jahr vor der Hochzeit brach er allerdings zu einer weiten Reise auf, um die Waren seines Vaters in den Ländern zu verkaufen, wo dafür noch mehr bezahlt wurde als hier. Er wollte sein eigenes Vermögen erwerben und hatte vor, über Italien bis zum Osmanischen Reich zu ziehen, um dort kostbare Seidenstoffe einzuhandeln. Dietkes Bruder war begeistert von der Idee, ferne Gegenden zu bereisen, und schloss sich mit seinen eigenen Waren der Gesellschaft an. Sie wollten nach einem Jahr zurück sein, und Dietke sollte dann mit ihrem Bräutigam zusammengegeben werden. Die Monate verstrichen, das Jahr war herum, und die Reisenden waren noch nicht zurückgekehrt. Keine Nachrichten, keine Botschaften hatten die Familien erhalten. Niemand wusste, wo sie sich aufhielten, ihre Spur verlor sich in Neapel, wo sie mit gutem Gewinn ihre Waren verkauft hatten.«

»Wie schrecklich. Hat man denn nie wieder etwas von ihnen gehört? Es muss Dietke sehr getroffen haben, Bräutigam und Bruder zu verlieren.«

»Ja, es traf sie tief, und als nach einem weiteren Jahr des Schweigens ihre Eltern vorschlugen, den Tuchhändlersohn zu vergessen und einen anderen als Ehemann in Betracht zu ziehen, weigerte sie sich zunächst, auch nur einen der neuen Bewerber anzusehen. Obwohl es zahlreiche Bewunderer gab. So wurde sie achtzehn Jahre alt, ein schönes, etwas melancholisches Mädchen, sehr fügsam und höflich, nur in einer Sache unbeugsam. Sie wollte nicht heiraten, solange nicht Klarheit über den Verbleib der Reisenden herrschte.«

»Sie hat dann aber doch geheiratet. Wie kam das?«

»Zwei Dinge geschahen in kurzen Abständen. Dietke traf bei einem Fest ihrer Eltern den Weinhändler de Lipa. Er war freundlich zu ihr, ohne Zweifel. Sie aber war Bewunderung gewöhnt und nicht kühle Höflichkeit. Vielleicht stachelte sie das an, ihn zu erobern. Auf jeden Fall verliebte sie sich in ihn und entwickelte eine ganze Reihe weiblicher Listen, um ihn an sich zu binden. Ich fand sie damals ziemlich schamlos. Jedenfalls fiel in diese Zeit ein weiteres entscheidendes Ereignis. Es kam eine Botschaft aus der Kommende der Deutschritter in Koblenz. Zwei kranke, verwundete Händler hatten Obdach gesucht und wurden dort von den Brüdern im Hospiz gepflegt. Die Nachricht war kurz und sagte nur wenig über den Zustand der beiden aus. Aber es handelte sich unzweifelhaft um den Sohn des Tuchhändlers und Dietkes Bruder.«

»Ei wei, welch eine schwierige Situation für Dietke.«

»Zunächst sah es so aus. Der Tuchhändler selbst machte sich auf den Weg nach Koblenz, um seinen Sohn und dessen Gefährten nach Hause zu bringen. Es war schon Herbst, als er aufbrach, und der Winter war vorüber, als er zurückkehrte. Er kam nicht allein, aber seinen Sohn brachte er nicht mit. Der hatte den Winter nicht überlebt.«

»Was ist mit den Männern geschehen? Habt Ihr das je erfahren?«

»Ja, der Tuchhändler erzählte es uns. Die beiden hatten einen guten Beginn ihrer Reise gehabt und waren von Neapel aus wie geplant zu Schiff aufgebrochen, um über Sizilien nach Alexandria zu gelangen. Auf dem Mittelländischen Meer lauern viele Gefahren, aus diesem Grund fahren die Schiffe immer in Gruppen, um sich gegen die Korsaren besser zur Wehr setzen zu können. Doch ein Sturm brachte das ihre vom Kurs ab, und so wurden sie Beute dieser Verbrecher. Sie nahmen ihnen das Vermögen und die Waren, ließen die Männer jedoch am Leben, um sie als Sklaven zu verkaufen. So landeten Dietkes Bruder und der Tuchhändlersohn in Tripolis, wo sie einem barbarischen Herren dienen mussten. Nach zwei Jahren gelang ihnen die Flucht, das Glück schien mit ihnen zu sein, und sie schafften es mit der Hilfe einiger gütiger Menschen, bis nach Koblenz zu gelangen. Doch es gab Probleme. Des Tuchhändlers Sohn hatte sich ein Fieber geholt, das ihn langsam auszehrte. Der kalte Winter nahm ihm die letzte Lebenskraft, und er starb in den Armen seines Vaters.«

»Wenigstens diese Gnade wurde ihm zuteil. Aber Dietkes Bruder? Kam er unversehrt zurück?«

»Nein. Und ich weiß nicht, mit wem das Schicksal gnädiger war. Dietkes Bruder war zunächst bei dem Überfall verletzt worden und nur dank der Fürsprache des Tuchhändlersohnes nicht getötet worden. Er wurde mit ihm zusammen verkauft. Er genas langsam, obwohl sein Bein nicht mehr richtig heilte. Dann aber machte er sich bei seinem Herren unbeliebt. Er beleidigte seine Ohren und machte unverschämte Bemerkungen. Zur Strafe hat dieser Barbar ihm die Zunge herausgerissen und die Ohren abgeschnitten.«

»O mein Gott!«

Almut schluckte trocken und dachte an ihre eigene unbotmäßige Zunge. Dann fiel ihr plötzlich auf, was sie da gerade gehört hatte.

»Dietkes Bruder, das ist Rudger, der Haushofmeister bei de Lipa?«

»Ja. Sie nahm ihn auf, den verstörten, gebrochenen Mann, der entstellt und verstümmelt nach Hause kam und sich nur noch in seiner Kammer verkriechen wollte. Sie war die Einzige, die Zugang zu ihm hatte, und wahrscheinlich muss ich es ihr hoch anrechnen, denn sie vergilt ihm die Liebe, die er ihr als kleines Mädchen geschenkt hat.«

»Das tut sie wohl. Und nachdem sie erfahren hat, dass ihr Verlobter nun wirklich gestorben war, hat sie ihre Schlingen wieder nach de Lipa ausgelegt?«

»Es war nicht viel an Schlingen auszulegen, de Lipa hatte sich um eine Tochter der Hardefustens bemüht und war von dem Patrizier abgewiesen worden. Er hielt um Dietke an.«

»Und sie nahm Rudger mit sich. Er muss unter ihrer Pflege zumindest ein wenig Selbstvertrauen wiedererlangt haben, denn mir scheint, er führt das Haus mit großer Anstelligkeit.«

»Das tut er, und er hat auch Möglichkeiten gefunden, sich zu verständigen. Doch er ist menschenscheu geblieben und zieht die Gesellschaft seines Hundes der der Menschen vor.«

»Einem Hund, der vor kurzem gestorben ist. Armer Mann.«

Almut erinnerte sich an Trines Geschichte von dem Ratten jagenden Hund, und sie ergab mit einem Mal einen Sinn. Sie erzählte sie den beiden Frauen.

»Das tut mir Leid für ihn. Aber es mag ein neues Tier geben, das sich ihm anschließt. Oder er muss es doch wieder mit den Menschen versuchen.«

»Wie ist er eigentlich mit dem jungen Mann aus Burgund zurechtgekommen, Frau Helgart? Wisst Ihr etwas darüber?«

»Ich weiß es nicht. Er wird ihn genauso behandelt haben wie die anderen Bewohner des Hauses. Nur zu seiner Schwester Dietke hat er ein enges Verhältnis.«

»Frau Dietke, so sagt man, mochte den jungen Mann nicht.«

»Ja, das fiel mir auch auf, und es wunderte mich, denn der arme Verstorbene war ein sanfter, höflicher Junge. Immerhin, de Lipa verbrachte viel Zeit mit ihm, nahm ihn häufiger auf Reisen oder zu Besuchen bei einflussreichen Kunden mit. Vielleicht war sie eifersüchtig auf ihn. Vielleicht hätte sie ihren Mann lieber selbst begleitet. Wenn das der Grund für ihre Verstimmung war, dann hat sie nun ja nichts mehr zu befürchten. Sie wird sich am Sonntag aller Welt als die elegante Gattin des erfolgreichen Weinhändlers zeigen können.«

»Ein großes Ereignis, die Verlobung Eurer Tochter. Ich wünsche ihr, dass sie mehr Glück hat als Frau Dietke.«

»Es sieht im Augenblick zumindest danach aus. Der junge Werner ist ein gewinnender Mann, und Waltruth ist eher erwartungsvoll als verliebt. Aber wenn auch noch die Liebe auf sich warten lässt, so mag sie mit den Jahren wachsen.«

Das Gespräch drehte sich jetzt wieder um die Vorbereitungen der Feier, und Almut stand auf, um aus dem Fenster in den Hof zu sehen. Sie hatte genug erfahren, um dem Bild Farbe zu geben, das sie sich von den de Lipas machen wollte. Die Fragen, die es beantwortete, und die Fragen, die es neu aufwerfen würde, wollte sie später verfolgen.

Unten im Sonnenschein saßen Trine und Mechtild

beisammen und spielten schweigend und einträchtig ein Fadenspiel, bei dem sie sich gegenseitig höchst komplizierte Muster zwischen die ausgestreckten Daumen und Zeigefinger der beiden Hände woben. Peter ließ den schwarzen Kater nach einem Stoffbällchen an einem Band haschen und schrie gerade empört auf, als eine Kralle im Eifer des Spiels seine Wade ritzte. Die Glocken von St. Maria im Capitol läuteten zur Vesper, und Almut drehte sich zu ihrer Stiefmutter um.

»Ich muss heimkehren, Frau Barbara.«

»Ja, ich habe auch den ganzen Nachmittag verschwätzt«, sagte Frau Helgart im Aufstehen.

Sie verabschiedeten sich, und als Almut Trine vom Hof holte, traf sie ihren Vater an der Tür. Der Baumeister Conrad wusste noch immer nicht so recht, wie er seiner Tochter begegnen sollte, die ihn in der letzten Zeit mehrmals heftig in Verlegenheit gebracht hatte. Er brummelte nur einen kurzen Gruß, um sich so schnell wie möglich zurückzuziehen, aber Almut hielt ihn auf und verwickelte ihn in ein Gespräch über Meister Michael und den Dom, dem er sich dann doch nicht entziehen konnte.

»Und außerdem, Herr Vater, habe ich in unserem Konvent einen Stall gebaut. Den habt Ihr sicher gesehen, als Ihr neulich dort wart.«

»Du hast einen Stall gebaut?«

»So schwierig war das nicht. Wisst Ihr, es stand da ein altes Gemäuer, das mir die Steine lieferte, und das Bisschen Mörtel konnten wir bezahlen. Aber, Herr Vater – das Holz für das Dach und die Schindeln, also wenn Ihr die stiften würdet, da könntet Ihr gewiss sein, dass wir mindestens zwei Jahrzeiten für Euch beten werden.«

»Ein schlechter Handel, Tochter. Wenn ich das dem

Domkapitel überlasse, bekomme ich einen Ablass von zwei Monaten, und eine solche Verkürzung der Zeit im Fegefeuer ist allemal mehr wert als einmal im Jahr ein paar Gebete.«

»Ja, aber, Herr Vater, erwartet Ihr denn, ins Fegefeuer zu kommen, bei Eurem tadellosen Lebenswandel? Ich meine, ich werde niemandem etwas von der maurischen Hure erzählen.«

»Tochter!« Grimmig drohte Meister Conrad mit dem Zeigefinger. »Aber schon gut, ihr sollt euer Dach bekommen. Ich schicke in den nächsten Tagen einen meiner Zimmerleute vorbei, der die Maße nimmt.«

»Vielen Dank auch!«

Als sie sich schließlich von ihm verabschiedete, lächelte er ihr zu und meinte: »Bist schon ein gutes Mädchen, Almut. Tapfer wie deine Mutter! Warte einen Moment. Ich will dir noch etwas geben.«

Er stapfte die Stiegen zu den oberen Zimmern hinauf und kam nach einer kurzen Weile mit einem kleinen Gegenstand in der Hand zurück.

»Schau, das hat deine Mutter früher oft getragen. Ich weiß nicht, ich behielt es wohl als Erinnerung. Aber was soll so ein hübscher Anhänger in den Kisten und Kästen eines brummigen alten Mannes. Trag du es, Almut. Das kannst du sicher auch in deinem jetzigen Stand.«

Ein zierliches Silberkreuz baumelte an einer dünnen Kette und glänzte im Sonnenschein. Es war sehr einfach gearbeitet, ohne glitzernde Steine und Schnörkel. Nur in der Mitte war eine kleine Rose eingraviert.

»Es ist bezaubernd, Vater. Ich danke Euch sehr.«

20. Kapitel

Magda von Stave hatte es einrichten können, dass Almut sie zu der Verlobungsfeier in de Lipas Haus begleiten durfte. Es sollte eine prächtige Feierlichkeit werden, die der Weinhändler ausrichtete. Das Wetter spielte ebenfalls mit, und an dem warmen Sommerabend fand sich eine ausgewählte Gästeschar in seinem Haus ein. Ohne Neid bewunderte Almut die kostspieligen Gewänder und den blinkenden Schmuck, stellte fest, dass die doppelhörnigen Hauben durchaus auch von anderen feinen Damen getragen wurden, und erfreute sich an dem Blumenschmuck und den Kerzen.

»Trine hätte ihren Spaß daran!«, flüsterte sie der Meisterin zu. »Überall diese Blüten und Duftkerzen! Irgendwie ist es Frau Dietke mit all dem fast gelungen, den scheußlichen Geruch der Kloake zu überdecken.«

»Ich rieche sie trotzdem. Na ja, bei dem warmen Wetter!«

Doch die Nase des Menschen ist gutwillig und gewöhnt sich auch an üble Gerüche, und als die Speisen aufgetragen wurden, hatte Almut sie längst vergessen. Ein gefülltes Ferkel, glänzend braun und vollständig samt Schnauze und Füßen wurde auf den Tisch gestellt. Es gab Eiersuppe, gelb von Safran, gebratene Hühner mit Zwetschgen, in Öl gebackene Fische, Äschen und Forellen, Krebsfleisch in Aspik und gesottenen Aal in Pfeffersauce. Auch sauer eingelegte Fische, Wildbret und eine Rinderlende wurden gereicht, dazu stark gewürzte Saucen und das weißeste Brot, das Almut je gegessen hatte. Auch die Tische selbst zeigten de Lipas Reichtum. Sie waren mit reinen Leinentüchern bedeckt, und vor jedem Gast stand ein Trinkbecher aus durchscheinendem grünen Glas, besetzt mit dicken Nuppen. Kannen mit duftendem Wasser standen bereit, damit sich die Esser die Hände abspülen und mit feinen Tüchern abtrocknen konnten. In der Mitte des Tisches aber prangte der silberne Tafelaufsatz in Form eines Schiffes, der das Salzfass barg.

Berge von Gebäck wurden hereingebracht. Süße und würzige Kuchen, Pasteten und Wecken, aber auch Früchte, Nüsse in Honig und allerlei exotisches Konfekt. Und vor allem floss, wie es sich im Hause eines Weinhändlers gehörte, der kostbarste und süffigste Wein in Strömen.

Almut beteiligte sich wenig an den Gesprächen um sie herum, doch sie beobachtete aufmerksam und lauschte den einzelnen Rednern. Waltruth, die Braut, sah sehr hübsch aus in ihrem Festtagsgewand, und Werner, der an ihrer Seite saß, unterhielt sich angeregt mit ihr. Helgart strahlte vor mütterlichem Stolz und beteiligte sich ebenfalls rege an den Gesprächen um sie herum. Natürlich war das Verhalten des Erzbischofs und der Schöffen eines der wichtigsten Themen. Welche Beschränkungen der unselige Streit dem Handel auferlegte und welche Maßnahmen die Händler selbst ergriffen hatten, um sie entweder zu umgehen oder ohne Gewinneinbußen einzuhalten, all das wurde diskutiert. Alle, die sich hier bei de Lipa versammelt hatten, standen auf der Seite der Stadt und ihres Rates.

»Und doch hat der Erzbischof Wein geliefert bekommen. Guten Burgunder, wie Ihr ihn selbst heute ausschenkt!«, sagte jemand zu de Lipa.

»Aber nicht von mir geliefert. Er mag andere Quellen haben!«

»Seid Ihr sicher, Hermann? Ihr seid der Einzige hier, der im großen Umfang aus dem Burgunderland Weine bezieht.«

De Lipa hatte schon einige Becher dieses schweren Getränks zu sich genommen und brauste auf. Frau Dietke an seiner Seite legte ihm beruhigend die Hand auf den Arm und flüsterte ihm etwas zu. Dann sagte sie laut: »Im großen Umfang zwar, aber auch Herr Wingartener handelt mit Burgunderwein.«

Der Erwähnte, ein eher unbedeutender Händler, war nicht eingeladen und konnte nichts zu seiner Verteidigung sagen.

»Dann ist er es wohl auch, der diese gepantschte Brühe in Umlauf gebracht hat?«, warf der Quälgeist ein, und Magda schüttelte erbost den Kopf. Sie flüsterte Almut zu: »Was hat denn der Hardefust für einen Groll gegen de Lipa. Will er unbedingt Streit vom Zaun brechen?«

»Das sieht beinah so aus. Seht, wie rot unser Gastgeber geworden ist. Er schäumt vor Wut. Er hat sich vor Jahren einmal um Hardefustens Tochter beworben und ist abgelehnt worden. Vielleicht ist da der Streit entstanden.«

»Ich habe es überhaupt nicht nötig, gepantschte Weine zu verkaufen!«, sagte de Lipa gerade mit knirschenden Zähnen. Denn wieder versuchte Frau Dietke, ihn zur Mäßigung zu bewegen, und redete beschwichtigend auf ihn ein.

»Ihr vielleicht nicht, aber vielleicht hat Euer verstorbener Adlatus, dieser Jean aus Burgund, einen schwunghaften Handel damit betrieben …«

De Lipa war jetzt nicht mehr rot im Gesicht, sondern wurde blass. Er stand auf, wie um eine heftige Erwiderung von sich zu geben, aber als er den Mund öffnete, entrang sich ihm nur ein ersticktes Gurgeln. Er presste die rechte Hand an die Brust und stürzte mit dem Gesicht voraus auf den Tisch. Gläser fielen klirrend zu Boden und zerbarsten, Platten rutschten, und Gebäckstücke flogen umher. Dietke schrie gellend auf und versuchte, ihren Mann aufzurichten. Die meisten Gäste aber blickten wie betäubt auf die Szene. Magda fasste sich schneller als die anderen. Sie stand auf und eilte um den Tisch.

»Habt Ihr einen Arzt hier, Frau Dietke?«

»Arzt? Nein.«

»Dann schickt nach einem. Mädchen, komm her!«

Sie winkte einer Magd, die fassungslos auf den leblosen Mann starrte, und gab ihr den Auftrag, einen Arzt oder den Bader zu holen. Diese zögerte, doch inzwischen hatte Rudger sich den Weg durch die Gäste gebahnt und schickte sie mit einem heftigen Stoß in Richtung Tür.

»Hebt ihn auf und bringt ihn zu Bett. Es wird sein Herz sein. Er braucht mehr Luft.«

Magda gab klare Anordnungen, während Dietke stumm und hilflos de Lipas Hand hielt.

»Waltruth, Ihr verabschiedet am besten die Gäste.«

Die junge Braut wirkte verstört, doch sie nickte. Ihre Mutter Helgart stellte sich an ihre Seite, und beide begannen, höflich, aber bestimmt, die Gäste zum Gehen zu bewegen.

Rudger hatte inzwischen den schweren Mann aufgerichtet, und mit zwei Helfern trugen sie ihn so sanft wie möglich aus dem Raum. Dietke folgte ihnen, blass wie ein frisch gebleichtes Leintuch.

Langsam leerte sich das Haus, die tuschelnden, murmelnden Stimmen verstummten, die Diener begannen, die Unordnung zu beseitigen. Nur Waltruth, ihre Mutter und Werner, ihr Verlobter, blieben zurück und natürlich Magda, die sich zu Almut gesellte.

»Wie entsetzlich das ist«, flüsterte das junge Mädchen und verlor dann die Haltung. Schluchzend legte sie den Kopf an Frau Helgarts Schulter. Werner stand hilflos daneben und wusste nicht, was er mit seiner Braut anfangen sollte. So war es Magda, die den Arzt begrüßte und die Magd anwies, ihn zu de Lipas Zimmer zu bringen.

Almut hatte sich ganz still verhalten und sich nicht weiter eingemischt. Doch jetzt sagte sie leise zu Magda: »Ich werde mich mal um Frau Dietke kümmern. Sie muss dem Zusammenbruch nahe sein.«

»Tu das, Almut. Ich helfe hier noch etwas, die Ordnung wiederherzustellen.«

Almut verließ den Raum, in dem das Festmahl stattgefunden hatte, und strich durch das spärlich erleuchtete Haus. Aus einem Zimmer drangen Licht und Stimmen, doch Dietkes war nicht dabei. Sie fand die Dame des Hauses einige Zimmer weiter in einer Nische sitzen und herzzerreißend weinen. Leise trat sie zu ihr und legte den Arm um die schmalen, zitternden Schultern. Schniefend hob sie den Kopf und erkannte die Begine.

»Oh, Ihr seid es«, sagte sie mit rauer Stimme und schluchzte weiter.

»Die Gäste sind gegangen, Frau Dietke, und ein Arzt ist bei Eurem Mann. Fasst Euch ein wenig.«

Aber Dietke wurde noch immer von Krämpfen geschüttelt, und Almut ließ sie weiter in ihrem Arm weinen.

»Ich hab ihn gewarnt, er solle den Hardefust nicht einladen«, sagte sie schließlich und richtete sich ein wenig auf. Mit einem zarten Tuch wischte sie die Tränen vom Gesicht. Es war fleckig und verquollen, aber immer noch schön.

»Er muss einen rechten Hass auf Euren Gatten haben, ihn bei einer solchen Feier im eigenen Haus zu beleidigen.«

»Er dünkt sich so vornehm, er schaut auf de Lipa so herab. Und – ach – diese Gerüchte über den Wein haben uns schon so geschadet!«

»Aber es sind keine Gerüchte, Frau Dietke!«

Zornig schüttelte die Frau des Weinhändlers Almuts Arm ab und richtete sich entrüstet auf.

»Jetzt fangt Ihr auch noch damit an!«

»Verzeiht, Frau Dietke, aber Ihr müsst der Wahrheit ins Gesicht sehen. Es ist die Wahrheit, Jean hat in Eurem Lager Weinfässer vertauscht. Er hat es nicht aus eigenem Antrieb getan, sondern ist dazu angestiftet worden. Aber getan hat er es!«

Frau Dietkes Augen wurden groß und dunkel, und in ihnen glomm ein kleiner Funke Wut auf. »So, der kleine Schurke hat seinen geliebten Herren also wirklich hintergangen! Ich habe dem sanften Gehabe nie ganz getraut. Dieser Betrüger, dieser Lump! Bin ich froh, dass er endlich unter der Erde ist!«

Hass verzerrte Frau Dietkes Gesicht und ließ es gar nicht mehr schön aussehen, stellte Almut fest.

»Und Ihr habt dabei ein wenig nachgeholfen, nicht wahr, Frau Dietke? Indem Ihr ihm weitere drei Löffel der Arznei eingeflößt habt, nicht wahr, Frau Dietke? Vermischt mit einem tödlichen Gift!« Die Wut war verraucht, und Dietke starrte die Begine mit blankem Entsetzen in den Augen an. »War es nicht so?«

Almut hielt die Unterarme der zierlichen Frau fest in ihrem Griff, doch diese machte keine Anstalten, sich zu wehren.

»Nein, ich habe ihm die Medizin nicht gegeben. Ihr irrt!«, sagte sie mit fester Stimme.

»O doch, Frau Dietke. Ihr erinnert Euch doch, dass ich den Rest aus dem Fläschchen trinken musste. Und die Arznei darin war sehr verdünnt. Die fehlende Dosis war mit Wein aufgefüllt worden. Und das Fläschchen befand sich nur in Eurer Obhut, wie ihr selbst zugegeben habt.«

Dietke senkte zunächst die Augen, begehrte dann aber trotzig auf.

»Ich habe Jean nicht vergiftet!«

»Aber Ihr wolltet es tun, gebt es zu! Auch wenn Ihr ihm nicht selbst das tödliche Gift verabreicht habt, so habt Ihr doch gehofft, dass drei oder vier Löffel der Medizin ihn umbringen würden, denn Ihr wart dabei, als ich ihn davor warnte, mehr als zwei Löffel voll einzunehmen!«

Dietke begann wieder zu zittern, und hilflose Tränen rannen ihr über die Wangen.

»Nein, ich habe ihn nicht umgebracht!«

»Alle Welt weiß, dass Ihr ihn gehasst habt, Frau Dietke!«

»Na und? Deshalb muss ich ihn doch nicht getötet haben. Natürlich konnte ich den kleinen Spitzbuben nicht ausstehen. Diesen Schöntuer und Speichellecker! Wenn Ihr wüsstet, wie sehr Hermann sich um ihn bemühte, wie er sich um ihn kümmerte und sich um ihn sorgte. Ich konnte krank sein oder gesund, das hat ihn nie berührt. Ich hatte eine Fehlgeburt und lag mit Schmerzen darnieder und wusste nicht, ob ich leben oder sterben würde, und er ist mit Jean in den Weingarten gefahren. Ich wollte, dass der Junge aus unserem Haus verschwand. Ich war unfreundlich zu ihm, aber de Lipa nahm ihn in Schutz. Er beschimpfte mich und zog sich mit ihm zurück.«

Sie lehnte den Kopf an die Wand und schluchzte laut auf, als würde sie von inneren Schmerzen zerrissen.

»Immer bin ich nur die Zweitbeste für ihn. Er wollte eine andere Frau, aber die lehnte ihn ab. Da nahm er mich, die Zweitbeste. Ich war's zufrieden, aber dann kam Jean, und er rückte an die erste Stelle. Nie habe ich ihm seither etwas recht gemacht, er hat noch nicht einmal mehr das Bett mit mir geteilt. Ich habe alles getan, um ihm eine gute Frau zu sein und ihm bei seinen Plänen zu helfen. Ich liebe ihn, aber er blieb kühl und entfernte sich immer mehr. Und nun ist er krank, vielleicht stirbt er. Er regt sich so leicht auf. Und Jean ist schuld daran. Ich bin froh, dass er tot ist, aber ich habe ihn nicht getötet.«

»Er war beinahe gesund und starb dann plötzlich, Frau Dietke. Woran?«

»Ich weiß es nicht! Ich weiß es nicht!«

Sie versuchte jetzt, sich loszuwinden, aber Almut fasste etwas fester zu, und sie stöhnte unter dem harten Griff.

»Ihr habt ihn gehasst, und Ihr habt die Arznei verdünnt. Warum soll ich glauben, dass Ihr ihn nicht getötet habt?«

»Ich habe falsch gehandelt, ich habe gelogen. Ich habe

die Medizin selbst genommen, um schlafen zu können. Als der Dominikaner kam, hatte ich Angst, dass er mich beschuldigt, weil das Fläschchen bei mir stand. Deshalb habe ich etwas Wein hineingegossen. Ich bin keine Mörderin. So glaubt mir doch! Ich habe ihn nicht umgebracht! Gerade Ihr müsst das doch verstehen. Ihr wurdet doch auch zu Unrecht beschuldigt!«

Almut seufzte und ließ ihre Arme los. Ob das die Wahrheit war oder nicht, sie würde aus der aufgelösten Dietke nichts anderes mehr herausbekommen.

»Kommt, wascht Euch das Gesicht und geht dann zu Eurem Mann. Vielleicht geht es ihm schon wieder besser.«

»Ihr glaubt mir?«

»Mir bleibt nichts anderes übrig. Im Augenblick, Frau Dietke.«

Äußerst nachdenklich verließ Almut den Raum und suchte Magda, um sich auf den Heimweg zu machen.

21. Kapitel

Es war ein wenig schwierig gewesen, Tilmann ausfindig zu machen, aber Bruder Johannes gelang es schließlich doch. Er hatte offiziell Anklage gegen ihn erhoben, und in Begleitung zweier Schergen fing er ihn ab, als er das Haus eines stadtbekannten Geldverleihers verließ. Aus dem darauf folgenden Akt körperlicher Gewalt hielt er sich wohlweislich heraus und überließ diesen Teil der Abwicklung den dazu besser gerüsteten Häschern. Bruder Johannes übernahm den Gefangenen erst, als er halbwegs gezähmt im Turm saß. Hier fand er einen angeschlagenen, aber nichtsdestoweniger trotzig leugnenden Angeklagten vor, der zunächst schlichtweg abstritt, überhaupt einen Jean de Champol zu kennen, und erst recht nicht zugab, ihn ermordet zu haben. Bruder Johannes bedauerte es, nicht zu den schärferen Mitteln des Verhörs greifen zu können, aber der Scharfrichter weigerte sich, von einem anderen als dem Greven Rembodo Scherfgin Weisungen entgegenzunehmen. Schon gar nicht von einem Inquisitor. Und der Scherfgin hielt sich mitsamt den Schöffen beim Erzbischof auf. Doch hilflos war der Dominikaner nicht. Er malte Tilmann ein paar schaurige Bilder der Hölle und ihrer Strafen aus, die einen weniger Standhaften schon nach kurzer Zeit in die Knie gezwungen hätten. Tilmann aber blieb kühl und gelassen. Mit einem nachlässigen Schulterzucken gab er allerdings zu: »Es mag möglich sein, dass mir dieser Burgunder in der Schenke begegnet ist. Wahrscheinlich habe ich sogar ein- oder zweimal Worte mit ihm gewechselt. Aber ich wusste bis heute nichts von seinem Tod. Ich war bis zum Donnerstag nicht in der Stadt.«

Das hatte der Bruder Cellerar schon bestätigt, doch Bruder Johannes war überzeugt von der Schuld seines Opfers und drängte mögliche Zweifel mannhaft zurück. Es gelang ihm durch unwiderlegbare Argumente, Tilmann zu dem Eingeständnis zu bringen, dass er nicht nur einige Worte, sondern ganze Sätze mit Jean gewechselt hatte, und er erfuhr auch deren ungefähren Inhalt.

»So habt Ihr den jungen Mann überreden können, den besonders guten Wein nur an Eure Kunden zu liefern. Welche Kunden, Tilmann?«

Der Gefangene lachte leise und lehnte sich auf seiner harten Pritsche zurück.

»Das erfahrt Ihr nicht von mir!«

»Das werden wir noch sehen! Womit habt Ihr den Jean de Champol«, Bruder Johannes spuckte den Namen förmlich aus, »denn dazu überredet?«

»Auch das erfahrt Ihr nicht von mir. Der Junge ist tot. Also lasst ihn ruhen. Und mich lasst Ihr jetzt besser auch in Ruhe.«

»Wenn ich gehe, wird das eine lange Ruhe für Euch werden!«, erwiderte der Inquisitor giftig. »Bis die Gerichte wieder tagen, kann viel Zeit vergehen. Und ich werde dafür sorgen, dass Euch hier niemand besucht.«

»Tut Euer Bestes, Dominikaner. Ihr werdet schon sehen, was Ihr davon habt!«

Tilmann, eine langsam sich blau färbende Prellung an der Stirn und getrocknetes Blut im Mundwinkel, zerschrammt und angeschlagen, zeigte nicht nur ein geradezu freches Selbstbewusstsein, sondern auch eine Starrköpfigkeit, die durch nichts zu erschüttern war. Er schwieg beharrlich über die Hintergründe seiner Taten. Ein anderer als Bruder Johannes hätte ihm das vielleicht sogar als ehrenvolles Verhalten ausgelegt.

Einen anderen als Bruder Johannes hätte auch seine letzte Bemerkung stutzig gemacht. Aber den ergrimmten der sture Gefangene und der mangelnde Nachdruck der Befragung derart, dass sein Gallenstein in Bewegung geriet und er mit heftigen Schmerzen den Kerker verlassen musste.

22. Kapitel

Am Montagvormittag kündete Mettel dem Kreis der eifrig nähenden und stickenden Beginen im Refektorium an, dass Pater Ivo an der Pforte sei.

»Ich gehe, Magda. Ich nehme an, er will mich sprechen.«

»Du brauchst in der letzten Zeit aber häufig geistlichen Beistand, Almut!«, stichelte Thea.

»Ich bin eben eine große Sünderin vor dem Herren.«

»Lasst sie in Ruhe!«, mischte sich Magda ein. »Sie hat eine schwierige Aufgabe übernommen. Wenn sie gelöst ist, werdet ihr mehr darüber erfahren.«

Magda und Almut hatten nach dem missglückten Fest bei de Lipa noch lange zusammengesessen und versucht, die Eindrücke zu ordnen. Doch es fehlte noch ein wichtiges Stück in dem Bild, um einen Sinn darin zu erkennen. Almut setzte ihre Hoffnung auf Pater Ivo, und darum freute sie sich über sein Kommen.

»Ihr scheint ein reines Gewissen zu haben, Begine. Sonst würdet Ihr zu meiner Begrüßung nicht so freudig lächeln.«

»Kein ganz reines, Pater, aber es ist auszuhalten. Habt Ihr Neuigkeiten? Ich jedenfalls habe welche.«

»Wunderbar. Dann berichtet Ihr mir die Euren, während wir uns auf den Weg zu Meister Krudener machen, der uns hoffentlich ebenfalls etwas Wichtiges verrät.«

»Gut, ich bin gleich bereit, mit Euch zu gehen. Trine wird uns begleiten, wenn Ihr nichts dagegen habt.«

»Das seltsame taube Mädchen, das so gerne herumschnüffelt?«

Almut nickte und kehrte ins Refektorium zurück, um sich abzumelden und Trine ein Zeichen zu geben. Diese legte erfreut Nadel und Stoff beiseite. Handarbeiten liebte sie lange nicht so wie die Tätigkeit in der Apotheke oder gar das Arbeiten im Garten. Allerdings machte sie ein abwehrendes Gesicht, als sie Pater Ivo sah, und Almut hatte alle Mühe, sie zum Mitgehen zu bewegen.

»Was hat das Kind denn? Sie war neulich schon so misstrauisch.«

»Sie hat Angst vor Mönchen. Könnt Ihr es ihr verdenken? Sie hat mit angesehen, wie der Inquisitor ihre Beschützerin Elsa in Panik versetzte und wie er mich bedrohte. Ich kann mich zwar mit ihr verständigen, aber alles kann ich ihr nicht erklären.«

»Dann muss ich mich wohl selbst um ihr Wohlwollen bemühen, scheint es.«

»Eine harte Aufgabe, gerade für Euch, Pater!«

»Nun, bei Euch ist es mir doch auch gelungen, oder nicht?«

»Ich bin ja auch nicht taub.«

»Und vor allem nicht stumm. Aber lassen wir die Waffen eine Weile ruhen. Erzählt mir Eure neuen Erkenntnisse.«

Almut fasste die Ereignisse der letzten Tage zusammen und schloss: »Frau Dietke hat die Arznei verdünnt. Sie behauptet, sie habe selbst einige Löffel voll davon genommen. Aber ich bin mir sicher, dass sie lügt.«

»Seid Ihr denn sicher, dass sie die Mörderin ist?«

»Vielleicht ist sie es nicht. Aber dann weiß sie, wer es ist, und sie deckt den Mörder.«

»Eine schwer wiegende Anschuldigung, die Ihr da aussprecht.«

»Das ist sie, aber solange wir nicht wissen, wodurch Jean gestorben ist, ist es nur ein Verdacht.«

»Wenn uns das Glück hold ist, werden wir sogleich mehr dazu erfahren.«

»Meister Krudener?«

»Er ist ein Berufsgenosse Eurer Apothekerin, und unser Bruder Markus spricht mit großer Achtung von ihm, obwohl er ihn selbst noch nicht kennen gelernt hat. Aber er hat wohl ein ungewöhnliches Traktat über die Wirkung bestimmter Stoffe geschrieben, das ihn beeindruckt hat. Allerdings gibt es auch eine ganze Reihe Leute, die ihm mit großer Vorsicht begegnen und sogar davor warnen, seinen Laden aufzusuchen.«

»Hat er einen solch schlechten Ruf?«

»In gewissen Kreisen schon.«

»Ihr macht mich neugierig.«

»Warnungen haben scheint's eine solche Wirkung auf Euch. Anderen würde das eher Angst machen.«

»Ihr seid auch nicht gerade blass vor Furcht, Pater Ivo.«

»Ich muss schließlich Haltung vor Euch bewahren, Begine! Stürzen wir uns in das Abenteuer?«

»Gerne. Ist es hier?«

Sie hatten ein hohes, schmales Haus am Neuen Markt erreicht, zu dessen Eingangstür unter den vier wuchtigen Säulen des Vorbaus drei steinerne Stufen führten. Als Pater Ivo die Tür nach dem Anklopfen öffnete, sog Trine hinter Almut erstaunt die Luft durch die Nase.

»Meister Krudener, seid Ihr zu Hause?«, rief Pater Ivo in die halbdunkle Diele hinein, die einen höhlenartigen Eindruck machte, weil nur durch zwei schmale Fenster beidseitig der Tür etwas Licht fiel.

»Nicht für jeden!«, hörten sie eine hohe heisere Stimme antworten. »Wer seid Ihr?«

»Ivo vom Spiegel und zwei Begleiterinnen.«

Almut verschluckte sich beinahe, als sie den Namen hörte. Die Familie derer vom Spiegel gehörte ebenfalls zu den alteingesessenen Kölner Patriziern. Sie hatte sich nie Gedanken über Pater Ivos Herkunft gemacht, und jetzt war sie mehr als überrascht, denn bislang hatte sie angenommen, dass er erst seit wenigen Jahren in der Stadt weilte. Ihre Überraschung wuchs noch, als der Mann, zu dem die hohe, heisere Stimme gehörte, schließlich erschien. Eine magere, hochgewachsene Vogelscheuche in einem langen Gelehrtengewand flatterte zwischen den Regalen und einem mit Mörsern und Tiegeln, Töpfen und Krügen übersäten Tisch herbei. Um den Kopf gewunden trug diese Gestalt eine gewaltige Menge Stoff, deren eines Ende in einem langen Streifen über ihre rechte Schulter fiel. Meister Krudener wedelte mit den Händen, und Almut fürchtete um die Gefäße, die bis hoch an die Decke die Regale füllten.

»Ivo vom Spiegel?«, krächzte der seltsame Vogel. »Als Mönch? Mit einem solchen Bruder will ich nichts zu tun haben!«

Er drehte sich wieder um und wollte grußlos verschwinden.

»Meister Krudener? Steht Ihr vielleicht mit Beginen auf besserem Fuß als mit Mönchen?«, rief Almut ihm hinterher, schwankend zwischen Belustigung und Ärger.

»Hä, Beginen? Oh, Ihr meint diese aufsässigen Frauen, die in der Kirche mit den Priestern disputieren?«

»Na ja, unsere Hauptbeschäftigung ist das nicht, Meister Krudener.«

»Könnte es aber ruhig werden!«

»Sie disputiert oft genug mit mir, also redet ihr da nicht zu«, bemerkte Pater Ivo trocken.

Immerhin war die Neugier des Apothekers an seinen Gästen geweckt, und er kam wieder näher und wandte sich an Almut.

»Das tut Ihr? Ihr habt meine Wertschätzung, Frau Begine. Und dieses Kind, disputiert das auch schon?«

»Sie kann es nicht und wird es nie tun. Trine ist taub und stumm. Aber sie kann andere Dinge dafür sehr gut.«

»Ahh, na dann. Und was führt so eine seltsame Gesellschaft wie Euch zu mir? Ein schwarzer Mönch, eine hübsche Begine und ein stummes Kind? Wenn Ihr die Folgen Eurer Unkeuschheit beseitigt haben wollt, dann werde ich Euch nicht helfen!«

Almut versteckte ihre Belustigung, und mit trügerisch sanfter Stimme sagte sie: »Kräutermann, wäre dies meine Sorge, würde ich mich vertrauensvoll an unsere Apothekerin wenden und nicht an ein staubiges Tuch wie Euch!«

»Begine!«, kam es vorwurfsvoll von Pater Ivo, doch zu ihrer beider Erstaunen brach Meister Krudener in ein krähendes Lachen aus.

»Ein aufsässiges Weib, fürwahr! Nun denn, Ivo vom Spiegel, wie habe ich Euch heuer anzureden? Ist ehrwürdiger Vater der rechte Titel?«

»Aber nein, die Abtswürde strebe ich nicht an.«

»Aber nur ein schlichter Bruder Ivo seid Ihr auch nicht, oder täusche ich mich da?«

»Gewöhnlich nennt man ihn Pater Ivo, Meister Krudener«, mischte sich Almut ein, die den beiden mit wachsendem Erstaunen zugehört hatte und sich so ihre Gedanken machte.

»Ein Priester. Je nun, das setzt natürlich dem Ganzen die Krone auf. Doch mag Euch der Titel eines ehrwürdigen Vaters auch zustehen, wenn auch in anderer Form, als Ihr erwartet!« Wieder krähte der Apotheker vor Lachen, und Pater Ivo schüttelte nur den Kopf.

»Und Ihr?« Krudener wandte sich Almut zu. »Wie habe ich Euch zu nennen? Schwester? Mutter? Meisterin?«

»Eine Schwester bin ich in meiner Familie, Meisterin in unserem Konvent ist Frau Magda von Stave. Ich bin Almut, eine Begine.«

»Und keine Mutter?«

Almut senkte den Kopf, denn diese Wunden schmerzten sie auch noch nach langer Zeit. Doch dann fing sie sich wieder und sah dem seltsamen Mann, der sie mit unerwartet sanften Augen musterte, aufrecht ins Gesicht.

»Ihr könnt mich Frau Almut nennen.«

»Ah, Frau seid Ihr denn also doch noch. Schön, was also führt einen keuschen Priester, eine junge Frau und ein – oh, sehr neugieriges – Kind zu mir? Lass die Finger davon, Mädchen!«

Trine hatte sich hinter die Theke geschlichen und einen Topf geöffnet. Sie war gerade dabei, den Finger hineinzustecken, und wollte ihn ablecken. Mit einem schnellen Klaps auf die Hand hinderte Krudener sie daran und drohte ihr mit dem Zeigefinger. Dann führte er ihr mit erstaunlich schauspielerischem Talent eine Pantomime fürchterlicher Bauchkrämpfe vor, die allerdings ihre Wirkung verfehlte. Trine grinste ihn nur an und schüttelte den Kopf. Sie zeigte ihm, dass sie den Inhalt für lecker erachtete. Krudener klappte energisch den Deckel wieder zu und setzte ein grimmiges Gesicht auf. Trine zuckte mit den Schultern und blieb unbeweglich stehen.

»Eigenartiges Geschöpf! Woher weiß das Kind, was bekömmlich für sie ist und was nicht?«

»Sie hat einen ausgezeichneten Geruchssinn! Was enthält der Topf?«

»Etwas Kostbares, sehr Seltenes. Gemahlenen Zucker. Er ist süß, aber nicht gefährlich. Aber beantwortet jetzt meine Frage!«

»Dies führte uns zu Euch!« Pater Ivo legte den geschwärzten Spiegel auf den Tisch, und Meister Krudener beugte sich darüber.

»Der schmeichelnde Freund einer schönen Frau, doch nun angelaufen und nicht mehr brauchbar. Müsst Ihr in Begleitung eines Priesters kommen, Frau Almut, um das verräterische Zeugnis Eurer Eitelkeit reinigen zu lassen?«

»Es ist nicht mein Spiegel, Meister Krudener, und auch nicht das Zeugnis meiner Eitelkeit, denn die habe ich schon lange abgelegt. Dieser dunkle Spiegel ist Zeuge eines Mordes. Und von Euch, Meister, erhofften wir uns Aufklärung darüber, wie er sein Licht verlor.«

»Ah, ein Geheimnis. Ich liebe Geheimnisse. Erzählt mir mehr davon, vielleicht kann ich Euch helfen, Frau Almut. Folgt mir.«

Der Apotheker ging voran durch den höhlenartigen Raum und öffnete eine hinter Vorhängen verborgene Tür. Dahinter befand sich ein heller, luftiger, wenngleich nicht ordentlicher Raum. Es war ein Laboratorium, voll gestellt mit den seltsamsten Apparaturen. Manche davon erkannte Almut, und Trine strebte sofort auf den Alambic zu, der auf einem Ofen stand und in dem es leise blubberte. Almut hielt sie zurück. Ein Tisch war übersät mit eng beschriebenen Pergamenten, einer Waage und unzähligen kleinen und großen Gewichten, weiteren Töpfen und Phiolen.

»Calcinatio! Sublimatio! Solutio! Putrefactio! Destillatio! Coagulatio!«, krähte es lauthals vom Fenster her. Auf prächtig blau und grün schillerndem Gefieder brach sich die Sonne.

»Euer Papagei scheint ein versierter Alchemist zu sein!«, bemerkte Pater Ivo, während er und der Vogel einander interessiert beäugten.

»Nicht nur er!«, erwiderte Krudener kurz und schubste eine träge graue Katze von einem Pergament voller rätselhafter Zeichen.

»Setzt Euch und berichtet.«

Pater Ivo übernahm es, ihm eine kurze Zusammenfassung des Falls zu geben, die Krudener sich nachdenklich anhörte.

»Nigredo, die Schwärzung. Ein nicht ungewöhnlicher Prozess, dem auch Blei unterliegt, wenn es der Luft ausgesetzt wird. Doch handelt es sich um einen langsamen, stufenweisen Vorgang, Ihr aber vermutet zu Recht, dass die schnelle Schwärzung eine andere Ursache haben muss.«

»Unsere Apothekerin meint, es könnten faulige Dämpfe gewesen sein.«

»Nicht schlecht gedacht. Sagt mir, ist der Raum, in dem der Kranke lag, mit Schwefel ausgeräuchert worden?«

»Nein, den Eindruck habe ich nicht gehabt. Sollte er?«

»Bei manchen Krankheiten wird es empfohlen. Ihr hättet den schwefeligen Geruch sicher wahrgenommen.«

»Es ist nicht geräuchert worden. Zumindest nicht an jenem Tag«, fügte auch Pater Ivo hinzu. »Spielt das eine Rolle?«

»Es sind die Dämpfe des Schwefels, nicht die der Luft, die das Silber anlaufen lassen. Ein wenig davon ist in der Luft immer vorhanden. Sind sie vermehrt, stinken sie. Sind sie stark konzentriert, riecht man sie nicht mehr. Doch die Augen beginnen zu tränen, die Nase läuft, und das Atmen fällt schwer.«

»Und schließlich stirbt man daran.«

»Vermutlich. So weit habe ich es damit noch nicht getrieben.«

»Es wäre möglich, Pater Ivo. Jean war stark erkältet, zumindest sah es so aus. Und er hatte Atemnot.«

»Ja, auf diese Weise ist er gestorben. Doch wie hat man ihm diese giftigen Dämpfe verabreicht?«

»Das müsst Ihr selbst herausfinden. Ich kann Euch nur sagen, was das Silber des Spiegels schwärzte.«

Während sie sich unterhalten hatten, war Trine lautlos wie die graue Katze umhergestrichen und hatte geschnuppert und geschaut. Angefasst hatte sie jedoch nichts. Jetzt zupfte sie an Krudeners Ärmel, und er schaute sie an. Sie wies auf einen Korb neben dem Athanor, dem Ofen, der eine stetige Wärme erzeugen sollte, um die langwierigen alchemistischen Prozesse in Gang zu halten.

»Ah, dieses Kind scheint ein tiefes Verständnis für meine Kunst zu hegen«, meinte Meister Krudener und stand auf, um ihr zu folgen.

»Sie wohnt und arbeitet mit unserer Apothekerin zusammen und kennt sich mit der Herstellung von Kräuterarzneien schon recht gut aus. Verzeiht ihr die Neugier.«

»Schon gut. Was ich hier habe? Das ist die Materia prima. Oder besser gesagt, eine ihrer Formen. Ah, wie erklärt man dies ohne Worte?«

Er hob ein weißes Ei hoch und sah Trine zweifelnd an. Dann zeigte er damit auf die verschiedenen Geräte in einer bestimmten Reihenfolge, ließ das Ei mit einem Taschenspielertrick verschwinden und zauberte zum Schluss ein Goldstück aus dem Ärmel hervor. Während dieser Transaktion krähte der Papagei wieder seine Litanei: »Putrefactio! Destillatio! Calcinatio! Sublimatio! Solutio! Coagulatio!«, und versuchte dabei, der grauen Katze, die vor seiner Stange lauerte, in den Schwanz zu kneifen.

Trine, die einige der Gerätschaften erkannte, nickte plötzlich und nahm ein weiteres Ei aus dem Korb. Mit einem geübten Schwung schlug sie es an der Kante einer Tonschale auf und wollte es in einen Alambic gießen, als sie mitten in der Bewegung innehielt und heftig schnüffelte.

»Igitt!«, meinte Almut. »Ein faules Ei.«

»Da hat die Putrefactio offensichtlich schon eingesetzt«, stellte Meister Krudener fest.

»Aber der rote Leu hat sich noch nicht gebildet«, meinte Pater Ivo mit einer halb amüsierten, halb angewiderten Grimasse.

»Dafür war dieses Ei auch nicht vorgesehen. Es sollte zu meiner Abendmahlzeit werden, nicht zu Gold oder dem Elixier des ewigen Lebens. Obwohl – nun ja, eine gute Mahlzeit ist Gold wert und verlängert das Leben. Aber der Magd, die mir das geliefert hat, werde ich die Ohren lang ziehen! Immerhin jedoch für eines ist es gut, meine wissbegierigen Freunde. Das, was Ihr hier riecht, ist das Gas des Schwefels, das Silber schwärzt!«

»Hilf Himmel, Frau Dietke wird Jean doch nicht mit einem faulen Ei vergiftet haben?« Die bizarre Atmosphäre in dem Labor und der wunderliche Alchemist reizten Almuts Heiterkeit.

»Schwerlich mit *einem* Ei!«

»Wir werden in Ruhe darüber nachdenken, Begine. Wir kennen das Wie, dann werden wir auch das Wo herausfinden.«

»Und das Warum vielleicht auch. Und dann haben wir die Schuldigen, meint Ihr.«

»Ich denke ja.« Pater Ivo erhob sich, und auch Almut stand auf, obwohl sie sich gerne noch länger mit dem Alchemisten unterhalten hätte.

»Kommt vorbei, Frau Almut, und berichtet mir, wenn Ihr die Lösung gefunden habt«, sagte Meister Krudener, als er sie in den vorderen Raum zurückbegleitete. Er stöberte in zwei, drei Laden herum und förderte eine kunstvoll verzierte Schatulle hervor.

»Wo ist das Kind? Ah, hier. Da Kleine, nimm ein Stück von diesem Konfekt.«

Trine hielt eine durchsichtige rote kandierte Kirsche in der Hand, leckte sich vor lauter Vorfreude die Lippen und biss mit dem Ausdruck höchster Seligkeit hinein. Almut konnte nicht verhindern, dass ihre Zunge ebenfalls zwischen den Lippen hervorkam, und mit einem krächzenden, hohen Gackern meinte Krudener: »Kinder lieben dieses Zuckerwerk. Es scheint, als ob die *Frau* Almut auch noch das *Kind* Almut in sich hätte! Das gereicht Euch zur Ehre. Darum nehmt ebenfalls eine solche Süßigkeit. Ich habe sie selbst hergestellt, doch die Rezeptur stammt aus dem fernen Orient!«

Almut nahm die Schatulle, blickte hinein und lächelte etwas verschämt ob ihres zur Schau gestellten Verlangens.

»Diese Begine hat auch eine starke Neigung zu süßen Wecken …«

»Zucker ist eine mächtige Arznei. Er besänftigt das Gemüt und heilt die Seele.«

»Ich darf doch Pater Ivo auch ein Stück davon anbieten.«

Almut hielt die Schatulle auffordernd zu Ivo hin. Krudener fasste ihr Handgelenk und drückte es wieder zurück.

»Aber nein, Frau Almut. Er ist ein Mann Gottes und bedarf solch schlichten Trostes nicht.«

Wieder verblüfften Almut die Blicke, die die beiden Männer miteinander wechselten. Der des Alchemisten war nicht freundlich, und in Pater Ivos Gesicht vertieften sich die Linien, die auf vergangene Bitterkeit deuteten.

»Ich bin mir nicht so sicher, ob Ihr da Recht habt, Meister Krudener. Hier, Pater Ivo. Nehmt diese süße Frucht, die mir angeboten wurde. Die Unhöflichkeit des Apothekers soll nicht Euch benachteiligen.«

»Lasst nur, Begine. Ich bin kein Kind mehr.«

»Ach ja, Pater, gewiss. Wie Paulus sagt: ›… als ich aber Mann wurde, tat ich ab, was kindlich war.‹«

»Und aus der Heiligen Schrift kann sie auch zitieren! Und wie überaus passend, dieses Zitat, nicht wahr, Pater Ivo. Was Ihr einst sagtet, war geredet wie ein Kind, gedacht wie ein Kind und klug wie ein Kind!« Entsetzt starrte Almut den Apotheker an, dessen hohe, heisere Stimme vor Gift troff. »Jetzt wisst Ihr es besser, nicht wahr, *Pater* Ivo?« Den Titel Pater sprach er aus, dass es wie eine Ohrfeige klang. Aber dann wurde seine Stimme wieder sanfter, und er sah Almut mit einem schiefen Lächeln an. »Frau Almut, seid getrost, Pater Ivo braucht nichts zu seinem Seelenheil!«

»Jede Seele bedarf der Heilung«, sagte Almut und reichte Pater Ivo eine kandierte Dattel so, dass er nicht anders konnte, als sie ihr abzunehmen. Er nahm sie mit einem leisen Lächeln und sagte: »Ihr habt der meinen einmal vorgeworfen, mit Hornhaut bedeckt zu sein, erinnert Ihr Euch?«

»Tat sie das?« Krudener musterte Almut voller Anerkennung. »Dann wüsste ich noch einen anderen Namen für Euch. Ihr solltet Sophia heißen.« Und dann fügte er, etwas nachdenklich, hinzu: »Aber auch der Titel Mutter stünde Euch gut an. Wer weiß, vielleicht wird die Zukunft ihn Euch verleihen. Aber auf eine Art, die Ihr nicht erwartet.«

Er gab ihr und Trine ein weiteres Stück Zuckerwerk, schenkte seinen Besuchern nur noch ein kurzes Nicken und verschwand in den Tiefen seines Hauses.

»Ich habe den Eindruck, dass Meister Krudener und Ihr Euch schon einmal begegnet seid.«

»So, habt Ihr den? Dann vergesst diesen Eindruck ganz schnell wieder.«

»Na gut. Aber warum will er mich Sophia nennen?«

»Stellt nicht so viele Fragen!«

»Warum seid Ihr so verschnupft?«

»Warum, warum, warum? Seid endlich ruhig und lasst mich nachdenken!«

Almut schwieg, während sie in recht schnellem Tempo durch die Schildergasse Richtung Rhein gingen. Trine musste sogar laufen, um mit ihnen Schritt zu halten.

Sie waren schon auf der Straße zum Eigelstein angelangt, als ihnen eine Gruppe staubbedeckter Reisender entgegenkam, die von dreien der eifrigen Päckelchesträger geführt wurde. Unter ihnen befand sich auch Pitter, der wortgewandt auf die Schönheiten Kölns aufmerksam machte. Als er jedoch Almuts ansichtig wurde, brach er seine Erläuterungen zu einschlägigen Badestuben und Schenken ab und kam auf sie zu.

»Frau Begine, ich suchte Euch!«

»Wirklich, Pitter?«

»Ja, denn ich habe eine Botschaft für Euch, von der maurischen …« Er schlug sich die Hand vor den Mund und sah den Priester in seiner schwarzen Kutte an, der immer noch finster dreinblickte.

»Du hast eine Botschaft von Aziza, wolltest du sagen.«

»Äh ja. Kann ich Euch alleine sprechen?«

»Pater Ivo, wollt Ihr uns bitte entschuldigen?«

»Nein. Sprich, Pitter, was hast du zu sagen?«

»Stör dich nicht an ihm. Es ist ihm nur eine Laus in Stiefeln über die Leber gelaufen!«, sagte Almut, ein wenig verbittert. Pitter zögerte und wollte schon wieder loslaufen, um seine Gruppe einzuholen, aber Pater Ivo hielt ihn fest.

»Na los, Junge. Sag, was du zu sagen hast. Ich weiß, wer Aziza ist.«

»Ach ja, Priester?«

»Los, du Frechdachs. Was lässt meine Schwester mir ausrichten?«

»Na gut, wenn Ihr meint. Sie sagt, Tilmann ist im Turm. Der Dominikaner hat den Weinhändler dazu gebracht, Anklage gegen ihn zu erheben, wegen dem Schäng. Und jetzt will er ihn verhören.«

»Ist das alles?«

»Ja. Ihr wüsstet schon, was das bedeutet, sagt Aziza. Wer ist der Schäng?«

»Das ist nicht wichtig für dich. Pitter, komm morgen früh vorbei, ich will sehen, was sich in der Küche für dich findet. Aber jetzt lauf!«

»Klar!«

Er gönnte Pater Ivo noch einen abschätzigen Blick und rannte dann so schnell los, dass sich kleine Staubwirbel hinter ihm herzogen.

»Was mag das zu bedeuten haben?«, fragte Almut mehr sich selbst, aber zu ihrer Überraschung antwortete Pater Ivo ihr wieder.

»Dass sich der Dominikaner bis auf die Knochen blamieren wird.«

»Glaubt nur nicht, dass mich das besonders traurig stimmt! Aber ich wage natürlich nicht, Euch zu fragen, warum Ihr da so sicher seid.«

»Suchen wir uns einen Platz, wo wir in Ruhe nachdenken können, Begine.«

»Dann lasst uns hier zum Rhein hinuntergehen.«

In den Außenbezirken der Stadt war es ruhig am Ufer. Die meisten Schiffe lagen weiter stromauf an den Zolltoren. Sie erreichten den Fluss durch das Blumingsgassentor hinter St. Kunibert und gingen schweigend noch ein Stück weiter zur Stadtmauer. Hier lagen lediglich ein paar Fischerboote auf dem sandigen Strand, und außer ihnen gab es nur noch die weißgrauen Möwen, die auf den hölzernen Stegen saßen und hochmütig über den Strom blickten. Selbst das Klappern der Mühlenschiffe hörte man hier nur noch leise. Almut liebte diese Stelle, doch nicht oft hatte sie Gelegenheit, sie aufzusuchen, um an dem langsam dahinfließenden

Rhein ihren Gedanken nachzuhängen. Umso mehr freute sie sich jetzt über die Möglichkeit, eine Weile dem Strom zu lauschen. Sie wies auf eine Treppe aus Steinen hin, auf der man von der Uferbefestigung zum Wasser gelangte, und ließ sich auf einer der Stufen nieder.

Die letzten Tage waren schön gewesen, sonnig, doch nicht zu heiß, mit kleinen, bauschigen Wölkchen am Himmel und einem wunderbar klaren Blick auf die andere Rheinseite. Ein sanfter Wind wehte hier am Wasser, und in seiner ganzen Majestät segelte ein weißer Schwan vorüber. Vielleicht war es die friedvolle Stimmung, vielleicht waren es auch die Wärme und das beruhigende Plätschern der kleinen Wellen, die Pater Ivos Falten glätteten. Almut bemerkte es und fasste den Mut, ihn wiederum anzusprechen, um ihm den Gang ihrer Gedanken vorzustellen.

»Wenn es faulige Dämpfe waren, Pater Ivo, dann wird es schwierig gewesen sein, sie in das Krankenzimmer hineinzubringen. Wäre es nicht eher denkbar, dass Jean sich selbst an einen Ort begeben hat, wo solche Dämpfe herrschen. Ich meine, ich weiß nicht, was in den Kellern, in denen Wein lagert, alles passieren kann. Aber wenn es wahr wäre, dass Frau Dietke die Arznei selbst genommen hat, dann könnte alles ein Unfall gewesen sein.«

»Mh. Weinfässer werden ausgeschwefelt. Es ist etwas dran an Eurer Theorie. Allerdings hat Jean schon zuvor in den Weinkellern gearbeitet, und andere tun es auch, ohne sich dabei zu vergiften. Außerdem, Begine – wieso ist dann Dietkes Spiegel schwarz geworden?«

»Könnte es nicht sein, dass sie ihn an einen solchen giftigen Ort gelockt hat?«

»Dann hätte sie selbst auch diese Symptome aufweisen müssen – Husten, gerötete Augen, laufende Nase und so weiter.«

»Nicht, wenn sie nur kurz dort war und ihn zum Beispiel eingesperrt hätte.«

»Wer aber hat ihn dann befreit und zurück ins Bett gebracht? Zwischen den Weinkellern und dem Wohnhaus liegen zwei Gassen. Man hätte das sicher beobachtet.«

»Aber ein Keller könnte es gewesen sein, Pater. Denn Jean sagte noch ein paar Worte zu mir. Ich habe sie nur halb verstanden. Er sprach von der Hölle, die so kalt und dunkel sei, und dass ich für ihn beten solle. Pater, die Hölle ist heiß, und die Feuer, in denen die Seelen schmoren, brennen hell. Oder nicht?«

»Ja, so sagt man, Begine. Und das, was er fürchtete, spricht eher für die Erinnerung an einen kalten, dunklen Keller, in dem sich vielleicht giftige Dämpfe ausbreiten.«

»Auch das Wohnhaus hat Keller. Und faulig riechen tut es allemal dort. Die Kloake liegt zu dicht am Haus, wisst Ihr. Mein Vater sollte eine neue bauen, weil der Geruch ziemlich penetrant wurde. Allerdings – Jean wird wohl kaum freiwillig in die Kloake gestiegen sein.«

»Nein, das nicht. Aber er hatte eine Wunde am Kopf. Möglicherweise rührte sie von einem betäubenden Schlag her.«

»Möglicherweise. Obwohl Thea meinte, sie sei älter. Denn das, was geschehen ist, muss zwischen dem Zeitpunkt, als de Lipa morgens nach ihm sah, und unserem Eintreffen am Nachmittag passiert sein.«

Almut und Pater Ivo sahen über das glitzernde Wasser hinweg und schwiegen nachdenklich. Doch dann begannen sie beide gleichzeitig.

»Mit dem Hustensaft…«

»Betäubt durch die Arznei! Richtig. Pater Ivo, so muss es gewesen sein. Dietke hat ihm den Hustensaft gegeben, und er hat tief geschlafen.«

»Sie aber wird ihn kaum alleine irgendwohin getragen haben.«

»Also muss ihr ein anderer geholfen haben.«

»Ein anderer, und da gibt es wieder viele Möglichkeiten…«

»Beispielsweise Tilmann. Und damit sind wir wieder bei meiner Lieblingsfrage, Pater Ivo. Ich stelle sie noch mal, auch wenn Ihr zürnt. Warum?«

»Weil er etwas über Jean weiß. Wir drehen uns im Kreis, Begine.«

»Vielleicht. Lasst mich nachdenken. Da ist so ein Fädchen, das ich fassen möchte.«

Almut hob einen flachen Stein auf und ließ ihn nach Jungenart über das Wasser hüpfen. Weitere Steine folgten in gleicher Meisterschaft, dann drehte sie sich plötzlich abrupt um.

»Warum seid Ihr so sicher, dass Bruder Johannes sich mit Tilmann blamiert?«

»Ihr seid sehr geschickt im Steinewerfen, Begine. Eine Fertigkeit, die ansonsten nur die Knaben entwickeln.«

»Meine Kindheit war ein wenig rau, Pater. Ich verbrachte meine Zeit nicht mit Näharbeiten. Aber was hat das mit meiner Frage zu tun?«

»Es hat etwas damit zu tun. Ich denke, Ihr seid in Eurem Leben der Wirklichkeit nahe genug gekommen, um verschiedene Dinge im richtigen Licht zu sehen.«

»Ja, doch, die Erkenntnis, dass unsere Welt fehlerhaft ist, ist mir nicht fremd. Guter Himmel, was wollt Ihr mir schonend beibringen?«

»Dass auch die Diener der Kirche nicht ganz ohne die Anfechtungen des Fleisches leben können.«

»Ach nein? Und Ihr glaubt, damit verratet Ihr mir ein Geheimnis?«

»Offensichtlich nicht, wie mir scheint.«

»Nein, Pater. Und ich schließe aus Euren Worten, dass unser Tilmann ein klerikaler Ausrutscher ist. Er muss ein hochrangiges Fehltrittchen sein, sonst wäre es nicht so wichtig. Lasst mich überlegen – unser derzeitiger Erzbischof ist zu jung, um sein Vater zu sein. Aber da wären noch Engelbert von der Mark, der seinerzeit so lebhaft gegen die Konkubinenwirtschaft der Klerikalen gewettert hat – oder gar der gute, alte Wilhelm von Gennep selbst? Er muss allerdings schon recht betagt gewesen sein, als er das Kind zeugte. Ah, nein, völlig falsch geschlossen. Pater, der edle Kuno von Trier, der auch seinen Neffen Friedrich mit achtzehn schon auf den Bischofsstuhl gehoben hat und sich während der Vakanz so selbstlos als Administrator von Köln eingesetzt hat. Er wird sich sicher auch um seinen leiblichen Sohn kümmern, wenn der in Schwierigkeiten steckt. Oder?«

»Gut, dass Frauen nicht als Inquisitoren berufen werden können. Das war eine scharfsinnige Ableitung. Ihr habt Recht, Tilmann ist der Sohn Kunos, des Erzbischofs von Trier. Und damit ein Vetter unseres derzeitigen Erzbischofs Friedrich.«

»Was auch seine innige Freundschaft mit ihm erklärt und die Weinlieferungen.«

»Richtig.«

»Nur wird Friedrich ihm derzeit nicht viel helfen können. Sein Einfluss in Köln, insbesondere der auf die Gerichtsbarkeit, ist gering.«

»Derzeit nicht vorhanden, würde ich annehmen. Aber da ist noch Trier!«

»Dazu muss Tilmann aber eine Nachricht an den Erzbischof schicken. Andererseits – er könnte Bruder Johannes ja auch einfach sagen, dass er protegiert wird.«

»Der würde es kaum glauben.«

»Gibt es denn nur so wenige, die seine Herkunft bezeugen können?«

»Es gibt nur wenige, und die befinden sich beim Erzbischof in Bonn. Auf jeden Fall, denke ich, wird Tilmann eine unangenehm lange Zeit im Kerker verbringen.«

»Und was immer es ist, womit er Jean in der Hand hatte, dabei irgendwann dem Dominikaner verraten.«

»Wenn er es nicht schon getan hat.«

»Warum hätte er das tun sollen, wenn er davon ausgeht, bald wieder auf freiem Fuß zu sein?«

»Wenn er es ihm erzählt, wird Bruder Johannes Gebrauch davon machen.«

»Eine entsetzliche Vorstellung. Aber, Pater Ivo – was wäre denn, wenn Tilmann es Euch verriete?«

»Aus welchem Grund sollte er das tun?«

»Nun, weil Ihr derjenige seid, der erstens von seiner Herkunft weiß und sich zweitens in der Lage befindet, zumindest Erzbischof Friedrich zu informieren oder dazu zu bewegen, einen Boten nach Trier zu senden. Etwas, das Tilmanns weltliche Freunde derzeit nicht so ohne weiteres können.«

»Ihr unterstellt mir große Fähigkeiten, Begine. Ich bin nur ein einfacher Mönch, der keinerlei Gewicht bei den Oberen der Kirche hat.«

»Natürlich. Und daneben seid Ihr ein geweihter Priester, der bestimmt Zutritt zu einem armen Gefangenen bekommt. Abgesehen davon seid Ihr Ivo vom Spiegel, was auf einen gewissen Einfluss hier und da schließen lässt. Ganz weltfremd seid auch Ihr nicht.«

Das erste Mal, seit sie Krudeners Apotheke verlassen hatten, huschte wieder der Anflug eines Lächelns um Pater Ivos Augen.

»Ihr wollt mich zu einer Erpressung anstiften?«

»Um eine andere Erpressung aufzudecken und den Mörder Eures Schützlings zu entlarven. Ich würde es selber tun, wenn ich die Gelegenheit dazu hätte. Vielleicht kann mir meine Schwester …«

»Begine! Ihr werdet nichts dergleichen unternehmen.«

»Werdet Ihr es tun?«

»Um Eure unersättliche Neugier zu befriedigen – ja. Ich werde es zumindest versuchen. Mag sein, dass mir Tilmann im Austausch für seine beschleunigte Freilassung mehr verrät als dem Dominikaner, der seine Gefangenschaft gerne verlängern würde.«

»Schön!«

»Nein, schön ist es nicht.«

Die Glocken von St. Kunibert riefen zur Non, und Pater Ivo stand auf.

»Ich bin etwas pflichtvergessen in den letzten Tagen, Begine. Arbeit und Gebet sind viel zu kurz gekommen. Und auch Ihr werdet andere Aufgaben zu erledigen haben, als müßig am Wasser zu sitzen.«

»Waren wir müßig, Pater? Trine war es vielleicht. Seht, wie friedlich sie schlummert.«

Trine hatte sich in den Schatten der Mauer zurückgezogen und war in einen tiefen Schlaf gefallen. Almut weckte sie durch vorsichtiges Schütteln an ihrer Schulter. Sie blinzelte zunächst, dann erkannte sie Almut und auch den großen, schwarzen Schatten, der hinter ihr stand. Mit einer schläfrigen Bewegung rieb sie sich die Augen und stand langsam auf. Kritisch ließ sie die Augen zwischen Almut und dem Pater hin und her wandern, um zu prüfen, wie sich die Stimmung entwickelt hatte. Sie schien nichts Bedrohliches wahrzunehmen und legte nur den Kopf ein wenig schief, während sie den Benediktiner misstrauisch musterte. Dann zupfte sie an Almuts Ärmel und deutete auf ihn.

»Pater Ivo, ich glaube, ich muss Trine etwas von Euch erklären.«

»Von mir? Nun, was denn?«

»Dass sie trotz Eures grimmigen Gebarens keine Angst vor Euch haben muss.«

»Werft Ihr mir vor, dass ich mich verstelle?«, grollte der Benediktiner.

»Nein, aber es ist, so scheint es mir, Eure Angewohnheit, Eure Gefühle zu verstecken.«

»So unterstellt Ihr mir sogar noch Gefühle!«

Almut sah ihm in die Augen, die grau und kühl auf ihr ruhten.

»Auch unter einer hornhäutigen Seele mag einst ein guter Mensch gesteckt haben, Pater.«

»Einst, Begine, steckte ein herzloser Mensch darunter.«

»Doch irgendwo habt Ihr inzwischen ein Herz erworben. Darf ich es Trine zeigen? Erlaubt Ihr es?«

»Wenn Ihr glaubt, dass da etwas zu finden ist… Eure Kunst der Verständigung mit ihr beherrsche ich nicht. Aber bitte, Ihr habt die Erlaubnis.«

Almut nickte Trine zu und wies mit der Hand auf Pater Ivo, der aufmerksam wartete, was geschehen würde. Es war nicht viel. Sie führte Trine zu ihm, bis sie direkt vor ihm stand. Das Mädchen reichte ihm kaum bis zur

Brust und musste den Kopf in den Nacken legen, um zu ihm aufzusehen. Almut nahm Trines Hand und legte sie ihm auf das Herz. Das taubstumme Kind ließ sie eine Weile dort liegen, und ihr Gesicht nahm einen seltsam lauschenden Ausdruck an, als spräche in der stummen Welt ihres Inneren eine Stimme mit ihr. Dann löste sie die Hand und drehte sich zu Almut um. Sie machte das Zeichen, das für sie etwas Gutes bedeutete und das bislang immer in Verbindung mit etwas Nahrhaftem gestanden hatte.

»Gütiger Gott, will sie mein Herz essen?«

»Nein, Pater Ivo. Sie will mir sagen, dass Ihr ein gutes Herz habt. Trine spürt so etwas.«

Und dann, mit einem leisen Lächeln, zeigte Trine Almut noch etwas. Aber die Kenntnis über das heftige Herzklopfen, das das Mädchen während seiner Prüfung bei dem Mönch verspürt hatte, übersetzte die Begine ihm nicht.

»Ein gutes Herz! Wenn Ihr Euch da nur nicht täuscht!«, murmelte er und zog die Kapuze über den Kopf, um sein Gesicht zu beschatten.

Er begleitete sie zurück zum Konvent, wenn auch schweigend und in Gedanken versunken. An der Pforte verabschiedete er sich von Almut jedoch mit den Worten: »Ich will sehen, dass ich so schnell wie möglich Zutritt zu Tilmann finde. Unternehmt nichts in der Zwischenzeit, Begine. Ich berichte Euch, sowie ich etwas erreicht habe.«

»Einverstanden. Ach, und könntet Ihr mir nicht doch noch eine Frage beantworten, Pater Ivo. Eine ganz einfache?«

Er seufzte nur zustimmend.

»Wer ist Sophia?«

»Meister Krudener mag seine Fehler und Schwächen haben, ein guter Menschenkenner war er schon immer. Sophia ist die Weisheit.«

»Oh, mh...!« Jetzt war es an Almut, verlegen an ihrem Gebände zu zupfen. Doch dann fielen ihr die Worte und der unfreundliche Blick wieder ein, mit denen Krudener auf Pater Ivo reagiert hatte, und sie sagte: »Wenn er ein so guter Menschenkenner ist, wie Ihr sagt, hätte er dann nicht auch Euch besser kennen müssen?«

»Er tut es, Begine. Und das war jetzt wirklich die letzte Frage! Lebt wohl, und die geduldige Maria behüte Euch.«

Den Rest des Tages und auch die zwei folgenden verbrachte Almut fleißig im Kreise der Beginen und säumte zarte Schleierstoffe. Sie saßen draußen auf Bänken im Schatten, um das Tageslicht für die feinen Arbeiten zu nutzen, und lauschten den erbaulichen Geschichten über gottesfürchtige Märtyrerinnen, die die Lesekundigen unter ihnen abwechselnd vortrugen. Almut lauschte auch den weniger erbaulichen, aber dafür bissigeren Kommentaren Claras zu diesen Geschichten und dem überhaupt nicht erbaulichen allgemeinen Klatsch. Zwischendurch erfrischten sie sich mit kaltem Apfelwein, der in Krügen bereitstand, und Gebäck aus Gertruds Ofen.

Oftmals, wenn die Nadel mit hypnotischer Gleichförmigkeit durch den Stoff glitt, lauschte Almut auch ihren eigenen Gedanken. Und die kreisten bald um Frau Dietke und den Hustensaft, bald um den verkrüppelten Bruder Rudger und auch um den kranken de Lipa. Jean tauchte in diesen Gedanken auch auf, und sie sah wieder sein schönes jungenhaftes Gesicht. Einmal hatte sie sogar eine Vorstellung, wie er in reiferen Jahren ausgesehen hätte, doch dann wurde daraus das Bild des Mannes in Schwarz, Leon de Lambrays. Und noch ein anderer junger Mann beschäftigte ihre Gedanken, der blonde Tilmann, der in seiner Zelle saß und über brisantes Wissen verfügte. Würde es Pater Ivo gelingen, ihm dieses Wissen zu entlocken? Von Pater Ivo wanderten ihre Gedanken zu Meister Krudener, und der neugierige Wurm, der an ihrer Seele nagte, hätte zu gerne gewusst, was die beiden miteinander verband.

Sie war nicht die Einzige, deren Geist in der Wärme bei den eintönigen Stick- und Näharbeiten wanderte. Viel weiter als ihr eigener schweifte Rigmundis' Geist umher, und als die Gespräche zu gelegentlichem Gemurmel geworden und die Augen aller auf die gleichmäßig in den Stoff ein- und auftauchenden Nadeln gerichtet waren, begann sie plötzlich zu sprechen.

»Ah, wie sich die Sonne verdunkelt, und wie die Welt schwärzer wird und die Sterne vom Himmel fallen!«

Ruckartig fuhren alle Köpfe hoch, und die Beginen starrten Rigmundis an, die mit geschlossenen Augen das Gesicht nach oben gewendet hatte.

»Ich halte den Schlüssel zum Brunnen des Abgrundes in der Hand. Und mit ihm muss ich den Brunnen öffnen. Oh, und es steigt Rauch aus ihm herauf, wie aus einem gewaltigen Ofen, und die Himmel verfinstern sich. Es zieht mich hinein in den Schlund, der sich geöffnet hat. Ich muss hinabsteigen in die Höhlen der Erde. Die Windungen führen mich immer tiefer und tiefer in nachtschwarze Abgründe. Dort, in den Ecken, lauern verstohlen die Schatten, und mit kalten Händen greifen sie nach mir. Ich eile, eile, um ihnen zu entfliehen, doch ein Fratzengesicht verfolgt mich, monströs anzusehen, ungestalt und verzerrt, und aus seinem geifernden Mund fließt das Blut. Es will mich packen, stößt ein hohles Gelächter aus, doch ich kann ihm entkommen, hinein in die feuchtkalten Kerker. Schwefelgestank und der Geruch der Fäulnis umgeben mich, ich bin in den Schluchten der Unterwelt gefangen. Einer kalten, finsteren Hölle. Tod und Verdammnis rings um mich her! Ohhhhh!«

Almut war der Unterkiefer heruntergefallen, und geschüttelt von einem kalten Schauder lauschte sie den Beschreibungen der höllischen Visionen. Bisher hatte Rigmundis nur berichtet, was sie zu anderer Zeit geträumt hatte, einem echten Anfall seherischer Trance hatten sie noch nie beigewohnt.

»Wir sollten sie aufwecken, das ist ja entsetzlich!«, flüsterte sie.

»Aber nein, du kannst doch ihre Visionen nicht stören,« flüsterte Clara zurück.

Rigmundis fuhr mit ihrem Wortschwall fort: »Die Welt ohne Licht, sie raubt mir die Sinne, sie nimmt mir den Atem und brennt in meiner Kehle. Mein Peiniger will mich vernichten, seine Klauen reißen das Fleisch von meinen Gebeinen!«

Ihre Hände krallten sich in ihre Arme, ihr Körper verkrampfte sich.

Resolut stand Almut auf und nahm einen Becher Apfelwein. Elsa hatte sich ebenfalls erhoben, packte die weggetretene Seherin bei den Schultern, fasste sie unter dem Kinn und drückte ihr mit einem geübten Handgriff den Mund auf. Almut goss einen Schluck Apfelwein hinein; Rigmundis verschluckte einen Teil der kalten Flüssigkeit und spie den Rest im hohen Bogen aus. Aber sie war wieder bei Sinnen und sah sich hustend und mit wirrem Blick um.

»Heilige Jungfrau Maria, war das grauenvoll!«, stammelte sie.

Elsa ließ sie los, und Almut drückte ihr den Becher in die Hand. Dankbar trank sie in kleinen Schlucken.

»Erinnerst du dich an das, was du gesehen hast, Rigmundis? Weißt du, was es bedeuten sollte?«

Sie schüttelte sich vor Entsetzen.

»Doch, ich erinnere mich. Ein Strafgericht wird über mich kommen. Ich werde vernichtet!« Sie schluchzte auf und legte den Kopf in die Hände. Almut hatte sich neben sie gesetzt und versuchte, sie zu trösten.

»Schade, dass Magda erst am Abend zurückkommt. Beruhige dich, Rigmundis. Du hast schon häufiger solche Visionen gehabt, und bislang sind es immer nur Warnungen vor mildem Ungemach gewesen.«

»Ich weiß nicht Almut. So deutlich wie heute habe ich es noch nie erlebt. Und es gab keine Rettung!«

»Aber wofür solltest du bestraft werden, Rigmundis. Du führst ein tugendsames Leben, du gehst regelmäßig zur Messe und zur Beichte, du fügst niemandem Schaden zu und hast keinen bösen Sinn.«

»Wir sind alle sündig geboren, das weißt du doch!«

»So sagt man uns, aber du bist getauft worden und glaubst doch auch an die Erlösung und die Liebe unseres Herren. Er wird dich nicht in die Hölle verstoßen, sondern mit Freude in seine Arme aufnehmen. Er ist kein gnadenloser Rächer, sondern rettet uns durch seine Barmherzigkeit. So steht es doch in der Bibel, Rigmundis.« Eindringlich redete Almut auf die verstörte Frau ein. »Höre, es steht geschrieben: ›Die Liebe hört niemals auf, wo doch das prophetische Reden aufhören wird und das Zungenreden aufhören wird und die Erkenntnis aufhören wird.‹ Das hat der Apostel Paulus gesagt.«

»Hat er gesagt?«

»Clara, stimmt doch?«

»Ja, das hat er gesagt.«

Rigmundis erholte sich allmählich wieder, während das Getuschel unter den anderen Beginen anschwoll. Clara mischte sich ein und bemühte sich, der erschreckenden Vision eine einigermaßen harmlose Deutung zu geben. Almut aber fühlte noch immer die kalten Schauer über ihren Rücken laufen. Zu gut erinnerte sie sich an das Bild des dunklen Spiegels und das, was daraus entstanden war. Rigmundis hatte die Gabe der Vorsehung, und sie zweifelte nicht daran, dass auch diese Prophezeiung eine Wahrheit enthielt. Zu groß war die Ähnlichkeit mit der kalten Hölle, die Jean gefürchtet hatte, dem stinkenden, tödlichen Verlies, in das er möglicherweise gebracht worden war.

Die anderen hatten sich inzwischen beruhigt und ihre Handarbeiten wieder aufgenommen. Elsa hatte Rigmundis in ihr Zimmer gebracht und ihr ein paar Tropfen einer beruhigenden Arznei gegeben. Auch Almut stickte weiter an dem Schleier, doch ihre Hände waren zu fahrig, um den feinen Stoff mit der nötigen Sorgfalt zu behandeln. Darum war sie froh, als kurz darauf der Zimmermann ihres Vaters an das Tor klopfte. Die Vermessung der Stallwände, das Berechnen der notwendigen Menge Schindeln und der Länge der Dachsparren lenkten sie endlich von den trüben Gedanken ab.

Doch der Tag brachte ihr noch eine weitere Erschütterung, denn nach der Vesper sprach auch Pater Ivo wieder vor. Sie setzten sich gemeinsam auf die Bank im

Kräutergarten, und er begann: »Begine, ich habe lange mit mir gerungen, ob ich Euch berichten soll, was ich von Tilmann erfahren habe. Ja, ja, Euer Plan ist aufgegangen, sogar besser, als ich selbst dachte. Ein Abgesandter des Trierer Erzbischofs lief mir über den Weg. Kurz und gut, der Gefangene hatte seine missliche Lage eingesehen und war froh genug darüber, dass ich mich für ihn verwenden wollte. Er verriet mir, was ich wissen wollte, Begine. Und es ist eine schlimme Sache.«

Er fand sie ungewöhnlich schweigsam, während er ihr in nüchternen Worten von seiner Unterhaltung mit Tilmann berichtete. Sie hörte nur mit gesenktem Kopf zu und sah ihn, als er geendet hatte, kurz an.

»Es ist zu viel heute, Pater. Ich kann jetzt nichts dazu sagen. Gebt mir etwas Zeit, um über die Folgen nachzudenken.«

»Wie Ihr wollt. Auch ich habe mir meine Gedanken gemacht und werde handeln. Doch nicht, bevor sich die Lage geklärt hat. Begine, es geht die Kunde um, die erzbischöflichen Truppen wollten versuchen, die Stadt anzugreifen. Sie sammeln sich im Süden. Seid wachsam, und macht keine Ausflüge außerhalb der Tore.«

23. Kapitel

Die Sonne ging spät unter an diesem lichten Sommertag, und erst in der Dämmerung fand Almut Zeit, sich in der Stille vor ihre kleine Marienstatue zu knien, um sie zu bitten, ihr den Sinn der erschütternden Erfahrungen des Tages zu offenbaren.

»Alma Redemptoris Mater, quae pervia caeli Porta manes… Erhabene Mutter des Erlösers, die allzeit offene Pforte des Himmels, ich bin verwirrt und verängstigt. Was habe ich angerichtet, heilige Maria! Ich habe einen stillen See aufgerührt, und schwarzer Schleim ist an die Oberfläche getreten. Werden die Höllenqualen auf mich warten, wie Rigmundis sie geschildert hat, weil ich diesen Weg gegangen bin? Ich habe einen Priester zu unrechtem Tun veranlasst, und nun kenne ich die Gründe, die Jean an den Abgrund geführt haben. O Maria, barmherzige Jungfrau, warum habe ich nicht schweigen können? Es wächst nichts Gutes aus meinen Taten, außer vielleicht, dass Tilmann nun Bruder Johannes nichts davon sagen wird. Er wird noch vor dem Sonntag freikommen, denn schon ist der Erzbischof von seiner Gefangennahme in Kenntnis gesetzt worden, und ihresgleichen sorgen für sich. Aber es war Erpressung, was ich vorgeschlagen habe.«

Unglücklich und voller Gewissensbisse sah Almut zu der Marienstatue auf, die dunkel im Gegenlicht der untergehenden Sonne verharrte. Eine strenge Mutter, so schien es ihr, blickte auf sie herab.

»Vergib mir, erhabene Jungfrau, die du fehlerlos und rein geblieben bist. Ich habe die Geheimnisse eines Mannes aufgedeckt, die hätten geheim bleiben sollen. Ich habe es mit unlauteren Mitteln getan und andere mit darein verwickelt. Ach – Mist, Maria, aber was sonst hätte ich tun sollen? Wie kann ich untätig bleiben, wenn der Mörder eines unschuldigen Jungen frei herumläuft? Obwohl – so unschuldig war Jean nicht. Mein Gott, Maria, große Mutter, Himmelskönigin, welche Last hat er getragen! Ein halbes Kind noch und verführt von einem, der es hätte besser wissen müssen. Ich wusste zwar, dass es so etwas gibt wie diese verbotene Leidenschaft, aber sie kommt mir so unsinnig und so seltsam vor. Maria, wie kann denn so etwas sein? So eine Verirrung der Gefühle, wider die Natur und ekelhaft. Wie konnte sich Hermann de Lipa so an einem jungen Mann vergehen, der seinem Schutz anvertraut wurde? Er tat es heimlich, und es begann, als er ihn im Herbst letzten Jahres auf das Weingut mitnahm. Und ich spottete noch über die dralle Winzerstochter. Armer Jean, das konnte er gewiss nicht beichten. Eine schwere, unaussprechliche Sünde hatte er auf sich geladen. Und nicht nur das, auch ein Verbrechen war es, das man furchtbar bestraft, wenn es offenbar wird. Ist es nicht verständlich, dass er schwieg? Ach, Maria, und dann dieser Tilmann, der es herausfand. Ein Strolch, ein mieser, schleimiger, ehrloser Halunke, der die Gewissensqualen des Jungen erkannte und ihn damit zwang, seinen Geschäften zu dienen. Er hat sie entdeckt, draußen auf de Lipas Weingut, und im Frühjahr hat er Jean schließlich mit seinem Wissen unter Druck gesetzt.

Mein Gott Maria, er schämte sich nicht einmal dafür! Er lachte auch noch darüber und hielt es für einen guten Einfall. Mir tut das Herz weh wegen dieses Jungen. Doch er ist tot, und irgendjemand empfand ihn als Bedrohung, sonst hätte er ihn nicht ermordet. Es könnte sogar de Lipa selbst gewesen sein, Maria, der um sein Ansehen fürchtete. Ach, was habe ich für einen hässlichen Abgrund aufgedeckt. Fast so wie der, von dem Rigmundis sprach.«

Der Himmel hatte sich im Westen grünlich verfärbt und ging langsam in dunkles Blau über. Die weiße Scheibe des Mondes, die schon seit den frühen Abendstunden blass am Himmel hing, begann, in silbernem Schein zu leuchten. Dieses Licht schien nun auch zum Fenster der kleinen Kammer herein und verlieh der dunklen Statue lebendige Konturen. Almut ließ gedankenverloren ihren Blick auf ihr ruhen, und nach einiger Zeit nickte sie dann.

»Barmherzige Maria, verständnisvolle Mutter, du lehrst mich, auch das Gute an dem schrecklichen Wissen zu erkennen. Denn wenngleich Tilmann ein gewissenloser, selbstsüchtiger Bursche ist, so hat der doch so viel Ehrgefühl bewiesen, dem Inquisitor nichts von Jeans und de Lipas Geheimnis zu verraten. Weiß der Teufel – pardon, Maria –, wie Pater Ivo ihn dazu gebracht hat. Ich frage ihn besser nicht danach. Er und ich, wir werden vorsichtig mit dem umgehen, was wir nun wissen. Aber wer weiß sonst noch davon? Dietke? Weiß Dietke es? Sie hat sich über die bevorzugte Behandlung beklagt, die ihr Mann seinem jungen Adlatus angedeihen ließ. Sie liebt ihn, sagt sie, und sie ist eifersüchtig. Und wenn sie diese verbotene Leidenschaft ahnte... Oh, Maria, ist es nicht entsetzlich, dass alles das, was passierte, der Liebe wegen geschah? Denn wie widernatürlich die Beziehung zwischen dem Jungen und dem Mann auch war, de Lipa hat Jean geliebt. Ich sah es damals an seinem Sterbebett und konnte es nicht deuten.«

Der Abendstern, die sanft leuchtende Venus, stand über dem Horizont, als Almut ihr Gebet mit den Worten beendete, die sie gleichermaßen auf Jean, Dietke, de Lipa und sich selbst bezog: »Erhabene Mutter des Erlösers, allzeit offene Pforte des Himmels, Stern des Meeres, komm, hilf deinem Volke, das sich bemüht, vom Fallen aufzustehen, und erbarme dich der Sünder!«

24. Kapitel

Drei Packen voller feinster Wäsche wurden am folgenden Nachmittag zusammengestellt und sollten im Hause des Weinhändlers abgeliefert werden. Das war erst ein kleiner Teil der Aussteuer, doch die Meisterin bestand darauf, wann immer sie etwas fertig stellten, es den Auftraggebern zu bringen, um das Geld dafür einzufordern. Ihre lange und ruhmreiche Ahnenreihe erfolgreicher Kaufleute konnte sie auch als Begine nicht leugnen. Thea, Trine und Almut machten sich also mit den großen Körben auf den Weg, während die anderen sich der schwereren Stoffe annahmen, die zu Mänteln und Gewändern verarbeitet werden sollten.

Es herrschte reger Betrieb auf den Straßen und Gassen, die Stadt pulsierte vor Gerüchten, und die drei Frauen schnappten das eine oder andere auf. Es hieß, dass am Morgen die Erzbischöflichen ihr Zeltlager im Süden vor der Stadt aufgeschlagen hatten. Die einen sprachen vom entfernten Rodenkirchen, die anderen vom näheren Judenbüchel, und ganz Verängstigte sahen die Söldner schon zum Severinstor einmarschieren.

»Sollen wir nicht besser umkehren, Thea? Wer weiß, was geschehen kann? So nahe haben sich die Erzbischöflichen noch nie an die Stadt herangetraut.«

»Bis die den Mut gefasst haben, etwas zu unternehmen, sind wir schon lange wieder zurück. Das ist eine reine Drohgebärde, wenn du mich fragst.«

»Hoffentlich. Bislang haben wir ja wirklich noch nicht viel von den Auseinandersetzungen mitbekommen.«

Dennoch beeilten sich die drei, ihren Auftrag zu erfüllen, denn die allgemeine Stimmung erwartungsvoller Befürchtungen und hektischer Betriebsamkeit ließ sie ebenfalls nicht unberührt. Sie bahnten sich den Weg durch geschäftige Händler, wichen den Fuhrleuten und Trägern aus, die Waren von den Toren am Rhein zu den Lagerhäusern brachten, und mussten sich einmal gegen eine Hauswand drücken, als ein übel riechender Karren der Goldgräber, der Kloakenreiniger, vorüberrumpelte. Trine verzog das Gesicht vor Abscheu, und Almut und Thea hielten den Atem an.

»Pfui Teufel, seit wann schaffen die das Zeug denn am hellen Tag durch die Stadt?«, fragte Thea aufgebracht, als die stinkende Fuhre vorüber war.

»Würdest du gerne des Nachts hier lang ziehen – mit all den Truppen vor dem Tor?«, meinte Almut.

»Ich glaube nicht, dass die Erzbischöflichen die angreifen würden. Die vergießen nur ehrliches Blut!«

»Ich glaube kaum, dass die Söldner Angst davor haben, durch die Berührung von Unehrlichen Schaden zu nehmen.«

»Nein, aber der Gestank würde sie abschrecken. Gut, aber wir sind da. Klopf du an die Tür!«

Grit, die Magd, öffnete ihnen und bat die Beginen ins Haus.

»Wie geht es dem Herren de Lipa? Hat er sich von seiner Unpässlichkeit am Sonntag erholt?«, fragte Almut, bevor Grit die Dame des Hauses von ihrem Kommen benachrichtigte.

»Es geht ihm besser, doch er ist noch nicht wieder ausgegangen.«

Rudger tauchte aus einer Seitentür auf, maß die Beginen mit einem kühlen Blick und verzog sich wieder. Die Magd verschwand in einem der oberen Räume und kehrte mit Frau Dietke zurück. Diese zuckte zusammen, als sie Almut erkannte, fasste sich aber schnell und kam in starrer Haltung und mit zusammengepressten Lippen auf sie zu.

»Was führt Euch her?«, fragte sie unwirsch. Ihr klangen die Anschuldigungen, die sie in der Nacht des Festes gemacht hatte, noch deutlich in den Ohren, vermutete Almut und überließ Thea das Reden.

»Die ersten Teile der Aussteuer für Eure Nichte, Frau Dietke.«

»Ach so. Bringt es in die Stube, damit ich es begutachten kann. Folgt mir.«

Mit spitzen Fingern und sehr gründlich überprüfte die Hausherrin die einzelnen Stücke, während Almut, Trine und Thea stumm dabeistanden. Sie wussten, dass sie gute Arbeit geleistet hatten. Aber Dietke nahm sich Zeit und fand doch das eine oder andere Hemd oder Tüchlein, das sie zu beanstanden hatte. Sie legte sie gesondert beiseite und wollte gerade anfangen, ihre Einwände zu nennen, als von der Straße lautes Geschrei erklang.

»Feuer! Brand! Feuer! Rette sich, wer kann!«

Einer der Lagerarbeiter kam in die Stube gepoltert, außer Atem und rot im Gesicht.

»Die Erzbischöflichen beschießen die Stadt! Mit Brandpfeilen! Am Severinstor steht alles in Flammen!«

Dietke starrte ihn an und legte dann langsam die Haube nieder, die sie in der Hand gehalten hatte.

»Rettet Euch in die Kirche!«, schnaufte der Bote und trampelte wieder hinaus, um die Nachbarn zu warnen.

»Grit, Mathilde, Rudger!«, rief Dietke und stürzte aus der Stube.

Trine zupfte an Almuts Ärmel und sah fragend und verwirrt zu ihr auf. Das half Almut, die Fassung wiederzugewinnen, und sie bemühte sich, dem Mädchen die Gefahr verständlich zu machen, die ihnen drohte. »Wir drei gehen in die nächste Kirche. Mag sein, dass wir da sicherer sind als auf den Straßen oder gar in den Häusern der Reichen.«

Thea nickte und schob Trine vor sich her aus der Tür.

In der Diele hatte sich das Gesinde versammelt und verursachte ein jammerndes, heulendes Durcheinander. Mägde, Stallburschen, Küchenmädchen, Knechte, Schreiber und die Köchin rafften ziellos irgendwelche Dinge zusammen, die ihnen von Bedeutung erschienen, wurden von Dietke und Rudger in unterschiedliche Richtungen geschickt oder liefen kopflos zur Tür und wieder zurück, ohne sich entscheiden zu können, ob sie draußen oder im vertrauten Haus sicherer waren.

»Raus hier. Das ist ja wie unter Irren!«, flüsterte Thea und zerrte Trine hinter sich her.

Almut wollte ihnen folgen, doch eine Magd stolperte und fiel ihr lang vor die Füße. Um nicht selbst zu fallen, hielt sie sich am Erstbesten fest, das sie greifen konnte – und wurde gehalten.

Sie sah in das zerstörte Gesicht des Haushofmeisters und wollte ihm gerade danken, als dieser seinen Griff verstärkte und sie fest an sich gedrückt hielt. Sie wollte sich losmachen, doch Rudger war ein starker, großer

Mann. Trotz seiner Behinderungen hob er sie hoch und warf sie sich wie einen Lumpensack über die Schulter. Almut schrie empört auf, aber in dem allgemeinen Heulen und Wehklagen ging ihr Protest einfach unter. Sie trommelte mit den Fäusten auf Rudgers Rücken, aber auch das beeindruckte ihn wenig. Stetig und beharrlich bahnte er sich den Weg durch Körbe und Kästen zur Treppe, die in den Keller führte. Niemand beachtete ihn.

»Rudger, lasst mich los! Sofort! Was soll das?«

Er antwortete nicht, sondern stieg Stufe für Stufe in die kühlen Gewölbe hinab. Kein Zappeln, kein Bitten, kein Schlagen, kein Schreien half Almut, ihr Bezwinger schleppte sie weiter, öffnete mit einer Hand eine feste, dicke Eichentür und durchquerte einen finsteren Keller. Er schien sich hier auch ohne Licht auszukennen. Nirgendwo stieß er an und fand in dem fahlen Dämmerlicht, das durch einen Lichtschacht hoch oben an der Decke fiel, eine zweite Tür. Die Angeln kreischten, als sie sich öffnete, und ein feuchtkalter, fauliger Gestank traf Almuts Nase.

»Nein! Rudger, nein! Erbarmen!«

Nichts half ihr. Dietkes Bruder wuchtete sie mit einem Ruck von seiner Schulter und warf sie zu Boden. Sie prallte hart auf dem Lehm auf und stieß mit dem Kopf gegen einen Stein. Benommen blieb sie liegen, als die Tür hinter ihr zufiel und sich der Schlüssel im Schloss drehte. Erst nach einer guten Weile war sie wieder so weit, die schmerzenden Glieder zu bewegen. Vorsichtig stand sie auf und versuchte, sich ein Bild von ihrem Gefängnis zu machen. Ein kleiner Raum, die Tür an der schmalen Seite, gegenüber, ebenfalls hoch oben, unerreichbar an der Decke, die fast doppelt so hoch war wie sie selbst, ein schmaler Lüftungsschlitz. Sonst gab es nichts in diesem Kellerraum. Er war leer. Durch die feuchten Steine ihres Verlieses sickerte faulig riechende Feuchtigkeit. Und sie wusste, hinter dieser Mauer lag die Kloake.

25. Kapitel

Thea und Trine hatten die nächste Kirche, Sankt Maria im Kapitol, erreicht und warteten mit den anderen, die hier Zuflucht gesucht hatten, auf die neuesten Meldungen. Es trafen die unterschiedlichsten Nachrichten ein. Manche sahen schon die ganze Stadt in Flammen und knieten in flehentlichen Gebeten um ihr eigenes Wohl vor den Heiligen, andere ließen abschätzige Bemerkungen über des Erzbischofs Fähigkeiten als Heerführer laut werden und versprachen blutrünstige Rache. Besonnenere berichteten von einigen Brandpfeilen, die eine Scheune und zwei alte Kirschbäume in Flammen hatten aufgehen lassen, warnten jedoch vor der Ausbreitung des Feuers, da es in den vergangenen Tagen wenig geregnet hatte. Als schließlich das Vesperläuten ertönte, hatte sich Thea so weit ein Bild von der Lage machen können, dass sie beschloss, den Rückweg in den dem Konfliktherd entgegengesetzt liegenden Stadtteil zu wagen, zu ihrem Konvent. Sie machte Trine ein Zeichen, und beide hielten nach Almut Ausschau. Aber nirgendwo in der wimmelnden Menge entdeckten sie den grauen Schleier einer Begine, und so vermutete Thea, Almut hätte, als sie im Durcheinander von ihnen getrennt wurde, bereits früher den Entschluss gefasst, nach Hause zu gehen.

Es war in der Tat ruhig auf den Straßen geworden, und ihr Rückweg verlief ohne Hindernisse. Als sie in den

Hof eintraten, herrschte hier friedliche Ruhe, und Thea, erschöpft von den Aufregungen der letzten Stunden, zog sich in ihre Kammer zurück, um sich zu sammeln und der Meisterin Bericht zu erstatten. Für einen kurzen Moment wollte sie sich ausruhen und die müden Füße hochlegen. Doch sie wachte erst auf, als die Sonne schon ein ganzes Stück dem Horizont zugewandert war.

Trine hingegen hatte versucht, Clara und Elsa nach Almut zu fragen, aber beide Frauen verstanden nicht recht, was sie wissen wollte. Resigniert hockte sie sich in den Kräutergarten und hielt ihre eigene Zwiesprache mit den Pflanzen. Hier fand sie Thea, als sie schließlich erfrischt aus ihrem Schlummer erwacht war. Sie hatte keine Sorge um Almut, gewiss hatte die schon gleich bei ihrer Ankunft Magda von den unerwarteten Schwierigkeiten berichtet. Aber Trine sprang sofort auf, als sie ihrer ansichtig wurde, und zupfte heftig an ihrem Ärmel. Mehr ahnend als verstehend fragte Thea: »Almut? Almut suchst du?«

Das taubstumme Mädchen hatte gelernt, aus den Bewegungen der Lippen Namen zu erkennen, und formte behutsam »Almut« nach.

Jetzt war Thea allerdings auch alarmiert und begab sich zurück zum Haupthaus, um an Magdas Tür zu klopfen. Die Meisterin saß über ein Buch gebeugt und machte sorgfältige Haushaltseintragungen.

»Ist Almut bei dir gewesen?«, fragte sie ohne Einleitung.

»Nein. Hätte sie mir etwas berichten sollen?«

Thea setzte sich auf die Bank und erzählte von dem hektischen Aufbruch aus de Lipas Haus.

»Ich habe sie irgendwo in dem Gewimmel verloren. Ich hoffe, es ist ihr nichts passiert.«

»Ich glaube, Almut kann sehr gut auf sich selbst aufpassen. Als sie euch verloren hat, ist sie sicher zum Haus ihrer Eltern geeilt. Es ist nicht weit von dem der de Lipas entfernt.« Magda lächelte ein wenig. »Sie nimmt es manchmal nicht zu genau mit der Zeit. Möglicherweise schwatzt sie in völliger Sicherheit mit ihrer Stiefmutter.«

»Ich hoffe es. Könnte man nicht eine Magd hinschicken, um nachzufragen?«

»Hast du nicht selbst gesagt, dass im Süden Gefahr durch die Söldner des Erzbischofs droht? Wenn Almut bei ihren Eltern ist, kann sie die Nacht dort verbringen. Das ist mir lieber, als jetzt noch jemanden von uns durch die Straßen ziehen zu lassen.«

Thea sah das ein und beruhigte die mahnende Stimme in ihrem Inneren.

Trine hingegen fand keinen solchen Trost, und in ihrer stillen Welt wuchsen Bilder schlimmer Ahnungen. Niemandem konnte sie davon erzählen, niemanden von ihrer Vermutung überzeugen, dass die Frau, die ihr stets Verständnis und rückhaltlose Zuneigung hatte zuteil werden lassen, sich in größter Gefahr befand.

Als die Glocken zur Komplet läuteten, huschte Trine aus dem Tor und lief zu der einzigen Person, von der sie glaubte, in ihr eine verwandte Seele zu finden.

Der Laienbruder, der als Pförtner von Groß St. Martin seinen Dienst tat, bemerkte das in einen grauen Kittel gehüllte Kind nicht, das sich in den langen Schatten der Abendsonne beinahe unsichtbar durch einen Spalt des Tores drückte und dann mit den grauen Mauern verschmolz. Trine war unbemerkt in den Hof des Klosters geschlüpft und sah sich nun in dem wie ausgestorben wirkenden Geviert suchend um. Kein Mönch, kein Novize, kein Knecht war zu sehen, der ihr hätte Auskunft geben können. Vor Verzweiflung biss sie sich auf den Zeigefinger und musste die Tränen unterdrücken, die ihr in die Augen stiegen. Sie hatte es sich leichter vorgestellt, den Pater zu finden, von dem Almut ihr gezeigt hatte, dass er trotz seiner barschen Art ihr gegenüber ein gutes Herz barg. Sie wusste jetzt, dass ihre mütterliche Freundin ihm vertraute, und so wollte sie es auch tun. Aber wo konnte sie ihn finden? Mutlosigkeit half ihr jetzt nicht, sie löste ihre verkrampften Kiefer und gab den Finger frei, in den sich tief die Male ihrer Zähne eingeprägt hatten. Dann sog sie lange die Luft ein. Das half ihr, sich zu entspannen, und brachte ihr zudem eine hilfreiche Botschaft. Denn in der milden, süßen Abendluft schwebte ein Hauch von Weihrauch zu ihr herüber. Da wusste sie, wo sie Pater Ivo zu suchen hatte.

Goldenes Kerzenlicht leuchtete im Inneren von Groß St. Martin. An die fünfzig Mönche hatten sich versammelt und sangen die Psalmen der Komplet. Manche waren nur pflichteifrig dabei, andere jedoch versunken in ihre Andacht, aber niemand bemerkte das Mädchen, das sich durch die Seitentür hereindrückte und sich an diesem ihr verbotenen Ort neugierig umsah. Sacht schnüffelte Trine die weihrauchgeschwängerte Luft und lauschte den Schwingungen, die die anwesenden Mönche für sie aussandten. Sie empfing das Gefühl des Friedens und der Geborgenheit in dem gleichförmigen Ablauf des Rituals von Gesang und Gebet und seufzte erleichtert. Dann jedoch konzentrierte sie sich auf ihre Aufgabe, und mit den geschärften Sinnen, die ihr zur Verfügung standen, fand sie die kniende Gestalt Pater

Ivos unter allen anderen. Sie hatte sogar Glück, denn er hatte seinen Platz am Ende einer Reihe Mönche eingenommen, und im Schatten der Säulen huschte sie im Seitenschiff zu ihm. Er hatte seinen Blick auf den Altar gerichtet, das Gesicht, das ihr bisher streng und manchmal sogar böse erschienen war, empfand sie in seiner stillen Andacht nun als gütig und verständnisvoll. Und dennoch kostete es sie ihren ganzen Mut, ihn sacht am Ärmel seiner schwarzen Kutte zu zupfen, um sein Gebet zu unterbrechen und seine Aufmerksamkeit auf sie zu lenken.

Ein wenig verwirrt löste Pater Ivo sich aus seiner Versenkung in die Lobpreisung seines Herren, doch er reagierte ungewöhnlich rasch. Er sah Trine fragend in die Augen, und sie zeigte ein Wachstäfelchen vor, auf das sie einen Kopf mit dem Schleier und Gebände einer Begine gezeichnet hatte. Pater Ivo nickte, dass er verstanden hatte. Dann machte Trine eine ihn erschreckende Handbewegung zum Hals, die ihm den Tod durch Ersticken beschrieb.

Leise und vorsichtig, ohne seine Brüder zu stören, stand der Benediktiner auf und schob dabei Trine in das Dunkel hinter den Säulen. Sie zupfte noch einmal an seinem Ärmel und deutete auf den Seitenausgang. Er folgte ihr, ohne sich umzusehen. Draußen war es heller als im Inneren der Kirche, und Trine zückte wieder ihre Tafel. Sie malte ein Haus und deutete mimisch Gestank an. Es dauerte eine Weile, bis Pater Ivo verstand, was sie meinte, denn auch mit dem Fratzengesicht und dem hinkenden Gang konnte er zunächst nichts anfangen. Darum zeigte Trine in die Richtung und lief los. Er folgte ihr, noch immer rätselnd, wo und in welcher Gefahr sich die Begine befand, doch die offensichtliche

Dringlichkeit und die bebende Angst im ausdrucksvollen Gesicht des stummen Kindes waren ihm Grund genug, eine echte Bedrohung anzunehmen. Als sie in die Mühlengasse einbogen, erkannte er, wohin Trine ihn führte, und seine Gedanken überschlugen sich. Wenn das, was er vermutete, stimmte, dann schwebte diese aufsässige Begine wahrhaftig in Lebensgefahr!

Sie erreichten das Haus de Lipas, und Pater Ivo klopfte hart ans Tor. Hausherren und Gesinde waren in der Zwischenzeit wieder zurückgekehrt, und Grit, die Magd, öffnete ihnen.

»Ruf deinen Herren, Mädchen. Schnell!«, befahl Pater Ivo, während Trine schniefend und schnüffelnd neben ihm stand. Dann zerrte sie plötzlich heftig an seinem Ärmel und wies auf die Kellertreppe. Mühsam keuchte sie und versuchte, den Benediktiner dorthin zu ziehen.

»Kind, langsam!«, sagte er und legte ihr beruhigend die Hand auf die Schulter.

»Was gibt es, Pater Ivo, dass Ihr zu so später Stunde bei uns vorsprecht?«

Hermann de Lipa, in einem kostbaren Hausgewand, kam langsam die Treppe herunter. Man sah ihm die Schwäche nach seinem Anfall noch an, doch er hielt sich aufrecht und schien ungehalten zu sein.

»Wo ist die Begine, de Lipa?«

»Was weiß ich? Bei ihren Schwestern, nehme ich an.«

»Nein. Sie muss bei Euch gewesen sein. Dieses Kind hier vermisst sie.«

»Und sucht sie hier? Ist das nicht die taubstumme Kreatur aus dem Konvent? Woher wollt Ihr wissen, was sie meint?«

»Sie kann sich sehr wohl verständigen, de Lipa«, erwiderte Pater Ivo scharf. »Wisst Ihr oder einer aus Eurem Haus, wo die Begine ist?«

»Es gab hier heute Nachmittag einige Verwirrung durch die Verrückten, die brennende Pfeile über die Stadtmauer geschossen haben. Mag sein, dass auch diese Begine hier war. Ich werde meine Frau fragen. Ich habe den ganzen Tag das Bett gehütet!«

Grit wurde losgeschickt, um Frau Dietke zu holen, und die schöne Dame des Hauses rauschte herbei.

»Ja, dieses Geschöpf und zwei Beginen waren hier, um Wäsche für die Aussteuer abzuliefern! Das hätten sie besser nicht getan. Von den Sachen ist nichts mehr übrig geblieben. Nachdem wir das Haus verlassen haben, müssen eifrige Hände großen Gefallen daran gefunden haben.«

»Ihr werdet es verschmerzen können! Wo sind die beiden Beginen jetzt?«

»Was fragt Ihr mich? Sie müssen mit in die Kirche gelaufen sein. Wie alle anderen!«

Trine zog wieder heftig an Pater Ivos Ärmel und machte einen Schritt Richtung Kellertreppe. Qual verzerrte ihr Gesicht.

»Kind, schon gut. De Lipa, erlaubt, dass ich Euren Keller aufsuche!«

»Seid Ihr von Sinnen, Mönch?«

»Nein. Lasst mich in die unteren Räume. Was spricht dagegen, wenn Ihr nichts zu verbergen habt?«

»Dies ist mein Haus, und ich bestimme, wer welche Räume betritt. Wie könnt Ihr mir unterstellen, eines dieser grauen Weiber hier zu verstecken!«

De Lipa bekam schon wieder einen hochroten Kopf, und seine Frau wollte besänftigend seinen Arm fassen, aber er schüttelte ihn unwillig ab. Doch es war Dietke, die, leichenblass geworden, sagte: »Geht hinunter, Pater. Ich werde Euch aufschließen. Nehmt dieses Handlicht mit.«

Sie zündete ein Öllämpchen an und reichte es ihm, löste von ihrem Gürtel den Schlüsselbund und ging voraus, die Treppe hinab. De Lipa folgte Pater Ivo, der von Trine beinahe die Stufen hinuntergezerrt wurde.

»Großer Gott, was stinkt es in Eurem Keller!«, entfuhr es ihm, als Dietke die erste Tür öffnete.

»Die Kloake liegt im Hof, direkt hinter der Mauer. Wir wollen sie verlegen lassen.«

»Öffnet diese Tür!«

»Dahinter ist nichts, ein leerer Raum, den wir seit Monaten nicht mehr nutzen. Wegen des Gestanks!«, sagte de Lipa ungehalten.

»Dennoch!«

Dietke zuckte ergeben mit den Schultern und steckte den Schlüssel in das Schloss. Pater Ivo drückte Trine das Licht in die Hand.

Kreischend schwang die Tür auf, und direkt vor der Schwelle lag eine graue Gestalt hingestreckt. Hermann de Lipa blieb wie erstarrt stehen, und seine Frau drückte sich verstohlen an die Wand. Trine fiel auf die Knie und leuchtete in das Gesicht der Frau, die dort mühsam atmend lag. Sie hatte das Gebände abgenommen und sich den Stoff vor Mund und Nase gehalten. Ihre Flechten hatten sich gelöst, und ihr Haar fiel über das bleiche Gesicht. Pater Ivo bückte sich und hob sie hoch.

»Begine! Hört Ihr mich?«

Hustend und keuchend hob Almut den Kopf und nickte.

»Holt Wasser, viel! Schnell, de Lipa, oder Ihr habt einen zweiten Mord zu verantworten.«

Pater Ivo stieß Dietke zur Seite und stürmte die Treppe hinauf. Mit einem wenig frommen Ausruf befahl er Grit, die Tür zur Stube zu öffnen und sofort das Fenster aufzumachen. Verschreckt folgte die Magd seinen herrischen Anweisungen.

»Begine, könnt Ihr sprechen?«

»Frische Luft. Ah!«

Er brachte sie zum Fenster und legte sie auf die gepolsterte Sitzbank. Inzwischen war ein Mädchen mit einer Schüssel Wasser und einem Becher Wein gekommen. Trine war hinter ihm hergeschlüpft, hatte einen zarten blauen Schleier aus ihrer Tasche gezogen und in das Wasser getaucht. Damit wischte sie Almut das tränenüberströmte Gesicht und die laufende Nase ab. Pater Ivo stützte die Begine, damit sie trinken konnte.

»Rudger! Sucht Rudger!«, sagte Almut unter weiterem Husten.

»Dietke, wo ist dein Bruder? Was hat er mit dieser Ungeheuerlichkeit zu tun?«

»Alles!«, sagte Almut und begann, etwas ruhiger zu atmen.

»Grit, ruf den Haushofmeister. Er soll augenblicklich herkommen!«

»Ja, Herr!«, sagte die Magd, sichtlich begeistert davon, Zeugin und Mitwirkende bei einem so dramatischen Ereignis zu sein.

»Könnt Ihr alleine sitzen, Begine?«

Almut gewann allmählich ihre Lebensgeister wieder, und wenn ihr auch Kehle und Augen brannten und die Nase lief, so konnte sie doch wieder klar denken.

»Ja, sicher.« Sie setzte sich langsam auf und fuhr sich etwas zitterig durch die Haare, die ihr lang über die Schultern flossen. Dann wischte sie sich mit dem feuchten Tuch, das ihr Trine reichte, noch einmal über die Augen. Als sie es weglegen wollte, erkannte sie es.

»O Trine, dein größter Schatz. Nun ist er verdorben!«, sagte sie und brach in haltloses Weinen aus.

Etwas hilflos sah sie Pater Ivo an und schüttelte den Kopf.

»Begine, Ihr seid gerettet. Nun vergießt Ihr heiße Tränen über einen dünnen Lappen. Bezähmt Euch, dummes Ding. Wir haben noch Wichtigeres zu tun!«

»Aber es ist der Schleier, den Aziza ihr geschenkt hat. Sie bewunderte ihn so!«, schluchzte Almut. »Und ich bin kein dummes Ding!«, begehrte sie dann auf. »Wenn Ihr wüsstet, welche Angst ich hatte!«

Das Schluchzen hatte aufgehört, dafür zitterte sie nun am ganzen Leib. Trine setzte sich an ihre andere Seite und umarmte sie, während Pater Ivo, der bislang seine Fantasie streng im Zaum gehalten hatte, von der Vorstellung übermannt wurde, wie sie die letzten Stunden in dem finsteren, feuchten, von giftigem Gestank verseuchten Keller zugebracht haben musste. Und mit dieser Vorstellung wuchs seine Wut.

»Und nun, de Lipa, wird es Zeit, dass hier Wahrheit an den Tag kommt.«

»Herr Rudger ist nicht zu finden!«, meldete Grit.

»Dann verschwindet jetzt und schließt die Tür hinter Euch!«, befahl Pater Ivo.

Grit setzte ein störrisches Gesicht auf, aber de Lipa scheuchte sie mit einer herrischen Handbewegung hinaus. »Du auch, Dietke!«

»Nein, Eure Frau bleibt hier!«

»Wozu?«

»Weil sie sich zu verantworten hat.«

Almuts Reaktion auf das Entsetzen der letzten Stunden ebbte langsam ab, und sie löste sich aus Trines Umklammerung.

»Ja, Frau Dietke muss hierbleiben, und ich glaube nicht, de Lipa, dass irgendetwas, das wir zu sagen haben, ihr neu ist! Kommt näher, Frau Dietke.«

Diese zögerte, fluchtbereit schaute sie zur Tür, doch ihr Mann nahm sie grob bei den Schultern und drückte sie auf einen Stuhl.

»Nun? Was habt Ihr zu sagen?«

»Begine? Fühlt Ihr Euch in der Lage, Euren Teil zu berichten?«

»Ja, Pater«, sagte Almut heiser. »Frau Dietke, an dem Tag, als Jean de Champol in Eurem Haus starb, fand ich an seinem Bett Euren Silberspiegel. Ihr werdet ihn sicher vermisst haben!«

Erstaunt sah Dietke sie an.

»Ja, ich muss ihn irgendwo verloren haben. Ich wusste nicht, dass es in seinem Zimmer war. Aber warum auch nicht, ich habe ihm das Essen selbst gebracht und hin und wieder nach ihm geschaut, als er krank war. Er wird mir aus der Tasche gefallen sein?«

»Pater Ivo, habt Ihr den Spiegel dabei?«

»Hier ist er!«

Der schwarze Spiegel lag auf dem Tisch, und de Lipa sog zischend die Luft durch die Zähne ein.

»Ein böses Zeichen!«

»Wenn Ihr so wollt – ja. Ein böses Zeichen.«

Almut nestelte an ihrem Halsausschnitt und zog das silberne Kreuz hervor, das einst ihrer Mutter gehört hatte. Sie legte es daneben auf den Tisch.

Es war schwarz.

»Diesem Spiegel ist das Gleiche widerfahren wie diesem Kreuz, de Lipa. Silber wird schwarz, wenn es tödlichen Schwefeldämpfen ausgesetzt ist. Dämpfen, die durch Fäulnis entstehen, so, wie sie sich in Kloaken bilden. Ich hatte heute lange genug Zeit, darüber nachzudenken, was geschehen ist. Und Ihr und ich, wir können von Glück und Gottes Barmherzigkeit sprechen, dass gerade heute die Goldgräber Eure Kloake gereinigt haben. Denn ansonsten wäre ich jetzt ebenso tot wie Jean. Die faulige Luft aus der Sickergrube fängt sich vor allem in diesem Kellergewölbe, in dem ich eingesperrt war, denn die Türe dazu wird selten geöffnet. Habe ich Recht?«

»Wir wussten von dem üblen Geruch, er störte uns«, antwortete de Lipa, jetzt wieder gefasster.

»Ihr habt sogar meinen Vater beauftragt, die Kloake zu verlegen.«

»Euren Vater, richtig. Ihr seid ja Meister Conrads Tochter.«

Mit einem anerkennenden Blick auf Trine fuhr Almut fort: »Trine hat, fragt mich nicht wie, von Eurem Haushofmeister eine traurige Geschichte erfahren. Er hatte einen Hund, den er sehr liebte, nicht wahr?«

De Lipa nickte.

»Dieser Hund hat Ratten gejagt, und vor kurzem ist er dabei in den besagten Keller geraten und aus Versehen dort eingesperrt worden. Als Euer Bruder ihn endlich fand, Frau Dietke, waren er und die Ratte tot. Die Ratte, weil er sie erlegt hatte, der Hund, weil er in den fauligen Dämpfen erstickt war. Euer Bruder Rudger wusste um die tödliche Falle in diesem Haus. Und Ihr, Frau Dietke, wusstet um die Verirrungen Eures Gatten. Wer von Euch beiden hat Jean ermordet?«

Hermann de Lipa war bei den letzten Worten leichenblass geworden und schwankte auf seinem Sitz, doch seine Frau starrte Almut mit blankem Entsetzen im Gesicht an.

»Ihr schweigt? Dann will ich für Euch reden, Frau Dietke! Beide tatet Ihr es. Ihr habt Jean mit der Hustenmedizin betäubt, und Rudger hat den bewusstlosen Jungen in den Keller getragen und ihn den tödlichen Schwefeldämpfen ausgesetzt. Ihr wart eifersüchtig, und Euer Bruder ist Euer Vertrauter, ein Abhängiger Eures Wohlwollens und Eurer Zuneigung.«

»Nein!«, schrie Dietke auf und klammerte sich an ihren Mann. »Nein, so war es nicht!«

»Nicht? Wie dann?«

»Ich habe ihm die Arznei gegeben. Ja, das tat ich. Ich hoffte, er würde daran sterben. Aber er schlief nur. Als ich mittags nach ihm sah, schlief er. Aber dann kam ich noch einmal später in sein Zimmer, und er war fort. Er konnte nicht weit gegangen sein, dazu war er zu benommen. Ich hatte ein schlechtes Gewissen, die Folgen meiner unbedachten Tat schmerzten mich, und so suchte ich ihn im ganzen Haus. Ich fand ihn dort im Keller, weiß Gott, was er da wollte! Ich habe ihn wieder in sein Zimmer bringen lassen.«

»Ihr lügt noch immer, Frau Dietke! Ich habe mich nämlich daran erinnert, dass auch Rudgers Augen gerötet waren und seine Nase lief, als er mir das Geld für die Medizin und das Duftwasser gab.«

Seufzend lehnte Almut den Kopf an die Wand und schloss die Augen. Das Reden strengte sie noch immer an.

»Richtig, Ihr lügt, Frau Dietke. Euer Bruder hat Jean, als er bewusstlos war, in den Keller getragen. Mag sein, dass Ihr das wirklich nicht von ihm verlangt habt. Aber er hat ihn auch wieder zurück in sein Zimmer gebracht, nachdem Ihr ihn gefunden habt. Ist es nicht so?«

Pater Ivo hatte das Wort ergriffen, und seine Stimme klang kalt und wütend.

Dietke biss sich auf die Lippen und hielt sich starr aufrecht. Aber sie sagte kein einziges Wort.

»Es war so, Frau Dietke. Denn warum sonst hat Euer Bruder heute die Begine in eben diesen Keller eingesperrt? Sie war Euch auf die Spur gekommen, und Ihr habt ihm von Eurem Gespräch beim Verlobungsfest berichtet. Er oder Ihr beide wolltet auch sie mundtot machen!«

»Warum schützt du deinen Bruder, Dietke?«, fragte jetzt auch de Lipa mit gebrochener Stimme.

»Er hat in seinem Leben genug gelitten«, flüsterte sie. »Er hatte Mitleid mit mir, Hermann. Er wusste um Eure widerwärtige Neigung zu Jean. Er wusste, wie sehr Ihr mich als Frau verachtet. Er wusste, wie sehr ich unter Eurer Kälte zu leiden habe. Er wusste, dass Ihr mir kein Kind schenken wolltet. Er liebt mich, im Gegensatz zu Euch, der Ihr nur eine Frau zum Vorzeigen brauchtet, um Euren Ehrgeiz zu befriedigen und Eure sündhaften Gelüste zu verbergen.« Ihre Stimme war lauter und lauter geworden, und sie schrie ihren Mann nun mit aller Wut an, die sie seit Jahren aufgestaut hatte. »Ich habe dich geliebt! Ich hätte alles für dich getan, aber du hast Schande über uns gebracht, und nun ist unser aller Leben ruiniert!«

Sie brach ab und sah mit steinernem Gesicht in die graue Dämmerung hinaus.

»Ihr wisst, dass sie Recht hat, de Lipa!«, sagte Pater Ivo ruhig. »Ihr wisst, welche Strafen auf Euer Vergehen stehen. Werdet Ihr öffentlich angeklagt, so wird man

Euch entmannen. Fallt Ihr ein zweites Mal auf, droht Euch der Scheiterhaufen. Selbst wenn es nicht öffentlich bekannt wird – wer wird noch mit Euch verkehren wollen? Und einige wenige wissen nun schon um Eure Verfehlung.« Kopfschüttelnd sah Pater Ivo den Weinhändler an. »Und ich habe den Jungen in Eure Obhut empfohlen!«

Völlig tonlos sagte de Lipa: »So bin ich denn schuld an Jeans Tod.«

»Ja, so seid Ihr schuld an seinem Tod.«

»Was werdet Ihr jetzt tun?«

»Rudger muss dem Gericht übergeben werden. Ich werde Anklage gegen ihn erheben wegen Mordes, und ich denke, die Begine kann in ihrem Fall das Gleiche tun.«

»Und wir werden als Zeugen uns selbst beschuldigen. O mein Gott!«

»Ihr seid gnadenlos, Pater Ivo«, sagte Almut, die mit geschlossenen Augen zugehört hatte. »Ich wusste es schon immer.«

»Herzlos, Begine, ich sagte es Euch.«

»Ja, das seid Ihr. Ihr seid im Recht. Und Ihr seid gnadenlos.«

»So kennt Ihr denn irgendeinen Grund dafür, warum ich in diesem Fall Gnade walten lassen sollte? Dann nennt ihn mir.«

Almut öffnete die Augen und sah die beiden de Lipas traurig an.

»Frau Dietke liebt ihren Mann und wird nicht wiedergeliebt. Sie leidet unter der unerwiderten Liebe. Rudger hat seine Gesundheit verloren und leidet unter seinen Gebrechen. Doch er liebt seine Schwester und wollte das Unrecht beenden, das ihr zugefügt wurde. De

Lipa schließlich liebte Jean und wurde von ihm wiedergeliebt. Beide haben unter ihrer verbotenen Liebe gelitten. Ich weiß nicht, wie die Strafen der Hölle aussehen, mit denen wir einst unsere Sünden abbüßen werden, aber sie mögen dem Leid gleichen, das in diesem Haus herrscht.«

»Ketzerin!«

»Ja, das bin ich wohl.«

»Und was soll ich Eurer Meinung nach tun?«

»Warten, bis Rudger gefunden wird«, sagte sie leise. Und noch leiser: »Lebend… oder tot.«

De Lipa sah Almut mit schweigender Verwunderung an, und Dietke drehte langsam den Kopf zu ihr.

Pater Ivo neigte zustimmend das Haupt: »Begine?«

»›Und wenn ich mit Menschen- und mit Engelszungen redete und hätte die Liebe nicht, so wäre ich ein tönendes Erz oder eine klingende Schelle‹…«

»Hat Paulus gesagt. Ich werde warten, de Lipa. Doch findet Rudger schnell, denn die Wahrheit will ans Licht dringen.«

Er erhob sich und nickte Almut zu. Trine, die alles mit großen Augen verfolgt hatte, half ihr von der Bank auf.

»Gebt mir ein Tuch, Frau Dietke, damit ich meine Haare bedecken kann, wenn ich auf die Straße gehe.«

»Ich werde morgen wieder vorsprechen, de Lipa. Und dann wird mich die Begine nicht begleiten!«

Mit einem feinen, golddurchwirkten Seidentuch aus Dietkes Truhen bedeckte Almut ihre Haare und verließ, ohne sich von den Eheleuten zu verabschieden, das Haus. Sie fühlte sich wie ausgelaugt und kraftlos, und mehr als einmal mussten Trine und Pater Ivo sie stützen, wenn sie strauchelte.

Mettel ließ sie nach dem Klopfen ein, sie war verschlafen und verwundert über die späte Störung.

»Ich muss Eure Meisterin sprechen, Pförtnerin. Könnt Ihr sie bitte rufen?«, bat Pater Ivo. »Und Ihr geht sofort ins Bett, Begine. Trine wird Euch helfen.«

Er stützte Almut, bis sie an ihrem Häuschen angekommen war. Doch bevor sie die Tür öffnete, nahm er ihre Hand und sprach leise: »Die barmherzige Mutter segne und behüte Euch, Begine. Die reine Jungfrau wende Schaden von Euch und erhalte Euch Eure gütige Seele. Die Mutter Gottes lasse ihr Angesicht leuchten über Euch und sei Euch gnädig. Die Himmelskönigin selbst erhalte Euch Eure beredte Zunge und schenke Euch die Kraft, sie zu beherrschen. Die heilige Maria hebe ihr Antlitz über Euch und schenke Euch Frieden. Schlaft wohl, Frau Sophia.«

Dann drehte er sich um, ohne auf ein Wort von ihr zu warten.

26. Kapitel

Pater Ivo hat mir gestern Abend noch in groben Zügen berichtet, was geschehen ist, Almut. Und ich muss sagen, ich bin noch immer erschüttert!«

Die Meisterin hatte sich erhoben und sah aus dem Fenster ihres Zimmers, während Almut, nach einer tief durchschlafenen Nacht, wieder erholt und mit klaren Augen stickend auf der Bank neben dem Kamin saß.

»Es war eine Zeit lang entsetzlich, ja. Das Einzige, das mich nicht vollkommen verzweifeln ließ, war die Hoffnung, dass die Dämpfe nach der Reinigung der Kloake nicht mehr so giftig waren und dass mich irgendjemand rechtzeitig vermissen würde, bevor ich verhungerte. Ich werde Trine mein Leben lang dankbar sein.«

»Ein kluges Kind. Wenn ich nur wüsste, wie man ihr mehr helfen kann. Ich werde nachdenken.«

»Ja, tu das, Magda. Und denke auch über Rigmundis nach. Denn, weißt du, sie hat jetzt drei Mal in ihren Visionen Dinge vorhergesehen, die mich sehr stark betrafen. Ich wollte es zunächst nicht glauben. Erinnerst du dich an ihren Traum von dem dunklen Spiegel, kurz bevor Jean starb?«

»Und du so spöttisch über Claras verstauchten Finger gelästert hast? Ja, ich erinnere mich. Es ist jemand gestorben, und es hat einen schwarzen Spiegel gegeben. Welches waren die anderen Vorhersagen?«

»Oh, die zweite betraf einen schönen Mann, dem ich

zwar begegnet bin, der aber keine besondere Rolle gespielt hat. Es ist nur bemerkenswert, dass er aufgetaucht ist. Die dritte Prophezeiung ist es, die mich in ihrer erschreckendsten Form betroffen hat.«

Almut berichtete von Rigmundis' Worten am Mittwoch, die von der kalten Hölle handelten.

»Ich hätte gewarnt sein müssen, hätte ich es nur auf mich bezogen!«

»Allmächtiger! Ich habe Rigmundis' Visionen eigentlich immer für Ausgeburten einer fruchtbaren und manchmal überreizten Fantasie gehalten. Aber, Almut, wenn das wahr ist, wenn sie wahrhaftig die Zukunft vorhersagen kann, dann darf es um Himmels willen nicht aus diesen Mauern dringen. Stell dir vor, was uns das für einen Ruf gibt!«

Magda war eine ausnehmend vernünftige Frau, die mit beiden Beinen fest auf dem Boden der Wirklichkeit stand. Doch die Gabe der Vorhersehung bei anderen stellte sie nicht in Abrede. Sie sah aber die Gefahren, die diese Gabe mit sich brachte.

»Ich werde mit Rigmundis reden.« Seufzend setzte sie sich zu Almut. »Was ist nur mit unserem beschaulichen, ruhigen Leben in der letzten Zeit geschehen?«

»Ich bin schuld daran, dass es so bedroht wurde, Magda. Ich weiß! Wenn ich nicht in der Kirche disputiert hätte …«

Betreten senkte Almut den Kopf.

»Nein, meine Liebe. Wenn du so anfängst, kann ich mir die Schuld genauso geben. Hätte ich nicht verfügt, dass ihr die Messe in St. Brigiden besuchen sollt … Komm, dann sind wir bald wieder bei Adam und Eva!«

»Wo alle Schuld begann.«

»Richtig. Zerbrich dir also deswegen nicht den Kopf. Es kommt, wie es kommt!«

Almut schmunzelte.

»Insh' allah, wie meine Schwester zu sagen pflegt.«

Irritiert sah Magda sie an und fragte: »Sagt sie das? Na gut. Also, was wirst du jetzt tun, Almut? Gibt es noch etwas, wobei deine Hilfe notwendig wäre?«

»Wahrscheinlich nicht, Magda. Aber ich würde gerne hören, ob Rudger gefunden wurde. Ich denke, Pater Ivo wird mir Bescheid geben, wenn das geschehen ist. Und ich möchte auch gerne, dass Aziza erfährt, was passiert ist, denn sie hat mir so oft beigestanden und geholfen.«

»Dann sprich mit ihr. Vielleicht solltest du sie herbitten.« Magda lächelte zwar, aber ihre Mahnung klang ernst. »Du hast dich in der letzten Zeit ein wenig zu häufig mit ihr zusammen in der Öffentlichkeit gezeigt, und ihr Ruf kann durch einen Besuch bei frommen Beginen nur besser werden.«

»Ich werde Pitter beauftragen, sie zu uns zu bitten.«

»Pitter? Ist das der magere Schlingel, der sich immer in der Nähe des Tors herumdrückt, um Gertrud etwas zu Essen abzuschwatzen?«

»Ich weiß nichts von Abschwatzen, aber er hat einige Botengänge für mich gemacht, und ich habe ihn dafür an unsere Köchin verwiesen.«

»Wie dem auch sei, wir werden es verkraften können. Außerdem denke ich, du solltest heute von deinen Pflichten entbunden sein, um dich von den Anstrengungen der letzten Zeit zu erholen.«

»Danke, Magda. Weißt du, ob die Stadt heute sicher ist? Hast du etwas über die Kämpfe vor den Mauern gehört?«

»Ach ja. Es gab gestern noch ein kurzes Reitergefecht

auf dem Judenbüchel, dann haben sich die Erzbischöflichen ziemlich überhastet zurückgezogen. Ich denke, es wird jetzt einige Zeit Ruhe herrschen.«

»Dann würde ich heute Mittag gerne zum Rhein hinuntergehen und nachdenken.«

»Nimm Trine mit, auch sie hat einen Tag Ruhe verdient.«

»Ja, gerne.«

Wie in den letzten Tagen so häufig, lungerte Pitter in der Nähe herum und kam mit einem diensteifrigen Lächeln auf dem mageren Bubengesicht auf sie zu, als sie nach ihm rief.

»Habt Ihr etwas zu tun für mich? Es ist wenig los, seit sich die Söldner vor der Stadt herumtreiben. Keine Pilger, keine Reisenden...«

»Und du hast Hunger!«

»Klar!«

»Dann nimm dies und lauf zu Aziza. Sie möchte möglichst bald hierher kommen.«

»Die maurische Hure soll zu den Beginen kommen? Werdet Ihr sie bessern?«

»Sie ist keine Maurin, du Schlingel. Und wenn hier einer der Besserung bedarf, dann bist du das!«

Almut machte den Versuch, Pitter am Ohr zu ziehen, doch gewandt wie eine Schlange entschlüpfte er ihr.

»Ich hol die edle Dame!«, rief er im Fortlaufen, und Almut grinste.

Pitter erfüllte seine Pflicht rasch und gründlich. Almut hielt sich mit Trine bei Elsa auf, wo sie einige am Morgen geschnittene Kräuter zum Trocknen zu Bündeln zusammenband, als ihre Schwester gemeldet wurde.

»Oh, Aziza, danke, dass du gekommen bist. Aber...«

»Dieser Junge, den du mir da als Boten schickst, frisst mir noch die Haare vom Kopf, Schwester!«, klagte Aziza. »Da bleiben einem nur noch die einfachsten Lumpen, um die schiere Blöße zu bedecken. Ich hoffe, ich bin dem Anlass entsprechend gewandet?«

Almut staunte noch immer über die Verwandlung. Aziza trug ein strenges, weißes Gebände, das nichts von ihren üppigen schwarzen Haaren erahnen ließ, und ein dunkelblaues Obergewand, das außer einigen zierlichen Stickereien an den Armausschnitten und einem weichen, kupferbeschlagenen Ledergürtel keinen Schmuck aufwies. Sogar das weiße Unterkleid wirkte züchtig, und die Ärmel bedeckten in weiten Falten die Handgelenke. Und dennoch hatte Almut den Eindruck, dass ihre Schwester so köstlich wirkte wie die orientalischen Süßigkeiten, die sie bei Meister Krudener erhalten hatte. Und genauso verführerisch.

»Hat dich Pitter also angetroffen. Ich habe dir etwas zu erzählen, deshalb habe ich dich hergebeten. Ich hoffe, es verursacht dir keine Ungelegenheiten.«

»Nein, nur lange Zeit habe ich nicht. Aber ich habe auch noch eine Neuigkeit für dich.«

Elsa betrat den Raum und betrachtete Aziza mit einem misstrauischen Blick. Sie wollte sich wortlos zurückziehen, doch Almut hielt sie zurück.

»Elsa, das ist meine Schwester Aziza. Sie ist eine große Bewunderin unseres Duftwassers.«

»Das kann ich mir vorstellen!«, brummte Elsa, die sich in Almuts Gegenwart immer noch ein wenig unsicher fühlte. Doch Azizas Lächeln konnte sie sich nicht entziehen.

»Aus Eurer Kräuterküche also stammt dieses wundervolle Parfüm.«

»Das Kind da hat es hergestellt. Es ist nicht ganz schlecht. Da habt Ihr Recht, Frau Aziza.«

»Hat sie denn noch mehr von dem Duftwasser hergestellt?«, fragte sie und zupfte Trine an ihrem langen Zopf.

Elsa machte ein paar Gesten, die das Mädchen richtig deutete. Mit einem Lächeln nickte sie und holte von einem Bord eine der neuen Phiolen, die sie bei dem Glashändler auf dem Markt erstanden hatten.

»Sie hat weiter daran gearbeitet und schleppt das Zeug immer mit sich herum, um es vorzuzeigen«, erklärte Almut. »Elsa betreibt inzwischen einen schwunghaften Handel damit und verlangt jedes Mal ein kleines Vermögen für so ein Fläschchen.«

»Ich hoffe, Trine bekommt ihren gerechten Anteil davon.«

Almut kam eine Idee, die sie mit Magda besprechen wollte. »Dafür werde ich schon noch sorgen.«

»Das ist gut. Und nun lass mich mal daran riechen. Mhh, köstlich. Was enthält es inzwischen alles?«

»Rosmarin, die Schalen von Zitronen und Orangen, Rosenöl, Melisse und Neroliblüten.«

»Ganz wundervoll! Darf ich einen kleinen Tropfen haben?«

Mit ausdrucksvoller Miene und Handbewegungen bat sie Trine darum. Trine nickte hoheitsvoll, hob das Gebände unter Azizas Kinn und tupfte eine reiche Menge des Parfüms in ihre Kehlgrube.

»Danke, Trine. Oh, das wird aber jemanden erfreuen!«

Aziza lächelte spitzbübisch.

»Soso!« Almut erwiderte das Lächeln.

»Habt Ihr eigentlich eine Bezeichnung für dieses Duftwasser, Frau Apothekerin?«

»Nein, noch nicht. Aber ich habe mir schon das eine oder andere Mal überlegt, ob wir ihm nicht einen wohlklingenden Namen geben sollten. Das macht es einfacher, wenn die Frauen danach fragen.«

»Ja, so etwas wie ›Blütentraum‹ oder ›Blütenelixier‹ vielleicht.«

Almut sah ihre Schwester fragend an.

»Eine gute Idee. Aber nichts Blumiges, dazu ist es zu herb und zu frisch. Und Ihr wollt es doch sicher auch an Auswärtige verkaufen, die es mit in ihre Heimat nehmen. Warum nennt Ihr es nicht einfach Kölnisches Wasser?«

»Ja, warum nicht!«, nickte Almut. »Kölnisches Wasser.«

»Kölnisches Wasser«, murmelte Elsa, und ihr brummiges Gesicht erhellte sich. »Ja, das ist eine Empfehlung! Sehr gut, Frau Aziza. Aber nun verschwindet von hier, ich habe noch zu arbeiten, und ihr wollt schwatzen!«

»Wir stören dich nicht länger, Elsa. Bis später!«

Almut nahm ihre Schwester am Arm und führte sie in ihre Kammer.

»Ganz gemütlich hier, wenn auch ein bisschen hart, dieses Bett!«, meinte Aziza, als sie darauf Platz genommen hatte. »Aber jetzt berichte. Du siehst aus, als ob deine Geschichte spannender wäre als die meine!«

Über eine lange Zeit hinweg hörte Aziza fasziniert zu und unterbrach Almut kein einziges Mal, bis sie geendet hatte.

»Allahhu Akbar!«, stieß sie dann aus.

»Was heißt das?«

»Jroßer Jott!«

»Ach so. Ich dachte, du solltest wissen, wie alles zusammenhängt. Aber ich möchte dich wirklich bitten, darüber mit niemandem zu sprechen, Aziza.«

»Nein, es würde niemandem nutzen. Aber mit de Lipas abwegigen Neigungen erzählst du mir nichts Neues. Das hätte ich dir inzwischen auch verraten können. Ich bin nämlich den alten Gerüchten nachgegangen und habe mich nach den Gründen erkundigt, warum ihm seine erste Frau so unbeweint abhanden gekommen ist. Sie hat, genau wie Dietke, herausgefunden, wohin sich seine Leidenschaft richtet. Der Skandal ist seinetwegen damals von einigen hohen Herren vertuscht worden.«

»Ei wei, dann hat ja die Drohung gestern sogar mehr Gewicht gehabt, als ich dachte. Und erklärt wahrscheinlich auch die Weigerung Hardefusts, ihm seine Tochter zur Frau zu geben …«

»O ja, das erklärt sie. Und auch seine Verachtung. Aber er hat damals auch geschwiegen, sonst wäre es das zweite Mal gewesen. Denn wer immer dem Weinhändler Übles will, der muss jetzt diese alte Angelegenheit nur wieder zur Sprache bringen.«

»Hoffentlich kommt es nicht dazu. Es mag widernatürlich sein, aber mir scheint, er hat den Jungen wirklich geliebt.«

»Und solche Worte aus dem Munde einer keuschen Begine?«

»Ach, Aziza, unter dem Deckmantel der heiligen Ehe geschehen Dinge, die schlimmer sind als das.«

»Sag so was bloß nie vor falschen Ohren. Es gibt aber noch etwas, das ich erfahren habe. Erinnerst du dich an Leon de Lambrays?«

»Unseren Helfer in der Not? Hast du ihn wiedergetroffen?«

»Wie der Zufall es wollte – ja.«

»Der Zufall?« Almut betrachtete ihre schöne Halbschwester, doch auf ihren spitzen Tonfall reagierte sie nicht, sondern erzählte: »Er ist Jeans Halbbruder, Almut. Er hatte Geschäfte in Aachen und Köln zu erledigen und wollte dabei die Gelegenheit nutzen, ihn zu sehen. Aber als er eintraf, war der Junge schon tot. Er hat von der Anklage wegen Mordes nichts gewusst, sondern hat davon erst erfahren, als du dich diesem Gottesurteil unterziehen musstest. Übrigens, keine Sorge – er hat dich nicht erkannt an jenem Abend in der Schenke. Und ich habe ihm nicht verraten, dass du die Begine auf Abwegen warst.«

»Danke.«

»Sei nicht verschnupft, Almut. Du hast gesagt, du hättest kein Interesse an ihm. Außerdem bleibt er nicht hier, wahrscheinlich hat er die Stadt sogar schon verlassen. Aber, weißt du, was das Schlimmste ist? Er selbst hat seinen kleinen Bruder nach Köln gebracht. Weil er nämlich entdeckt hat, dass der Kaplan auf ihrem Gut dem Jungen nachstellte. Er wollte ihn damit dessen Einfluss entziehen.«

»Ein Junge, der zu lange in der Gesellschaft seiner Mutter und der Amme geblieben war, dessen Vater sich nichts aus ihm gemacht hat. Höflich, wohlerzogen und immer bemüht, allen zu gefallen. Armer Jean.«

»Armer Jean. Richtig. Ich habe Leon verschwiegen, was ich inzwischen von de Lipa wusste, ich wollte seine Trauer nicht vermehren. Ob das richtig war, weiß ich nicht.«

»Das kann ich dir auch nicht sagen. Vielleicht ist es gut so, und er erspart seiner Mutter damit ein Leid.«

Sie saßen schweigend beieinander, und Almut fühlte

sich ihrer Schwester, die erst seit so kurzer Zeit ihrem Leben angehörte, seltsam nahe.

Dann stand Aziza auf und schüttelte ihre Gewänder glatt.

»Schwester, ich muss heimkehren, mein edler Herr hat seinen Besuch angekündigt, und es gibt Vorbereitungen zu treffen.«

»Dein edler Herr? Wer ist das?«

»Oh, Schwester, trotz aller Liebe und Zuneigung, das werde ich dir nicht verraten.«

»Na gut, dann schweig darüber. Aber ich hoffe, wir werden uns wieder begegnen.«

»Das will ich meinen. Bis dahin leb wohl, Schwester!«

Sie hauchte Almut einen zarten Kuss auf die Wange. Dann war sie mit raschelnden Röcken verschwunden.

Kurz darauf trat Almut mit Trine durch das Tor, einen von Gertrud wohlgefüllten Korb am Arm.

»Gehen wir zum Rhein hinunter, Trine.«

Auf dem Weg zwischen den Weingärten und Feldern war es ruhig, einige Bauern und Feldarbeiter gingen geschäftig ihren Arbeiten nach, und oben am Himmel trillerten die Lerchen. Es war windstill und sonnig, die Tage versprachen warm zu bleiben und Früchten, Korn und Reben zur Reife zu verhelfen. Sie erreichten das Ufer und suchten Almuts Lieblingsstelle auf. Ein schmaler Steg aus verwittertem Holz diente ihnen als Sitzplatz, von wo aus sie das Treiben auf dem Fluss beobachten konnten. Lastkähne, von starken, schweren Pferden getreidelt, glitten vorüber und brachten Heringsfässer, Pelze und Salz aus dem Norden, andere ruderten mit der Strömung talwärts, beladen mit den Tuchen aus

Köln, Weinen aus dem Rheintal oder den Luxusgütern aus südlichen Ländern, um sie nach Flandern oder gar nach London zu bringen. Glücklich sog Almut die Luft ein, in der ein Hauch von Weltläufigkeit lag. Köln war Dreh- und Angelpunkt des Handels, und selbst in diesen unruhigen Tagen, in denen Streit zwischen der kirchlichen und der weltlichen Macht herrschte, pulste das Leben auf dieser gewaltigen Wasserstraße, die nicht nur Erzeugnisse aus vielen Ländern und fernen Gegenden in die Stadt brachte, sondern auch fremde Gedanken und neue Ideen. Und mit ihnen auch eine Toleranz gegenüber dem Neuen und Ungewöhnlichen und eine Freiheit des Geistes, die man an anderen Orten nicht fand.

Trine hatte sich neben die Begine gesetzt und lehnte ihren Kopf an deren Schulter. Auch sie schien versonnen und damit zufrieden zu sein, dem Fließen des Stromes zuzusehen. In ihrem Schoß lag das golddurchwirkte Tuch, das Dietke Almut am Abend zuvor gegeben hatte, um ihr Haupt zu bedecken. Schweigend hing Almut ihren Gedanken nach und ließ die vergangenen Tage an sich vorüberziehen.

Als die Sonne hoch am Himmel stand und es zu heiß wurde, stand sie mit einem wohligen Seufzer auf. Höher am Ufer gab es ein wenig Schatten unter den Büschen, die sich in das sandige, steinige Erdreich verbissen hatten. Hierhin zogen sich Almut und Trine zurück und nahmen den mitgebrachten Korb in Augenschein. Speckkuchen und Brot, Wein und Wecken und sogar vier reife Pfirsiche befanden sich darin. Von Sankt Kunibert klang die Glocke herüber, die die elfte Stunde des Tages verkündete, als sie sich ihrem Mahl widmeten. Dann wuschen sie sich die Hände im klaren Wasser des Rheins, und Almut, die das reichliche Essen und die

Sonne schläfrig gemacht hatten, lehnte sich an einen breiten Stein und döste friedlich ein.

»Der Schlaf der Gerechten hat Euch übermannt, vermute ich?«

»Mh?« Almut blinzelte verschlafen und erkannte die schwarze Kutte neben sich. Der Mann darin warf einen langen Schatten, denn der Nachmittag war schon vorangeschritten.

»Pater Ivo! Wie habt Ihr mich gefunden?«

»Eure Meisterin verriet mir, dass Ihr zum Fluss hinuntergegangen seid, um Euren Ferientag zu genießen. Ich erinnerte mich an die Stelle, Begine, und dachte mir, dass ich Euch hier finde. Ich habe Neuigkeiten für Euch.«

Almut bewegte die Schultern und zog die Beine an, um in eine aufrechte Stellung zu kommen.

»Lasst nur, ich setze mich eine Weile zu Euch, wenn es Euch nicht stört.«

»Nein, es stört mich nicht. Ihr seht müde aus, Pater.«

»Es war eine lange Nacht, Begine, die Ihr mir aufgebürdet habt.«

»Dann tut es mir Leid, Pater, das wollte ich nicht.«

»Ich weiß. Ich habe es selbst so gewollt. Nachdem ich Eurer Meisterin das Wesentliche berichtet hatte, bin ich noch einmal zurück zu de Lipa gegangen. Er hatte inzwischen sein ganzes Mannsvolk ausgeschickt, um nach Rudger zu suchen. Immerhin hat er so viel Verstand bewiesen, vor allem am Rheinufer nach ihm zu forschen. Ich begleitete ihn, und gemeinsam baten wir die Schiffer und Bootsleute, die noch wach waren, nach einem Verkrüppelten Ausschau zu halten. Erst in den Morgenstunden kehrte ich ins Kloster zurück.«

»Ihr habt ihn nicht gefunden?«

»Doch. Nach der Terz rief mich ein Knecht des Weinhändlers zum Hafen. Sie hatten Rudger gefunden, verfangen in den Rudern eines Oberländers. Er war schon seit Stunden tot.«

»Der Herr sei seiner Seele gnädig.«

»Ich hoffe, der Herr hört Eure Bitte. Rudger wird sie benötigen.«

»Und de Lipa?«

»Nicht völlig trostlos über den Verlust. Aber ein gebrochener Mann. Seine Frau tief erschüttert. Nun, vielleicht war Eure Bitte um Gnade berechtigt. Er sagte mir, er wolle seine Geschäfte und Familienangelegenheiten hier in Köln noch zu Ende führen und dann die Stadt verlassen. Er hat seinen Ehrgeiz geopfert, und vielleicht gelingt ihm in der Fremde ein neuer Anfang. Er lässt Euch ausrichten, dass er Eurem Konvent eine großzügige Spende machen möchte. Ihr solltet sie annehmen, Begine.«

»Darüber bestimme ich nicht alleine.«

»Ich halte Frau Magda für verständig genug, es nicht abzulehnen. Wünscht Euch etwas, das auch Euch nützt und Freude bereitet. Und seid nicht zu bescheiden. Er kennt keine andere Art, seinen Dank abzustatten.«

»Ein persönliches Geschenk nützt dem Konvent wenig.«

»Richtig, aber Ihr könntet ihn um ein weiteres Haus bitten – und es dann selber bauen.«

Er hatte Lachfältchen um die Augen, als er ihr das mit ernster Stimme vortrug.

»Damit ich staubig und mit aufgestecktem Kittel im Mörtel rühren kann und mir raue, rissige Hände beim Mauern hole?«

»Ich hatte bislang nicht den Eindruck, dass Ihr unwillig solchen Aufgaben nachgeht.«

»Nein, das tue ich auch nicht. Und wenn ich ganz eigennützig denke – und Pater Ivo, dieser Sünde gebe ich leider allzu oft nach –, dann würde ich gerne meiner Maria eine Kapelle bauen.«

»Eine Kapelle zu stiften, wird de Lipas Herz gewaltig erleichtern.«

»Nun, dann soll es eine Kapelle sein. Ich werde Meister Michael doch noch Konkurrenz machen!«

»Dem Dombaumeister. Kennt Ihr ihn?«

»Schon von Kindertagen an. Auch Baumeisterstöchter haben so hier und da ihre Beziehungen!«

»Ach ja, Beziehungen … Übrigens wird Bruder Johannes, wenn er denn sein Opfer wieder aufsuchen und befragen möchte, eine herbe Enttäuschung erleben. Wie ich hörte, ist Tilmann heute Morgen auf freien Fuß gesetzt worden und hat sich spornstreichs unter den Schutz seines Vetters Friedrich begeben.«

»Glaubt mir, Pater, auch wenn ich vor dem geistlichen Stand tiefe Ehrfurcht empfinde …«

»So?«

»Ja, aber selbstverständlich, Pater. Nur, wie gesagt, mein Mitgefühl mit Bruder Johannes' Enttäuschung hält sich in durchaus erträglichen Grenzen.«

»Spitzzüngiges Weib!«

»Eine Ketzerin, eine aufsässige Begine, deren unbotmäßiges Verhalten Schande und Gefahr über die ihren gebracht hat. Ich weiß, und ich werde nicht nachlassen in dem Bemühen, mich zu bessern.« Und mit einem Schulterzucken fügte sie hinzu: »Wie ich es schon seit Jahren versuche.«

Pater Ivo schwieg dazu und hielt die Augen geschlossen. Almut wollte fast glauben, ihn hätte die Müdigkeit übermannt und er sei in der Wärme des Nachmittags eingeschlafen, doch plötzlich fragte er sie: »Ihr seid eine erstaunliche Frau. Sagt, was hat Euch bewogen, das Leben einer Begine zu führen?«

Lange atmete Almut ein und faltete dann die Hände im Schoß.

»Verzeiht, mich überkam das Laster der Neugier. Ihr müsst mir nicht antworten.«

»Ich weiß, Pater. Dennoch werde ich es tun. Euch zuliebe. Ich wurde Begine, weil mir dieses Leben eine Form der Freiheit gibt, Pater, die ich zuvor nicht gefunden habe.«

Er sah sie an, das Sonnenlicht fiel direkt auf sein Gesicht, und in seinen klaren grauen Augen lag eine seltene Wärme.

»Ein Kloster kam aber nicht für Euch in Frage?«

»Nein, Pater. Für das gottgeweihte Leben bin ich nicht geschaffen. Ich glaube, dass ich mit meiner Hände Arbeit mehr für meine Nächsten tun kann als mit frommen Gebeten. Denkt Ihr jetzt schlecht von mir?«

»Nein, Kind, ich denke nicht schlecht von Euch. Im Gegenteil, ich bewundere Euch dafür, dass Ihr die Euch gegebenen Gaben und den Verstand verwendet, um diese Welt ein bisschen gerechter zu machen. Und dass Ihr Euch die Liebe in Eurem Herzen bewahrt habt. Und nun streckt Eure Hand aus, hier ist etwas, das Euch gehört.«

Almut folgte etwas verwirrt und hielt plötzlich das kleine Kreuz in den Fingern, das sie am Vortag bei de Lipa abgelegt hatte, um zu zeigen, wie schwarz es geworden war. Es schimmerte silbern im Sonnenlicht.

»Wie habt Ihr… Also, es war doch völlig schwarz?«

»Meister Krudener ist nicht nur ein Künstler in der Herstellung von Süßigkeiten, sondern versteht sich auch auf die Behandlung von Metallen. Er hat es – fragt mich besser nicht wie – gereinigt.«

»Danke, Pater. Ihr seid noch einmal bei ihm gewesen, obwohl er Euch nicht sehr freundlich gesonnen ist.«

»Unter dem Vorwand, Euch zu dienen, fand ich gnädige Aufnahme, Begine. Ihr habt ihn tief beeindruckt.«

Trine war neugierig näher gekommen und half Almut, das Kettchen wieder um den Hals zu legen. Sie ließ das Kreuz in ihrem Halsausschnitt verschwinden. Trine aber lächelte Pater Ivo an und machte eine dankende Geste. Er erwiderte ihr Zeichen und schüttelte dann den Kopf.

»Ich hätte schon früher darauf kommen können, Begine. Dieses Kind kann sich mit Gesten verständigen, und genau das tun wir in den Stunden des Tages, in denen uns das Schweigen auferlegt ist, ebenfalls. Jeder Novize muss diese Zeichensprache erlernen, und vielleicht solltet Ihr auch versuchen, sie Euch anzueignen.«

Almut sah ihn erfreut an. »Das ist eine sehr gute Idee. Könnt Ihr uns diese Zeichensprache beibringen, Pater Ivo?«

»Nein, Begine. Ich werde Euch so bald nicht wiedersehen. Mich erwarten viele vernachlässigte Pflichten. Aber ich will unsere Schwestern in St. Machabäer wissen lassen, dass Ihr mit dem taubstummen Mädchen vorbeikommt, um die stille Sprache zu lernen.«

Zustimmend nickte Almut und sah zum Rhein hinunter. Sonnensplitter funkelten auf den kleinen Wellen, und der weiße Schwan zog wieder majestätisch am Ufer entlang. Doch sie erfreute sich nicht an seinem Anblick.

»Was ist, Begine?«

»Nichts, Pater. Ich denke, mein Ferientag ist vorüber.« Sie stand langsam auf und wies Trine auf den nun leeren Korb. »Ich werde nach Hause gehen.«

»Darf ich Euch auf diesem Weg begleiten, Begine?«

»Ja, Pater Ivo. Auf dem Weg nach Hause begleitet mich. Komm, Trine.«

Er sah auf sie nieder mit einem seltsamen Ausdruck in seinem strengen Gesicht. »Ich wünschte, so wäre es, Begine.«

Sie gingen schweigend nebeneinander her, über die staubigen Pfade zwischen den Feldern und den Weingärten. Es war Vesperzeit, und keine Menschenseele begegnete ihnen. Erst als sie die Eigelsteinstraße erreichten, erblickten sie einen einzelnen Reiter mit einem Packpferd. Ein Reisender, der die Stadt verließ. Sie blieben stehen, um ihn passieren zu lassen. Er verlangsamte den Schritt seines Pferdes, und als er an Almut vorbeiritt, beugte er grüßend das Haupt. Doch er erkannte sie nicht. Almut erwiderte seinen Gruß mit einem kleinen Lächeln und sah ihm dann nach, wie er auf das Stadttor zuhielt. Dann wandte sie sich wieder ihrem Begleiter zu, der zu ihrer Verblüffung seine Kapuze so tief über den Kopf gezogen hatte, dass sein Gesicht völlig im Schatten lag. In diesem Augenblick fiel es ihr wie Schuppen von den Augen, und beinahe hätte sie den Mund geöffnet und etwas ausgesprochen, das besser verschwiegen wurde. Doch diesmal war Maria, die barmherzige Mutter, ihr gnädig und zähmte ihre Zunge. Sie hatte Jeans älteren Bruder, Leon de Lambrays, erkannt, den Sohn der Winzertochter Magalone, mit der Pater Ivo aus anderen Zeiten eine enge Freundschaft verband. Oder mehr. Viel mehr. Vielleicht sogar ein Sohn. Ein schöner, schwarzhaariger Mann. Ihre leichte Verstimmung war verflogen, und vor dem Tor verabschiedete sie sich mit einem Lächeln.

»Nun, Pater Ivo, wir sind da. Ich danke Euch für die Begleitung. Und ich danke Euch auch für Eure Hilfe und Eure Güte. Ich hoffe, Ihr habt Euch keinen Unbill deshalb eingehandelt.«

»O doch, das habe ich, Begine. Ich habe allzu oft meine Pflichten versäumt und habe mich ohne Erlaubnis aus dem Kloster entfernt. Außerdem habe ich gegen meine Gelübde verstoßen und mich viel mehr als notwendig in der Nähe eines spitzzüngigen Frauenzimmers aufgehalten. Mir steht eine lange und harte Bußzeit bevor, fürchte ich.«

»Das tut mir Leid.« Almut sah ihn mitfühlend an und las in dem strengen Gesicht. Was sie darin sah, weckte allerdings wieder das Teufelchen in ihr, und ihre Zunge löste sich aus der gnädigen Fessel Marias.

»Nun, Pater Ivo, Ihr mögt für all das büßen müssen. Aber... bereut Ihr es auch?«

Ein seltenes fröhliches Lächeln erhellte seine Züge und wischte alle Bitternis und Müdigkeit fort, als er antwortete: »Ihr stellt peinliche Fragen, Begine! Aber ich will sie Euch beantworten. Bereuen tue ich es, von ganzem Herzen und aufrichtig, Begine... nicht!«

»So wird Eurer hornhäutigen Seele die Vergebung nicht zuteil. Ich fürchte, Euch bleiben dann nur noch Glaube, Liebe und Hoffnung, diese drei.«

Und Pater Ivo nickte und beendete das Zitat: »... aber die Liebe ist die größte unter ihnen.«

»Hat Paulus gesagt!«

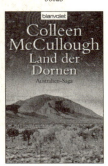